천성래 대하소설

正本 **국경의 아침**

천성래 대하소설

正本 국경의 아침

⑤

제3부 피바람 소리

지우출판

正本
국경의 아침 ⑤

제3부 피바람 소리

인쇄 / 2022. 9. 15

발행 / 2022. 10. 2

지은이 _ 천성래

발행인 _ 김용성

발행처 _ 지우출판

출판등록 _ 2003년 8월 19일

서울시 동대문구 천장산로 11길17. 204-102

TEL: 02-962-9154 / FAX: 02-962-9156

ISBN 978-89-91622-97-5 04810

ISBN 978-89-91622-58-6 04810 세트 전10권

lawnbook@hanmail.net

값 16,000원

차 례

제32장 독거미 사냥(2)

1

참이 일행이 나름대로 의미를 담은 훈련을 마치고 돌아왔을 때는 저녁 늦은 시간이었다. 동무들의 몸에서는 눅눅한 땀 냄새가 묵은 곰팡이 냄새처럼 피어났다. 근위대의 기억을 떠올리며 며칠 동안 발이 닳도록 달리고 핏줄이 터지도록 고함치며 동무들과 함께했던 시간들이 어떤 결과를 가져다줄지는 아무도 몰랐다. 동무들은 함께 뜻을 나누고 의기투합意氣投合을 하였다는 데 서로 의미를 부여하고 있었다.

그들은 먼저 각자의 집으로 돌아가 람루한 의복을 벗어놓고 몸에서 올라오는 냄새부터 씻어낸 다음 다시 동실의 집 앞 공터에서 만나기로 했다. 참이와 동실은 다른 동무들과 헤어진 다음 함께 손을 잡고 동네로 돌아왔다. 초라하고 람루한 모습에 참이와 동실은 서로 쳐다보며 웃었다. 남쪽의 아이돌 춤을 함께 추었을 때보다 집을 떠나 며칠 야외에서 함께 나눈 시간들이 영원히 잊지 못할 것만 같았다. 비록 그 모습은 패잔병 같았지만 손을 마주잡고 걸어 들어오는 순간에는 지난 며칠의 시간이 소중하게 여겨졌다.

갈림길에서 동실과 참은 한참동안 맞잡은 서로의 손을 놓지 못했다. 겉모습은 마치 꽃거지처럼 초라해 보였지만 맞잡은 손에서 서로의 기운을 동시에 느끼고 있었다. 갈림길에서 마주잡은 손을 풀고 서로 등을 보이고 걸어가면서도 몇 번씩 뒤를 돌아다 보았지만 그새 내려앉은 어둠이 시야를 흐리게 만들었다.

참은 며칠 만에 마주하는 가족의 모습을 통해 가족의 소중함을 새삼 깨닫고 있었다. 비록 헐벗고 굶주려도 가족이란 이름으로 함께 살고 있다는 사실 하나로 충분했다. 몸을 씻고 나서 강냉이 보리밥에 먹는 소금국이 이토록 입맛에 달라붙었던 적이 언제였나. 단무지, 배추 벼락절이 같은 조치개 만으로도 참은 감사의 마음을 느끼고 있었다. 하얀 이밥에 고기고치장의 유혹보다 지금 먹는 음식이 비록 빈약한 간새반찬임에도 참에게는 소중했다. 집을 나와 가족과 며칠 떨어져 있는 것만으로 벌써 가족의 소중함을 느끼게 되다니 헛된 날들이 아니었다.

참을 가장 먼저 뒤란으로 불러낸 사람은 정숙이었다. 정숙은 아들애의 며칠의 행위에 대해 이해할 수가 없었다. 말도 없이 집을 나가 돌아오지 않은 참의 행동을 어떻게 받아들일 수 있단 말인가.

– 네들 관절 무슨 일이 있었드나? 참이 너는 자연수재라는 소리 듣는 학생 아니나?

– 어머니, 그저 이번 일은 묻지 마세요.

참이가 간절한 표정으로 말했다.

– 공화국 천지에 이런 상황에서 입 다물 어미래 어데 있갔니? 온다 간다 말도 없이 며칠 씩 상학수업에 빠지다니 어머니 맘이 어땠을 거라는 거는 네가 뚝바우가 아닌 바에야~

– 어머니, 기깟 공부 하지 않겠습니다. 공화국에서 뭐 반쪽이란 딱지 달고 무슨 희망을 품어볼 수 있단 말입니까?

어머니 앞에서 이런 말을 할 수밖에 없는 참의 마음은 서글펐다.

– 어머니 앞에서 어케 그딴 말을 하니? 인민학교 때부터 수재 소릴 들어 우리 집에 제대로 공부꾼이 나오나 했는데~ 내 너를 위해 허리가 꺾여도 힘들다 여기지 않고 일을 했지 않았니?

– 수재, 수재, 어머니 저는 그런 소리 듣는 게 죽도록 싫습니다. 수

재소릴 들으면 뭐한답니까? 아무짝에도 써먹을 수 없는 글바보가 되기 싫다 말입니다.

수재라는 말이 참은 듣기 싫었다.

- 어찌 그런 말을 하니? 어미가 메달을 따려고 하는 게 다 너들 내일날 위해서 이러는 거 아니냐? 아무리 천비賤婢한 계층이라도 사다리 타고 올라갈 기회는 얼마든지 있게 마련인 법이 아니겠나~

정숙은 이런 말을 아들애 앞에서 하자니 낯바닥에 벌레가 기어가는 것처럼 간지러웠다. 공화국에서는 어떠한 신분의 인민이라도 한순간에 휘몰아치는 바람에 꺼져가는 등불과도 같이 나락에 떨어질 수 있다는 생각이 들었다. 기업소 선전대에서 탈락한 자신의 처지를 생각하면 정숙이 아들애 앞에서 이런 말을 할 수 있는 명분이란 없기 때문이었다. 그럼에도 이런 말로 아들애한테 위로를 할 수 있는 이면에는 태산이란 생부生父의 그늘이 드리워져 있기 때문이었다.

- 동무들 얘기 들자니 나 같은 종자는 군대에서도 기피를 한다고 하더란 말입니다. 조선공화국에서 군대도 다녀오지 못한 인민이라면 어느 짝에 쓸모가 있겠어요. 어중이떠중이는 되기 싫단 말입니다.

이때, 정숙과 참이 보이지 않아 마당을 둘러보던 명호는 급촉急促한 소리가 들려오는 뒤란으로 걸음을 옮겼다. 뒤란에서 정숙과 참의 얘기에 귀를 한참 기울이고 있었다. 정숙이 아들애 참에게 말했다.

- 가정교양家庭敎育도 못 받은 애들처럼 어찌 이러니? 어미는 오직 너 하나 보고 살아온 세월이 아니더냐. 참아, 반쪽이란 신분에 너무 집요관념強迫觀念 갖지 말라. 너는 글쎄 시간이 지나면 네가 올라설 자리 길궤도이라는 게 열릴 거란 말이지. 그러니 그저 앞만 보고 공부만 열심히 하면 된다 이런 말이야~

명호가 마치 망을 보다 들킨 사람처럼 계면쩍게 끼어들었다. 정숙과 참의 말을 엿듣고 보니 떳떳하게 이들 앞에 나설 자신이 서지 않았지만 참의 넋두리에 그만 뛰어들기를 하고 말았던 것이다.

– 흐음~

– 아니 봄이 아버지~

정숙이 깜짝 놀라며 말했다.

– 참아, 너 아버지 아들애 맞지? 못난 아비로서 너한테 반쪽 신분을 물려주게 되어 면목을 내기 어렵게 되었구나.

– 아닙니다, 아버지.

참은 아버지 앞에서 고개를 제대로 들지 못했다.

– 반쪽 신분을 받은 게 너 잘못이 아니니 너무 염려하지 말거라. 하지만 참이 넌 다른 애들하고 다르잖니~ 공부라는 거는 때를 놓치면 다시 하기 어려운 법이니 그저 방황 같은 거 다시는 하지 말고 학교에 나가 열심히 공부하라.

명호는 배워주는 교원이 아닌 아버지의 심정으로 정을 담아 말했다.

– 아버지 말씀 들었지? 네 아버지 보라. 반쪽딱지 지니고 살았지만 이제는 학교 교원질 하고 있잖니~ 다 사람 할 탓이지 어찌 신분 탓만 하나, 아니 그럼 참아?

– 거 정숙 동무, 피곤할 텐데 어서 들어가오. 내 참이하고 저 수세미 방죽에 바람이나 쐬러 다녀오리다.

명호는 이상하게 수세미 방죽이 아버지와 아들애의 방죽처럼 여겨졌다.

– 그럭하세요. 참아, 아버지 말씀 새겨듣고 오너라.

– 예~

참은 비록 나이 어리지만 제법 철이 들어 도리라는 것을 알고 있었다. 아버지의 처지를 생각할 때 참은 자신의 행동이 결코 옳은 행동이 아니라고 생각했다. 그러나 비록 도리를 안다고 해도 아는 것과 행동하는 것은 분명히 달랐다. 마음속에 존재하는 것을 겉으로 드러내는 것이 참은 힘이 들었고 아버지 앞에선 더욱 그랬다. 이런 자신의 모습이 그 누구 탓이 아니라 자신에 대한 불만에서 비롯되었는지도 모른다는 생각이 들었다.

어둠 속의 수세미 방죽에서 참은 아버지와 나란히 앉아 한참동안 강물을 타고 불어온 밤바람을 맞고 있었다. 아무도 먼저 말을 꺼내지 못하고 있었는데 아버지가 떨리는 손을 뻗어 자신의 손을 살며시 붙잡는 것을 느끼고 있었다. 참은 이런 분위기가 수줍었지만 아버지의 손을 뿌리치지 않았다. 살며시 느껴지는 아버지 손의 떨림이 참의 가슴에 강물 위의 이랑 같은 파문을 느끼게 하였다.

― 네 동무들 모두 집에 돌아갔니?

― 예, 아버지.

명호는 마치 예전의 자신처럼 아버지를 대하는 참의 표정이 따스하게 느껴졌다.

― 하루도 아니고 어데서 밤을 샜더냐?

― 바닷가에서 밤을 났습니다.

― 그래 먼 바닷가까지 가서 뭐를 했단 말이니?

명호는 아들애 앞에서 공연히 호기심이 생겨 머뭇거리지 않고 물었다. 간번에 수세미 방죽에서 들은 얘기를 떠올리니 은근히 궁금하기도 했다.

― 대열훈련에 격술훈련을 했습니다.

― 그래, 적은 응당 미제는 아니었을 테고~

참은 아버지의 정곡을 찌르는 물음에 대답을 하지 못하고 머뭇거렸다. 인민군 후비대로서 참여했던 근위대 입소훈련과 달리 마땅히 적이 떠오르지 않았다. 참은 다른 동무들처럼 독거미나 늑대를 주된 적으로 마음속에 품지 않았다. 지금 당장 그의 주적은 어쩌면 자신이었을지 모른다고 생각했다.

– 허수아비는 만들었니?

아버지의 물음에 참은 예, 짤막하게 대답하며 어둠속에서 고개를 끄덕거렸다. 만룡이 동무가 만든 허수아비의 심장을 향해 미친 듯이 칼침을 놓았던 장면들이 순간 머릿속에 떠올랐던 것이다.

– 그래, 동무들 모두 미제 침략자 놈들을 처단했니? 아님 남조선 괴뢰 놈들을 처단했니?

– 미제도 아니고 남조선 괴뢰도 적이 아니었습니다.

참은 동무들과의 그날을 떠올리니 뿌듯했다.

– 너희들만 한 나이 때는 가장 무서운 적이 자기 자신이야, 미제도 남조선 괴뢰도 아니란 말이지~

– 선서를 하고 맹세문을 각자 썼습니다.

참은 아버지에게 이런 말을 하면서 어둠속에서 낯바닥이 붉어지는 것을 느꼈다. 상철 아버지를 적으로 간주하며 맹세문을 썼기 때문이었다.

– 아주 너희들이 성장통을 제대로 겪어댔구나 그저~

– 정의를 위해 힘껏 싸우자고 선설 했지요, 아주 우렁찬 목소리로~

동무들의 이런 다짐은 제법 결의가 느껴졌었다.

– 하하하~

– 아니 아버지, 저희들은 심각한 선서를 했는데 어찌 웃습니까?

– 너희들이 생각하는 정의가 무엇인지 아버지는 잘 모르겠다만 조선

공화국에서 글쎄 정의란 게 지켜질 수만 있다면야 다행스런 일이지~

참은 아버지의 말이 무엇을 의미하는지 이해할 수 있었다. 동실이나 만룡이나 강철이 같은 동무들의 가슴에 차오른 것은 미제나 남조선 괴뢰에 대한 반감이 아니었다. 동실 동무의 입에서 터져 나온 말은 공화국 보위부 독거미에 관한 것이었다. 참이도 역시 미제나 남조선 괴뢰가 아니라 자신의 운명에 저항했다.

— 한번 뭉친 마음 변하지 말자고 동무들하고 맹세문까지 썼습니다.

— 그래, 너희들 그 정도로 충분히 좋은 경험 한 거야. 설마하니 보위부 독거밀 해제끼니 어쩌니 하면서 공연히 작의형제作義兄弟를 맺은 거는 아니겠지?

— ……아, 아닙니다. 아, 아니에요~

참은 아버지의 물음에 얼른 대답하지 못하고 더듬거렸다. 합숙훈련을 마치고 내려올 때 동무들은 이미 작의형제를 맺은 상태였다. 어떠한 경우에도 의義를 저버리지 말자고 새끼손가락을 물어 피로 맹세를 했던 것이다.

— 대답하는 모습이 시원찮은 걸 보니 네들이 엉뚱한 짓을~

— 아, 아닙니다. 아니에요, 정말~

참은 변명조차 제대로 하지 못하고 얼렁뚱땅 말을 흘리고 있었다. 그럴 것이, 작의형제와 더불어 어떻게 해야 할지 구체적인 실행방법까지 계획했기 때문이었다. 참은 이런 행위들이 이치에 맞지 않는 행위라는 것을 알면서도 적어도 정의로운 일이라고 생각했다. 그런 까닭에 이런 결정에 대해 후회는 하지 않았다.

— 너희들이 무슨 짓을 하든 선을 넘지는 말아라. 싸움도 해본 놈이 하는 법이다. 도끼질이야 산골 놈이 하는 것이지 네들이 하다간 외려 네

들 발목을 찍는단 말이다. 그저 한 때 철부지한 혈기 방만 짓들이지~

– 아, 예 아버지~

동무들과의 다부진 결의에 대해 아버지는 철부지한 짓들로 규정해버렸다. 참은 아버지의 말씀이 어쩌면 옳은 것인지 모른다고 생각했다. 동무들의 결의가 비록 정당하고 옳다고 해도 행위의 결과에 대해 누가 책임질 것이며 무모하게 발생한 결과에 대해서는 어떻게 대처할 수 있다는 말인가.

아버지와 나란히 집으로 돌아오면서 참은 아버지의 말처럼 자신들의 행위가 철부지한 행위일지도 모른다는 생각이 들었다. 독거미를 은밀히 처단하기 위한 동무들 나름대로의 계획은 한낱 재바르고 유치한 감정에 지나지 않음인지 모른다. 아버지의 계속되는 고밀고밀한 물음에도 참은 끝내 동무들의 작전에 대해서는 말을 하지 않았다. 더군다나 상철이 아버지를 난처하게 할 수 있는 일과 연관된 것은 더욱 그랬던 것이다.

참은 골목 입구에서 아버지와 갈라져 동실네로 걸음을 옮겼다. 동실은 방바닥에 엎드려 종이에 뭘 쓰다가 손살에 연필을 끼운 채로 잠이 들어 있었다. 참이 발로 종아리를 건들자 마치 잠에 취한 개가 잠결에 잠꼬대를 하듯 뭐라 중얼대다 잠에서 깨어났다.

– 동실아, 벌써 어찌 잠을 자나?

– 잠을 자야 꿈을 꾸는 거이야~

동실의 말에 참이 피식 웃었다.

– 동실 동무는 그저 꿈 타령이구나. 어머니는 어데 계시나 밖에도 안 보이시는데~

– 마실 나가신 줄 알았는데~ 그저 씻고 이걸 끼적거리다 여우 잠이

들었나 보아~

동실이 상체를 일으켜 세우며 종이를 집어 들었다. 종이에는 그림과 낙서들이 어지럽게 흩어져 있었다.

－ 우리 집에도 오시지 않았는데~

－ 참이 동무 어머닌?

동실이 종이를 살피며 물었다.

－ 집에 계시더라, 그럼 어데 친척집 나들이라도 가신 거 아니나?

－ 친척집이 어데 있니? 어릴 적엔 그저 외조 할머니 어무집에서 귀한 세밥조밥도 가져오고 해서 참이 동무네 하고 나누어도 먹었다는데 외조 할머니 상세난 뒤론 연락도 끊겼다더마~

동실이 랭장창고냉장고에서 탄산단물을 꺼냈다.

－ 랭장창고 보지 못했는데 탄산단물까지~

－ 이거 놀랄 일이지~ 나 없는 사이에 천지개벽을 한 거야. 없던 랭장창고가 떡하니 버티고 있질 않나~ 참이 동무, 이거 보라~ 이 거 이 거 음료 가게를 차려도 되겠구나야.

동실이가 랭장창고의 문을 활짝 열어젖혔다.

－ 동실이 동무 어머니가 갑자기 어데서 달러벌일 한 거 아니나?

－ 그야 어른들 일이니 우리들이야 알 수가 없지~ 자 이 거나 받아 마시라.

참은 놀라지 않을 수가 없었다. 룡진 코코아 탄산단물뿐만 아니라 귤 탄산단물, 대동강 포도 탄산단물, 딸기 탄산단물 등 각종의 음료들이 랭장창고에서 자태를 뽐내고 있었다. 말린 왕다래와 목을 달착지근하게 하며 뜨겁게 달군다는 백두산 들쭉주의 모습도 보였고 심지어는 송이버섯 술까지 주인이 마셔주기를 기다리고 있었다.

– 탄산단물 중엔 배 탄산단물이 최고지~

– 오미자 탄산단물 한번 마셔보라.

둘의 눈동자가 이리저리 바삐 움직였다.

– 오미자 탄산단물이야 동실 동무 어머니 드셔야지 않니? 몸이 파괴된 데 오미자 탄산단물이 제일이라더라.

– 어 그래. 야 참이 동무 이거 보라. 이 거는 평양 선흥식료공장 제품이다야. 아하 뭐 참깨빵, 효모빵, 아 여기 쵸콜레트까지 아 나 경을 치는구나 그저~

참과 동실은 구경하기조차 힘든 빵과 사탕을 맛보았다. 과일사탕에 종합과자, 얼음과자 까지~ 비록 조선공화국 주민들이 뱃가죽이 달라붙을 정도로 힘겹게 산다 해도 능력에 따라 부엌두렁에 놓인 쌀독에 쌀을 채울 수가 있는 것이었다. 동실은 눈앞에 벌어진 일이 믿기지 않아 연신 살가죽을 잡아당겨 보았다.

– 참이 동무, 이 거 꿈은 아니다 아주 살갗이 땡겨지는 게 느껴지누만~

– 이 거 공화국 생산토대가 좋은 거니? 인민소비품에 수준이 이렇게 높은 거를 우리들만 누리지 못하고 살았던 거 아니나?

– 거 꿈에 떡 같은 소리 집어치고 이 거나 받아먹어라 동무~

참은 입속을 간질이는 달콤한 맛에 취한 듯 뜻밖의 말들이 쏟아져 나왔다. 동실은 먹을 탐이 강한 동무답게 먹는 데 빠져 있었다. 참은 동실이 쑤셔 넣어준 커피사탕에 압도되어 입을 다물고 말았다. 참은 자신의 앞날이 이렇게 사탕처럼 달콤할 수 있다면 얼마나 좋을지 생각하며 입을 열심히 호무라치며 커피사탕의 달콤한 몸을 혀로 녹여대고 있었다.

동실과 참이 한창 사탕과 과자의 달콤한 입맛에 빠져 정신까지 혼미해질 틈에 동실 어머니가 돌아왔다. 참과 동실은 입에 넣은 사탕을 저도 모르게 입 밖으로 흘리고 말았다.

　－ 네들이 아주 그냥 잔치를 벌이고 있구나~

　－ 우와 이 거 오마니~ 야 참이 동무 울 오마니 보라~

　참은 눈앞에 서 있는 동실 어머니의 모습을 보고 입이 떡 벌어졌다. 입이 벌어져 바닥에 흘린 사탕을 손으로 주워 다시 입에 넣으면서 참은 마치 꿈을 꾸고 있는 듯했다. 동실 동무처럼 참이 역시 살가죽을 잡아당겨 보았다. 살갗이 당겨지는 게 분명 꿈은 아닌 모양이었다. 아아~ 만룡이 동무가 문득 떠오를 정도였다.

　만룡이 동무 머릿속에 박혀 있는 오란때 배우의 모습을 보는 느낌이었기 때문이다. 색안경에 화려한 의복, 완전히 탈바꿈한 머리 모양 등 동실 어머니 본래의 모습에서 완전히 달라진 모습이 분명했기 때문이었다. 어떻게 사람이 이렇게 며칠 새에 달라질 수 있다는 말인가. 참은 도대체 리해가 되지 않아 머리가 어지러울 지경이었다. 한참동안 넋이 빠져 있다가 참은 고개를 갸웃거리며 동실 동무의 집에서 빠져나왔다.

　－ 동실네 다녀오니?

　－ 예, 어머니. 한데 동실 동무네 집이 이상합니다.

　참의 입속에서 아직도 단내가 풀풀 나는 느낌이었다.

　－ 게 무슨 소리냐? 동실네 집이 이상하다니?

　하고 아버지가 끼어들었다. 봄이는 퇴마루 구석에 시무룩이 걸터앉아 있다가 동실의 얘기가 나오자 번쩍 표정이 밝아졌다. 봄이의 가슴에는 아랫동네 아이돌 춤을 폼이 나게 잘 추는 동실에 대한 한 떨기 그리움이 숨겨져 있었다.

　－ 못 보던 랭장창고에 그저 온갖 먹을 것들이 가득하더란 말입니다.

– 아니 동실네에 랭장창고라니?

어머니 역시 모르는 눈치였다.

– 어머니도 모르셨어요?

– 동실이 오마니 그저 굽 높은 신발에 이상한 머리 모양샐 하고 다닌 것은 안다만~

정숙이 피식 웃으며 말했다.

– 거 정숙 동무, 어찌 시치밀 떼고 이러시나~ 며칠 동실네 있었다면서 걸 모른다면 말이나 되는 소리인가?

– 봄이 아버지, 이거 참 귀것鬼신이 울고 갈 일이에요. 내 오나칙에 동실네서 나올 때만 해두 언간 랭장창고 그림자도 못봤는데 머이 그럼 덕순네가 요술을 부리고 다닌다 말이에요?

동실네 집에 랭장창고라니 정말 귀신이 울고 갈 일이었다.

– 요술을 부려도 이상한 요술을 부리고 다니니 거 이상하지 않나? 굽 높은 빨간 신발에 진단장을 하고 다니는 것도 요상할 판에 아니 뭐 해넘이 다되어 가는데 색안경에 요상한 머리 모양샐 하구 그저 요상한 말을 하질 않나 원~

– 아니 요상한 말이라니요? 덕순 동무가 봄이 아버지더러 요상한 말을 해요?

– 아니 글쎄 길 가다 만나자마자 느닷없이 날 그저 한쪽 구석에 몰아넣고 뭐 젊어선 색色이요 늙어선 정情이라나 뭐라나~

명호는 저녁때의 일을 생각하면 아직도 머리가 어지러웠다.

– 아이 에그나 망측해라. 아니 덕순 동무가 길가에서 봄이 아버지더러 기딴 말을 하더란 말예요?

– 아 나 글쎄 음부천녀가 따로 없더란 말이야. 아니 마치 덕순 동무

가 그냥 날 배워주는 부교장 선생이라도 되는 듯이 훈계를 하더란 말씀이야.

명호는 덕순 동무를 생각하니 또 웃음이 나왔다.

- 뭐라 훈계를 해요?

- 젊을 때야 불같이 사랑도 하지만 나이 들수록 아끼고 살아야 한대나 뭐래나~

명호는 그런 말을 생각하면 낯바닥이 달아올랐다.

- 말인즉슨 옳은 말을 했구만이요. 아이 참 덕순 동무 요상시러워라~ 그저 간복수가 좋아지니 덕순 동무 살판이 난 게로구나~

- 참아, 동실네 다녀왔다면서? 동실 어머니 들어와서 뭘 하고 있더나? 너 동실 어머니 꼴을 두 눈으로 딱딱히 정확히 보았겠지?

명호는 공연히 다짐을 받기라도 하듯 물었다.

- 예, 아버지. 좀 전에 들어오셨어요.

- 그래, 동실 어머니 꼴을 보니 어떻드나?

- 어른들 일에 저희들이 가커니부커니 뭐라 할 수 있나요? 그저 탄산단물 실컷 먹어보는 맛이 그만이었지요. 저는 이만 들어가 자렵니다.

참은 공연히 어른들 일에 참견하고 싶지 않았다. 며칠 몸과 마음이 불편한 탓에 한꺼번에 심신心身이 까라지는 것이었다. 참은 방에 들어와 눕자마자 코를 골며 잠이 들었다. 동무들과 했던 약속들이 무모한 짓은 아닐지 확신이 서지 않았다. 그럼에도 합숙훈련 이전의 상황으로 되돌아가기는 싫었다. 어떤 결과가 닥친다고 하더라도 이번 일로 후회하는 일은 없어야 한다는 게 잠을 자는 중에도 잠재하는 생각이었다.

- 어머니, 어째 동실이가 불안하지요?

- 동실아, 뭐가 불안하단 말이니? 조선공화국같이 청도깨비 같은

나라에서 살아내자면 그저 한사코 약삭바라야 하는 법이야.

덕순은 자신에게 며칠 새 일어난 일을 생각하면 꼭 무엇에 홀린 느낌이었다.

－ 일이 장마철 하늘같은 게 영～

－ 장마 끝난 데가 두루 언제니? 넌 그저 걱정하지 말구 어머니 시키는대로만 하라.

세상살이가 뭐 대수란 말인가 하고 덕순은 생각하고 있었다.

－ 한데 어머니, 랭장창고가 어떻게 우덜 집에 굴러왔답니까?

－ 동실아, 너 상철이 동무하구 어케 정답게 지내니?

덕순은 조심스레 상철이 애기를 꺼냈다.

－ 갑자기 상철이 동무는 어찌 꺼내는 거예요?

동실은 어머니의 말을 대체 이해할 수가 없었다.

－ 상철이 동무하구 정답게 지내야 한다.

－ 상철이 동무하구 정답게 지내자면 참이 동무하고는 비각을 세우라는 말이지요?

동실은 여전히 상철과 참이 동무 사이에서 혼란스러웠다.

－ 그저 세상 이치라는 게 그런 거 아니냐?

－ 아니 지난날엔 뭐라 했습니까? 그저 참이 동무 붙들어야 한다고 하지 않았습네까?

동실이 코를 벌름거렸다.

－ 거야 옛적 애기구 이제 세상이 달라졌으니 하는 말이 아니냐～ 동실아, 너 상철이 어머니가 누구인줄 아는?

덕순이 용희 동무를 떠올리면서 넌지시 물었다.

－ 상철 동무 어머닐 무슨 수로 안답네까?

– 거 도당위원장 따님애라는데~

동실은 어머니의 말에 입이 떡 벌어졌다. 그렇다면 상철의 외조 할아버지가 도당위원장이라는 말이었다. 탄산단물을 잔뜩 마신 탓에 배가 불러 헉헉대면서도 동실은 자리에서 벌떡 일어섰다. 머리에서 마치 불이 타는 듯이 뜨거운 기운이 느껴지는 것이었다. 도당위원장이라면 도내 당 서열 1위가 아닌가 말이다.

– 어머니, 상철 동무는 어찌 그렇게 좋은 가정성분을 받았답니까? 보위부 간부 아버지에 외조 할아버지까지~

– 거야 집안 내력이라는 게 있지 않겠나~ 듣자니 상철이 외가 쪽도 엎치락뒤치락 했던가 보아. 네들이 리해하기 어렵겠다만 이제 제대루 노동당에 자리 잡은 모양이더라. 그러니 상철이 동무 바짓가랑일 죽어라 붙들어야 한다 이런 말이지~

덕순이 힘을 주어 말했다.

– 상철이 동무 오마니가 랭장창골 들여주었습니까?

– 그러니 상철이하고 정답게 지내라는 게 아니니? 공화국에서 그저 인민답게 살자면 이런 장물 하나쯤 있어야 하구 말구~

덕순은 용희 동무를 만나면서 세상이 너무나 별스럽다는 것을 느끼고 있었다.

– 상철이 어머닐 어떻게 만난 거에요?

– 이게 다 늬 아버지 은덕 아니니? 늬 아버지 죽어 공동묘지에 누워 있다만 이케 우덜 돕겠다고 제 발로 찾아들지 않나?

동실은 공연히 불안해지는 마음을 내심 느끼고 있었다. 상철이 어머니가 스스로 어머니를 찾아왔을 때는 무슨 일이든 까닭이 있을 거라는 생각이 들었다. 상철이 아버지의 얼간질_{농간질}에 넘어가 한때 소조원 노릇을 했지만 결국 돌아오는 것은 마음의 상처뿐이었다. 력사 선생에 대한 죄스러움과 공화국에서 바르지 못한 검정새치 노릇을 하는 과오를 범했다. 어머니 역시 상철이 아버지 때문에 소조원 노릇을 했지만 상처밖에 남지 않았음을 동실은 잘 알고 있었다.

— 오마니, 상철이 오마니 하고 엮이지 않는 게 낫지 않겠습니까? 괜히 덧 불안해지는데~ 상철이 오마니가 달라붙는 까닭이라는 게 있지 않겠시요?

— 동실아, 그저 공화국에서 천지에 혼자 몸으로 살아내자면 약삭바라야 한다니까는~ 상철이 오마니가 바라는 게 뭔 줄 아나?

동실은 당연히 그 까닭을 알 수가 없어 대답 대신에 멀뚱히 쳐다볼 뿐이었다.

— 이 어머니더러 그저 참이 어머니 아버지 가정교양이나 잘 시켜 달라 하더란 말이야.

— 가정교양이라면 집안 어른이 자식들한테 시키는 거지 어찌 어머니더러 력사 생코 부부 가정교양을 시켜달란 말입네까?

동실은 리치를 생각하니 아무래도 이상했다.

— 그야 우덜이 부처님 속 모르듯 네들이 모르는 어른들 세계라는 거 이 있는 거 아니나~ 동실이 네가 동무들하고 합숙훈련 갔을 적에 참이 어머니 의절하니 마니 난리가 났었지 않겠는~

덕순이 말을 아끼려다가 겨우 조심스럽게 꺼내놓았다.

— 의절이라 하믄 뭐 력사 생코하고 리혼을 한다 이런 말이에요?

— 그렇다니 글쎄~

정숙 동무 의절 문제가 덕순에게 활력을 가져다주었다.

— 한데 어머니한테 어찌 참이 동무네 가정교양을 시켜 달라 한다 말

입네까?

　– 상철이 어머닌 그저 어미더러 력사 선생이 리혼 하지 않도록 해달란 말이야. 생각해 보라. 력사 선생이 의절을 하면 참이 어머니 혼자될 터인데 상철이 아버지가 참이 어머닐 가만 두겠나 말이야.

　동실은 이제 리해가 되었다. 일찍 의절한 상철이 아버지가 참이 동무 어머니와 재혼하는 것을 상철 동무 어머니가 막으려 하는 모양이었다. 허나 상철 동무 어머니의 바람은 리해할 수 있다 하더라도 동실은 어머니의 행동이 당장 모순이라는 것을 알았다. 동실은 곰곰이 생각하다가 머리를 절레절레 흔들었다.

　– 아니 어째 화경火鏡눈을 하구 머리를 그래 흔드나?

　– 어머니, 상철이 아버지 쪽에 서자면 리혼을 부추겨대야 하구 상철이 어머니 쪽에 서자면 리혼을 막아대야 하는데 이거 외려 난처한 립장 아닙니까?

　동실의 머릿속이 혼란스러웠다.

　– 너 말도 맞다마는 생각해 보라. 그저 부부 일이라는 거는 아무도 모르는 일이 아니냐. 리혼을 당하는 짓이 공화국 녀자들에겐 죽는 것보다 싫은 짓이지~ 그저 상철이 아버지 쪽에 설 땐 두루 력사 선생 리혼을 죽어라 부추기면 되는 게고 상철이 어머니 쪽에 설 땐 두루 력사 선생 리혼을 죽어라 막아대면 되는 게야~

　– 아하 오마니, 그러니까니 량兩다릴 걸치겠다 이런 말씀이야요? 동실이 말이 맞지요? 량다리 모두 붙들겠다 이런 말이지요?

　덕순은 아들애 동실의 응대에 고개를 너볏 너볏이 끄덕였다. 덕순의 생각에도 경우에 아닌 것을 알고 있지만 지금 덕순의 입장에서 최고의 선택은 양쪽 모두를 붙잡아두어야 하는 것이었다. 덕순은 밑도 끝도 없는 내일날에 대한 약속을 받아두는 데는 한계라는 것이 있다는 것을 깨닫고 있었다.

공화국에서 당장 며칠 뒤의 일도 장담하지 못할 터에 아들애의 훗날을 기대하기란 쉬운 일이 아닐 터이었다. 그래 비록 량다리를 걸치더라도 당장에 배불리 먹고 편히 살 수 있는 길을 택하는 것이 현명하다고 생각했다. 덕순의 머릿속에 붙들려 있는 생각은 오직 아들애에 관한 것이었다.

그래서 덕순은 아들애 동실이가 초모_{징집}를 당해 군대에 들어가면 복무를 하다가 기회를 보아 직통생으로 발탁되도록 미리 힘을 쓰고 있는 것이었다. 직통생으로 발탁되는데 보위부의 힘은 절대적인 것임을 덕순은 잘 알고 있었다. 아들애가 보안원이란 자리를 거머쥘 수 있는 최상의 방법이었다. 동실이가 공화국에서 보안원만 된다면 덕순은 눈을 감고 편히 기백이 동무 곁에 망가진 육신을 눕힐 수 있을 것이라고 생각했다.

그래서 덕순에겐 태산이 동무나 용희 동무 모두 아들애한테 그러한 기회를 제공해줄 만한 사람들이었다. 량다리를 걸쳐서라도 덕순은 아들애의 내일날에 태양의 빛을 비춰주고 싶은 마음이 간절했다. 아들애의 어깨에 번쩍이는 견장이 붙을 수 있는 날까지 악착같이 살아서 동실에게 힘이 되어주고 싶은 마음이었다. 이렇게만 된다면 죽어 기백이 동무한테 당당하게 돌아갈 수 있으리라 생각하고 있었다.

– 동실아~

– 예, 어머니.

동실의 목소리가 덕순에게는 아주 의젓하게 들렸다.

– 어미 죽으면 공화국 천지에 너 하나인데 그저 의젓하게 살아내야

하지 않겠니?

　― 인민들이야 누군들 그런 꿈을 갖지 않겠어요? 하지만 말처럼 게 어디 쉬운 일이나 말이지요.

　동실은 어머니 죽고 나면 공화국에서 세파를 이겨내며 살아나갈 자신이 없을 것만 같았다. 그래서 항상 어머니의 건강이 염려되었던 것이다. 어머니가 오래 살지 못할 거라는 것을 은근히 짐작하고 있으면서도 동실은 자신을 냉큼 속여 믿으려 하지 않았다. 어머니의 죽음을 상상조차 하기 싫은 것이 동실의 마음이었다.

　― 어미가 악착같이 목숨 붙들어서 울 아들애 보안원을 만들 테니 두고 보라.

　― 하하하~ 어머니 무슨 수로다 동실일 인민보안원으로 만든다 말입니까? 그저 언감생심焉敢生心 가당치 않은 소리에요.

　동실은 순간 어머니에게 내뱉은 말을 후회했다.

　― 모르는 소리 마라. 내 이번에 도당위원장 뒤꽁무닐 단단히 붙들어서 동실이 네 앞길 닦아놓을 테다~

　― 상철이 아버지가 우덜한테 했던 걸 보면서도 그저 어머닌~

　동실이 머릿속에서 상철이 아버지의 모습을 지우려고 애썼다.

　― 동실아 그런 소리 마라. 이 어미를 뭐로 보는~

　덕순은 자나 깨나 아들애의 앞길만 생각했다. 몸이 갈기갈기 찢겨나가고 뼈가 가루가 되는 것은 하나도 두렵지 않았다. 자나 깨나 마음에 품었던 일들이 요새 정말 가까이 다가와준 느낌에 덕순은 콩닥거리는 가슴을 지그시 눌렀다. 태산이 동무를 도울 때도 나그네 없는 설움을 많이 받았지만 오직 아들애의 앞길을 위해 감내했다.

　툭, 툭 젖가슴을 건들어도 그저 혼자 마른 웃음을 짓고 말았었다.

짓궂은 사내들이 거침없는 손길로 엉덩이를 꼬집어도 이를 악물고 버텼었다. 은근슬쩍 달러를 보여주며 압록강 려관에 가자는 데는 덕순의 체면이 땅바닥에 거꾸러졌지만 아들애를 생각하며 어금니를 악물었던 것이다. 비록 못난 나그네가 되어 공동묘지에 누워있는 기백이 동무에게 죽어서라도 책잡힐 일은 하지 않았었다. 이것이 바로 덕순이 떳떳이 공동묘지에 누울 수 있는 자부심이라고 생각하고 있었다.

　― 동실이 네가 잘하는 게 뭐는?

　― 그야 머리 박고 빙글빙글 돌며 아이돌 춤을 추는 거지요.

　동실은 아이돌 춤만 생각하면 몸이 달았다.

　― 기딴 날라리 짓 말구 뭐 컴퓨터라든가 물리나 생물 공부라든가~ 에이 하기는 어미 눈에 올 아들애 공부하는 모습 어데 들어왔던 적이 있나, 물어보는 어미 속이 쓸데없는 짓이지~

　― 어머니, 좋은 생각 있어요. 내에 하사관에 자원해서 간부학교에 가면 어떨지요? 보안성 정치대학 산하 교통반에 들어가는 거예요. 교통반을 마친 후에 그저 호안과 같은 데나 배치되면 공화국에서 세대주로 살아가는 데 그만 아닌가 말이요.

　동실은 순간 그렇게 사는 것도 괜찮을 것 같았다.

　― 쯧, 쯧 하구 많은 일 중에 하필 호안과라는? 아니 하냥 홍수 난데 쫓아 다니구 불난데 쫓아 다녀야 하는데 에그 동실아, 어미 가슴 속에 그저 불이 난다야~ 저 랭장창고에서 모란봉 탄산단물이나 하나 꺼내 오라.

　― 예, 오마니~

　동실은 순간 얼굴이 붉어지기 시작했다. 공부를 게을리하고 날라리 춤만 추었던 자신의 모습이 부끄럽게 여겨지는 것이었다. 이제 장차 고등중학을 마치면 초모를 당해 군에 들어갈 터인데 잘하는 것이 오직 춤밖에 없는 것이었다. 공화국에서 춤이라는 것은 아무짝에도 쓸모가 없고 날라리 반동분자 소리나 듣고 재수 없을 때는 보위부에 끌려가 고초를 당하는 경우도 있었다.

덕순은 지금 당장 처한 자신의 처지가 안 되고 가련해 보였다. 하지만 아들애를 가진 어머니로서 궁색한 처지라고 하지 못할 일이 어디 있겠는가. 아들애의 입을 통해 량다리 걸친다는 낯부끄러운 말을 들으면서도 포기할 수 없는 일이었다. 정당한 노역에 신역身役을 치르는 일이라면 아들애를 위해 허리가 꺾여도 떳떳이 고통을 감내할 터이었다.

하지만 비록 이치에 맞지 않는 일이라 하더라도 일의 중심에 아들애의 운명이 달려있다는 생각을 하면 좌고우면左顧右眄할 까닭이 없었다. 악착같이 살아서 아들애의 앞길에 꽃길이 놓이도록 비록 곰팡내 나는 짓이라도 서슴지 않을 것이다. 덕순은 다시 한번 이를 사리물었다. 노동당 도당위원장의 옷자락도 붙들고 언젠가는 사라져버릴지도 모르지만 힘이 있을 때 보위부 태산이 동무의 입김이라도 쐬는 것이 덕순이 살아나갈 수 있는 최선의 방책이라고 생각하고 있었다.

2

만룡은 백두대감의 전안塵案 앞에 꿇어앉아 진심으로 빌었다. 어머니가 하루속히 돌아오도록 백두대감에게 정성껏 빌고 있었다. 무릎을 꿇은 만룡의 모습은 마치 위급한 공격에 절로 몸을 움츠리는 고슴도치 같았다. 김정은 국방위원장에 대한 열혈충성심이 넘쳐 키대가 모자라는지도 모르고 도 병원에서 두 차례에 걸쳐 신체검사를 받았던 142센티에 40 킬로그램의 몸은 며칠의 바깥 생활로 더욱 왜소해진 모양새였다. 만룡의 몸은 신체검사를 받던 그날 이후 더는 자라지 않았다.

- 만룡아, 어서 나와 뭐라도 좀 먹어야지~

- 때식 한번 거르는 게 뭐 대수에요?

만룡의 목소리가 퉁퉁 부어 있었다.

- 만룡아, 아니 끌려간 어머닐 꺼내자면 그저 입건사라도 해야 하지 않나?

- 기깟 끼니야 그럭저럭 때여 가면 되는 거지요.

어머니가 안계시니 만룡의 마음에 허기가 졌다.

- 백두대감님이 뭐라 귀띔해주지 않나? 아니 그저 하냥 보이던 사람이 보이지 않으니 참말로 어찌 되어 가는지 궁겁다~

하며 아주머니가 문을 열고 전안에 들어서며 궁시렁거리고 있었다.

- 아지미, 걱정 마소. 울 어머니 곧 돌아온답네다.

- 아이 에그나~ 만룡아, 점괘가 정말 그리 나오나?

아낙이 치맛자락을 펄럭이며 호들갑을 떨었다.

- 예, 두고 보소. 오늘 해넘이 전으로 끼니감 품고 돌아 올 거에요.

- 어디 만룡이 모시는 백두대감 영험한지 한번 봅세. 하하하~ 그리만 되면 내래 끈 떨어진 연의 신세 한탄이 그저 종을 치겠구나~

만룡은 마음속에 전해지는 백두대감의 음성을 새겨들었다. 백두대감과 영(靈)으로 교감을 나눈 지도 하루 이틀이 아니었다. 대감의 음성이 만룡의 가슴에 꽂힐 때면 만룡의 몸은 뜨겁게 달아올랐다. 미친 듯 뛰지 않고 춤사위를 벌이지 않아도 몸이 절로 뜨거워지는 것이었다. 만룡은 이렇게 몸이 절로 뜨거워질 때 백두대감이 자신의 몸속에 들어와 함께 있다고 믿고 있었다.

낮전 끝 무렵에 중년 녀자 손님 하나가 들었다. 손님은 용하다는 소문을 듣고 백두장군을 찾아오는 길이었다. 하지만 손님은 백두장군이 없자 조금 실망하는 기색이 되어 등을 돌리려고 했는데 이런 모습을 보고 만룡이가 재바르게 손님을 붙들었다.

― 여보시오. 딸애 머리에 쪽을 찌려는 판에 어찌 그냥 가오?

― 아이 에그나~ 쪼그만 학생이 용하구나~

중년 녀자의 눈이 똥그랗게 빛났다.

― 나는 백두대감이라 하오.

― 아니 백두장군이 용하다 해서 왔는데 백두대감이라니~

녀자의 눈이 더욱 반짝거렸다.

― 내 몸에 받은 신장이 바로 백두대감이시오. 왔으면 길일을 받아가질 않고 어찌 걸음을 서두르시오?

― 아니 쪼그만 학생이~ 우리 딸애 혼인하는 거를 어찌 알았소?

손님이 경이롭다는 듯이 물끄러미 서서 만룡에게 물었다. 만룡은 자기 몸속에 있는 대감을 보지 않고 작은 몸만 보며 우습게 여기는 손님들이 야속했다. 만룡은 입술을 뾰로통하게 말아 올리며 야속하다는 듯 씰룩거렸다. 만룡이 대꾸를 하지 않자 집에서 일을 도와주는 아주머니가 몸이 닳아 먼저 응대를 하고 있었다.

― 이러 뵈도 용한 점쟁이라오.

― 아이구 용서합쇼. 내래 무례했구만이요. 백두대감님~

손님이 허리를 넙죽 숙였다.

― 우리 백두장군은 장마당서 점을 치다가 붙들려서 지금 교도대에 있다오.

－ 아이 에그나 호호호~ 무당 저 죽을 날 모른다더니~

손님이 호들갑스럽게 웃으며 저도 모르게 이기죽거렸다. 그러자 만룡이가 이마를 끌어내려 주름살을 만들며 응대했다.

－ 내 손님한테 운수대통 할 길일을 내릴 터이니 그리 하오.

－ 우리 딸애한테 복축 받을 날짜를 어서 꼽아 보오.

손님이 고개를 쭉 내밀었다.

－ 더 물어볼 것도 없소. 10월 10일에 혼인을 치르시오.

－ 뭐야? 아니 보자니까 쪼그만 놈이~ 어찌 혼인이 금지된 당 창건일에 개인 혼사를 치르라나?

손님의 입에서 앙칼진 욕이 튀어나왔다.

－ 그렇게 하면 손님 딸애는 생애 내내 인민들 복축을 받을 것이오.

만룡은 손님의 앞 번 말이 괘씸해서 자기가 생각해도 말이 되지 않은 말을 희롱하듯 지껄이고 있었다.

－ 내 참 말은 맞지만 혼인날 무사치 않을 것이니 더 물을 것도 없구마는~ 에이 공연히 헛걸음질을 쳤구나~

－ 손님, 거 잠자코 있어 보오. 내 손님한테 농을 한번 걸었소. 내달 9일이나 19일을 택하면 자손번창하구 재물구멍도 뚫릴 것이오.

만룡은 진지하게 알려주었다. 이런 길일을 잡는 것이야 점치는 일 중 가장 쉬운 일이었다.

－ 게 정말이우?

－ 내 말이 아니고 내 몸속에 들어 있는 백두대감님이 그러시니 뭐 어쩌겠소.

－ 저 신랑 될 사람이~

하고 중년 여자 손님이 머뭇거렸다. 이때, 만룡은 무릎을 탁, 소리가 나게 치며 움츠린 몸을 크게 일으켜 세웠다. 손님은 이 순간 비록 체수 작은 애라도 눈에서 광채가 서리는 것을 보고 몸을 잔뜩 긴장하고 있었다.

－ 키대는 멀쩡한데 어찌 다리가 이리 부실하나~

－ 아이 에그나 용타. 글쎄 그 사람이 사고를 당해 한쪽 다릴 좀 다쳤다는데~

손님이 대번에 손바닥 장단을 맞추면서 대꾸했다.

－ 문제 될 게 어데 있소? 애 낳을 수 있으면 되었지~ 어디 보자, 어라 이거 어찌 신랑이 달구지를 타고 산길로 내지르나 그래~

－ 참말로 어린 게 용타. 시골 사는 울 딸애가 좋아 신랑이 혼인을 하는 거니 달구지 타고 달리는 산길이 보이는 갑구마~

조선공화국에서는 시골에 사는 처녀한테 장가를 들면 도시에 사는 청년이 시골로 이동해서 살아야 하는 풍습이 있었다. 그런 풍습은 일종의 제약이기도 했고 이런 제약을 감수할 수 있을 정도로 처녀를 연분하면 기꺼이 혼인을 치르는 것이었다.

－ 내 자손번창 할 비방을 써줄 테니 첫날밤을 치르기 전까지 하나는 색시 배구멍배꼽 밑에 붙이고 하나는 신랑 사타구니 밑에 붙이게 하시오.

－ 아이 에그나 망측해라.

손님은 백두대감의 말에 믿음은 갔지만 비방을 사용하는 모습을 떠올리자니 거북하고 곤란하게 여겨져 탄식을 하고 있었다.

－ 거 우습게 보지 말고 내 말을 명심하오. 혼인날까지 부정한 기운을 쫓으려는 것이니 그대로 하오. 첫날 밤 보내고 아침 밥상 차리려면 불피코 그리하오.

만룡은 손님의 응대 따위 들으려 하지도 않고 부적을 써대기 시작했다. 익히기는 했지만 만룡은 자신도 모르게 손이 날아다니듯 기묘하게 부적을 갈겨 써지는 모습에서 자신의 몸속에 백두대감이 존재하고 있다는 것을 믿지 않을 수가 없었다.

－그리 하구 말굽셔.

－첫나들이 길에 신랑 낙상할 액운이 보이니 조심하라 이르오. 절뚝거리는 다리에 힘이 많이 풀리는 것이 어렴풋이 보이누만요.

－아 예, 그리 해야지요. 여기 복채는 얼마나~

－보자기에 가져온 거만 여게 두고 가오. 애옥살이 살림에 뭐~

손님은 만룡이 내어준 방패로 부적 두 장을 받아들고 보자기에서 고구마와 감자, 고추 등을 꺼내어 아주머니한테 주고 돌아갔다. 만룡은 한바탕 점사를 치르는 바람에 몸에 땀이 흥건히 젖어 있었다. 손님이 돌아가고 나서 아주머니가 재미있다는 표정으로 만룡에게 물었다.

－만룡아, 저 손님한테 어째 10월 10일 날을 혼인 길일이라 했더냐?

－무당 저 죽을 날 모른다 해서 화가 나서 그랬소.

만룡은 손님의 말을 듣고 정말 속에서 부글부글 끓었던 것이다.

－그래도 손님한테 농을 걸면 쓰나? 백두대감이 그래 시키진 않았을 텐데~

－대감님도 심심하시나 보던데요 뭐~

만룡이 혼자 키득거리며 웃었다.

－그럼, 만룡이 너 혼자 맘으로 그리한 게 아니고 대감님하고 둘이 힘을 합쳐서 그리했다 말이지비?

－예 아주미~

이제야 만룡의 가슴에 맺힌 덩어리가 내려가는 느낌이었다.

－호호호 호호 호~ 그나저나 만룡아, 너 오마니래 언제나 돌아오나

보라.

— 백두장군님이 어머닐 내버려 두기야 하겠시오? 염려 마세요. 족쇄
풀고 곧 들이닥치는 장면이 가슴에 스치니까는~

— 어디 두고 보자. 백두대감이 얼마나 용한지. 아이 그저 이 고추 실
한 거 봐라. 주민들은 배를 주리는데 감자 고구마는 그저 뭘 먹고
자랐을까나 이래 뭉툭하니 실팍하잖아~ 아이 왜 하품이 나지~

하품은 아주머니가 하는데 공연히 만룡이가 몸이 나른해져서 그대
로 방바닥에 드러누웠다. 복채로 받은 감자 등을 아주머니가 낚아채듯
부엌방으로 가져가서 삶아낼 때 만룡은 잠깐 졸며 꿈을 꾸고 있었다.
여러 신장들이 어머니를 에워싸서 교도대 밖으로 데리고 나오는 장면
이었다. 꿈속에서 만룡이는 어머니를 에워싸고 있는 신장들의 늠름한
기상을 지켜보았다.

만룡이가 꿈을 꾸며 늘어지게 잠을 자고 일어날 때 만룡이는 어머니
백두장군이 당도해 있으리라 믿었다. 하지만 만룡이 앞에 나타난 사람
은 어머니 백두장군이 아니라 강철이 동무였다. 만룡은 강철이 동무가
발로 배꼽 밑에 장난질을 하는 바람에 기지개를 켜며 꿈속에서 헤매다
가 일어났다.

— 강철 동무 아니 우리 집에 어이 왔나 놀러 왔나?

— 만룡이 동무한테 뭐 하나 물어보고 싶어 왔는데~

강철이가 만룡이 동무를 따라 퇴마루로 걸어 나오면서 말했다. 아주
머니는 김이 모락모락 피어 올라오는 감자와 고구마를 내어왔다.

— 에그나 감자 알 속에 가락지 무늬가 보이네.

— 부패 병이 들었음 어찌 먹나~

만룡의 하소연에 아주머니가 응대했다.

- 주민들 입가심이 생명줄인데 이깟 가락지 병이야~

이때, 강철이 김이 모락모락 올라오는 감자를 하나 집어 들어 뜨거운 김에 코를 가져다 대자 만룡이가 다그치듯 말했다.

- 대감님 전안에 올리기도 전에 먹으면 부정 타니 이리 내려 놔라~

하자 강철이가 던지듯 감자를 바구니에 내려놓았다. 강철의 입이 동그랗게 말려 올라가고 있었다.

- 만룡아, 동무 그냥 먹게 두라. 가락지병만 아님 전안에 올리는 건데 이걸 어찌 올려놓을 수가 있나. 어이 그냥 먹으라. 가락지병 아니들었음 그저 감자농마를 내어 국수를 만들어 먹는 건데 아깝구나~

수다를 떨 듯 하다가 아주머니는 궁둥이를 씰룩거리며 밖으로 나가버렸다.

순간 만룡과 강철 사이에는 이상한 기운이 맴돌고 있었다. 강철의 입술이 주저하는 것을 만룡은 깊이 들여다보고 있었다. 학교에서 강철이 동무한테 수없이 학대를 받았던 일들을 생각하면 울컥 화가 치밀어올랐지만 이제 그들은 작의형제를 맺은 동무였다. 합숙훈련만 아니었다면 강철과 이렇게 대면할 일도 없을 터였다.

- 뭐를 물어보러 왔더나 응?

- 독거미 놈들 잡을 비방을 가르쳐 줄 수 없나?

강철이 동무의 표정이 뜻밖에 진지해 보였다.

- 뭐야? 독거미 놈들 잡을 비방 가르쳐 달라고 했나?

만룡의 말에 강철이 고개를 몇 번 주억거리자 만룡은 눈을 화등잔만하게 떴다. 비방이라면 비방일 수도 있는 것이 만룡이 백두대감에게 간절히 기도를 하면 가슴속에 들릴 듯 말 듯 대감의 뜻이 전해졌다. 만룡의 생각이 아니라 가슴에서 전해지는 뜻은 항상 뜨거운 기운을 데리고

왔다. 뜨거운 기운이 느껴지지 않으면 가슴속에 어떤 뜻이 전해진다 해도 개탕허탕밖에 되지 않았다.

─ 장마당 매대 되찾지 못했더나?

─ 되찾기는~ 울 아버지가 독거미 놈들 자빠뜨릴 기획 잡았더랬는데 외려 뒷다리질을 당했다누나.

─ 등탈 난데는 그저 비방을 써댈 밖에 도리 없는데~ 어찌 된 일이라나 강철이 동무야~

만룡은 이런 동무의 하소연에 하나도 머뭇거리지 않았다. 자신의 몸 속에 백두대감이 들어있다는 믿음이 있었기 때문이다. 백두대감을 몸에 받아들이면서 만룡의 자신감은 하늘을 찌를 정도였다.

─ 독거미 놈들이 지하교회를 덮쳐가지고 예수군기독교 신자들을 낚았는데 꾹돈을 받아 챙기더란 거야. 꾹돈 받아 챙긴 장면을 손전화로 찍어 울 아버지가 빼앗긴 매대를 돌려 달라 거래를 하려 했는데 엉뚱하게 불법촬영으로 몰아 벌칙을 받았다는 거야~ 에이 개 같은 새키들 그저 어찌하면 분이 풀리겠나 만룡이 동무~

강철은 정말 분에 못 이긴듯이 주먹을 여러 번 말았다 폈다 하며 어깨를 표시가 나도록 움씰거렸다. 당장 독거미 놈들이 앞에 있다면 목숨을 걸고 싸움이라도 마다하지 않을 기세였다. 만룡은 눈을 지그시 감은 채로 강철 동무의 말을 한참이나 듣고 있더니 강철의 입에서 욕설이 새어 나오는 틈에 눈을 부릅떴다. 만룡의 눈에서 섬광 같은 광채가 흘러나오는 것만 같았다.

─ 당장 가자~

─ 어데를?

만룡의 갑작스런 태도에 강철이 순간 놀랐다.

– 이상하게 동실 동무네 가면 방책이 풀릴 거 같은데~

– 동실 동무네? 거게 가면 무슨 방책이 풀린단 말이나?

강철이 턱을 길게 빼내면서 물었다.

– 나도 모르겠는데 이상하다이~ 자꾸 가슴에 스치는 게 그저 동실 동무네 가면 실마리가 풀릴 거 같단 말이라~

만룡이 머리를 갸웃거렸다.

– 에이 만룡이 동무 장난질 하는 거 아니지?

– 장난질은 무슨~ 백두대감이 자꾸 내 가슴속에 뜨거운 김을 불어 넣는데 그저 이상하다 말이지~

만룡이와 강철이가 동실 동무 집에 도착했을 때 동실은 퇴마루에 배를 깔고 엎드려 종이에 적힌 낙서를 뚫어지게 들여다보고 있었다. 동무들이 불쑥 나타나자 동실은 윗몸을 일으켜 세우며 반갑게 맞았다. 만룡은 갑자기 동실의 손에 들린 종이를 낚아채어 한 번 훑어본 다음 백두대감의 기운이 자꾸 동실 동무네로 향하던 까닭을 깨달았다.

– 동실 동무, 이상하게 압록강 려관이 내가 당장 누울 자리 같단 말이야. 압록강 려관을 여기 표시해둔 리유가 뭐나?

– 내 그렇잖아도 만룡이 동물 생각하고 있었잖나.

동실 동무의 말에 만룡이 놀랐다.

– 아니 어찌 나를~

– 몸속에 백두대감 모신 동무가 그걸 물으면 어찌 하나?

하고 강철이 동실을 거들었다.

– 동무들, 내래 독거미 때려잡을 방책을 찾아냈다~

– 동실 동무, 게 정말이니?

하고 강철이 동실을 향해 물을 때 만룡은 이미 가슴이 뜨거워지고 것을 느끼고 있었다. 만룡의 눈앞에 번쩍번쩍하는 섬광이 느껴지는 느낌이었다.

　- 네들, 내 말 좀 들어보라.

　하고 동실이 말소리가 밖으로 새어나가지 않도록 속삭이듯 말했다. 동실은 아주 소리를 죽여 진지한 태도로 종이에 적힌 낙서를 가리키며 밤새 짜낸 방책을 얘기했다. 동실의 얘기에 강철의 표정은 굳어졌지만 만룡의 가슴 속에는 백두대감의 기운으로 소용돌이치기 시작했다. 만룡은 동실의 말을 모두 듣고서야 백두대감이 자신의 가슴속에 자꾸 뜨거운 김을 불어넣었던 까닭을 이해할 수 있을 것 같았다.

제33장 1호행사령

1

신의주청년역 부근은 아수라장이었다. 대합실에도 사람들로 북새통을 이루었다. 대합실 차가운 바닥에 종이를 깔고 앉은 아녀자들부터 노인네들은 아예 지친 나머지 바닥에 아무렇게나 누워 있었다. 늙고 젊은 사람들, 남녀노소 가리지 않고 사람들은 오갈 데 없는 앉은뱅이가 되어버린 듯이 종일토록 맘대로 움직이지도 못하고 무릎걸음을 치고 있을 따름이었다.

중국의 단동과 압록강 철교로 연결되어 있는 신의주청년역에서 2.5킬로미터만 달리면 중국의 단동역이었다. 옛날에는 남쪽 서울을 출발하여 평양을 거쳐 압록강을 건너서 러시아 시베리아를 횡단하는 철도였지만 역사의 족쇄는 남쪽에서 달리기 시작한 기차의 바퀴를 휴전선에서 70여 년 동안 묶어놓고 있었다.

1호 행사김정은이 참가하는 행사가 예정되어 있는 신의주는 며칠 전부터 긴장된 기운이 감돌기 시작했다. 신체 건장한 청년들이 신의주 시내 곳곳을 샅샅이 점검하였고 신의주청년역 부근에는 마치 전쟁이라도 일어날 것처럼 폭풍전야와 같은 분위기였다. 이러한 상황이 발생하면 주민들에게는 불편함에 고통스러울 따름이었다.

역을 통제하자 신의주청년역은 지나는 주민들과 기차 타고 가던 여행객들로 뒤엉켜버렸다. 삼층까지 사람들의 발이 들어서기 어려울 정도로 북새통을 이루었고 오도 가도 못 하는 난민 신세가 되어 아우성이었으며 혼잡 속에서 손을 놓친 가족들이 서로를 찾기 위해 외쳐대는 소리들로 뒤엉켜 그야말로 야단법석이었다. 역사 앞의 드넓은 광장에도 사람들로 들끓었지만 철통같은 보안 때문에 주민들의 이동은 자유롭지 못했다.

신의주청년역 3층 지붕 머리맡에 씌어진 '위대한 령도자 김일성 동지 만세'라는 붉은 글씨가 두 눈을 뜨고 호령하는 느낌이었다. 영광스러운 조선로동당의 핏빛 눈동자는 허리춤에 붙박인 강성대국건설대전이란 유령 같은 구호를 번쩍거리며 노려보고 있었다. 이런 기세에 눌려 사람들의 발걸음은 기를 펴보지 못하고 묶여 있었다. 신의주 관내 크고 작은 상점 앞에서도 주민들은 억눌렸고 동네 인민반 경비초소들에서도 주민들의 움직임을 하나하나 감시하는 요원들이 눈동자를 바쁘게 굴리고 있었다.

신의주에는 꾀나 알려진 제지공장과 팔프공장 등이 있었다. 세련된 화장품 공장과 규모가 어마어마하다는 신발공장, 현대적 설비를 갖춘 거대한 직포방직 공장 등은 신의주의 자랑거리이면서 공화국의 자랑거리이기도 하였다. 이러한 긴장사태가 벌어지게 된 까닭은 바로 김정은 위원장이 모처럼 신발공장과 직포공장에 현장 지도차 방문한다는 것 때문이었다.

김정은은 김일성, 김정일의 유훈을 받들어 신의주 개발에 열을 올리고 있었다. 중국 단동에 비해 초라해 보였던 신의주를 웅장하게 만들어 외부에 과시를 하려할 뿐만 아니라 특급호텔이나 카지노 같은 도박장을 만들어 외화벌이를 하려는 의도가 도사리고 있었다. 김정은은 위대한 수령 김일성과 위대한 장군 김정일이 교시를 내린 신의주 건설사업을 중요한 유훈과업이라 여길 정도로 그곳에 의미를 부여하고 있었다.

그런 탓에 신의주는 공화국 최대의 공업도시이며 과학기술, 금융과 무역, 경제의 중심으로 도약하고 있는 과정에 놓여 있었다. 이런 상황인 까닭에 김정은은 마음이 급한 나머지 결과를 앞당기기 위한 여정으로 신의주를 특별 방문하려고 하는 것이었다. 김정은을 맞이하는 과정에서 벌어질 주민들의 고충 따위는 아예 염두에 두지 않고 있었다. 국제사회의 대북제재로 인해 살림살이가 궁지에 몰리게 되자 공화국 당국의 발걸음이 종종거릴 수밖에 없는 것이었다.

– 주민들 발목을 이렇게 붙들어 맬 수가 있는가?

땅바닥에 주저앉은 주민들 입에서 급기야 불만 섞인 목소리가 새어 나왔다.

– 수돗물도 멈추고 전등도 깜빡깜빡 졸다 깨다 졸다 깨다 언~

– 개발이라면 주민들이 잘 살아야 개발 아니오? 쭉, 쭉 올라간 고층 건물이 그저 주민들 비웃어댄다 생각을 하니 외려 부아가 나오.

김정일 위원장은 일찍이 신의주를 저층 도시로 만들어 미관을 흐트러뜨리지 않으려고 했다. 김정일은 멋쟁이 도시를 만들자며 낮은 건물을 주로 짓고 8층 이상의 건물은 절대 짓지 말라는 교시教示까지 내렸지만 새로운 지도자가 된 김정은의 마음은 급했다. 단기간에 경제도약을 하겠다고 인민들을 닦달하고 있었지만 굶주림에 허덕이고 있는 인민들의 입에서는 불평불만만 쏟아져 나왔다.

– 깟거 신의줄 특구니 뭐니 하드라만 특구면 뭐하나~ 정작 여게 사는 주민들 배를 불려줘야 잘 사는 거 아니나? 통제중국제가 여전히 판을 치는 마당인데 관절 신발공장이니 직포공장이니~

– 거 들자니 신의주 주민 이동계획도 있더래는데~ 그저 공화국 주민들은 허수아비나 다름없지~ 죽어라 허리띠 졸라매고 일을 해대는데 형편은 나아지질 않으니 이거야 원 어디에 대고 속시원하게 푸닥거리불평를 놓을 수도 없구~

한번 터져 나온 주민들의 불만은 거침이 없었다. 인파로 빽빽한 신의주에서 1호행사령에 갇힌 신의주 주민들과 려행객들은 김정은에 대한 불만이 멈추지 않았다.

옆에 있는 동무의 눈치도 무시하고 노골적으로 불편한 심기를 드러냈다. 영원한 태양, 지존이라 믿는 1호 김정은은 하나일텐데 가는 곳마다 주민들은 불편을 치르고 있었다. 도로에 다니는 행인들은 물론 자동차들도 통제가 되었다. 차량들을 세워놓고 차량에 탑승한 사람들에게 공민증 제시를 요구하고 통행을 검열했다. 지나친 충성심에서 빚어진 일이요 주민들의 비참한 생활마저 무시한 처사였던 것이다.

작은 키에 단단한 몸을 가진 김국기 선교사는 잔뜩 긴장하며 사람들 속에 붙들려 있었다. 십여 년을 넘게 공화국을 왕래했지만 이번 북조선 방문은 그런 이력이 무색하게 낯선 여행처럼 느껴지고 있었다. 그가 공화국 땅을 왕래하며 주민들을 돕는 구제사역을 하면서 이렇게 까다로운 검열은 처음인 것이었다. 재봉틀이나 농기계, 빵이나 두부를 만드는 기계 등을 제공하는 이면에는 남쪽의 여러 노회와 교회의 지원이 필수적이었다.

이런 남쪽의 인도적 도움이 없다면 그도 역시 공화국 주민들을 위해 어떤 구제사역도 할 수 없었을 것이다. 장동식 목사 부부의 헌신적인 도움 역시 김국기 선교사의 발걸음이 조선공화국에 머무는데 큰 역할을 하고 있었다. 그를 향한 목사 부부의 위로와 기도만으로도 힘이 되어 위험한 공화국의 땅을 밟는 것에 주저하지 않았다. 그런데 이번에는 분위기 자체가 다른 때와는 판이하게 달랐다.

관광차 방문한 미국의 명문대에 다니는 엘리트 청년을 억류, 구금한 것도 모자라 노동교화형 15년의 중형에 처한 것을 보면 공화국의 태도가 급박해진 것은 분명해 보였다. 거대한 미국의 힘에 노골적으로 맞서는 일이기도 했으니 북미가 이제 살벌한 대치국면에 놓일 것이라고 그는 생각했다. 중국에서 조선공화국으로 연결하는 조, 중 친선다리를 넘어 신의주를 향할 때까지 김국기 선교사는 다만 다른 때보다 긴장을 더 했을 뿐 구제사역을 하는 데는 크게 염려하지 않았었다.

허나 오랜 시간 알고 지내던 북측 세관원의 태도에 그는 아주 긴장하고 말았다. 뻔히 서로 잘 알면서도 여권번호와 이름 등을 적은 입국서류를 고압적으로 들여다보았고, 수도 없이 눈도장을 찍었던 직원이 가방을 열고, 몸을 더듬으며 꼼꼼히 수색했다. 비단 김국기 선교사뿐만 아니라 입국을 하려는 모든 사람들에게 똑같이 까다롭게 굴었다. 그러다 보니 마음이 급한 입국자들로 길게 줄까지 늘어서게 되었다.

이렇게 까다로운 절차를 거쳐 공화국에 들어왔지만 가는 데마다 보안원이나 보위부 요원 같은 검열반원들이 깔려 있었다. 김국기 선교사는 공화국의 태도가 평소보다 강경한 입장으로 선회했구나라며 대수롭지 않게 여기고 있었다. 그가 조선공화국에 처음 멋모르고 들어가 선교사로서 구제사역 및 복음사역을 하려고 가방에 성경책을 넣고 다니는 바람에 호된 고통을 치른 적이 있어서 이제는 가방에 성경책을 넣지 않고 다니는 눈치꾼 정도는 되어 있었다.

눈에 익은 검열반원들을 만나면 슬쩍 몇 푼의 꿍돈 정도는 찔러줄 정도로 아는 눈치 차림까지 하던 사람이었다. 날씨마저 쌀쌀해지고 이제 추위가 닥치면 공화국 주민들에게 하루 살아내기란 삭풍이 살갗을 핥아대는 아픔보다 더욱 큰 고통으로 다가올 것이다. 짐을 풀었던 려관에서부터 그가 구제사역을 주로 벌였던 지역까지 10여 킬로 정도 되는 거리를 이동하는 데 여러 번의 검열을 받았다. 신의주평야에 펼쳐진 기다란 논과 폭이 좁은 하천도 김국기 선교사의 눈에는 예전과 다를 바 없는데 사람들의 태도는 살벌하게 변해 있었다.

김국기 선교사는 사람들 틈에 섞여 무릎걸음을 하다가 비로소 1호 행사령이 떨어졌다는 것을 알게 되었다. 그나마 다행이라는 생각이 들었다. 김정은 지존이 신의주에 행사차 방문하는 일 때문에 이토록 야단법석이 일어난 모양이다. 이런 생각이 들자 그의 머릿속이 조금 편안해졌다. 불쌍한 공화국 주민들을 위해 작게나마 구제사역을 하고 암암리에 복음사역을 하다 한 생애를 마치는 것이 김국기 선교사의 소원이었다.

그는 사람들 속에 납작 엎드려 1호행사가 빨리 끝나기를 기대하고 있었다. 그의 마음에 간절한 것은 속히 가슴속에 숨긴 춘희 처자의 편지를 리명호 선생한테 전달하는 일이었다. 고등중학 력사 교원이라는 춘희의 담임에게 편지를 차질 없이 전달하는 것이 김 선교사의 당장 급한 용무였던 것이다. 리명호 력사 선생이 사는 집으로 무사히 찾아가는 것이 최대의 목표였다. 춘희 처자의 가슴에 달라붙은 간절함을 김국기 선교사는 이미 엿보았기 때문이었다.

신의주청년역에 서 있는 김일성, 김정일 부자의 동상은 아래에서 쳐다보는 사람들에게 위대해 보였을지 모른다. 누군가에 의해 김일성 주석의 팔이 절단되는 사고가 발생해 공화국 내부가 뒤집히는 사건이 있었다. 김정은이 권력을 잡고 나서 바로 지금 그 자리에 김일성 주석, 김정일 국방위원장의 초대형 동상이 세워진 것이었다. 금색 코트를 입고 오른쪽 주머니에 한쪽 손을 넣은 채로 광장을 내려다보는 김일성 주석의 눈빛은 자세히 보면 염려가 가득한 눈빛처럼 보였고, 인민복에 뒷짐을 지고 금색 단 위에 서 있는 김정일 국방위원장의 모습 역시 편안하게 보이지는 않았다.

　이런 느낌은 전적으로 김국기 선교사 자신의 느낌에서 비롯되는지도 모른다는 생각이 들었다. 사람들은 왕래하며 동상 앞에서 고개를 숙이고 간절히 기도를 하는 사람도 있었다. 하지만 이 지역 주민들에게는 먼저 돌격대라는 이름으로, 당원돌격대니 청년돌격대니 인민반 자원돌격대니 하며 노예처럼 동상 건립에 강제로 동원되어 혹독한 노역을 치렀던 악몽이 떠올랐을 것이다. 김국기 선교사 역시 역전 부근에 동상이 세워지는 모습을 두 눈으로 똑똑히 보았었던 것이다. 주민들의 주린 배를 채워주는 일과 무관한 동상 건립을 맘속에 반길 여유를 가질만한 공화국 주민들은 존재하지 않을 것이다.

　신의주의 관문인 관문동에서 아는 검열반원들을 만났을 때도 호상 인사를 주고받았다. 관문동은 외국인에게 관광의 문을 여는 관문답게 여행객들이 눈에 많이 띄는 곳이다. 하지만 짐을 풀었던 려관에서 나와 마전동으로 가다가 신의주청년역에서 그만 이렇게 주저앉고 말았던 것이다. 1호가 지나갈 때는 허리를 바닥에 닿을 듯 굽힌 채로 있어야지 고개를 들어 쳐다볼 수 없었다. 해가 머리 위에서 한 뼘이나 멀어지고 서야 자리를 이동할 수가 있었다.

　한편 김국기 선교사는 걱정이 커지고 있었다. 일이 꼬이려니 1호행 사령이 발목을 붙들고 있기 때문이다. 김정은이 신의주 화장품공장을 시찰하고 이어 직포방직공장을 시찰한다고 하니 김 선교사의 발이 묶인 경우가 되고 말았다. 신의주화장품 공장은 원래 신의주 신남동 옆 신포동에 위치하고 있었는데 지난 2000년도에 경치 좋은 곳으로 공장을 옮기라는 김정일의 지시로 남신의주 현재의 위치에 자리를 잡은 것이다.

신의주 화장품공장은 평양 화장품 공장과 함께 공화국 주민들의 화장품을 최첨단 설비와 기술력으로 공급하는 공화국 최고의 공장이었다. 비누직장, 치약직장, 화장품직장 등의 기본 건물이 주를 이루었지만 공화국의 최고 자랑거리라 할 수 있는 탁아소와 유치원 같은 편의시설 등을 잘 갖추고 있었다.

신의주 화장품 공장에서는 공화국 특산품인 고려인삼을 재료로 삼아 유명한 수출용 화장품 세트를 생산하는 것으로 알려져 있다. 상품명 '너와 나'와 '봄향기' 등은 공화국의 대표적인 명품 화장품이다. 하지만 이런 이면에서는 공장 간부들이나 노동자들까지도 완성된 화장품을 빼어 돌리거나 재료까지 빼어 돌리는 일이 많아서 정작 짝퉁 화장품을 만들고 있다는 입소문이 있었다.

김국기 선교사는 구제사역을 하면서 틈틈이 기회를 보아 복음사역도 해가며 리명호 선생이 살고 있는 마전동에 은밀히 잠입할 생각이었다. 1호행사령 때문에 일이 꼬이기는 했지만 다행히 김정은이 직포공장보다 먼저 화장품 공장을 방문한 까닭에 이동할 시간적 여유가 생겼다. 남신의주 화장품 공장에 들러 신의주 북쪽지역인 방직동에 들르자면 적어도 3시간 남짓 소요될 것이다. 그 사이에 방직동 쪽을 벗어나서 농업대학에 들러 구제사역을 하고 저녁 무렵에 마전동 목적지에 당도할 수 있을 것이라고 생각했다.

하지만 이동하는 길은 순탄치 못했다. 농업대학으로 가는 길목마다 검열반원들이 길목을 막고 꼼꼼히 검열을 하고 있었다. 자동차 같은 차량들은 물론 서비차, 택시 등에 탑승한 사람들까지 붙들어 잡고 공민증이나 통행증 등을 검사하고 있었고, 통행증을 제시한다 하더라도 어디에 무슨 용무로 가는지 철저히 살피고 있었다.

애초에 김국기 선교사는 나름대로 머리를 굴려서 병원이 있는 쪽으로 이동방향을 설정해 천천히 주위를 살피며 걸어서 이동하고 있었다. 병원 쪽으로 가는 길목은 간혹 응급환자들을 이송하느라 길을 나긋하게 터주리란 생각 때문이었다. 신의주 시내라고 해봐야 아무리 늦은 걸음이라도 하루의 반나절 걸음이면 도시의 절반을 횡단할 수 있는 무난한 지역이라고 알고 있었다. 동서로 길게 뻗은 모양인 신의주는 평양에서 신의주를 달리는 평의선 전철이 신의주청년역과 남신의주를 연결하며 기다랗게 늘어진 도시를 분할하고 있었는데 방직동이나 경기장, 농업대학, 마전동 등은 걸어서 반나절 거리밖에 되지 않았다.

그러나 1호행사령이라는 복병을 만난 탓에 애당초 계획했던 일정에 차질이 빚어지고 있었다. 촌각을 다투는 응급 차량도 도로에 그냥 붙들어 놓고 내부를 살피며 상황의 이모저모를 캐묻고 있을 정도였다. 김국기 선교사는 병원으로 향하는 도로의 입구에서 검열반원들에게 붙들려 가방을 샅샅이 뒤엎히고 옷의 주머니를 수색받았다. 가방 속에 성경책이 들어있지 않다는 것으로 그는 당당했고 마음이 홀가분했다. 하지만 가슴에 숨긴 편지가 발견되는 날에는 곤혹이 따를 수가 있었기에 여전히 마음을 졸이고 있었다.

― 동무는 얼굴상은 공화국 사람인데 어찌 국적이~

― 캐나다로 이민을 가서 국적이 이렇습니다.

선교사가 웃음을 지으며 말했다.

― 사회성분이 머이요?

생전 처음 보는 검열반원이 꼬치꼬치 캐어물었다. 털어서 먼지 하나라도 나온다면 무슨 수로라도 작살을 내려는 듯한 분위기가 느껴졌다.

― 아니 내 말이 말 같지 않소? 어찌 입을 닫고 주춤거리나?

- 내 실은 서, 선교사라오.

김 선교사가 더듬거리며 말했다.

- 동무, 남조선 출신 맞지?

검열반원의 말에 김국기 선교사는 순간 자신의 말이 잘못 튀어나왔다는 것을 깨달았다. 공연히 둘러대려다 경을 치게 될 수도 있겠다 싶어 사실대로 말을 했을 뿐인데 당장 검열반원의 표정이 딱딱하게 굳어지는 것이었다.

- 그, 그렇소만 보다시피 공식 국적은 캐나다 아닙니까?

- 선교사라면 예수군인데 예수군이 뭣하러 공화국에 왕래를 하나? 이거 순 반동짓거리 하러 들어온 거 아니니?

나이 젊은 검열반원이 이제 노골적으로 반말조로 다그치듯 말을 했다. 김 선교사는 부러 당당한 표정으로 가방을 거꾸로 들쳐 보이고 주머니 속을 뒤집어서 아무것도 없다는 것을 보여주었다.

- 보십시오. 나는 공화국 주민들을 위해 구제사역을 하러 들어온 사람입니다.

- 뭐이? 구제사역이 뭐하는 건데~

검열반원의 표정이 굳어졌다.

- 그저 농기계도 구해 주고 두부 만드는 기계도 조달해주는 일을 한단 말이오.

- 그러니까 우리 조선공화국 주민들을 도우러 오는 처지이구만이요?

그제서야 검열반원의 낯바닥이 활짝 펴졌다.

- 예, 예 그러문입쇼. 그저 공화국 주민들 도우러 이렇게 불철주야 발품을 팔고 다니질 않소?

– 네, 좀 무례 했시오. 거 목적지가 어데인가 말이요?

검열반원이 이제 허리까지 숙이며 물었다.

– 여 농업대학 실습농장에 들어가는 중이지요. 우수한 남조선의 농기계를 적재적소에 송출해야 농업생산의 증대를 기대할 거 아닙니까? 하하하~

– 거 동무는 공화국에 발을 들이밀면서 은근히 남조선이 월등하다 선전을 하는가?

말은 그렇게 했지만 표정은 밝았다.

– 아, 아닙니다. 그저 먹고 사는 데야 위쪽 아래쪽 가릴 필요 뭐 있겠습니까? 필요하니 미제 놈들 외치면서 영어를 써대는 판에 뭐 한 핏줄 나눈 민족의 도움을 좀 받는다는 게 대수 아니겠지요.

– 어서 가오. 옛소. 이 거 가져가오. 1호행사령 떨어져서 가는 데마다 검열을 받아야 할 터이니 이걸 제시하오.

– 고, 고맙습니다.

김국기 선교사는 허리를 몇 번 굽실거리면서 병원으로 가는 길목의 검열대를 빠져나왔다. 온몸에서 땀이 솟아올랐고, 긴장이 풀린 나머지 한숨이 깊은 곳에서 올라왔다. 가는 곳 마다 몸수색을 당하다 보면 가슴 속에 숨겨놓은 편지를 들킬 수도 있다는 생각이 들었다. 그런데 이렇게 친절하게도 검열증까지 끊어주니 일이 수월하게 되는 모양이었다.

그는 호흡을 가다듬으며 침착한 태도로 천천히 걸음을 옮기기 시작했다. 도로에 걸어가는 주민들은 발걸음을 서두르고 있었다. 1호가 지나가게 되면 길바닥에 엎드려야 하기에 시간이 지체될 수밖에 없기 때문일 것이다. 가슴 쪽에 손바닥을 얹어 편지가 제대로 부착되어 있는지 확인하며 걸음을 빨리하였다. 경기장 입구까지만 당도하면 한숨을 놓아도 좋을 만큼 안전이 보장되리라고 생각하고 있었다.

그러나 김국기 선교사는 이러한 공화국 검열반원들의 습성을 제대로 파악하지 못하고 있었다. 다른 때와 달리 특히 김정은 방문행사라는 1호행사령이 떨어진 상황임을 간과하고 있었던 것이다. 이런 중대한 행사에서는 지존의 안전을 위해 이중 삼중의 철통 보안을 과시하는 검열반원들에다 특수부에서 차출한 군인들이 경계를 강화하고 있었다. 평소에 호형호제를 하는 사이더라도 몸을 수색하고 행선지의 목적을 묻고 있는 것이었다.

병원 길목의 검열대를 무사히 벗어나 십 여분 속보로 걸어 올라갔다. 방향을 농업대학 쪽으로 틀어 쉬지 않고 한참을 똑바로 걸었다. 초가을의 날씨는 춥다고 느낄 정도로 쌀쌀했지만 김국기 선교사의 몸에서는 신열이 났다. 고개를 똑바로 쳐들어 걷고 있는데 저 멀리 눈앞에서 상상할 수 없는 광경이 펼쳐지고 있었다. 예전에는 보지 못했던 차단소검문소가 도로 곁에 설치되어 있었고 지나가는 사람들을 고압적으로 검열하고 있었다.

김 선교사의 가슴은 졸아들었고 난데없이 단동에 있는 목사 부부가 머릿속에 떠올랐다. 또한 꼭 담임에게 편지를 전해달라던 춘희 처자의 애절한 모습도 눈에 어른거리면서 애절했던 춘희의 목소리가 귓속까지 쟁쟁하게 울리고 있었다. 검열반원이 그와 상당한 거리에서 눈이 마주치는 순간 손을 까닥거렸다. 그는 자신도 모르게 마음속에 간직해둔 하나님을 간절히 부르짖었다. 하나님을 붙들지 않으면 모든 것이 수포가 될 것만 같은 기분이었다. 마음속으로 아멘, 아멘을 또한 열심히 부르짖고 있었다.

 ─ 동무, 이리 오오.

─ 하하하~ 수고들 하십네다.

하면서 김국기 선교사는 앞 번의 검열반원한테 받은 검열증을 당당히 제시했다. 애써 볼웃음을 지었는데 키가 전기대전봇대처럼 훌쩍 큰 군복 입은 사내가 씨억씨억 다가와서 검열증을 받아들더니 그 앞에서 보란 듯이 쫙쫙 찢어버렸다.

─ 아니 무슨 짓들이오? 당신네들이 내어준 검열증을~

─ 장마철 하늘에 구름 같은 건데~ 저 구름이 지나갔다고 비가 사라진 거는 아니잖소. 가방부터 이리 내오.

마치 무슨 단서라도 붙들었다는 듯 집요한 표정이었다.

─ 아니 이거 도무지 무슨 말을 하는지~

─ 동무는 어데서 오는 길이오?

차단소 바로 옆의 껑충한 전기대에는 두 명의 산줄공전선근로자이 전기대를 타고 올라가고 있었다. 부족한 전기 사정에 낡은 전기대들이 수시로 말썽을 부린 탓에 산줄공들이 땀을 뻘뻘 흘리며 전기대를 타는 경우가 많았다. 산줄공들은 무료한 듯 전기대 아래에서 벌어지는 상황들을 흘끔흘끔 내려다보면서 마치 게으름 대회를 하듯 작업을 하고 있었다.

─ 청년역에서 오는 길이라오.

─ 인민들은 죄 땅바닥에 조아리고들 있는데 어찌 경망스럽게 움직일 생각을 했소?

─ 거 나만 그랬던 게 아니라서 그저 공화국 주민들 위해 봉사하러 가는 길이라 마음이 영 급해서 그런 겁니다.

이때까지도 무난히 통과하리라 믿었다.

─ 무슨 봉살 하러 가는 거요? 공민증부터 봅시다. 어서~

– 이게 글쎄~

선교사의 입장이 이만저만 난처한 게 아니었다.

– 아니 뭐 꿀단지 통째로 먹었나아?

검열반원의 목소리가 사뭇 크게 들렸던지 전기대에 매달린 산줄공이 위에서 비스듬히 내려다보면서 농을 쳤다.

– 할할할~ 이보 동무, 어찌 말을 그케 재미나게 하십네까? 아니 그저 말만 들어도 목젖이 방아를 찧는 게~

– 어이 거기 산줄공 동무들, 쓰잘데 없는 데 신경 도사리지 마오. 거 날래 작업공정이나 마치쇼. 꿀단지 두 번 디밀었다간 그저 거꾸로 매달려 혓바닥을 내밀겠구만 그래~

– 할할할~ 아이 저 아저씨 말발이 참 재미나누만~

– 옛소. 난 캐나다 사람이오.

하고 김국기 선교사가 신분증을 들이밀었다.

– 칼칼칼~ 아니 그저 이케 전기대에 매달려 세상을 보는 맛이 웃기네. 아니 멀쩡한 인민이 그저 캐나다 사람이라잖나 칼칼칼~

– 저 동무들이 정말~ 이 보오.

하고 검열반원이 산줄공들을 향해 퉁을 한번 던지고 나서 다시 선교사를 향해 의아하다는 표정으로 물었다.

– 남쪽 사람이 캐나다 사람이 되었다 이런 말이오?

– 내 선교사로 여기 십여 년 넘게 드나들며 공화국 형제들한테 봉사 사역을 하는 사람입니다. 공화국 불쌍한 주민들을 도우려고 조국까지 버리고 떠나온 사람이에요.

– 뭐 선교사? 아니 그럼 동무, 예수쟁이라 이런 말이오? 어찌 캐나다 사람 주제에 공화국 형제라는 말을 하나 했더니~ 당신, 하나님 믿

는 사람 맞지? 하나님 하나님 외대면 하나님이 뭐를 주시나?

— 그저 하루 먹을 일용할 양식거리도 주고 뭐든 바라는 대로 다 내어주시는 분이지요.

— 뭐야? 하루 먹을 끼니거리에 바라는 대로 다 준다는 거야, 이런 반동?

검열반원이 어이가 없다는 듯 화를 벌컥 내며 소리쳤다. 검열반원의 말에 전기대에 매달린 산줄공들이 껄껄껄 배꼽을 잡으며 웃었다.

— 구태여 물어보니 하는 말이오. 내 구제사역에 봉사사역을 할 뿐 성경책도 지니고 있질 않소. 여 가방 샅샅이 뒤져보오. 어데 성경책이 나오나~

— 이 동무 클 날 사람이군 그래. 거야 당신들 머릿속에 성경책 한 권 통째로 들어 있다는 거를 모를 우리가 아니지~ 거 동무는 일단 보위부로 압송을 해야겠소. 내 어째 처음부터 찌든 백하젓새우젓 냄새가 난다했는데~

— 할할할~ 찌든 백하젓이야 농마국수 먹는데 그만이지~ 아 나 오늘 배꼽이 결리도록 웃어대누나 그저~

전기대에 매달렸던 산줄공들이 작업공정을 마치고 아래로 내려오면서 장난삼아 말을 했다. 그중 사내 하나가 전기대 마지막 턱을 내딛다 아래로 곧장 미끄러지더니 엉덩방아를 찧어버렸다. 이런 산줄공들의 모습을 보고 검열반원이 이기죽거렸다.

— 칼칼칼 ~재미 끝에 쉬 쓴다더니~ 홍문항문이 그저 난데없이 인화병화염병을 맞았구만 그래 칼칼칼~

김국기 선교사는 예상 밖에 보위부로 이송되고 있었다. 병원 십자로 쪽에서 무사히 검열을 마치고 검열증까지 받은 탓에 염려하지 않았었다. 그런데 순간적으로 하나님을 부정할 수가 없어 선을 넘은 까닭에 봉변을 당한 것이라고 생각했다. 갑자기 닥친 불길한 사태에 선교사는 어찌할 줄을 몰랐다. 농업대학 실습농장에 들어가야 한다는 말도 구제 사역을 한다는 말도 검열반원들은 도무지 들으려고 하지 않았다.

김국기 선교사를 태운 보위부 호송 차량이 쏜살같이 평의선 철로를 가로질러 달렸다. 도로에 인민들은 여전히 통제를 받으며 가혹한 검열까지 당하고 있었다. 김국기 선교사는 지금 자신에게 향하고 있는 고난과 역경이야말로 하나님의 엉뚱한 계획일 것이라고 믿고 있었다. 시련이 강할수록 승리 때에 보여줄 하나님의 영광은 창대할 것이라며 김국기 선교사는 눈을 감은 채로 마음속으로 가슴에 은밀히 성호聖號를 그어대고 있었다.

2

태산은 1호의 방문이 예정된 날 아침 일찍부터 분주했다. 1호행사의 안전에 빈틈이 없도록 무수히 점검하고 동선을 따라 답사까지 해야 했다. 또한 일찍이 계획했던 도당위원장을 향한 한판 복수전을 차질 없이 실행해야 하였고, 더욱이 그토록 갈망했던 노동당 부위원장과 직접 대면할 수 있는 기회가 주어졌기 때문이었다. 태산은 자신의 사무실에서 부하들을 불러들여 상황을 점검하느라 정신이 없었다.

– 1호 동선 너들 파악이 잘들 되었나?

– 염려 마십쇼.

부하들의 목소리는 아주 자신감에 넘쳤다.

- 평북 관내 년 중 행사 중 최고 행사 맞지?

- 그야 물론입죠.

태산은 이런 부하들을 강렬히 쏘아보았다.

- 어제 련습한 대로 한 치의 실수도 있어서는 안 되니까~

- 예, 도당위원장 체포조는 벌써 출발선을 떠났습네다.

순간, 태산의 표정이 굳어졌다.

- 야 야 거 말 좀 삼가라. 체포조가 뭐이니? 우덜이 누굴 체포한다 말이니? 그저~

- 아 예 예~ 그저 급히 조사할 게 있어서 그냥 정중히 모셔 오는 게 지요.

부하들의 빈틈없는 대답에 태산은 마음속으로 쾌재를 불렀다. 감히 보위부의 체면을 무너뜨리는 세력은 그 어떤 세력이라도 태산은 용납하기 어려웠다. 보위부에 몸담아 근무하면서 가장 치욕적인 것이 보위부의 번쩍이는 견장 위에 흙탕물을 튀기는 짓이었다. 노동당이 비록 보위부 위에서 날개를 달고 까닥거리고 있지만 노동당을 압도할만한 보위부의 기지와 재치 또한 무시할 수 없는 것이었다.

- 어데까지나 정중히 예의를 갖춰야 한다는 거 잊지 말라.

- 예, 부량한 일을 대비해 예비선까지 쳐놓았지요.

태산은 거듭 부하들에게 당부를 시켰다.

- 하하하~ 그저 너들이 있으니 이만하면 그쯘充分하고 말구~부과장 동지는 나하고 거동大同하자우.

- 예, 박 과장 동지~

태산의 표정이 까닭모를 기대감에 젖어 있었다.

- 거리에 떠돌아다니는 부량자 넘들 죄 잡아들이는 거 잊지 말라.

– 그야 우덜한테 칼자루 쥐어준 1호행사령 아닙네까? 관내 눈꼴 시린 놈들 맘 놓고 멱살을 틀어쥘만한 아주 좋은 까리기회를 잡은 게지요.

부하들 역시 덩달아 호들갑이었다.

– 아무렴~ 1호 차량 지나는 길목에 개미새끼 한 마리라도 얼씬거리지 못하게 하구 땅바닥에 머리 처박고 있다가 갑자기 목대를 세우는 넘들은 재깍 압송하라.

– 예, 예, 예~

이미 전달한 내용이지만 태산은 다시 한번 짚고 있었다.

– 력사적인 날인데 1호 지존의 안전은 우덜이 철통같이 지켜내야지. 그저 다들 알고 있지?

– 그야 며칠 전부터 관내 요소요소 철통같이 통제하고 있으니까니 염려하지 않으셔도 됩네다, 박 과장 동지.

태산은 장차 눈앞에 펼쳐질 일들을 생각하면 가슴이 벅찼다.

– 어 그래, 우덜이 윗선에 눈 뿌릴 붙들려면 그저 하나부터 열까지 철통보안이야. 거게다가 뭐이나 부과장, 거 단동 어업권 관련해서리 성산에서 받아온 거 달라.

– 예, 여게 있습네다.

하고 부 과장이 미리 준비해 두었던 봉투를 태산에게 건넸다.

– 어 그래, 나 혼자 좋자구 이러는 거 아니지~ 이 거야 우리 보위부 장래를 위해 비밀막으로 쓰려는 거야. 그럼, 각자 돌아가서 림무료해하고 선견대 연락해서 빈틈없이 행동 개시하도록 하자우. 부과장은 부부장 모시고 차마당으로 내려오라.

– 예~예~

태산은 선견대로부터 도당위원장을 호송하고 있다는 부하들의 보고를 받고 벽에 걸린 거울 앞에서 옷차림을 점검하고 있었다. 태산의 얼굴에 저절로 웃음기가 번졌다. 일이 이렇게 될 걸 공연히 염려되어 아침을 설때우고 나선 것이 후회마저 되었다. 태산은 그가 몸담고 있는 보위부에 도전하는 어떤 세력이라도 용납할 수가 없었다. 비록 아들애의 외조 할아버지라도 자신의 체면을 물어 찢는 세력이라면 본때를 보여주고자 하는 게 그의 성품이었다. 태산은 비록 자신이 괄괄한 성품이지만 공화국 보위부를 위해서는 이것이야말로 곡결曲潔한 태도라고 생각하고 있었다.

— 태산이 너 무슨 작전을 수행하니?

1호행사장으로 이동하는 자동차 안에서 부부장이 염려스런 표정으로 물었다.

— 아, 아닙네다. 묻지 마시오.

— 보위부야 그저 타 부서 직원이 뭐를 하나 묻는 게 례의 아니다만 1호행사날 공연히 큰 일 벌이지 말라.

부부장 동지가 우려하는 눈빛으로 당부했다.

— 예, 부부장 동지~

— 태산이 너 덕에 부위원장 손 한번 잡아봐야 할 텐데~

태산의 어깨가 으쓱해지는 순간이었다.

— 그저 바삐 움직일 텐데 나도 어찌 될지 모르겠으니~

이럭저럭 부부장과 얘기를 나눈 사이에 1호 김정은이 시찰하러 온다는 남신의주 화장품 공장에 도착했다. 화장품 공장 입구에는 이미 김정은을 철벽 사수한다는 호위사령부에서 무시무시하다는 병력의 특별 경호대를 배치한 상태였다.

태산은 신분증을 제시하며 부부장을 모시고 안으로 들어갔다. 김정은이 도착과 동시에 곧장 시찰을 하고 준비된 식장에서 연설을 하는 절차가 기다리고 있었다. 태산은 도당위원장 생각에 가슴이 뛰었다. 도당위원장이라면 지금 이때쯤엔 미리 나와 김정은을 환영할 준비를 마쳤어야 할 터이었다. 하지만 지금 도당위원장의 몸은 보위부에 억류되어 있을 것이다. 보위부 특별 검열반원들이 도당위원장을 호송하여 조사실에 잡아두는 시간은 불과 반 식경도 되지 않을 것이다.

기업소 관계자들과 관내 힘깨나 있는 사람들이 가슴을 죄며 1호를 기다리고 있었다. 환영 악단도 열을 맞춰 가벼운 음악을 연주하고 있었다. 호위사령부에서 나온 것 같은 특별경호대 대원들이 분주하게 움직이고 있었다. 환영을 준비하는 도내 관계자들이 분주히 움직이고 있는 가운데 뭔가 허둥대는 것을 태산은 두 눈으로 똑똑히 목도하고 있었다. 도내 서열 1위라는 도당위원장이 나타나고 있지 않기 때문이었다.

이윽고 1호 김정은이 상기된 표정으로 나타나자 악단이 우렁찬 연주를 시작했고, 환영단들이 목이 터져라 소리치며 환영했다. 김정은은 비록 키는 작지만 체격이 컸고 이마가 번들번들 빛이 났으며 마치 김일성 대원수를 보는 듯이 인민들은 열광하고 있었다. 인민복을 입고 힘과 부의 상징처럼 배를 볼록 내밀며 건들건들 걸을 때 환영단들은 감히 눈을 마주치지 못했다. 준비된 절차에 따라 별다른 말도 없이 몇 명의 도내 수뇌부가 김정은과 악수를 나누었다.

김정은은 분명 누군가를 찾는 표정으로 짧은 목을 좌우로 여러 번 돌리며 환영 나온 환영단들과 눈인사를 하고 있었다. 김정은 한 발짝 뒤에 1호를 모시고 나온 최룡해 부위원장의 늠름한 모습을 보니 태산의 가슴은 터질 듯이 벅차올랐다. 태산은 이런 광경을 멀찍이 지켜보고 서서 속으로 쾌재를 불렀다.

그럴 것이 도내 서열 1위인 도당위원장이 가장 중요한 1호의 도내 시찰 행사에 모습을 나타내지 않은 것이다. 태산은 한편으론 자신이 너무 지나친 보복을 하고 있는지도 모른다고 생각했다. 1호 방문단들은 정해진 절차와 노선에 따라 화장품 공장의 이모저모를 살피고 있었다. 이제 김정은의 눈짓 하나 손짓 하나는 관내의 력사가 되고 신의주 화장품 공장의 살아있는 기록이 될 것이다.

태산은 도당위원장을 억류하고 있을 부하에게 손전화를 넣어 작은 소리로 말했다.

― 정중히 모셨나? 이제 보내드려도 되는데~

― 1호 도착과 동시에 보내드렸습네다.

태산의 표정이 밝아졌다.

― 아니 각본대로 재깍 맞어 떨어졌구나이~ 령감님이 뭐라더나?

― 그저 1호행사날 뭐하자는 거냐 소릴 내지르면서 구시렁거리더만요.

태산은 속으로 큭큭 웃었다.

― 준비한 탄산단물은?

― 곧장 드렸더니 목이 타대는지 꿀떡꿀떡 마시더만요.

태산의 가슴이 여전히 뛰었고 홀싹한 긴장감마저 느껴졌다.

― 아주 수고가 많았다 네들~

― 그저 지금쯤 설사몇이약 때문에 약계방^{약방} 들락날락 할 거야요.

― 별 탈은 없겠지?

― 아니 뭐 손 하나 까닥거리지 않았는뎁쇼.

태산은 부하들을 충분히 격려해주고 서서히 시찰단의 말석에 합류했다. 태산은 사람을 죽이지 않고 괴롭히는 데는 자신의 감수력^{감수성}이 각별히 빼어나다는 것을 새삼 느끼고 있었다. 보위부에서 살아남기 위해서 터득한 것이 있다면 단연 재치와 지혜가 있되 이러한 지혜와 재치의 바탕에는 설모주계設謀做計와 같은 모략의 지혜를 쌓아야 한다는 믿음이었다.

김정은 위원장은 화장품 공장의 곳곳을 누비며 예상 밖의 만족한 얼굴을 하고 있었다. 며칠 전 1호 김정은 위원장의 현지지도 소식을 중앙 텔레비전을 통해 시청했던 인민들의 예상에 어긋난 모습이었다. 김위원장은 현지지도 때마다 인민들을 다그치고 불만 섞인 말들을 쏟아내고 있었던 것이다. 그런데 신의주화장품 공장을 현지 지도한 자리에서는 표정부터 다른 때와 달랐던 것이다.

－ 오늘 그저 기분이 좋다. 화장품 공장의 력사가 오래되어 그러는지 모르갔는데 내래 아주 대만족이야.

김정은의 한 마디 한 마디는 그대로 두고두고 공화국 인민들이 가슴 속에 명제판처럼 새겨두어야 하는 어록이 되는 것이었다. 동행하고 있는 기자들과 수행원들이 박수를 치며 수첩에 1호 김정은 위원장의 현지지도 말씀을 받아 적었다.

－ 신의주화장품 공장은 력사가 오랜 만큼 영도업적 단위가 다르고나~ 우리는 그저 여기에서 머물지 말고 생산 공정을 더욱 현대화하고 과학화 하자우.

김정은의 머릿속에는 온통 현대화, 과학화에 중점을 두어 생산 공정을 확립해야 한다는 것으로 가득 들어찬 모양이었다. 예전 화학섬유공장의 현지지도에서도 신도군에 있는 비단섬의 갈대를 기본원료로 사용하여 당의 관심축인 인민의 교육사업에 매진하자고 목소리를 높였었다. 교육사업에 없어서는 안 되는 것이 책이기 때문에 종이 수요를 충족시키는데 나무로 종이를 만들어 산림을 황폐화시키지 말고 비단섬에서 갈대생산을 증대하자고 목소리를 높였다. 그리고 이와 맞물려 현대적인 종이생산 공정을 확립해야 한다고 강조했던 것이다.

이러한 김정은의 말은 하나도 그르지 않았다. 하지만 이곳 화장품 공장시찰을 마칠 때쯤 김 위원장의 표정이 뜻밖에도 갑자기 어두워졌다. 화장품 공장의 일정이 끝날 때까지도 노동당 도당위원장이 모습이 보이지 않았기 때문이었다. 그런 때문인지 수행하는 사람들도 안절부절 못했던 것이다. 이런 상황에서 태산은 내심 미소를 지으며 최룡해 부위원장을 지근에서 수행하고 있었다. 부위원장은 김정은을 수행하면서 연신 태산을 반가운 표정으로 바라보았다.

화장품 공장 시찰을 마친 김정은 위원장은 원래 일정에는 없었지만 인민들에게 따뜻한 이미지로 눈길을 끌 수 있는 일정을 준비했다. 김정은 위원장과 수행원들을 태운 고급 차량들이 화장품 공장을 떠나 채하동을 향하여 달렸다. 부부장과 태산 역시 가장 뒤쪽 꼬리부분에붙어서 채하동 쪽으로 달리고 있었다. 1호를 태운 차량이 멈춘 곳은 5.1동 25 인민반의 한 가옥이었다. 103세 생일을 맞은 장수 할머니를 찾아간 것이다.

화장품 공장에서 다음 목적지가 어디인지 구체적으로 알지 못했던 수행원들과 인민들은 5.1동의 한 낡은 가옥 앞에 자동차가 멈추자 깜짝 놀랐다. 단장을 하고 미리 대기하고 있던 103세 할머니의 손을 김정은이 정답게 잡아주었다. 기자들의 사진기에서 플래시가 어지럽게 터지고 셔터 소리가 요란하게 울려대고 있었다. 조선중앙텔레비전 기자가 마이크를 할머니 앞에 들이밀었다.

– 할머니, 장수비결이 뭡네까?

– 콩 음식을 좋아해서 1년 내내 그저 콩나물을 끊이지 않고 먹었시오.

할머니의 음성을 듣고 모두 흥분된 모습으로 박수를 쳐주었다. 김정은은 할머니의 꾸밈없는 대답에 거구의 몸을 움직여 할머니를 끌어안았다. 다시 요란하게 플래시가 터져 나오고 있었다. 시 종합 진료소에서 소장과 담당 의사가 나와 할머니의 건강을 살폈다. 시 및 도 당위원회에서 관계자들이 나와 김정은의 지시를 하나하나 꼼꼼히 받아 적었다.

— 우덜이 사회주의 체제에 그저 보답할 줄을 알아야 한다. 전면적 무상치료제에 힘입어 주민들이 양껏 살아갈 수 있는 은덕을 입은 게 아니고 뭐 갔나~ 그저 자본주의 보다 확연히 우월한 제도 맞지 않니?

이렇게 힘을 주어 말하면서 어깨를 으쓱해 보였다. 김정은은 5.1동 장수 할머니 가옥을 빠져나오기 전에 시 종합 진료소와 시 당과 시 인민위원회에서 힘을 모아서 할머니를 지극정성으로 보살펴 달라고 적극 지시했다.

그리고 김정은과 수행원들은 빠르게 달려 채하동을 지나고 평의선을 가로질러 방직동을 향해 달렸다. 김정은은 장수 노인을 보고 나서 기분이 한결 나아졌는지 표정이 길가에 산들거리는 길국화코스모스처럼 밝고 산뜻해보였다. 직포방직공장에 도착해서 노동자들의 성대한 환영을 받고 자체 선전선동대의 노래와 율동 등을 보면서도 얼굴 가득 웃음을 띠었다. 하지만 이때까지도 도당위원장의 모습은 나타나지 않고 있었다.

태산은 여전히 오늘의 패는 자신이 이기는 패라고 생각했다. 직포공장에서 환영행사를 마치고 현장 답사를 하기 전에 잠깐 최룡해 부위원장을 만났다. 살이 푸짐하게 올랐고 혈색이 왕성하게 돌아 보이는 공화국 서열 2위인 부위원장이 태산의 손을 반갑게 잡아주었다.

— 아이쿠 부위원장 동지~

- 박 동지, 잘 하고 있지? 어째 팔목에 스위스제 시계를 착용하지 않았니?

최룡해 부위원장의 물음에 태산은 깜짝 놀랐다.

- 부위원장 동지의 하해와 같은 사랑이 담긴 시곌 어찌 손목에 두르고 다닌다 말입네까? 그저 장롱 속에 알뜰히 간직하고 있지요.

- 어 그래. 공화국 당 창건일에 보탬이 되는 커다란 실적을 박 동지가 완수했대는데 장하구마는~ 그저 공화국 보위부의 인재로구나. 아주 그냥 이런 인재를 시 보위부에 파묻어두면 손실 아니겠나~

최룡해 부위원장이 연신 태산의 커다란 몸을 끌어안았다. 태산은 이때 재빨리 준비한 두툼한 봉투를 부위원장의 양복 안주머니에 찔러 넣었다. 누구도 눈치채지 못할 만큼 태산의 동작은 민첩했다. 부위원장도 알아채지 못할 정도로 민첩하게 손을 놀린 것이다. 태산은 부위원장의 말과 눈빛에서 자신을 향한 서광이 비치는 것을 느꼈다.

- 부위원장 동지, 내가 모시고 있는 우리 시 보위부 부부장 동지야요.

- 존경하는 최룡해 부위원장님, 이거 영광 영광 영광찬 만남입네다.

- 영광은 무슨~ 반갑소 부부장 동지~

이렇게 아주 짧은 순간에 태산은 최룡해 부위원장을 만나 교감을 나누며 자랑찬 내일날에 대한 부푼 희망을 품게 되었다. 부위원장은 태산에 대해 공화국의 인재라며 노골적으로 칭찬을 작열하고 있었다. 태산은 부위원장의 눈빛에서 조금만 기다리면 좋은 소식이 있을 거라는 신호를 받았다고 확신하고 있었다. 하지만 태산을 기쁘게 하는 또 하나는 아직도 도당위원장이 1호의 현지지도 현장에 모습을 나타내지 않고 있다는 것이었다. 현지지도의 마지막 지점에서 김정은의 표정이 잠깐 굳어진 것도 무리가 아니었다.

– 어찌 일꾼과 노동계급이 난관 앞에 주저앉아 동면冬眠하고 있나? 여게 직포공장이야말로 위대한 수령님과 위대한 장군님의 영도사적이 많이 깃들어 있는 데가 아닌가 말이야. 지난 시기 경공업 발전에 적극 이바지 해온 역사가 야 이거야 참으로 무색하구나야. 동무들 대체 제대로 된 방안을 가지고 있니? 어찌 전통을 살리지 못하고 이케 마구잡이로 하는가 말이야~

직포공장을 시찰 중이던 김정은 위원장은 공장을 당장 기술집약형으로 전환하라고 핏대를 파랗게 세워가며 다그치고 있었다. 하루속히 첨단기술을 도입하여 현대적 공장으로 탈바꿈 하라고 강력하게 지시하고 있었다. 그러면서 제발 자재와 노력타발을 하지 말고 과학기술에 관심을 돌리라 목소리를 높였다. 김정은은 수행원들의 눈치나 공장 노동자들의 분위기를 무시하고 자신의 지적사항을 최대한으로 늘어놓았다. 공장의 현대화 수준이 미흡하며, 조선 공화국식의 국산화, 현대화의 불길이 세찬 시점에 유독 직포공장 일꾼들과 노동계급만이 난관 앞에 주저앉아 일떠설 생각을 하지 않는다며 개탄했다. 김정은 위원장은 혁대를 단단히 묶으면서 직포공장 당위원회를 불러 줄줄이 무릎을 꿇렸다. 공장 당위원회에서 노동조건과 생활조건을 개선하기 위한 사업에 관심을 돌리지 않았다고 질책했다.

– 동무들, 어찌 내래 입에서 이케 험한 말이 나오게 하는가 말야. 어찌 설비와 기술에서조차 만가당 만부하를 보장하지 못하는가 말이야~

김정은은 자신 앞에 무릎 꿇은 공장 당위원회 간부들을 향해 마구 쓴소리를 쏟아냈다. 공장 당위원회 사람들뿐 아니라 수행원들까지 김정은 위원장 앞에서 무릎을 꿇고 있었다. 김정은은 너무 심하다고 생각했던지 무릎 꿇은 자들을 일으켜 세운 다음 노동자들을 향해 호탕한 태도로 말했다.

－ 여게서 일하는 노동자들이 김정숙 평양방직공장 노동자 합숙소를 부러워한다는데 내래 평양방직공장 합숙소에 못지않은 훌륭한 합숙소를 지어주겠다. 여기 어디에 터를 잡아서 당장 합숙소를 짓도록 건설노동자들을 보내주가서~

－ 위대하신 위원장 동지 만세~

－ 태양 같은 위원장 동지 만세~

노동자들은 직포공장이 떠나가도록 위원장 동지 만세를 외쳤다. 김정은 위원장과 수행원들이 직포공장을 빠져나간 후에도 한동안 만세소리는 멈추지 않았다.

이렇게 1호 행사는 마무리되었고 태산은 도당위원장에게 당한 수모를 확실히 되갚아주었다. 또한 부위원장을 만나 봉투도 은밀히 찔러주었고 기분 좋은 소리까지 들었다. 부부장 동지와 함께 돌아오는 자동차 안에서 태산은 절로 콧노래가 나왔다. 태산을 바라보는 부부장 동지 역시 함박꽃웃음을 짓고 있었다.

3

보위부 지하실 구류장의 철창 감옥 안에는 1호 행사 기간에 붙들려 온 사람들로 가득했다. 1호행사령이 떨어지고서 보위부의 특별 단속이 시작되었고, 검열반원들은 눈에 거슬려 보이는 인민들을 닥치는 대로 보위부로 잡아들였다. 1호 행사 때문에 난데없이 압송당한 사람들은 모두 겁에 질려 있었다. 인민보안성도 아닌 국가보위부에 붙들려왔기 때문이었는데 까딱 잘못하다가는 정치사상범으로 몰려 목숨의 보전마저 장담하기 어려울 것이기 때문이었다.

수갑이 채워진 몸으로 보위부 구류장에 당도하자 기다렸다는 듯이 보위원들이 양쪽에서 달려들어 양쪽 팔을 움직이지 못하게 겨드랑이 밑까지 팔을 끼워 붙들고 이동했다. 구류장에는 1호부터 2호, 3호, 4호 이런 식으로 감방이 배열되어 있었다. 구류장에 붙들려온 사람들은 각 감방에 배정되었는데 감방 하나의 크기는 채 두 평도 되지 않을 정도였다. 이토록 비좁은 공간에 열다섯이나 스무 명 정도를 집어넣고 벽을 향해 앉아있으라고 했다. 벽에는 손바닥만한 창문이 꼭대기에 뚫려 있었다. 그런 창문에서조차 실오라기 같은 빛도 들어오지 않았고 퀴퀴한 곰팡이 냄새가 감방 안에 가득했다.

감방으로 들어가는 문은 겨우 개구멍만한 철문으로 되어 있었다. 끌려온 사람들은 영문 모를 죄수가 되어 마치 개처럼 네 발로 무릎걸음을 하며 감방 안으로 기어들어가야 했다. 감방 안에서는 입을 벌리지도 못하게 했고 숨소리도 크게 내지 못하게 했다. 죄수 아닌 죄수들은 감방에 짐승처럼 떠밀려 들어갔다. 비좁은 데다 사람이 많아 숨이 턱턱 막혔고 그런 자세로 서너 시간 벽을 보고 앉아있으려니 온몸이 저려왔다. 감방 안에 있는 거의 모든 사람들은 희끗 현증眩症:현기증이 일어났을 정도였다. 하지만 불평을 하는 사람은 단 한 명도 찾아볼 수가 없었다. 감히 보위부 지하 감방에서 어느 누가 불평을 늘어놓을 수 있겠는가 말이다.

구둣발로 철창문을 차는 소리가 나면서 보위원이 비좁은 감방 안에 들이닥쳤다. 보위원은 아무런 말도 하지 않고 갑자기 채찍과 곤봉을 휘두르기 시작했다. 좁은 감방에서 촉수 낮은 불알백열전등이 어지럽게 흔들리고 있었다. 희미한 불알이 흔들거리면서 좁은 철창 안의 세멘트 벽면에 시커먼 그림자들을 만들어 놓았다. 그림자들은 온기라고는 조금도 남아 있지 않은 차디찬 세멘트벽 위에서 절규하듯 흔들리고 있었다. 낮은 채찍이 천장 아래에서 죄수의 목을 옭아맬 듯 한바탕 방향도 없이 회오리를 치자 여지없이 으악 으악 절통스러운 신음소리가 들렸다. 채찍에는 대낮이라 한들 눈이 있을 리가 없기 때문이었다.

낮바닥을 뱀의 혀처럼 핥아대고 지나간 채찍의 자리에는 어김없이 깊은 생채기가 생겼다. 사람들의 피로 얼룩진 낮바닥이 희미한 불알의 흔들림 앞에서 처참히도 구겨지는데 채찍의 초리에는 눈이 없으니 얼굴이고 몸뚱이고 가리지 않았다. 보위원들은 마치 화풀이를 하듯 구둣발로 마구 걷어찼고 채찍과 곤봉을 사정없이 휘둘렀다. 보위원들에게 이들은 벌레나 짐승만도 못한 죄수들이며 반동분자들에 다름 아니었다.

보위원들은 한바탕 복닥물이 훑고 가듯 납작하게 기를 죽인 다음 하나씩 호명했다. 호명에 따라 불려나갔다가 돌아온 사람들은 철창 안에서보다 더한 고통과 수모를 당했던 모양이었다. 옷을 발가벗긴 채로 몸수색을 하고 항문검사까지 받으면서 앉았다 일어서다를 수없이 되풀이 하였다는 것이다.

— 어찌나 수치스러운지 내래 짐승도 아니고~

— 녀성 동무들도 발가벗긴다면서요?

이렇게 물으면서도 몸서리를 쳤다.

— 흐응, 발가벗기기만 하면 다행이지, 그저 거기에 손가락까지 밀어넣는다는데~

— 짓찢어도 시원찮을 놈들~

하나둘씩 불려 나가 되돌아온 사람들이 말을 섞기 시작했다. 아직 불려 나가지 않은 사람들은 잔뜩 긴장하고 있었다. 몸속에 은밀히 뭔가 숨기고 있는 사람들은 더욱 그럴 수밖에 없었다.

－ 동무는 무슨 죄목이오?

－ 아니 거 동무 입조심 하자요. 내래 무슨 죄가 있어 여게 온건 아니니까니~

－ 거 소리 좀 낮추시라요. 그나저나 큰일이네. 불려 나가면 발가벗길 텐데 이 중요한 편질 주인한테 건네 보지도 못하고 마귀 놈들한테 빼앗기게 생겼으니 원~

－ 거 무슨 긴한 사정이 있는 모양이지요? 난 그저 저 고등중학 력사 교원인데 하교 길도 아니구 등교 길에 난데없이 붙들려왔는데~

－ 아니, 선생님이 고등중학 력사 교원이라 했습니까?

－ 그렇소만 한데 어째서~

명호가 아주 작은 소리로 대답했다.

－ 나는 저 단동 교회에서 온 케나다 국적 선교삽니다. 이 편지의 주인이 바로 고등중학 력사 교원이란 말입니다. 리명호 력사 선생네 댁을 찾아가다 저 병원 길목 검열대는 잘 피해왔는데 새로 생겼나 거 농업대학 쪽 차단소에서 그만 재수 없이 붙들려 왔다오.

－ 동무, 잠깐 이쪽으로 귀 좀 내어 주시오. ~ 어찌 이런 우연이란 게 있다 말이오. 내가 바로 동무가 찾아 왔다는 리명호란 력사 교원입네다.

－ 아니 뭐요? 이거 정말 하나님이 살아계시는구나~ 이렇게 기적을 보이시다니~ 분명 이명호 선생이란 말씀입니까? 정말?

－ 예, 그렇습네다. 내래 간밤 꿈자리가 어째 뒤숭숭하다 했더니~

명호의 눈빛이 반짝거렸다.

- 그럼, 춘희라는 처잘 아시겠지요?

- 아다마다요. 춘흰 그저 내가 아끼던 제자에요. 아랫동네 오마닐 찾아 떠났던 제자인데~ 이거 이런 옹색한 순간에 어찌 이케 만날 수가 있단 말인가~

- 선생님, 이렇게 노닥거릴 때가 아닙니다. 내 몸에 동여맨 편지를 저놈들한테 빼앗기기 전에 어서 꺼내 읽어 보시라요. 급한 용무라도 있는지 어찌 알 수가 있겠는가~

리명호 력사 선생과 김국기 선교사는 시 보위부 지하실 감방 철창 안에서 극적인 상봉을 하게 되었다. 그들은 누구도 이런 극적 만남을 하게 되리라고는 상상조차 하지 못했다. 리명호는 제자의 안부가 하루하루 궁금하던 차에 이렇게 선교사를 만나게 되다니 세상일이란 것이 정말 한 치 앞도 알 수가 없음을 깨닫고 있었다. 김국기 선교사는 이런 극적 상봉에 대해 하나님의 역사가 이루어지고 있다는 것을 몸소 체험하고 있었다. 김국기 선교사는 리명호 선생을 두어 평도 안 되는 공간에서 고개만 돌리면 마주볼 수 있도록 예비하신 하나님의 역사를 통해서 비록 죽음이 닥치더라도 하나님을 부정하지 않으리라 다짐을 하고 또 다짐을 하고 있었던 것이다.

명호는 비좁은 감방 안에서 김국기 선교사로부터 뜻밖의 편지를 받았다. 그가 편지를 받아 눈으로 재빨리 사연을 읽어낸 다음 무슨 말을 물어보려는 순간 김국기 선교사는 조사실로 불려나갔다. 편지를 읽는 순간 명호는 분노로 치를 떨었다. 공화국 보위부에서 하는 일이라는 게 독거미보다 고약하고 늑대보다 추잡한 짓이라는 것을 이미 알고 있었다. 하지만 막상 춘희의 편지를 접하고 보니 격한 감정들이 덩어리져서 올라오는 것이 느껴졌다.

전혀 예상치 못했던 춘희의 편지를 받고 보니 태산이란 동무의 존재가 더욱 무섭게 느껴지고 있었다. 정체모를 불길한 징조가 자신 앞에 성큼 다가오고 있는 느낌이 들었다. 처음부터 지금까지 자신의 목을 조여 오고 있는 태산에 대해 진저리를 치고 있었다. 춘희의 편지를 결국 조작된 연락처에 가져다주었다는 생각을 하니 철저히 자신을 걸어 잡기 위해 펼쳐놓은 그물망에 빠져들었다는 것을 깨달았다. 용길 씨의 삼촌 아버지란 사람에게 믿음이 가지 않았던 것도 다 까닭이 있었던 것이다.

춘희에게 국경을 넘도록 부추긴 데다 연락 브로커마저 소개해준 사실과 국경을 넘기 전에 서로 만나 나누었던 얘기가 모두 태산에게 노출되었다고 생각하니 눈앞이 캄캄해졌다. 200달러를 넣었다는 믿기지 않은 말의 정체는 무엇이란 말인가? 더군다나 춘희가 무사히 압록강을 건널 수 있도록 보위부에서 뒤를 살펴주었다는 말은 아무리 생각해봐도 이해가 되지 않는 대목이었다.

이러한 오리무중 상황의 중심에 태산이 동무가 있다는 것은 분명한 사실이었다. 그렇다면 태산이 동무의 꼬임에 완전히 속아 목숨 줄을 잡히고 말았으니 이제 자신을 쓰러뜨리기 위한 무지막지한 공격이 시작될 것이라고 명호는 생각했다. 태산이는 관절 무엇을 원하고 있다는 말인가? 불현듯 참과 정숙의 얼굴이 떠올랐다. 정숙의 들가방에 들어있던 달러 봉투며 길가에서 해괴망측한 말을 늘어놓던 덕순의 얼굴까지~

아아, 이게 다 무슨 일이란 말인가? 태산의 성정을 생각한다면 자신에게 어떤 일을 벌일지 예상할 수 없는 일이었다. 하지만 명호가 도저히 용서하지 못할 사실은 태산이 동무가 춘희의 처녀성을 유린했다는 것이다. 혼인을 약속한 사람한테도 허락하지 않을 만큼 소중히 여겼다던 춘희의 순결을 짓밟았다니~ 아아, 살인 만행보다 무섭고 추악한 태산의 악행을 어떻게 론죄하면 좋다는 말인가. 명호는 비좁은 감방에서 몸을 부르르 떨었다.

구둣발 소리가 세멘트 바닥을 울렸다. 하나씩 조사실로 불려 들어가더니 대개 되돌아오지 않았다. 명호는 세멘트 바닥 울리는 소리에 순간 몸이 움찔거렸다. 몸까지 발가벗기고 녀자의 거기에 손가락까지 집어넣는다고 하니 당장 선교사로부터 버마재비 매미 잡듯 받아든 편지를 어디에 숨겨야 할지 아득할 뿐이었다. 명호 옆의 사내가 호명 당해 나가자 명호는 더욱 불안해지기 시작했다.

찢어서 버릴 데도 없고 태울 수도 없으니 꼼짝없이 덫에 걸려든 것이었다. 하나님이 기적을 보였다고 말하던 선교사의 말은 이제 명호의 발목을 묶는 덫이 되지 않겠는지~ 아아, 명호의 입에서 절로 한숨이 새어나왔다. 아아 하나님~ 마음이 급하니 선교사가 하던 것처럼 아주 대담하게 하나님을 부르짖고 있었다. 아아, 시간이 없는데~ 그때, 현기증이 나듯 번뜩이는 두 가지 생각이 떠올랐다. 먹어 치우자. 아니지~ 이 편지로 태산이 동무와 거래를 트자.

그런데 먹어 치우자니 태산이 동무의 악행을 립증立證하는 증거물이 사라질 판이고 거래를 하자니 자칫 불손한 편지를 거래했다는 누명을 덮어쓸 수 있는 판이었다. 먹어 치운다 한들 여기에서 쉽게 빠져나가리란 장담을 하기 어려울 것이었다. 그나저나 난데없이 붙들려 들어온 탓에 학교며 집에서는 난리가 났을 터였다. 편지를 만지작거리면서 주춤대는 사이에 세멘트 바닥을 울리는 구둣발 소리가 가깝게 다가왔다.

— 리명호 동무 나오라.

명호는 이름을 호명 당한 순간 재빨리 편지를 안주머니에 집어넣었다. 그의 손이 뒤로 꺾이며 손회목에 수갑이 채워졌다. 그리고 깡마르게 생겨 더욱 단단해 보이는 보위원에게 이끌려 감방에서 나와 복도를 지났다. 복도를 걸으면서 명호는 허리를 펴지 못했다. 허리를 펴고 주위를 쳐다보지 못하도록 철저히 통제하고 있었다. 손이 뒤로 꺾인 데다 허리를 숙여야 했기 때문에 숨을 제대로 쉬기조차 힘들었다.

― 어디로 데려가는 겁네까?

― 요 간나 새끼 주둥이 닥치지 못하니?

보위원의 호통 치는 소리와 동시에 명호의 몸이 맥없이 쓰러졌다. 보위원의 구둣발이 명호의 엉덩이를 걷어찼기 때문이었다. 명호는 발끝에 힘을 불끈 주어 일어서려다 다시 푹 고꾸라졌다. 보위원이 명호의 머리카락을 한 움큼 움켜쥐며 일으켜 세웠다. 명호의 입에서 아악 소리가 절로 터져 나왔다.

명호는 이미 가방을 빼앗긴 상태에서 지닌 것이라곤 오직 공민증과 피우다 남긴 담배꽁초 그리고 안주머니의 편지뿐이었다. 고개를 숙인 채 걷고 있는데도 건물의 구조는 매우 복잡하다는 생각이 들었다. 이리저리 구불구불 꺾어 돌기를 몇 번이었다. 어느 지하 조사실로 끌려갔는데 뜻밖에 녀자 보위원이 기다리고 있었다. 그런데 조사실에는 명호 외에도 다른 남성 동무들이 조사를 받고 있는 모양이었다. 명호는 허리를 세우고 앞을 똑바로 쳐다 본 순간 경악하지 않을 수가 없었다. 사내들은 모두 발가벗은 채로 벽을 향해 미동도 하지 않고 있었다. 보위원이 명호의 꺾인 팔목에서 수갑을 풀어내며 다그치듯 소리쳤다.

― 신발과 옷을 모두 벗으라!

― 왜 옷을 벗어야 합네까?

명호는 이렇게 묻고 바로 후회했다. 대꾸가 끝나자마자 곧장 채찍이 날아왔기 때문이었다. 옷을 벗는다면 안주머니의 편지는 속절없이 **빼**앗기게 될 것이다. 채찍을 당하자 울화가 치밀어 올랐고 뜻밖에 용기가 되살아나는 것이었다. 명호는 신발을 벗지도 않고 옷을 벗지도 않은 채로 보위원을 향해 소리쳤다.

— 긴급한 요청이 하나 있소.

— 잔말 하지 말고 옷이나 벗으라. 막힌 네 홍문_{肛門} 뚫어주려는 거야~

— 미친 소리 집어 닥치구 반탐과 박태산 과장을 불러 달라~ 내래 죽마고구_{竹馬故舊}야. 불러주지 않음 네들도 무사치 못할 거이야~

— 반동 같은 새끼 뭐라 나발통을 놀리는 거야? 뭐야 죽마고구? 너 곱 죽고 싶나?

— 죽마고구 불러주지 않음 그저 여게서 당장 날 죽이라. 네들이 아무리 권력을 내흔들어댄대도 할 말은 해야 하지 않니? 어서 박태산 과장을 대달란 말이야~

채찍과 곤봉에 눈이 없다는 것을 감방에서 이미 깨달았던 터인데 조사실에서 다시 깨닫고 있었다. 감방 철창 안의 비좁은 틈에서 내리꽂히는 채찍과 곤봉보다 더욱 넓은 공간을 점령하며 내리꽂히는 채찍과 곤봉은 무자비하게 살점을 파고들었다.

녀성 보위원이 명호의 옷을 강제로 벗기려고 덤벼들었다. 명호는 그 녀성에게 옷을 붙잡히지 않으려고 몸부림을 쳤다. 키대가 훌쩍 커 보이는 보위원이 옆에 있다가 채찍을 휘둘렀고 다른 보위원이 뛰어와 명호의 아랫배를 걷어찼다. 명호는 역시 저들에 대한 저항이 아무런 소용없는 짓인 줄을 알면서도 본능적으로 저항했다.

주먹다짐이 호상 오고 갔고 명호는 저들의 알력에 결국 주저앉고 말았다. 비쩍 말라 보이는 보위원이 명호의 신발을 벗겨내어 밑창까지 샅샅이 살폈다. 다른 보위원들은 명호를 제압하여 바지를 벗겨내기 시작했다. 바지의 지퍼가 녀성 보위원에의해 끌리어 내려갈 때 명호는 묘한 수치심 같은 것을 느꼈다. 녀성 보위원이 명호의 바지를 완전히 걷어내자 보위원들은 제들끼리 키득키득 웃었다.

바지가 견디지 못하고 완전히 벗겨지고 다시 녀성 보위원의 가늘고 날렵한 손이 명호의 윗옷을 벗겨내고 있었다. 명호는 발버둥을 쳐도 보았지만 다른 보위원들이 명호의 손과 발을 제압하고 있어서 아무 소용이 없었다. 속옷마저 수치스럽게 벗겨지는 순간 명호의 알몸이 적나라하게 드러났고 명호의 윗옷 안주머니에서 녀성 보위원이 편지를 꺼내들고 있었다.

― 이게 뭐니? 이거 편지 아니니? 뭐야 동부인同夫人?

― 거 녀성 동무, 내래 부탁합네다. 녀성 동무, 그 편질 절대 읽지 마오. 내래 이렇게 부탁합네다.

하며 명호는 알몸인 것도 잊고 손을 싹싹 빌었다. 명호의 간절한 부탁에도 녀성 보위원은 눈섭 하나 까닥하지 않고 편지를 열어 보았다.

― 녀성 동무, 제발 읽지 마오. 반탐과 박 과장의 반동 짓거리가 거게 적혀 있다 말이야요. 제발 보지 말구 그저 박태산 동무한테 당장 전해주오.

명호의 외치는 듯한 말에 보위원들의 시선이 일제히 녀성 보위원의 편지로 향했다. 편지를 읽어 내려가는 동안 녀성 보위원의 눈이 휘둥그레지고 입이 절로 벌어졌다. 다른 보위원 하나가 편지를 낚아채듯 하여 밖으로 나가버렸다. 보위원들의 표정이 딱딱하게 굳어졌다. 명호는 두려웠지만 보위원이 편지의 내용을 알게 되었고 무엇보다 태산이 동무의 악행을 알게 되어 그나마 다행이라는 생각이 들었다.

녀성 보위원이 발가벗겨진 명호를 의자에 앉히더니 종이와 원주필
볼펜을 던지듯 건네주었다. 명호는 수치스러운 자신의 꼴도 잊은 채로
빤히 보위원을 쳐다보았다. 군복을 각이 잡히게 다려입은 젊은 녀성
보위원은 낯색이 붉고 젖무덤이 볼록했다. 이런 궁색한 와중에도 명호
는 녀성의 몸을 훑어보며 아내 정숙 동무를 떠올렸다. 난데없이 정숙
동무가 미치도록 보고 싶었다. 혼인하여 살아온 날들이 적지 않은 세
월일 텐데 이토록 안해아내가 그리운 까닭을 모를 일이었다.

－ 동무, 무슨 말인지 모르나?

－ 녀성 보위원 동무, 어찌 이 거를 주시는가 말이요?

명호는 영문을 모른 표정으로 녀성 보위원에게 물었다. 명호를 노려
보는 녀성 보위원의 눈꼴이 순간 사납게 일그러졌다.

－ 동무가 여기 왜 잡혀왔는지 그 이율 쓰란 말이야.

－ 난 영문도 모르고 잡혀 왔는데 날 왜 잡아왔는지 동무가 좀 가르
쳐 달라요.

하고 명호가 덤비듯 대어들자 여지없이 채찍이 날아와 명호의 살갗
을 훑고 지나갔다. 명호는 살갗에 뱀이 지나간 흔적처럼 빨간 상처자
국이 생기는 것도 모른 채 날선 눈으로 녀성 보위원을 바라보았다.

－ 어데서 눈을 가로 뜨나? 감히 여기가 어딘 줄 모르나?

－ 눈을 가로 뜨지 세로로 뜨오?

하며 공연히 명호는 녀성 보위원에게 맹렬히 대들었다. 벌거벗은 몸
으로 죄인처럼 머리를 조아리는 자신의 모습을 생각하니 교원의 자존
심이 땅에 떨어질 것만 같았기 때문이었다. 녀성 보위원의 채찍이 다시
어김없이 먹잇감을 만났다는 듯이 날카롭게 핏자국을 새기고 있었다.

– 아악~ 아악~ 거 녀성 보위원 동무, 채찍을 내리는 거는 괜찮소만 이 거 옷이나 좀 걸치게 해주십쇼. 녀성 동무 앞에서 영 공화국 교원의 꼴이 말이 아니잖소~

명호의 눈에서 눈물이 쭈룩 흘러내렸다. 명호는 지금 이렇게 흘러내린 눈물이 수치심에 의한 눈물인지 불고不辜:억울에 대한 눈물인지 분간이 되지 않았다. 명호의 눈물에 한 가닥 동정을 느꼈던 것일까 녀성 보위원이 옷을 입도록 허락했다. 명호는 자신의 자존심처럼 짓뭉개진 옷을 미친 사람처럼 헐레벌떡 끼어 입고서야 흘러내리던 눈물이 수치심과 억울함으로 인한 것이라는 것을 느끼고 있었다.

– 아버지 이름이 뭔가?

– 이병기요.

– 남쪽 출신 포로군인 가족 맞지?

명호는 녀성 보위원의 말에 깜짝 놀랐다. 이미 자신에 대해 모든 것을 알고 잡아들였다는 것에 의심의 여지가 없을 것이었다.

– 포로군인이라뇨? 내 아버지는 어데까지나~

– 거 답답한 동무~ 동무 아버지가 남쪽 서울 종로라는 데서 태를 받았다고 기록이 되어 있는데 자꾸 헛소릴 하려드나~

녀성 보위원의 말이 명호의 심장에 박혔다.

– 아버진 이태 전에 죽었소. 하지만 내 어머닌 뼛속까지 북쪽 사람이잖소. 그게 관절 무슨 문제란 말이오?

– 핏줄이 반쪽인데 어찌 문제가 되지 않는다 말인가? 거 동무에 사상이 참 뻔뻔하다이야~

보위원의 시선이 날카롭게 명호를 노려보았다.

– 내래 사상이 빳빳하다는 말은 들어 보았지만 뻔뻔하다니 거 무심

코 심한 말일랑 내뱉지 마오. 내 아버진 비록 포로군인이 맞지만 해방전사 메달을 받은 사람이에요. 내 메달 받은 열혈 충성분자 아버지 덕분에 공화국에서 력살 배워주는 교원까지 되었다 말이오.

    ― 이 보 리명호 선생, 남조선에서 가장 위대한 영웅이 누구인줄 아나?

    명호는 순간 부들부들 몸을 떨었다.

    ― 남쪽 동네 얘길 내래 무슨 수로 알겠소?

    ― 보라. 남조선 반동들이 뜨뜻한 밥 잘 못 처먹고 지껄여대는 소리가 뭐인 줄 아나? 리성계가 조선건국에 영웅이라 한단 말이지~ 거 동무에 아버지가 서울 종로에서 태를 받았는데 리성계 리씨 후손이 바로 동무 아버지 아니냐 말이야.

    ― 녀성 보위원 선생님, 말씀 삼가십쇼. 리성계야말로 우리 민족에 력적이란 거를 내 어찌 모른단 말이오. 내래 력사 교원이라구 내둥 말을 하지 않았소? 아버지가 남조선에서 리 씨 태를 받았다고 어찌 피를 물려받은 내가 죄인이 된단 말이오? 공화국에서 핏줄을 따지는 작태야말로 반동행위가 아니오?

    명호는 보위원의 급소를 찌르고 드는 말에 공화국의 본질을 꺼내들지 않을 수가 없었다. 그는 공화국에서 력사 교원을 하면서 리성계에 대해 섣불리 말을 꺼내지 않았다. 남쪽에서야 리성계란 인물이 영웅대접 받는다는 것은 력사 교원으로서 모를 리가 없었다. 하지만 조선공화국에서 리성계는 고려정권을 배반한 치명적인 반동분자였다. 조선의 건국 영웅으로 떠받들어지며 위화도에서 군대를 돌려세운 이성계의 회군 행위야말로 뼛속까지 반동의 행위라고 공화국 인민들은 인식하고 있었다.

    명호가 대들자 녀성 보위원이 채찍을 힘껏 갈기더니 더욱 핏대를 세워서 말했다.

- 학생들한테 불순한 사상을 배워준 기록이 여게 있는데 어찌 발뺌을 하려드나? 건 그렇다 치고 리명호 선생, 공화국 버리고 아랫동네 찾아가는 춘희라는 제자에 편지를 몸속에 은밀히 숨기고 있지 않았나? 저 아랫동네 이복형이 살아있지? 이복형하구 국경 너머에서 손전화질에다가 은밀히 남조선 불온한 력사책을 소지하고 있질 않나. 이거야 원 뼛속까지 반동분자 아니나? 동문 당장 총살감이란 말이야~

- 흐어, 아니 무슨 근거루~ 내래 남쪽 력사책 구경도 못한 사람이야요. 어찌 사람을 이렇게 모함하는 겁네까? 그저 턱을 걸만한 무슨 증걸 내놔 보오. 어서~

명호는 보위원의 말에 속이 따끔하게 놀라고 있었지만 밤새 뒤란에서 남쪽 형님이 보내주신 력사책을 태워버린 탓에 오히려 당당하게 말했다. 말하면서도 태산이 동무의 치밀한 모략질에 혀를 내두르고 있었다. 이거 자칫 잘못하다 보위원의 말처럼 총살을 당할 수도 있다는 생각을 하니 뒷골에서 소름이 돋아 올랐다.

- 동무 아주 말 하는 본새가 당당하구만~ 보위부의 눈이 매의 눈이란 거를 어찌 알지 못하나? 여게가 어디인줄을 아직도 모르니? 여긴 그저 보위부 구류장이란 말이야 엉? 보위부 감방에서 아주 된맛을 한번 봐야 동무 죄를 주둥이로 고할 터인가~ 야 동무, 보위부 거 우습게 보지 말라야. 동무 그저 여기 누구 믿는 사람 있니? 누굴 믿고 이케 큰소리치는 거이니, 으응?

- 그나저나 녀성 보위원 동무, 아니 그저 녀성 보위원 선생님, 지금 대체 시간이 어찌 되었습네까? 아니 학생들 배워주러 가는 등굣길에 붙들려 왔으니 그저 학교에서 야단이 났겠는데 집에서두 그저 세대주

가 사라졌으니 이거야 원~ 거 학교하구 집에 기별이나 해 주오~

명호는 손에 쥐어준 원주필을 극구 뿌리쳤고 보위원은 조사를 진행할 수 없다고 판단했던지 온몸에 핏자국 멍자국이 박힐 정도로 채찍을 휘둘렀다. 채찍은 몽둥이보다 날카롭게 살갗을 파고들었지만 몽둥이보다 견딜 만은 했다. 몽둥이에도 눈이 없어 닥치는 대로 명호의 몸뚱이에 내리꽂히면 그만 정신이 달아났다. 한 바가지 찬물 세례를 받고 잠시 몽롱함 속에 깨어나는 듯싶으면 다시 몽둥이가 허리를 휘감아들었다.

의식을 잃어버린 채로 얼마나 시간이 흘렀는지 명호는 알지 못했다. 움직일 때마다 온몸에 가시가 박힌 듯 살을 에는 통증이 몰려왔다. 입술이 말라서 제대로 입이 떨어지지 않았고 숨이 가쁘게 쉬어지고 있었다.

– 동무, 여게가 어딥네까?

– 구류장 감방이지 어디겠시오. 정신이 좀 드시오?

명호는 천천히 생각을 더듬어 보았다.

– 얼마나 잠이 들었던 게오?

– 죽지 않았으니 다행이지~ 짐승처럼 축 늘어져 떠메 들어왔는데~ 꼬박 하루 나절 죽은 송장처럼 엎어져 있더라니~ 사람에 목심 질기다는 게 동무 보니 알 것 같소. 그래 무슨 죄를 지었길래~ 어휴 이 거 보라. 그저 얼마나 몽둥이질을 해댔는지 살갗에 울렁울렁 먹침문신이 고이나 그래~

명호는 살갑게 다가와 말을 붙이는 사내의 말에 응대하지 않았다. 아아, 하루 나절이나 죽은 시체처럼 누워 있었다는 말이 믿어지질 않았다. 당장 가슴이 먹먹하게 밀려드는 것은 걱정 뿐, 학교의 교원이 사라져버렸으니 난리법석이 났을 테고 집에서도 감쪽같이 사라진 세대주의 행방에 시체 없는 상세초상가 났을 법도 했던 것이다.

명호가 깨어난 것을 확인한 보위원들은 안도의 숨을 쉬는 모양이었다. 보위부 심문을 받다 죽게 되면 상부로부터 문책을 당할 수도 있기 때문이었다. 밥때가 되자 감방의 죄수들은 굶주린 짐승처럼 먹이를 받아먹었다. 날로 말린 옥수수 가루를 물에 풀어서 배식을 하였는데 퀴퀴한 곰팡냄새가 올라왔다. 명호는 한 입도 떠넘기지 못하고 그릇을 밀어냈다. 뺨이 얼얼한 게 마치 얼어붙은 듯 감각이 없었다. 명호는 손을 벌려 자신의 낯바닥을 감싸며 가느다란 한숨을 흘렸다.

— 동물 깨우려고 감시원들이 낯바닥을 어찌나 두들겨대는지~

— 날 어찌 죽도록 내버려두지 살려 놓았는가~

— 동무 그런 말 마오. 호혈虎穴:호랑이 굴에 잡혀가도 정신 줄 붙들면 산다 했잖소. 악착같이 살아나가야 하지 않나 말이요. 어서 한 입 뜨오.

뱃가죽이 달라붙을 정도로 물 한 모금 넘기지 못했지만 저들의 심문은 계속되었다. 살아서 꿈틀대는 것을 확인한 다음 보위원들은 명호를 다시 조사실로 불렀다. 힘 빼지 말자며 지은 죄를 직접 쓰도록 했다. 저들은 명호의 자백을 불피코 받아내겠다는 듯 종이와 원주필을 책상 위에 펼쳐놓고 콧노래를 부르는 여유까지 부리고 있었다. 끝내 명호가 고개를 내저으며 버티자 정말 무시무시한 무기를 들이밀었다. 보위원이 급소에 단칼을 지르듯이 말했다.

— 리명호 선생, 동무의 안해아내는 이미 자백을 했어.

— 뭐이요? 내 안해가 무슨 자백을 했단 말이오?

— 믿지 못하겠음 동무 안해가 작성한 진술서가 있으니 보오. 요래 뚜글뚜글 글 씨름을 하듯 써내려간 요 요 필적이 동무 안해의 필적 맞지

않아?

　- 내 안해는 지금 어데 있소? 당장 날 안해한테 데려다 주시오.

　- 동무 안핸 고분고분 자백을 해댔으니 고저 집에 돌려보냈단 말이
오. 그러니 동무도 어서 직접 원주필을 살살 움직여 보라니까~

　명호는 저들이 혀를 함부로 놀려대며 허세를 부리는지도 모른다는
생각을 하면서도 정숙 동무의 뚜글뚜글 써내려간 글씨체를 보니 숨이
턱 막혀버렸다. 정숙이 아무리 겁박을 당한다 하더라도 나그네를 반동
으로 몰아갈 사람은 아니기 때문이었다. 관절 어디까지 사실인지 지금
의 상황이 믿어지지 않았다. 그러나 저들에게 목숨을 저당 잡히는 한
이 있더라도 명호는 진술서를 쓰지 않을 생각이었다.

　겁박을 통해 써 내려간 진술서가 장차 자신의 발목을 어떻게 넘어뜨
릴지 상상조차 하기 싫었기 때문이다. 조선공화국의 공적인 법률규정
에도 강압과 유도심문의 방식으로 받아낸 진술을 증거로 사용할 수 없
다고 엄격히 규정하고 있었지만 공화국에서 이러한 규정이란 무용지물
이 되고도 남았다. 보위부 요원들은 자기들이 원하는 진술을 받아내기
위해 온갖 회유를 하다 여의치 않으면 폭행, 협박을 자행하고 있는 것
이었다.

　명호는 그들을 향해 목숨을 걸고서 강력히 저항했다. 보위원들이 원
하는 진술서를 거부하고 반대로 채찍을 받아들였다. 죽어 땅에 묻힐
지언정 몸소 반동분자가 되기 싫었고 혼자 죽더라도 가족한테 피해를
끼칠 짓은 죽어도 하기 싫었다. 명호는 구타와 폭행으로 너덜너덜해진
몸을 쥐어짜듯 힘을 모아 보위원을 향해 겨우 입을 열었다.

　- 제발 박태산 과장을 불러 주시오.

　- 박 동질 어찌 자꾸 찾나 그래~ 박 동진 상부의 급한 부름을 받고

평양에 갔는데 동무 뭐 박 동지한테 꿀단지라도 맡겨 두었나, 흐흐흐~

보위원의 말에 명호는 머릿속이 다시 복잡해지기 시작했다. 아무리 독하게 마음을 먹는다고 쳐도 자신도 사람인데 어떻게든 살아나가고 싶었다. 다시 한번 바깥세상의 공기를 맡고 싶었다. 이렇게 죽는다면 정말 억울할 것만 같았다. 죽음이 닥친다 하더라도 어머니와 안해, 봄이와 참이를 한 번은 만날 수 있기를 간절하게 바랐다.

어떻게든 태산이 동무를 한번 만나서 당부라도 하고 싶은 심정이었다. 정숙과 참은 염려되지 않았지만 어머니와 봄이의 장래가 죽도록 염려되었다. 아아, 인생이란 게 봄날 개꿈보다 허망한 것이라는 생각이 들었다. 아아, 그러니 죽더라도 태산이 동무의 손에 죽는다면 덜 억울할 것만 같았다. 어렸을 적부터 얽힌 연인인연관계가 아닌가 말이다. 명호의 운명이 그러하다면 명호는 그것을 받아들일 마음의 다짐서 정도를 작성할 각오까지 하고 있었던 것이다.

명호는 난데없이 보위원에게 종이와 원주필을 다시 요청했다. 그리고 지체없이 망설이지 않고 써 내려갔다. 부디 안해와 참이를 부탁한다는 비겁분자의 굴복이었을까 아님 무슨 의식의 굴절이었을까. 명호는 자신의 목숨이 해답이라면 기꺼이 내어놓을 테니 다른 가족까지 더는 괴롭히지 말라고 엄숙히 당부했다. 늙은 어머니와 딸애 봄이만은 공화국에서 별 탈 없이 살아갈 수 있도록 해달라며 명호는 뜨거운 눈물을 흘리면서 갈구하고 있었다.

태산이 동무가 피를 물려준 아들애 참이를 원하고 그토록 연분하던 정숙을 원한다면이야~ 하지만 이런 방법이 아들애 참과 안해 정숙에게 복한 날들을 가져다줄지 어떻게 장담한단 말인가. 명호는 어금이어금니를 지그시 깨물며 눈물을 짓고 있었다.

정正 밤중에 시간은 하염없이 흘러가는데 어둠속의 고요마저 허무히 깊어가고 있었다. 복잡한 상념의 포말들이 거품처럼 일어나고 있는데 시간은 덫에 걸린 듯 더디게 흘러갔다. 언제 날이 새어 환한 빛을 가져다줄지 공화국의 밤은 더욱 깊게 꺼져 들고 있었다. 명호는 찢어지고 멍든 만신창이의 몸을 어루만지며 하염없이 눈물을 흘리고 있었다.

4

1호행사령이 떨어진 바로 그날, 정숙은 새벽 참에 꿈을 꾸었다. 어느 빼어난 신神이 자신의 존재를 수표手票:증명라도 하려는 것처럼 범상치 않은 노인의 형상을 하고 댓 발의 흰 수염을 펄럭이며 정숙에게 호령을 하고 있었다. 저 노인이 무슨 현몽現夢을 하려고 저러는 것인가? 꿈속에서조차 정숙은 정신이 번쩍 들었다. 기업소 선전원 탈락 이후 나그네와의 다툼으로 개탈병신경쇠약에 시달린 데다 5호담당선전원 직분마저 잃어버린 상태였다.

꿈속의 노인이 어서 일어나라 소리치는데 순간 노인의 뒤로 쇠창살이 펼쳐지는 것이었다. 멀끄러미물끄러미 노인을 바라보고 있었더니 노인이 세 폭 자락이나 되는 고운 소매 폭을 펄럭이며 품속에서 원주필을 꺼내 냅다 정숙을 향해 던졌다. 원주필이 정숙의 옷깃에 꽂히는 순간에 정숙은 파드득 놀라 꽂힌 원주필을 뽑아 노인을 향해 달렸다. 괴이한 노인은 뒷모습을 남긴 채 저만치 사라지고 있었다.

꿈에서 깨어 정숙은 한참동안 혼미한 상태로 누워 있었다. 아아, 살다 살다 이런 해괴한 꿈을 꾸다니~ 개탈병에 시달리다 보니 이런 해괴한 꿈을 꾸는 모양이라고 혼자 생각하고 있었다. 아무리 꿈이라 하지만 범상치 않은 꿈이기에 정숙은 아침부터 목석증이 걸린 사람처럼 밥도 먹지 못했고 말도 하기 싫었다. 명호 동무가 출근을 한다며 자르릉 자르릉 울려대는 자전거 소리도 듣는 척 마는 척 냄배웅을 하지 못했다. 정숙은 정신을 추스르고 일어나서 덕순네로 향했다.

　- 덕순 동무~

　- 이른 아척부터 어인 일이나~ 티각티각 뭐 나그네하구 쌈질이라두 했나?

　덕순은 정숙 동무와 이렇게 마주하는 시간이 더없이 좋았다.

　- 쌈질이라두 했음 이래 답답하지 않지~ 이른 아척에 어이 진단장을 하고 있나?

　- 흐음, 거야 알거 없구 정숙 동무 고 답답한 민망사가 뭐인데 그러나?

　- 내 별난 꿈을 다 꾸었다니 한 번 들어보라~

　정숙은 새벽에 꾸었던 범상치 않은 노인의 꿈에 대해 얘기해주었다. 정숙이 얘기를 하는데 덕순은 고개를 이리 갸웃 저리 갸웃 하면서 재미있다는 표정이었다. 이윽고 덕순 동무가　혀끝에서 단내가 나도록 혀를 내둘렀다.

　- 후끈후끈 하구마니~ 정숙 동무, 오늘이 1호 행사 날이 아니니? 1호 행사 날 새벽드리 이상한 꿈을 꾸었다이야. 그저 들어보니 머 선듯한 꿈자리는 아닌 데~

　- 어째 찌붓한 것이 우렁우렁 가슴을 패지?

　- 쇠창살이라믄 이거 감옥걸음투옥을 한다는 소린데~ 아이 에그나 맙소사~

　덕순 동무가 머리를 굴리다가 갑자기 깜짝 놀라며 호들갑을 떨었다.

덕순의 호들갑에 정숙 역시 저도 모르게 입술을 동그랗게 말아 올렸다.

– 아니 덕순 동무 어찌 그러나? 감옥걸음은 또 뭐이구~

– 들어보라 정숙 동무~

하더니 덕순이 우당탕 방안으로 들어가서 원주필을 손에 쥐고 나왔다. 정숙의 꿈 얘기에 이토록 몸까지 움직이며 예민한 반응을 보이고 있는 덕순 동무의 속내를 알다가도 모를 것만 같았다.

– 보라. 감옥이란 데는 이실직고 하는 데란 말이지~

– 뭐이야? 우덜이 무슨 죄가 있다고 이실직고라 하는?

– 사람이 살다 보믄 어찌 죄를 짓지 않고 살 수야 있나? 이 원주필이라는 게 우리 동실이 비뚤비뚤 글 획 놀리듯 하라는 원주필이 아니란 말야 어? 그저 뭐이갔니 정숙 동무~ 있는 죄를 낱낱이 적으라는 뜻이 아니냔 말야 엉?

– 아이 에그나 불길해라. 고 빈말공부 그만하구 하던 진단장이나 마저 하라.

– 호호호~ 살다보니 덕순이 팔자에 눈 호강 하게 생겼다니 글쎄~ 에휴 그저 몸뚱이만 강건했음 공화국이 이 덕순이 천국이 될 거인데~

– 아니 눈 호강에 천국이라니 덕순 동무 정말 무슨 별난 일이라두 생겼나? 어이?

– 별난 일이라믄 별난 일이 아니겠나~ 아니 김정은 지존을 지척에서 보게 생겼다니 글쎄~ 호호호~

덕순 동무의 말에 정숙은 입이 벌어졌다. 1호 행사 날에 김정은 지존이 관내 화장품 공장과 직포공장에 현지지도를 한다는 사실은 정숙이도 잘 알고 있었다. 하지만 꿈속에서조차 만나보기 어려운 1호를 지척에서 보게 생겼다는 덕순의 말을 그저 정숙은 눈 뜨고 잠꼬대를 하는 모양이라고 생각했다.

덕순 동무가 진단장에 치레거리를 요란스럽게 걸치고 마을 어귀에서 건들건들 멀어지는 모습을 정숙은 우두커니 서서 한참동안 바라보고 있었다. 참 별일이로구나. 죽을 때가 되면 사람이 변한다드니~ 정숙은 은근히 우려스런 표정으로 집으로 돌아왔다. 집에 돌아와 퇴마루에 앉아 잠깐 새벽의 꿈을 떠올려보았다.

인민이 꿀 수 있는 꿈〔希望〕은 영원한 것이지만 잠속 꿈〔夢〕이라는 것은 이와 달라서 금세 잊어버리게 되는 것이다. 하지만 정숙의 뇌리에 박힌 새벽의 꿈은 비록 잠속 꿈이었지만 또렷이 머릿속에 남아 있었다. 흐응, 댓 발의 흰 수염이 무슨 자랑이라고~ 호통을 치려거든 제대로 쳐야지 어찌 가타부타 한 마디 흘리지도 않고 내빼듯 달아나느냔 말이야? 댓 발 수염에 세 폭 도포 자락 같은 소매 폭을 날리며 어이 잔뜩 의문부를 찍고 달아나느냔 말이야?

이토록이나 실체도 없는 노인에 대한 원망이 높았지만 새벽에 노인이 꿈속에 나타난 것이야말로 닥치지 않은 불길한 일을 현몽해 주었던 것임을 깨닫기까지는 그리 오랜 시간이 필요치 않았다. 명호 동무가 몸 바쳐 복무하는 고등중학에서 천둥 치듯 우루루 사람들이 몰려와 명호 동무의 신변에 이상이 생긴 모양이라고 알려왔다. 정숙은 하늘이 노랗게 물들어 가는 것을 어지럽게 바라보았다. 1호 행사령이 떨어질 때부터 명호 동무한테 몸조심하라며 당부를 늘어놓았는데 불길한 예상은 적중하더라는 말처럼 말씨가 되고 말았다.

반쪽 피의 분자라는 굴레 때문에 예견된 일이었는지도 모른다. 인민들은 1호의 현지지도에 펄쩍펄쩍 뛰어대고 랑자狼藉히 환영을 하지만 한쪽에선 반동사냥이란 덫을 무릅써야 하는 일이었다. 정숙은 가까운 공중전화실로 화다닥 달려갔다. 태산이 동무 손전화로 신호를 몇 번이나 넣었는데 연결되지 않았다. 이럴 때는 마음이 급하고 보니 덕순 동무마저 연결이 되지 않았다.

－ 봄이 에미야, 무슨 일이다니~

－ 별 일 아냐요. 어머님 몸도 편찮으신데 그저 누워 계시라요.

젊은 시절이야 그저 참이를 홀대하는 시어미가 미워서 부지깽이에 화풀이를 해대기도 했었지만 시모媤母 : 시어머니의 연치나이가 들면서 몸도 쇠약해지니 없던 동정심마저 일었다. 남쪽에 있다는 얼굴도 모르는 큰어머니라는 존재 때문에 시모가 마음 고생하던 시절도 이제 지나간 기억밖에 되지 않았다. 물끄러미 마전동 뒷산을 바라보고 있는 아고阿姑:시어머니의 어깨가 갈수록 수척해졌다.

보위부에서 사람이 나온 것은 저녁나절이었다. 보위부 요원들은 나름대로 예의를 갖추어 정숙을 데리고 나갔다. 정숙은 호송차에 들어선 순간 기가 꺾여버렸다. 차에 오르자 호송차량은 검은 천으로 창문을 가리고 어디론가 쏜살같이 달리기 시작했다.

－ 어찌 나를 이렇게 무례하게 데리고 가는 겁네까?

－ 죄송합네다.

보위부 요원이 건조하게 대답했다.

－ 보아하니 보위부 요원들 같은데 가타부타 죄송하다니 내래 무슨 죄가 있다고 예의 없이 이러는 거예요?

－ 저희들이야 상부 지시에 따라 움직이는 것이니 더는 묻지 말아 주십쇼.

정숙은 호송차가 보위부 정문을 향해 쏜살같이 달리는 동안 더는 입을 열지 않았다. 보위부 요원들이 죄인을 압송하는 과정에서 죄인을 짐승 취급한다는 것을 알고 있었다. 하지만 정숙을 호송차에 태우고 달리는 요원들은 정숙에게 나름대로 예의를 갖추고 있었다. 때문에 정숙은 이런 일련의 일들이 태산이 동무와 연결되어 있다는 것을 미루어 짐작하고 있었다.

희미한 불알백열등이 흔들리는 보위부 조사실 의자에 앉았을 때 정숙 앞에 놓인 종이와 원주필을 보고 새벽에 나타난 노인이 현몽을 했다는 것을 깨달았다. 보위부 조사원은 원주필을 건네면서 그저 리명호 선생의 반동행위에 대해 아는 대로 적어달라고 깐깐하게 지시를 내리고 있었다. 정숙은 사정없이 도리질을 했다. 나그네는 오직 공화국을 위한 열혈충성분자이며 사상이 투철한 사람이라고 항변했다.

– 어찌 말귀를 못 알아듣는가 말이요?

– 생사람 잡지 마시오.

– 한 이불 두르고 살아오면서 어찌 눈에 거슬리는 일이 없었겠소. 그저 남편을 한번 비판해 보란 말이요. 가정에서 하루 일과 끝나고 가족 간에 총화시간을 가졌을 게 아니오? 그 때처럼 편안하게 남편에 대해 비판을 한번 해보란 말입니다.

– 아무리 내 목숨이 귀하다 해도 사람에 탈을 쓰구 어찌 나그넬 비판할 수 있다 말이오? 나는 비판할 게 없시오.

– 뭐든 이 종이에 써내야 남편한테 도움이 되지 않겠소? 원주필이 부끄럽지 않도록 자아비판이라도 해보란 말이오. 여게 들어온 이상 뭐든 해야 남편이 살아 나갈 수 있지 않겠소? 1호 행사 때 보위부에 잡혀 들어온 반동분자들이 어찌 된다는 거 모르오? 공화국에서 비판할 게 없는 인민이 있다면 그게 바로 반동분자란 말이오. 어서 뭐든 써 보오.

정숙은 끝까지 버틸 재간이 없어 하얀 종이 위에 정신을 바짝 차리며 또박또박 써 내려가기 시작했다. 나그네에 대한 비판보다 정숙 자신에 대한 비판을 적었다. 공화국에 오직 충성맹세를 하고 기업소 선전원, 5호담당선전원 등을 하면서 피를 토했던 얘기, 온갖 생활총화를 통해 마을에 대한 애착심을 갖고 거리, 이웃의 변화를 이끌던 얘기 등을 늘어놓으면서 비판의 수위를 알맞게 조절했다.

종이 가득 뚜글뚜글 글 씨름하듯 써냈더니 보위원이 눈을 낮게 깔고 훑어보더니 대뜸 퇴짜를 놓았다. 나그네에 대한 비판이 전혀 없다는 것이었다. 정숙은 혀가 바싹바싹 타들어가는 심정으로 비판의 수위를 조절하며 흰 종이를 다시 메워 나가기 시작했다. 나그네가 비록 남쪽 피를 물려받았지만 뼛속까지 공화국 충성분자이다. 그러나 공화국 사내로서 능력이 조금 부족하단 얘기, 선전원 일을 하는 아낙네를 돕지 않고 먼산바라기 했던 얘기, 남쪽에 이복異腹형이 있어서 더욱 가열히 충성맹세를 해야 한다는 등의 얘기를 늘어놓았다.

보위원은 비판서를 꼼꼼히 살펴보더니 정숙을 보내주었다. 정숙은 조사실에서 빠져나오면서 명호 동무의 행방에 대해서 물었고, 장차 어떻게 되는 거냐고 물어보았다. 보위원은 말을 섣불리 꺼내지 않았고 정숙이 되물어 오자 입을 열었다.

— 1호행사령이 아직 끝나지 않아서 우리도 모르오.

— 아니 보위부 선생님이 모르면 어느 동무가~

정숙의 가슴이 답답했다.

— 그야 윗선 지시가 있겠지요.

— 리명호 선생은 지금 무탈한 거지요? 내래 가슴이 떨려서~

심장이 쿵쿵 뛰는 느낌이었다.

— 우리 립장도 마찬가지오. 무사무편無私無偏 :공평하게 고추考推 : 추궁

를 해봐야 실머리실마리를 풀어나가지 않겠소?

－ 높으신 선생님, 우리 나그네야 그저 지질이 복 없고 못난 세대주야요. 탈이 없도록 살펴 주시라요.

정숙은 간절한 마음으로 수없이 고개를 조아리며 보위부에서 나왔다. 집에 돌아오니 밤이 깊어 있었다. 철이 없는 탓인지 딸애 봄이는 잠이 들었고 아들애 참의 모습은 집에 보이지 않았다. 세대주 없는 집도 쓸쓸히 적막산寂寞山 : 적막강산이요 나그네를 그리는 정숙의 마음 또한 적막강산이었다. 아아, 내일이 두렵고 한 치 앞도 내다볼 수 없는 답답한 심정, 골목굽이에서 들려오는 누렁이 개 짖는 소리 역시 어둡게 마음을 덮는다. 불길한 낌새를 느꼈던지 아고阿姑 : 시어머니 역시 잠들지 못하고 하염없이 장독대를 돌면서 담벼락 너머를 바라다보고 있었다.

－ 어머님, 어서 들어가 주무시라요.

－ 아니 집 나간 사람이 아니 들어오는데 그저 잠을 잘 수가 있나~ 그래 봄이 아비 소식은 들었나?

시모媤母의 물음에 정숙은 아무런 대답을 하지 못했다. 목이 끅끅 막혀 무슨 응대를 해야 할지 몰랐다. 밤새 참담한 심정으로 우왕좌왕하다가 덕순이 동무 집에 들러보았다. 토방돌 위에는 덕순의 굽 높은 빨간 신발이 넘어져 있었다.

－ 정숙 동무 이 밤에 어인 일이나~

－ 동실이도 아직 아니 들어 왔니? 아니 덕순 동무 어찌 이래 몸이 늘어져 있나? 요 며칠 간 잘도 싸다닌다 했더니~

덕순 동무의 늘어진 몸을 보니 가슴이 아팠다.

－ 동실인 그저 동무들하고 어울려 어데루 다니는지 꼴을 보기 어려운 게~ 참이 걱정 돼서 이케 뽀루루 달려왔나?

– 덕순 동무~ 어찌하면 좋나 엉? 봄이 아버지래 보위부 구류장 감방에 붙들려 갔더래는데 어찌하면 좋나?

정숙이 울먹이는 소리를 했다.

– 태산이 동무한테 연락을 해야지 어찌 나한테 와서 숨이 넘어가나?

– 태산이 동문 상부의 지시로 평양에 올라갔다 하더라니까는~ 손전화두 받질 않구 그저 답답해서 살 수가 있나~

– 1호 행사가 그저 말썽이라니~ 여기나 저기나 안가슴마음속이 편해야 할 텐데~

덕순 동무의 말에 정숙의 입술이 스스로 열리고 있었다. 공연히 불길한 생각이 용솟음치는 것을 떨쳐낼 수가 없었다.

– 아니 어데 또 족다리질발길질 당한 사람이 있더나?

– 야 야 정숙 동무 들어 보라. 상철이 외조 할아버지래 납치를 당했다는 거야.

정숙은 덕순 동무의 말에 놀라 소리를 지를 뻔했다.

– 아니 난데없는 소릴~ 평안도에서 제일 힘군힘꾼이라는데 어데~ 패도를 누려도 한참을 누려야 할 정도로 두두룩한 사람 아니니~

– 그러니 곡할 일이 아니나~ 글쎄 1호 지존을 영접해야 할 판에 납치를 당했다누나~ 그저 1호 눈 밖에 단단히 난 거 아니나?

– 아니 1호 원수님을 맞아 영접탁접대 상을 열 번을 차려도 시원찮을 판에~ 감히 누가 납치를 했다 말인가~

– 아직 어방을 잡아 어림겨냥을 하는 모양이더라니~ 이거 클 날 소리 하는지 모르겠다만서두 보위부 짓인 모양이지 아마~

– 아니 아무리 보위부라 해도 1호 영접해야 할 도당위원장을 보위부 언놈이 간 크게 기딴 짓을 한단 말인가?

덕순의 말에 정숙은 더욱 불길한 생각이 들었다. 태산이 동무가 상부의 부름을 받고 평양에 갔다는 것이 이런 사건과 연관이 있다면 보통 사건이 아닐 것이다. 정숙은 매운 고춧가루를 삼킨 듯 등허리에서 화기火氣가 올라왔다. 까닭모를 불안함이 엄습했고, 불길한 기운이 자신의 몸을 송두리째 감싸 안고 있는 느낌이었다. 그 불길한 기운에 떠밀려 다시는 명호 동무를 볼 수 없을지도 모른다는 불안한 생각이 머리를 가득 채우고 있었다.

제34장 자지(自持)타령

1

태산은 최룡해 조선노동당 중앙위원회 부위원장의 부름을 받고 평양을 향해 거침없이 자동차를 몰았다. 저녁때가 되어 평양 시내 중심부 중구역 창광거리에 위치한 노동당 중앙당사에 도착하자 중앙당사 안내원의 자로 잰듯 일사분란한 안내를 받았다. 1호 김정은 지존이 근무한다는 3층의 장대한 본부 청사를 보는 순간 태산은 마치 전기에 감전이라도 된 듯 압도당했고, 옆으로 호위하듯 에워싼 인민대학습당, 만수대의사당의 위용에 숨이 막힐 지경이었다.

조선인민공화국에서 명실공히 김정은 지존 다음가는 제2인자가 최룡해 조선노동당 부위원장 겸 국무위원회 부위원장이다. 최고인민회의는 물론 국방위원회, 조선노동당 중앙위원회의 요직을 두루 거쳤을 뿐만 아니라 얼마 전에 폐지된 국방위원회 대신 그 기능과 역할을 대폭 확대하여 신설된 국무위원회 부위원장의 자리까지, 최룡해 부위원장에게 있어 시련 뒤의 영광이 찬란하게 펼쳐지고 있었다.

번쩍번쩍한 대리석이 깔린 노동당 중앙당 당사 복도를 안내받아 거닐면서 태산은 긴장감에 식은땀이 자신도 모르게 흘러내리고 있었다. 정숙 동무와 아들애 참을 생각할 때 터져 나오던 피꺽질이 갑자기 올라왔다. 정숙 동무와 용희 동무의 다툼 이후 이상하게 몸에 생긴 생리적인 버릇이었다. 피꺽질의 정도는 더욱 심해지는 모양이었는데 얼마나 긴장했던지 속옷이 흥건히 젖어 있었다.

조선공화국의 모든 정책을 수립하고 종합적 정책결정을 하는 기관의 부름을 받은 것은 태산에게 있어서 기적이나 같은 일이었다. 제7차

당대회를 통해 국무위원장으로 추대된 김정은 지존의 측근 중에서 이름만 들어도 살이 떨리는 황병서, 박봉주 등과 어깨를 나란히 하면서도 김정은 지존의 복심이 최룡해에게 실려 있다는 사실에 오금이 저렸다. 박영식, 리수용, 김영철, 김원홍, 최부일 등 떠르르한 이름들이 즐비한 국무위원회의 부름이라면 태산에게도 찬란한 꽃을 피울 수 있는 기회가 기다리고 있을지 모른다는 생각이 들었다.

1호행사장에서 잠깐 수인사를 하고 담소를 나누었을 뿐인데 곧장 평양으로 부르다니 생각하면 가슴이 설레면서도 잔뜩 긴장이 되었다. 도당위원장에게 보란 듯이 한 방을 먹이고 나니 불안함보다 까닭모를 묘한 자신감이 생겼다. 공화국에서 보위부의 큰 일꾼이 되자면 거침없는 담력과 재치, 약삭빠른 요령과 패기가 필요한 것이다. 공화국에 거슬리는 안팎의 세력들을 종횡무진 색출해내고 때려잡는 일은 자부심이었다. 불악당이라는 소릴 들어도 거침없이 일을 처리하는 것, 상부의 뜻을 뼛속까지 읽어내어 열혈충성분자가 되는 것, 이것만 생각하면 공화국의 맑은 하늘을 부끄럽지 않게 쳐다볼 수 있음이었다.

― 박 동지, 게 앉으라. 오느라 로한勞汗이 많았겠구마는~

― 아, 아닙네다. 부위원장 동지~

이때, 최룡해 부위원장의 방에 다소곳이 찻잔을 받쳐 든 늘씬한 녀성동무가 들어왔다. 태산은 색정어린 눈길로 녀성동무를 샅샅이 훑어보았다. 태산이 여태 공화국에서 보위부 하급 간부로 살아오면서 이토록 수미봉안秀眉鳳眼의 녀성동무는 처음 보는 것이었다. 강건한 육색肉色:얼굴빛, 깊은 눈초리에 백옥 같은 눈자위, 반지르한 기름기를 머금고 초생달 같이 고운 눈썹을 지닌 녀성, 녀성 부하 동지의 갸름한 손가락을 보는 태산의 정신은 혼미할 정도였다.

– 내래 난데없이 불러대서 놀랐지?

– 이 거 사내 체면에 고개방아를 찧을 수도 없구 그저 령광입네다.

– 거 박 동지도 잘 알다시피 내래 다과빼는거침없는 성미라서 말이야 엉~ 어서 차茶나 한잔 마시라.

차를 받아 들어 마시는 태산의 손끝이 가늘게 떨리고 있었다.

– 그저 내래 부위원장 동지의 강복한 성품을 본받고 싶은 사람입네다.

– 하하하~ 그저 박 동지에 그런 점이 나는 마음에 든단 말이야.

최룡해 부위원장의 의젓한 모습은 태산에게 있어 곡결한 성품의 소유자라는 생각이 들게 하였다. 사내의 세계에 있어서 태산에게 최룡해는 강직한 성품과 명석한 두뇌를 가진 닮고 싶은 표본이었다. 만경대혁명학원에서도 최 부위원장은 두각을 나타냈고, 김일성종합대학에서도 정치경제학을 공부하며 이치에 밝고 열정이 넘쳤다고 전해지는 인물이었다.

– 최현 선생의 항일정신이야말로 공화국 지도 동지들이 본받아야 할 빨치산 정신 아닙네까?

최룡해 부위원장의 아버지 최현은 김일성과 같이 중국 만주지방에서 항일운동을 하던 이름난 빨치산이었다. 김일성을 능가할 정도로 항일정신이 투철했고 김일성의 두툼한 신임을 얻었던 인물이었다. 무엇보다 김정일 후계체제를 구축하는 데 절대적인 역할을 부위원장의 아버지 최현이 했던 것이다.

– 빨치산 혈통이 밥 먹여 주나~ 모친께서도 아버지와 어깨를 견줄 만큼 혁명대열에 앞장서신 분이잖나~ 내래 이런 부모에 혈통을 따지고 드는 방식은 영 마음에 들지 않아~

최룡해 부위원장의 표정에서 태산은 서운한 감정을 읽어내고 있었다. 빨치산 혈통의 정도를 따지자면 최 부위원장의 혈통이야말로 김일성, 김정일을 능가하는 혈통이었다. 그럼에도 그는 제2인자의 위치에서 적절한 거리를 유지하고 있었다.

－ 최 부위원장 동지, 어떻게 하면 조선공화국 남아로서 그러한 패기를 지닐 수가 있는 겁네까? 내래 하냥 부위원장 동지를 생각하면 여쭙고 싶은 말이었습니다.

－ 그야 사내라면 자기 생애에 한 번쯤 목숨을 걸 수 있는 용기가 있어야 하지 않겠나? 김정일 원수를 세우려고 내 아버지가 권총을 빼들고 다니면서 김평일이 지지하는 놈들 머리통에 죄 총구를 겨누었다는 거이야~

최룡해 부위원장이 마치 허리춤에서 권총을 꺼내는 듯한 손동작을 보여주었다. 태산은 언제 어디서 누구를 만나든지 성의껏 열정을 다하는 그의 태도에 경외감을 느끼고 있었다. 목숨을 걸지 않으면 중요한 순간에 자기 인생의 주인이 되지 못한다는 당연한 진리를 태산은 최룡해 부위원장으로부터 확인하는 중이었다.

－ 최현 선생이야말로 공화국 지도자 동지들에 우상이지요. 소탈한데다 한뉘 낙천가로 사셨다지요?

－ 아니 자네 정말 우리 부모님을 흠모하고 있었구나야. 아버지야 그저 조부에 투철한 사상을 빼다 박은 거이 아니겠니. 조부께서 말이야 홍범도 장군 수하에 들어가 독립운동을 했다잖나. 독립군에 투지 속에 마지막까지 남아나는 것이 뭐이겠나? 그저 조선독립을 위해 오늘 하루도 기꺼이 목숨을 바치겠노라는 호탕한 기상 아니었겠니? 내래 조선 공화국 일꾼으로 살아오면서 이런 피를 물려받았다는 거 하나는 자랑할만하지 않니~ 하하하~

태산은 최룡해 부위원장과 호탕하게 웃었다. 감히 공화국 인민 누구라도 가까이에서 바라볼 수 없는 공화국 제2인자와 나란히 앉아 박장대소를 하고 있다는 것에 생각할수록 가슴이 벅차올랐다. 태산은 자신과 부위원장 사이에 얽힌 이런 운명이야말로 공화국에서 살아가면서 출세로 연결하는 단단한 밧줄이라는 것을 누구보다 잘 알고 있었다. 주어진 운명을 토대삼아 절대로 밧줄을 놓치는 일이 없으리라 속으로 다짐을 하고 있었다.

— 그저 멀리서나마 최 부위원장 동지를 맘껏 바라볼 수 있다는 게 내겐 령광이라 생각하고 있습네다.

— 참 세월이 빠르고나 그저~ 네 필의 말이 끌고 달리는 게 세월이라는 말이 하나도 그르지 않더란 말이지~ 그래 그런지 내래 눈만 감으면 옛적 생각에 아슬아슬할 때가 한두 번이 아니야~

— 어찌 아니 그러겠습니까~ 그때 생각하면 자다가 경풍驚風을 일으키는 뎁쇼.

— 박 동지도 그러는구나야~ 사람은 말야이 호시절好時節이 있음 험시절險時節도 있는 법이지~ 내래 사로청社會主義勞動靑年同盟을 이끌 때 말이야, 내 너무 세상이란 거를 몰랐어, 그저 하늘 높은 줄을 모르고 거만했댔지~ 그저 한 순간에 중앙당 눈 밖에 나더란 말이야~

최룡해 부위원장은 어제날의 아픈 감상에 젖은 나머지 한참을 말을 잇지 못하고 눈을 감고 있었다. 사로청을 호령하던 최룡해의 사단이 어떻게 무너지게 되었는지 태산은 나중에 들어서 알게 되었다. 머리가 커질 대로 커진 사로청의 요원들이 보위부의 검열에 반기를 들었고 이런 사실을 보고 받은 당시 김정일 국방위원장이 눈을 부라리며 조직지도부의 검열을 받도록 호령했던 것이다. 태산의 머릿속에도 그날의 아픔이 상처가 되어 남아 있었다. 늪의 수렁에 처박혀 허우적대다 목숨을 걸고 살고자 했던 혁명화의 길에서 두 사람은 연인인연이 시작되었다. 태산은 저도 모르게 휴우~ 한숨이 새어나왔다.

— 공화국에선 말이야, 태양이 아니고선 그 누구라도 몸을 낮춰야 살수가 있대는 거를 뼈저리게 느꼈지~

— 예~ 예~

태산은 부위원장의 감회에 젖은 말끝에 끼어들지 못하고 머리만 조아리고 있었다. 태산은 이러는 중에도 최 부위원장이 무슨 연유로 자신을 평양으로 불렀는지 생각하고 있었다. 단순히 지난 혁명화의 감회에 함께 젖어보려고 어려운 발품을 팔도록 하지는 않았을 터였다. 슬쩍 주머니에 찔러준 많지 않은 꾹돈에 대한 답례라는 생각 역시 애당초에 하지 않았던 것이다.

— 내래 몸을 너무 함부로 놀렸댔지~ 5과 소속 녀성 동무들은 건들지 말았어야 했는데 내래 과욕을 부려 사건을 불러온 거이야~ 그나저나 오랜만에 이렇게 만났는데 여게서 이케 감회에 젖을 수만은 없지 자박 동지 나가자우~

태산은 최 부위원장과 함께 평양 대동강변 고급 료정料亭에 들러 술을 마셨다. 료정에는 미모가 빼어난 녀성들이 술시중을 들고 있었다. 공화국에서 힘깨나 쓴다는 인물들이 드나든다는 료정에는 술꾼들이 방마다 가득 들어 있었다. 최룡해 부위원장이야 워낙 호탕기가 있는데다 음주가무를 즐기는 성품이어서 자리에 앉자마자 미모의 녀성들이 준비한 듯 다가와 앉아 술시중을 들었다.

그러나 술잔이 몇 순배 돌고 취흥이 오르려던 순간 최룡해 부위원장은 시중드는 녀성들을 모두 내보냈다. 태산은 순간 바짝 긴장하지 않을 수가 없었다.

– 박 동지, 내래 부탁 하나 하자~

– 부위원장 동지, 무엇이든 말씀 하십쇼.

태산은 잔뜩 긴장하면서도 지금이야말로 목숨을 내놓고 충성할 수 있는 절호의 기회가 찾아온 것이라고 생각했다. 태산은 술잔을 저만치 밀어놓고 허리를 넙죽 숙였다. 이제야말로 최 부위원장이 자신을 불러들인 진짜 이유를 말할 것이라고 생각하고 있었다. 최 부위원장이 목소리를 낮추어 아주 진지한 표정으로 말했다.

– 이봐, 박 동지~ 지존께서 요새 많이 지쳐 있대는 거는 알고 있지?

– 그야 자나 깨나 공화국 인민들 먹여 살리려고 진땀 흘리시는 것쯤야 인민들도 다 아는 얘기지요.

– 응 그래~ 해서 하는 말인데 김정일 원수님 돌아가신 지 3년 상喪도 한참 지났으니 뭐 이제 김정은 지존께서 지쳐계실 때 편안히 즐길 수 있는 기쁨조를 한번 만들어달란 말이야~ 내래 보는 눈도 있고 남세스러운 일이라 직접 앞에 나설 수도 없구해서 은밀히 박 동질 부른게 아니겠니~ 박 동진 목숨을 함께 걸은 알짜배기 동지 아이니?

– 이거 황송해서 몸 둘 바를 모르겠습네다. 그런 은밀한 일에 최 부위원장 동지께서 대놓고 직접 앞장서실 수야 없지요. 그저 맡겨만 주신다면야 이 몸 바쳐서라도 한껏 꾸려 보겠습네다.

– 그래, 지존이 바뀌었으니 응당 상납할 상품이래 구미에 맞게 바뀌어야 하지 않겠나~ 거 철지난 상품을 어찌 처리해야 할지 아이디아도 좀 내 보고 말이야~

– 그런 일이라면 내게 맡겨 주십시오. 무슨 의도인가를 내 굳이 최 부위원장 동지께서 말씀하시지 않아도 척 냄새를 맡았습네다. 아무 뒤탈이 없도록 깔끔하게 처리하겠으니 그저 은밀히 내게 힘을 실어 주십쇼.

— 박 동지야 그저 시원시원해서리 마음에 쏙 든단 말이야. 거는 걱정 하지 말고 ～ 원래 조직지도부 5과에서 해야될 일인데 내래 은밀히 선수를 치는 것은 공화국 자금 사정이 말씀이 아니란 말이지～ 그저 자금줄 만들어대는 데는 보위부 따라갈 데가 없구 박 동지가 그저 돌아오는 당 창건일 경비를 마련하는데 돈줄을 만들었다기에 이래 불쑥 불러 론의를 하려는 거이 아닌가 말이야～

— 아이쿠 그저 황송할 따름입네다. 아이쿠 그저～

최룡해 부위원장이 덥석 태산의 손을 그러쥐었다. 태산의 손을 그러 쥐는 최 부위원장의 손에 무겁게 힘이 실리고 있었다. 태산 역시 손에 힘을 주어 충성심을 보여주었다. 최 부위원장의 손이 무거워 태산은 더욱 긴장하고 있었다.

하지만 태산은 시간이 흐를수록 까닭모를 자신감이 솟구쳤다. 공화 국에서 이런 문제야말로 비밀스런 것으로 부위원장이 직접 태산을 불 러 은밀히 하달하고 있다는 사실에 태산은 가슴이 터져버릴 것만 같았 다. 이런 일이야말로 인민들이 알아서는 아니 될 일이지만 공화국이 탈 없이 굴러가도록 기름칠을 하는데 반드시 필요한 과정이라는 생각에 태산은 당당한 태도로 다짐을 하고 있었다.

태산은 그날 밤, 태어나서 처음으로 많은 술을 마셨다. 중요한 얘기 를 마치고 나서 다시 술시중을 들던 녀성들을 불러 맘껏 여흥을 즐겼 다. 태산은 그런 중에도 정신을 바짝 차리고 있었다. 공화국 제2인자 와의 술자리, 아무리 취흥이 올랐다 하더라도 이럴 때일수록 예의를 갖추고 빈틈없이 최 부위원장을 모셔야 한다는 생각을 놓지 않았다. 태산은 이런 기회는 아무한테나 오지 않을 것임을 끊임없이 되새기고 있었다.

2

만룡의 몸이 까라지듯 만룡의 기분도 까라지기 시작했다. 1호행사령이다 뭐다 하는 통에 어렵사리 찾아간 압록강 려관에서 만룡은 보란 듯이 퉁을 맞았다.

— 너는 집에나 가라~ 내 참 별꼴이네. 여기 려관 지배인 십수 년에 너같이 쪼그만 놈이 안내원을 하겠다고 덤빈 적은 없단 말이야~

— 지배인 선생님, 한 번 도와주십쇼. 안내원 아니라도 좋습네다. 그저 봉사원이라도 시켜만 주시면 열심히~

— 거 바쁜데 말 시키지 말고 썩 꺼지라야~

키가 크고 말쑥하게 신사옷을 빼입은 지배인이 소리쳤다. 만룡은 속가슴이 부글부글 끓어 올랐지만 꾹 참아냈다. 어떻게든 압록강 려관에서 일 할 수 있는 기회를 잡아야 한다고 생각했다.

— 저 지배인 선생님, 그저 청결청소이라두 시켜 주십쇼.

— 아니 거 키대 작은 학생 동무래 이상하구마니~ 어찌 아니 된다는데 바짓가랑일 잡아 당기는가 말야? 너 어데 가렴증 있어 그래 짓조르나 엉? 어서 꺼지라~

— 지배인 선생님, 이 거 내 뜻이 아니구 백두대감에 뜻이란 말입네다. 백두대감의 뜻이라굽쇼.

— 아 나 요 이상한 물건일세. 관절 백두대감이 누구이가? 백두대감의 뜻이라니 이거야 원 거 학생 동무 무슨 도깨비장물에 뗑하니 홀린 거 아니야?

— 뭐라굽쇼? 거 지배인 선생님 눈깔통이 영 찜찜하구마니, 허리 구

부러지지 않았는데 령감티를 내고 그러시웁?

– 아니 이 쬐그만~ 뭐 눈깔통? 허 나 뭐라나 령감티라 했나 지금?

하면서 지배인이 쭉 뻗은 발을 들어 올려 만룡의 허벅지를 후려 차는데 만룡이 몸을 재게   틀며 피하자 그만 넙죽 엉덩방아를 찧었다. 지배인의 화를 이렇게 돋우고 말았으니 만룡은 결국 압록강 려관에서 퉁을 맞고 쫓겨난 꼴이 되고 말았다.

– 동실 동무, 어찌 하니 이제? 동무가 압록강 려관 가서 지배인을 만나면 아니 되나? 난 키대가 작아서 안내원 되기는 틀렸음~

– 상철이 아버지가 나를 아는데 어찌 찰칵 찰칵 사진을 박아 대겠나? 야 만룡이 동무, 그저 강철이 동무가 좋지 않겠나? 강철인 키대도 멀쩡하게 크구~

– 이런 그럼 나는 뭐 멀쩡하지 못해 키대가 작나 엉?

동실의 말을 자르며 만룡이가 버럭 소리를 쳤다. 게다가 만룡이 순간적으로 예민해져 짧은 발을 들어 올려 장난스레 동실의 허벅지를 툭 찼다. 만룡은 키대 얘기만 나오면 몹시 예민해지는 것 같았는데 만룡의 짧은 다리세례를 받은 동실은 그래도 흡족한 듯 호탕하게 웃었다.

– 하하하~ 만룡이 동무도 키대가 자랄 때가 있겠지~ 그럼, 강철이 동물 만나 보자.

– 하하하~ 다리가 짧아도 올려 차기가 되는 구나 그저~ 그래, 강철이 동무네로 한 번 가보자 동실 동무야~

강철 동무의 반응은 의외로 좋았다. 강철은 만룡이 동무가 퇴짜 맞기를 기다렸다는 듯이 끼드득거리면서 손벽춤까지 치고 있었다. 만룡의 입술 끝이 둥그렇게 말려들었는데 동실이는 그게 재미있다고 엉덩이를 넙죽넙죽 흔들었다. 강철은 독거미를 잡는 데는 일의 앞뒤를 가릴 필요조차 없다는 듯 대뜸 행동에 옮겼다. 압록강 려관에 안내원으로 잠입해서 독거미들의 은밀한 작태를 포착하기 위해 조금도 망설이지 않았던 것이다.

동실이가 방바닥에 배를 깔고 엎드려 종이 위에 적었던 것은 바로 압록강 려관에서 일어나는 반동행위에 관한 것이었다. 상철이 아버지를 비롯한 보위부 요원들이 압록강 려관을 드나들며 색욕色慾을 누리고 인민들로부터 은밀히 꾹돈까지 받아 챙긴다는 것을 어머니로부터 들은 적이 있었다.

동실이 그때 메모한 것은 바로 이런 보위부 요원들의 약점을 이용하고자 했던 메모였던 것이다. 동실이 어머니로부터 들은 상철이 동무 아버지를 비롯한 보위부 요원들의 추악한 소문은 결코 요언流言비어가 아니었기 때문이었다. 강철은 망설이지 않고 아버지 김복수에게 일의 자초지종을 설명했다. 김복수뿐만 아니라 강철이 어머니 유독녀 역시 넋이 나간 사람처럼 입을 헤벌리며 이들의 애기를 듣고 손뼉을 쳤다.

― 아버지, 손전화기를 저한테 주십쇼.

― 어 그래, 너들이 그런 맘을 묵었다는 게 기특하구나. 손전화기야 그저 우리네겐 두고도 못 먹는 전라도 곡식이나 매한가지 아니냐~ 한데 정지사진을 박는다고 독거미들을 네들 맘대로 수렁창에 빠트릴 수가 있을까?

― 아버지, 우리한테 다 방법이 있단 말입네. 염려 붙드세요.

동실이 일행은 자신 있게 강철네서 나왔다. 강철이 동무를 앞장세워 안내원 자리를 두들겨보러 압록강 려관으로 내달렸다. 만룡은 지배인 앞에 나타나지 않고 강철과 동실 동무만 지배인 앞에 앉아 물음에 대답했다.

- 너들 두 놈 다 여게서 일할 생각이 있나?

- 예, 지배인 선생님~

강철이가 기다렸다는 듯이 망설이지 않고 지배인의 질문에 대답했다. 동실은 옆에서 장단을 맞추느라고 고개를 끄덕거려주었다.

- 아니 너들은 지금 고등중학생 아니나?

- 아, 아닙네다. 학교 공분 이제 쪽바가지 신세 됐소.

동실이가 절레절레 고개를 저었다.

- 공화국에서 배워주는 공부를 하지 않는다니 너들 배가 부른 놈들이로구나~ 공화국에선 모든 공민들의 취직권을 보장하고 있는데 네들이 어찌 려관 안내원을 하려 드니?

- 그냥 의복이 멋져 보이더란 말입네다. 지배인님처럼 아주 맵시가 좋은 게~

강철이 동무가 마음에도 없는 말을 했다.

- 이런~ 옷이 날개라는 말을 너들이 들어 보았댔구나~ 이거 날마다 각다듬어서 이래 맵시가 나는 거지 그냥 맵시가 나는 거는 아니야~ 한데 안내원은 한 명만 할 수가 있는데~

- 나는 그저 람루한 작업복을 입어도 좋으니 청결_{청소} 당번이라도 하고 싶습네다. 지배인님~

동실이가 활짝 웃음을 지으면서 말했다.

- 그래, 너들 중에 누가 중국말을 조금 하나? 여게는 중국 사람들이 날마다 북적대는 데니까 안내원을 하자면 중국말을 조금 해야 하는데~

- 나요~ 잘은 모르지만 인사 정도는 할 수 있습네다.

강철의 대답에 동실이 입을 삐쭉거리며 웃었다.

- 그럼, 강철이 동무는 안내원을 하라. 얼굴 동글한 동실이 동무는

4층 3등실 구역담당 청결을 맡으라, 내래 네들 밥은 배불리 먹여 줄 터이니 그저 열심히 한번 해보라~

만룡이가 압록강 려관에 안내원으로 들어가는 것은 실패했지만 강철이와 동실이 동무가 지배인의 마음에 들었는지 운이 좋게 압록강 려관에서 일을 하게 되었다. 압록강 려관은 신의주에서는 제법 유명한 3급 호텔이었다. 중국과 접경지역인 관문동에 위치하고 있어서 공화국을 방문하는 중국인들이 많이 이용하고 있었다.

객실은 53실에 지나지 않고 3등급 밖에 되지 않았지만 몇 실 안 되는 1등실, 2등실에는 돈과 권력 면에서 제법 힘이 있는 손님이 들었다. 십여 년 전 신의주 세관을 비롯하여 신의주에 있는 각종 외화벌이 검열을 할 때 당시 김정일 오른팔이던 장성택이 김정일이 하사한 승용차를 직접 타고 와서 며칠 동안 머물렀다는 유서 깊은 려관이었다.

강철과 동실은 맡은 일에 충실하면서 상철이 아버지를 비롯해 보위부 요원들이 나타나기를 은밀히 기다리고 있었다. 강철은 품속에 손전화기를 숨기고 특히 상철이 아버지가 나타나기를 바라고 있었다. 상철이 아버지가 압록강 려관 숙소에서 은밀히 녀자를 만나는 장면을 손전화기에 담으려고 애를 쓰고 있었다. 동실은 복도 청결을 하면서 차양이 넓은 모자를 푹 눌러쓰고 있었다. 상철이 아버지가 동실을 한눈에 알아볼 것이기 때문이었다.

하지만 압록강 려관에서 이틀 사흘이 흘렀지만 상철이 아버지의 모습은커녕 보위부 요원들의 코빼기조차 구경하지 못했다. 독거미 놈들의 출현을 접하기 어렵게 되자 강철과 동실은 불안해지기 시작했다.

– 에이, 동실이 동무~

– 강철이 동무 벌써 지쳤대나?

동실이 입술을 말아 올리면서 물었다.

- 우덜이 무슨 공화국 열혈분자이니? 이 거야 무슨 애국로동을 하는 것도 아니구~ 동실이 동무, 동무 어머니가 거짓 정보 안겨준 거 아니나?

- 아, 아니야~ 울 어머니가 어찌 거짓 정볼 집어 주었겠나? 내래 상철이 아버지 꼬붕 노릇을 조금 해댔던 적이 있었는데 상철이 아버지 여게 들락거렸다는 거는 틀린 말이 아니란 말이야~

동실의 말에 강철의 표정이 밝아졌다. 동실과 강철은 일을 하다 틈만 나면 서로 만나 이런 잡담을 나누었다. 지배인의 눈에 이런 모습이 곱게 비쳐질 리가 없었다.

- 네들은 어째 짬만 나면 붙어 있나? 가만 보면 네들이 무슨 비밀요원들 같단 말이야. 몰래 객실을 엿듣지 않나~ 조곤조곤 귀에 대고 속삭이질 않나 원~

- 그저 가만있음 심심하니 그런 겁네다, 지배인 선생님. 일 열심히 할 거니 염려 놓으시라요.

허리를 굽히며 변명을 늘어놓고 동실과 강철은 헐레벌떡 몸을 움직여 자기 위치로 달려갔다. 그런데 이틀이 채 흘러가기도 전에 만룡이가 동무들을 만나러 은밀히 압록강 려관에 들어왔다. 그들은 1층 위생실에서 몰래 만나 잡담을 나누었다.

- 참이 동문 어찌 하고 있더나 만룡이 동무야~

- 야, 야 참이 아버지 아니 럭사 생코가 말이야 보위부에 잡혀 갔대는 거야~

- 아니 뭐라구? 럭사 생코가 어째서~

하고 강철이 펄쩍 뛰면서 거품을 물자 동실이가 의젓한 태도로 말했다.

－ 상철이 아버지 짓이야~

－ 에이 독거미 놈들~ 이거 분통 터지는데 어떻게 원쑤풀이를 하지?
하고 강철이가 흥분해서 소리쳤다. 만룡이 동무가 말했다.

－ 야 근데 참이 동무 표정이 아주 지숙어둚하더란 말이야.

－ 이런~ 당연하지. 아버지가 독거미 놈들한테 끌려갔는데 생긋생긋
웃고 다니나?

동실이가 일부러 생긋생긋 웃는 시늉을 했다.

－ 아니 거는 맞는데 참이 동무가 그저 변절 동무가 된 거 같더라니까~

－ 에이 백두대감이 노망을 했나?

동실의 발끝이 만룡의 무릎에 살짝 닿자 만룡이 우여일부러 아픈 표
정을 지으며 메뚜기가 뛰듯 펄쩍 한번 뛰었다. 만룡이가 너스레를 떨며
말을 했다.

－ 아니 그런 뜻이 아니고 우리 하는 일이 못마땅해 오줌사태병 걸린
표정을 짓더라니까~ 이게 말이 되나? 사내가 한번 뜻을 품었음~

－ 에이 만룡이 동무야 초싹대지 말으라~ 지금 웃길 내기할 때가 아
니란 말이야 엉?

동실의 진지한 말에 강철과 만룡이 힘을 주어 고개를 끄덕거렸다.
이때, 1층 위생실에 지배인이 때맞추듯 들어와서 동무들이 모여 잡담
하는 이런 모습들을 한순간에 목격해버렸다.

－ 아니 너들 안 보인다 했더니만 여기서 롱담질을 하구 있네. 아니
요거 봐라, 너 쪼그만 한 놈, 접 때 안내원 시켜달란 놈 아니나? 너들
친한 동무들이었나, 어이?

지배인이 만룡이를 보더니 대뜸 엉덩이에 가벼운 발길질을 했다. 만
룡이는 혀를 날름거리며 위생실에서 달음질쳐 나왔다. 만룡은 자신의

말을 가볍게 여기는 동무들의 태도에 쓰렁둥한 기분이 되어버렸다. 동무들은 작의형제를 맺었던 참이 동무의 배신과 변절을 믿으려들지 않았다. 참이 동무의 배전背轉은 만룡이 보기에 확실한 것이었다.

참의 입장에서 보면 사실 난처하기 짝이 없는 노릇이었다. 그가 비록 나이 어린 학생에 지나지 않지만 공화국에서 정의가 실현되기를 바라는 사람이었다. 세상의 부당한 권력이라는 괴물 앞에서 허물어지지 않아야 한다. 넘어져도 부조리한 세상에 손가락질할 만하는 견정불굴堅貞不屈의 정신을 잃지 않아야 한다.

하지만 이게 무슨 운명의 장난질이란 말인가. 동무들과 노린 과녁이 그에게는 뼈를 물려준 생부라는 데에야 망설이지 않을 수가 없었다. 게다가 어머니의 간절한 호소를 듣다보니 저도 모르게 눈물이 흘러나오면서 지나간 날들을 후회까지 하게 되었던 것이다.

— 참아, 너 생각해 보라.

— 예, 어머니.

참은 다소곳하게 고개를 숙였다.

— 지금 우리한테 처한 꼴이 바람 앞의 등불이라~

어머니는 사태의 위급함과 심각함 앞에서 더는 지체할 시간이 없다고 판단한 모양이었다. 1호행사령이란 중대 행사를 맞이할 때 보위부에 잡혀간 것은 자칫 정치범수용소에 감금될 수도 있는 위기라는 것이었다. 공화국에 정의가 자리 잡기를 바라는 뜨거운 패기는 가상하다면서도 어머니는 숫제 반동의 횃불 같은 거라 단정하며 다그쳐들고 있었다.

— 세상에 어떤 어미가 제 아들애를 불구덩이에 들게 하겠나~ 지금 네들이 하는 짓이 딱 그 꼴이란 말이라. 네들이 젊은 혈기에 공화국 광기狂氣에 굽어들지 않는 태도는 가상타만 생각해 보라. 네들이 상철이 아

버지 반동 짓을 들춰내면 너 아버지 뒷배는 누가 봐준다 말이냐? 어이?

— 어머니~ 상철이 아버진 썩어빠진 독거미입네다.

참이가 가슴에 못질을 하듯 입바른 소리를 했다.

— 누가 걸 모르나? 어미도 상철이 아버지 못된 짓거리 알고도 남는다 말이라. 하지만 너 아버지 저 깊은 수용소라도 끌려가면 누구 힘을 빌리겠나? 뭐 의지할 만한 뒤턱이라도 있어야 하지 않겠느냐 말이야? 참이 네게 뼈를 물려준 생아버지란 거는 둘째 치고 말이라~ 어서 가서 네 동무들 압록강 려관에서 빼오라~

참은 이때부터 무의무욕증에 걸린 사람이 되어버렸다. 괜히 불량한 마음이 속에서 솟구치는 것도 같았고 무엇을 하고자 하는 마음이 예전처럼 일어나지 않았다. 하지만 참은 압록강 려관으로 달려가지 않았다. 만룡이 동무가 지배인의 통을 맞았다고 하소연할 때도 동조하지 않았다. 보위부 독거미에 대한 비리를 사진기에 담아온다고 하더라도 강철이 아버지와 마찬가지로 무용지물이 될 거라고 말했었다. 아니 강철이 아버지처럼 오히려 불법촬영이라는 반동 짓을 저질렀다고 역공을 당할지도 모른다고 생각했던 것이다.

참은 동무들의 계획에 동참하지 않은 것이 대수는 아니라고 판단했다. 그러나 어머니의 당부대로 압록강 려관에 달려가 동무들의 행동을 저지하지는 않았다. 당장 동무들이 숨겨놓은 덫에 빠져들지 않도록 상철이 아버지한테 알리는 일이 더욱 급하다고 생각했다. 참은 동실이와 강철이 동무가 압록강 려관에서 일을 하게 되었다는 소식을 접하고서 곧장 운동화의 신들메를 들매여 신었다.

동실이 동무와 지난날에 함께 겪은 좋지 않았던 기억은 생각조차 하기 싫었다. 마음이 급해지자 그런 기억의 실타래를 붙들고 싶지 않았다. 참은 마음을 다져먹고 보위부를 찾아가기로 마음먹었다. 지금은 체면 따위에 얽매여서는 아니 된다는 위급한 마음으로 가득 차 있었다. 무궤도전차를 두 번이나 갈아탄 다음 보위부에 도착했다. 보위부 정문에서 참은 한참동안 호흡을 조절하고 있었다. 아픈 기억이 머리 뚜껑을 열고 솟구치려던 것을 가까스로 머리를 좌우로 흔들어 다시는 고개를 쳐들지 못하도록 깊게 밀어 넣었다.

상철이 아버지 사무실을 안내원에게 물었더니 곧장 군복 입은 젊은 보위원이 내려왔다. 젊은 보위원의 안내를 받아 단숨에 상철 아버지 책상 앞으로 인도되었다.

– 아니 참아, 네가 갑자기 어인 일이냐? 어서 오너라.

– 상철이 아버지~

입이 굳어져서 겨우 한 마디를 달싹거렸다. 참의 말에 상철 아버지 태산은 한참동안 물끄러미 바라보다가 대뜸 자리에서 일어나더니 참을 소파에 앉혔다. 태산은 무엇인가 말을 하려다가 아들애 참의 갑작스런 방문에 감격스러운 듯 입술을 떨었다. 참은 상철이 아버지가 절대 자신의 아버지란 생각을 머릿속에 두지 않았다. 지금 보위부 지하실에 갇혀 있는 아버지를 자신의 가슴속에 들어있는 진짜 아버지라 생각하고 있었다.

– 탄산 단물 한 잔 마시라. 여기 깨 과자도~

태산은 탁자에 탄산 단물 한 잔과 깨 과자를 함께 내어오며 부드럽게 말했다. 태산의 목소리는 여전히 떨리고 있었다. 참은 공연히 객窓쩍어 싱겁게 응대했다.

– 어린애 아닙니다. 깨 과자 필요 없다 말입니다.

– 아니 이거 어른들 입에도 고소하단 말이야~아바지도 이케 먹는

깨 과자라니까~

태산은 말은 과자를 입에 올리면서도 목이 타는지 탄산 단물을 마셨다.

– 목이 타대니 단물이나 마시겠습니다.

– 어 그래 어이 너도 마시라, 참아~

참은 탄산 단물을 집어 들어 단번에 마셨다. 보위부 정문에 들어서면서부터 혀가 바싹 바싹 타들었기 때문이었다. 참이 단물을 단번에 비워내자 태산이 재깍 참의 잔을 채웠다. 태산은 중구역 창광거리에 있는 노동당 중앙당사에서 최룡해 부위원장을 만났을 때처럼 참이 앞에서 조심스러웠다. 태산의 생애 처음으로 이렇게 아들애 참과 단둘이 마주 앉아 있다는 생각에 감개무량感慨無量했던 것이다. 아아, 핏줄이란 것이 관절 무엇이관데 이래 설레이나~ 태산은 맘속에 이런 생각을 하며 참의 이모저모를 뚫어지게 살피고 있었다. 태산은 속으로 가만히 뇌이고 있었다. 참 그놈 누구 아들인지 잘났다. 허허 참 게다가 자연수재 소릴 듣는다지 아마, 내래 성칼진 사람 소릴 들었지만 공부 하나는 그저 최고였지~ 아니 가만 보니 생긴 것도 그저 이 아비 빼어 닮았구나.

– 하하하~

– 어찌 갑자기 웃습니까?

참은 느닷없이 웃어대는 상철이 아버지를 빤히 쳐다보았다.

– 아니 그저 참이 네가 여게 오니 기분이 좋은 게~

– 상철이 아버지~

참은 공연히 흐트러진 마음을 다잡으며 진지하게 말했다.

– 어 그래 말하라. 참이 너 하고 싶은 말 죄 들어줄 테니 뭐든 말 하라.

– 상철이 아버지 염려돼서 이렇게 찾아 왔습니다.

참의 말에 태산은 물끄러미 아들애를 바라보았다. 아들애 참을 바라보는 태산의 심정 또한 착잡한 것이 사실이었다. 명호 동무를 정말 이번 기회에 다그쳐서 영원히 정치범수용소에 처넣든지 아님 한뉘 눈에 보이지 않도록 아랫동네에 보내버릴 생각이었다. 자신의 행복은 명호 동무가 공화국에서 완전히 사라져야 올 수 있는 것이라고 생각하고 있었다. 이제 명호 동무를 자신의 마음대로 다스릴 수 있도록 만반의 준비를 끝냈는데 마음이 착잡하고 무거운 것은 대체 무슨 까닭이란 말인가. 태산은 이럴 때일수록 한사코 각오를 굳게 하여야 한다고 감차게 마음을 다잡고 있었다.

─ 압록강 려관에 불피코 가지 마십시오.

─ 어이 머라, 참이 네가 어찌 아버지 앞에서 난데없는 말을 꺼내나?

태산의 낯바닥에 실망스런 기운이 어렸다.

─ 상철이 아버지 압록강 려관에 드나드셨다는 거를 압니다.

─ 아니 참아, 게 무슨 소리이니? 내 살다 살다 아끼는 아들애 앞에서 이런 치욕스런 말을 듣다니~ 언 누가 그딴 소리 하더냐 참아?

태산은 아들애 참이 앞에서 부드럽게 하려했으나 순간의 화를 다스리기 쉽지 않았다. 더군다나 아들애 입에서 튀어나온 모욕적인 말이라니~ 태산은 낯짝이 화끈거리며 부위원장 앞에서처럼 등허리에 식은땀이 흘렀다.

─ 누구한테 들은 게 뭐가 중요합니까?

─ 어 그래~ 공화국에서 어느 아비가 아들애를 이겨 먹겠나~ 참아, 거는 다 간날지난날에 얘기여야. 그렇카구 뭐야 아버지가 공화국에서 장차 위대한 일을 하자면 압록강 려관이니 갑문 려관이니 어찌 아니 드나들 수 있겠나~

─ 상철이 아버지를 노려보는 눈들이 많을 거란 말입니다. 내가 아직

나이 어린 학생이지만 맹탕 바보천치는 아니란 말입니다.

참은 차마 동무들이 지금 압록강 려관에서 덫을 놓고 상철이 아버지를 기다리고 있다는 말은 하지 않았다. 동무들에게 당장 해가 되는 일은 하고 싶지 않았기 때문이다. 태산이 핏대를 세우며 고함을 치듯 말했다.

― 아니 언놈이 참이 너더러 바보라 하니? 너한테 흐르는 핏줄이야 응당 공화국 수재들의 피가 흐르고 있는데 언놈이~

― 갑문 려관 같은 데야 천하고 천한 자본주의 반동분자들 짓거리가 성행하고 있는 곳은 데가 아닙니까?

참은 용기를 내어 짖어대고 있었다.

― 그래 맞다. 울 아들애 말한 본새 보니 맹탕 살지는 않았구나. 갑문 려관 앞에 그저 호객하는 반동분자들이 어찌나 많은지~ 그저 스물도 안 되는 에미나들이 매춘을 해대고 있으니 공화국 꼴이 어이 되겠나~ 거 공화국 장마당 경제에 제대로 편승하지 못한 에미나들의 뒤를 보안원 놈들이 봐주는 형국이 되다 보니 뭐 우리 보위부에서 가만있을 수가 없잖나 말이야~ 어디 여게 신의주뿐이냐. 원산이니 평성이니 돈 맛 들인 데는 그저 얼음필로폰까지 내세워 사내들을 홀려서 달러벌이를 한대는구나~

참이의 표정이 어두워지는 것을 보며 태산은 말꼬리를 흐렸다.

― 상철이 아버지, 약속해 주십시오. 압록강 려관에 절대 래왕하지 않겠다고 말입니다.

― 어 그래, 울 참이 말이라면 내래 뭐인들 약속하지 못하겠나? 그래 략속 하지, 열 번 스무 번도 략속 하고말고~

태산은 아들애 참의 마음 씀씀이에 흡족해하고 있었다. 그래도 저를

낳아준 피붙이라고 이렇게 염려해서 당부를 한다는 생각에 고개를 넙
죽넙죽 끄덕여주었다.

- 상철이 아버지, 내 략속 하나 더 들어 주십시오.

참은 입이 차마 떨어지지 않았지만 내처 말했다. 아버지, 아니 가족
의 안강安康함을 위해 안일하게 방치하고 싶지 않았다. 참은 상철 아버
지의 자신을 향한 강렬한 부성애를 이용한다는 사실에 비겁하다는 생
각이 들었지만 망설이지 않았다.

- 깟거 이왕 이리 되었으니 맘껏 얘기하라. 그저 죽은 사람 살려 달
란 얘기는 아닐 테지~

- 우리 아버질 꺼내 주십시오. 제발 상철이 아버지, 부탁드립니다.

참은 진심을 담아 태산에게 두 손을 싹싹 빌며 요청했다. 참의 간절
한 부탁에 태산은 묵묵히 소파에 등을 기댄 채로 눈을 감았다. 아무리
아들애의 간절한 부탁이라도 명호 동무를 보위부 지하 감방에서 꺼내
는 것은 내키지 않은 일이었다. 명호 동무를 공화국에서 괴멸시키기 위
해 오랜 시간 철저히 준비했다. 정숙과 명호 동무를 떼어놓기 위해 반
드시 필요한 절차가 반동분자라는 굴레를 뒤집어씌우는 일이었다.

자신이 쳐놓은 덫은 이제부터 위력을 발휘할 것이라고 생각하고 있
었다. 명호 동무의 존재가 눈에 띄지 않고 공화국에서 사라져줘야 자
신의 복을 장담할 수 있는 것이라고 생각한 것이다. 그러기 위해 명호
동무는 한뉘평생 정치범수용소에 갇혀 죄수로 살아가거나, 아니면 죽
어 없어지거나 그도 아니면 공화국을 영원히 떠나야만 하는 것이다.

- 참아~

태산은 소파에 기댔던 등을 떼어내며 조심스레 입을 열었다. 참은 태
산의 얼굴을 어두운 표정으로 바라보고 있었다.

– 내래 너 요구대로 압록강 려관 드나드는 발을 똑 끊을 수야 있지만 너 이붓 아버지를 맘대로 꺼내줄 수는 없는 일이야~

– 어찌 그렇습니까? 상철 아버진 공화국 신의주에서 그런 힘을 가진 무서운 독거미의 우두머리가 아닙니까?

– 아니 널 낳아준 아비더러 못하는 말이 없구나 그저~ 네가 이 보위부의 체계라는 거를 몰라서 그리 생각하는 모양인데 아니야. 내래 공화국 법에 따라 집행을 하는 거란 말이야. 어찌 인민의 삐딱한 사상을 내 맘대로 주물럭댄다 말이니? 너 이붓 아버지 꺼낼 맘으로 여게 들렀다면 그저 공연한 발품만 판 거라. 내래 리명호 선생한테 호의를 베풀 마음은 눈곱만치도 없으니 이만 돌아가라. 너 어머니래 여게 와서 발을 동동 굴렀어도 내래 어찌해 보지 못한 공화국에 엄연한 법을 어찌~ 어흠, 너 얼굴을 잠깐이라도 봐서 좋다만 참아 어서 돌아가라~

참은 자신의 이런 간절한 요구도 받아들이지 않을 거라고 순간적으로 판단했다. 상철 아버지의 말이 그른 말은 아니라는 것을 알면서도 이렇게 간절한 바람을 단칼에 짓뭉개버린데 대해 허탈함이 밀려왔던 것이다. 참은 아무런 응대를 하지 못하고 묵묵히 돌아서고 있었다.

– 갈 때 가더라도 이거 하나는 알고 있으라. 공화국에서 우리들 사이에 일어나는 일은 운명이란 말이다. 운명을 거스르며 인민이 살아갈 수는 없는 법이야. 네가 나중에 아비의 말을 리해理解할 때가 오지 않겠나~

참이의 귀에는 태산의 말이 하나도 들어오지 않았다. 어깨를 축 늘어뜨리며 보위부 정문을 나서는데 서산마루에 해가 저물고 있었다. 이상하게 수세미 방죽에서 보았던 아버지의 해쓱한 모습이 눈앞에 어른거렸다.

참은 아버지가 엄청나게 보고 싶었으나 단호한 상철이 아버지의 태도를 떠올리니 아버지의 모습이 자꾸만 안타깝게 멀어지는 것만 같았다. 이러다가 정말 아버지를 다시는 만나지 못하는 것은 아닐까? 불길한 생각이 앞을 가로막았다. 무궤도전차를 몇 번이나 보내고 참은 터벅터벅 정처 없이 걷기 시작했다.

3

- 어머니, 어서 들어가 주무세요.
- 자식이 집을 나가 들어오지 않는데 어찌 잠이 오나?

아고阿姑:시어머니는 며칠째 잠을 이루지 못한 모양이었다. 장독대 너머로 먼산바라기를 하고 있었다.

- 봄이 넌 어이 밸이 곤두서 있나?

세대주가 보위부 감옥에 갇혀 있는데도 철없이 거울을 보며 투정을 부리는 딸애를 향해 정숙은 속이 끓은 소리를 했다.

- 속이 꼴리화 나니 그러는 거야요, 어머니.
- 아니 걸 말이라고 지금~ 아니 네가 속이 꼴릴 거이 뭐는? 하냥 거울 속에 빠져서 그저 투덜렁 투덜렁 해대니 ~
- 어머니, 오늘 중앙당인지 뭐인지 그저 낯선 사람이 나왔는데 내래 떨어졌단 말예요.
- 아니 난데없이 어데서 낯선 사람이 나와 떨어졌다니?

정숙은 이때까지만 해도 무슨 영문인지 몰랐다.

- 그저 우락부락한 사내들이 우네반에 들어오더니 모두 일어서, 하

더란 말입니다.

- 모두 일어서? 아니 손들어 하는 게 아니구?

정숙이 고개를 갸웃거리며 물었다.

- 예, 그러더니 키대가 어지간히 큰 동무들을 죄 불러내더란 말이에요.

- 봄이 너야 키대 크니 그래 불려 나갔을 만은 하지~

딸애가 자신을 닮아 훤칠하게 크다고 정숙은 생각했다.

- 일렬로 세워 놓고 낯바닥을 꼼꼼히 살피더니 죄 탈락시키고 현송월이 동무만 락점落點을 받았단 말입네다.

봄이의 입술이 심술궂게 튀어나왔다.

- 아이 에그나~ 옛 풍風이 사라진 줄 알았더니 거 공화국에 5과 짓들이 여전한 모양이구나. 봄이 너 그저 탈락하기 그만이잖니~

중앙당 조직지도부 간부 5과를 사람들은 5과라고 불렀다. 예로부터 김일성, 김정일 가家의 비서들을 선발하는 조직이었다. 조리사는 물론 김씨 일가의 생활 전반에 걸쳐 수발을 드는 사람들을 선발해 직접 교육까지 시켰다고 했다.

- 아니 내 뭐가 부족해서 현송월이 동무만 못하다 말예요? 내 동무들한테 뒤지고는 못산다 말입네다.

- 아니 그저 학교 공불 그리 열성적으로다 하지 않고서는~ 봄이 너야 뭐 미녀로 뽑혔대도 저 도당 올라가면 그저 성분이 불순해서 결국은 퇴짤 맞는다 말이라~

- 그래도 현송월이 한테 밀린 게 치욕스럽다 말이에요. 에이, 얼굴에 도톨도톨 검붉은 보통여드름이 하필 돋아가지고는~ 한데 내 성분이 어떻다고요?

- 아이구 그저 오새철딱서니없는 어르나 같으니 쯧 쯧~ 봄아, 네 참

이 오라버니는 어쩨 아직 아니 오나~ 내래 동실네 좀 다녀와야겠다. 세대주에 생사가 달린 일인데 내 이래 태평히 앉아 있을 수야 없지~

정숙은 밤이 늦었지만 넋 놓고 기다릴 수만은 없어 동실네로 향했다. 봄이가 쪼르르 뛰어나와 어두운 골목에 앞장을 섰다. 막막한 기분에 딱한 민망사를 누구에게 털어놓아야 가슴에 맺힌 분감憤感이 풀릴까. 넋이 나간 사람처럼 허청허청 걸어가는데 다리가 풀린 몸의 어디에서 이토록 핏대를 세우는 악이 받혀 올라오는지 그저 된주먹이 절로 쥐어지고 있었다.

사람이 들어온 자리는 표가 나지 않아도 빠져나간 자리는 표가 난다는 말이 하나도 틀리지 않았다. 동실이 없는 덕순 동무의 집은 적막강산에 불어 닥칠 사나운 바람소리의 여운이 불안하게 깔려 있었다. 토방돌 위에 놓여 있던 덕순 동무의 굽 높은 빨간 신발은 보이지 않았고 흐느끼는 덕순 동무의 목소리가 마치 상세난 집의 곡소리처럼 정숙의 눈뿌리를 뜨겁게 하고 있었다.

― 덕순 동무, 빨간 신발이 어찌 보이지 않나? 금송아지처럼 애지중지하더니~

― 아이 에그나 봄이 왔댔구나~ 그저 훌쩍 자랐네~

봄이가 말없이 겹신 몸을 숙여 벙어리 인사를 하자 덕순이 힘겨운 듯 몸을 일으켜 세우면서 입을 달싹거렸다.

― 덕순 동무, 동실인 아직 압록강 려관에 있더나? 울 참이도 온종일 보이지 않는데~

― 독거미 때려잡겠다고 동무들끼리 안간힘을 쓰는 모양인데 흐응, 머리꼬리 없이 동실이 한테 태산이 동무 얘길 꺼냈다가 이 꼴이 우습게 되고 말았다이야~

덕순은 바람벽에 등을 기대고 앉아 숨을 가쁘게 몰아쉬며 힘겹게 말을 잇고 있었다. 며칠 전만 하더라도 펄 펄 날아다닐 것만 같은 덕순 동무의 몸 상태는 까라질 대로 까라진 모양새였던 것이다.

— 꼴이 우습게 되었다니? 덕순 동무 몸뚱이 까라진 거야 어제오늘 일이 아닌데~ 관절 빨간 신발은 어데 있나?

— 어째 빨간 신발이 재수 없다 했더니 에휴~

덕순 동무가 투덜거리는 모습을 보니 정숙 역시 한숨이 나왔다.

— 아니 정말 그 신발이~

— 에고 데고 에고 데고~

덕순 동무가 갑자기 소리 내어 울기 시작했다. 마당에서 들었던 덕순 동무의 흐느낌보다 배가 되어 정숙의 귓전에 울렸다.

— 봄이야, 저 랭장창고에 가서 탄산단물이나 하나 꺼내 오라.

— 어머나 어머니~ 못 보던 랭장창고에 탄산단물까지, 이거 무슨 도깨비 도적질했을 리도 없구~

봄이가 랭장창고에서 탄산단물을 꺼내오며 수다를 떨자, 에고 데고 우는 중에도 덕순 동무의 손이 봄이 엉덩이를 찰싹 때린다. 봄이가 건넨 탄산단물을 꿀꺽꿀꺽 마시더니 다시 제 슬픔 탓인지 덕순 동무가 꺼이꺼이 울고 있었다.

— 덕순 동무, 우지 마오. 지금 꺼이꺼이 울어야 할 사람이 누구인데 덕순 동무가 이래 에고 데고 우나?

— 내가 정숙 동무한테 그저 미안할 뿐이라~ 에구 그저 나그네 죽고 없으니 영락 끈 떨어진 뒤웅박 신세라니~

— 아니 동실이 아버지 상세난 지가 언제인데 이제 와서 그딴 소릴 하나~ 그저 덕순 동무 녀장군 처럼 씩씩하게 살아왔지 않았니? 어찌

그래 속대 약한 소릴 하나~

– 세상천지 조선공화국에 내 신세가 제일 가련타~ 쪽박 속의 주먹
밥 처지 아니나? 단단한 동아줄 붙들어 맨 줄 알았는데 ~

봄이가 랭장창고에서 탄산단물을 두 병이나 꺼내와 찔끔찔끔 말끔
히 비워낼 때까지 덕순은 신세타령을 늘어놓았다. 이제 정말 세상을
하직할 사람처럼 덕순은 정숙의 손을 붙잡고 여태 태산이 동무와 용희
동무 사이에서 갈팡질팡 흔들리던 심경을 털어놓았다. 1호행사날 벌
어진 도당위원장의 불참사건에 대해 덕순 동무로부터 전해 듣고 정숙
의 한 가닥 희망도 무너지는 중이었다. 태산에게 찾아가 제발 명호 동
무를 꺼내 달라 애원을 했지만 태산은 단호하게 거절했던 것이다. 그
래 비록 마음속에 안 좋은 감정으로 얽힌 사람이지만 덕순 동무를 통
해 용희 동무 아버지의 힘을 빌리고 싶었던 것이었다.

– 덕순 동무 처지 리해 하니 울지 말고 뚝 그치라.

– 내 세상 무선 줄 모르고 날뛴 게 그저 부끄러워~ 아니 어찌 봄이
너까지 와가지고서는 이케 투덜거려도 낯바닥에 화기火氣가 가시지 않
나 그래~

덕순이 손바닥으로 낯바닥을 훑어 내렸다.

–그나저나 덕순 동무, 아니 1호가 현지지도를 왔음 저 5.1동 아주미
들처럼 김정은 원수하구 사진을 찍어대야 그저 집안에 영광일진대 저
봄이 아버지는 보위부 감방에나 붙들려 있으니 이거를 어찌하면 좋으
니 응?

– 정숙 동무, 내 이케 된 마당에 뭐를 숨기겠나~ 이녁 나그네 그리
된 거는 죄 태산이 동무 짓거리야. 뭐 1호 행사 당일 도당위원장 붙들
어 간 놈들도 거 보위부 짓들이라는데 이 게 죄 태산이 동무 짓거리더

란 말이야~

덕순 동무의 말을 듣고 정숙은 저도 모르게 입이 벌어졌다.

－ 아이 에그나 그저 살 떨린단다야~ 아무려나 태산이 동무가 울 봄이 아버질 그리하겠나? 봄이 아버진 그렇다 치구 아니 상철이 외조 할아버질 어찌 그 모양으로 골탕을 먹인단 말이나? 자칫 잘못하면 목숨이 간당간당한다는 1호 행사 날에 말이야 응~

－ 게 다 정숙 동무 때문에 이러는 거라. 틈만 나면 력사 선생 몰아내고 참이 하고 이녁하고 곁에 두려는 사람이 태산이 동무 아니니? 걸 정숙 동무가 여적 모른다니? 흐응 내~

덕순의 낯바닥에 복잡한 심사가 어른거리는 느낌이었다.

－ 아니 울 딸애 앞에서 못 하는 소리 없네. 거 터진 입이라고 이케 마구 놀려도 되는 거니? 다시 한번 기딴 소리 지껄여 보라, 아주 그냥 ～ 가자, 봄이야.

덕순 동무의 말에 정숙은 빈정대듯 비양청을 하고 불끈 일어섰다. 봄이가 자리에서 우뚝 일어서는데 덕순이 동무가 또 눈물을 흘리며 봄이의 옷소매를 움켜잡았다.

－ 어찌 그래 우십네까?

－ 봄이야, 어디 우리 예쁜 봄이 얼굴이나 한번 만져 보자.

마치 다시는 못 볼 사람처럼 덕순이 동무가 봄이의 뺨을 어루만졌다.

－ 아니 덕순 동무, 난데없이 어이 울 딸애한테 낯간지럽게 이러나~

－ 봄이야, 울 동실이 불쌍한 애야~ 우 아래 집에서 눈 흘기지들 말구 사이좋게 지내려무나 어이?

－ 예, 아주미~

봄이가 안타까운 시선으로 덕순 동무를 바라보았다.

- 아니 그저 덕순이 동무 무슨 죽어나갈 사람처럼 애 앞에서 못할 소릴 하나~

- 정숙 동무, 내래 살아 있을 날이 며칠이나 되겠나, 그저 정숙 동무 신세도 많이 졌짐. 내 동실이 아바질 만나면 그저 정숙 동무네 덕분에 잘 살다 왔다 밤새 이바구질을 하리다. 어이 가오. 봄이 아바지 사람 좋은 우리 력사 선생 날래 꺼내 와야지, 게게 있음 살아 있어도 죽은 목숨이라는데~

정숙은 덕순 동무의 끝말을 채 듣지 못하고 퇴마루에 내려섰다. 밤이 까맣게 깊어가는 것도 두렵고 밤이 소슬한 강바람처럼 후루룩 후루룩 흘러가는 것도 두려웠다. 더구나 날이 하얗게 새어오는 것은 더욱 두려웠다. 하루 앞날을 내다보지 못할 불안과 공포, 정숙의 밤은 그 안에서 어지럽게 소용돌이 치고 있었다. 밤이 까맣게 깊었지만 아고阿姑:시어머니는 장독대 담장 너머에서 굽은 허리를 추스르며 먼산바라기를 하고 있었다.

- 어미야, 봄이 아비 소식은?

- 어서 주무시라요.

정숙은 딱히 무슨 말을 해주지 못했다.

- 이게 다 참이 에미 때문이지~ 그저 태산이 하고 얽혀서 이케 봄이 아비 발목을 걸려고 드는 거 아닌가 말이라~

- 주무시잖구 어찌 불난 가슴에 부채질을 하오. 마음 급한 사람은 시오마니보다 내란 말이야요. 애당초 반쪽 딱지를 받아들인 게 누구인가 말이오. 괜히 애먼 사람 잡지 말고 어서 들어가 자오.

- 아니 공연히 소릴 지르나~ 아비가 그저 때식은 거르지 않는지 따듯한 데서 잠은 제대로 자는지 염려되지 않은 어미 조선 천지에 어데

있대나~ 어이?

　정숙은 시어머니한테 이런 하소연을 듣자 자신의 가슴이 더욱 찢어지는 느낌이 들었다. 이틀째 밤잠을 이루지 못했는데도 잠은 멀리 달아나버렸다. 뒤란 담벼락 사이에서 밤이 깊어갈수록 또르르 뚜르르 귀뚜라미가 울고 있었다.

4

　태산과 명호는 조사실에서 책상을 앞에 두고 단둘이 마주 앉아 있었다. 희미한 불알^{백열등}이 졸리는 빛을 흘리고 있는데 명호는 몸이 까라질 대로 까라져 꾸벅꾸벅 책상머리에서 졸고 있었다. 꾸벅 꾸벅 졸다가 무언가에 놀란 듯 번쩍 정신을 차리며 고개를 쳐드는 명호를 태산은 물끄러미 내려다보고 있었다. 명호의 상체가 흔들릴 때마다 조사실의 회벽 모서리에서 명호의 그림자가 어지럽게 흔들리고 있었다.

　― 명호 동무, 공화국 강아지들은 어찌 하나같이 그 모양이니?

　태산이 비절거리는 말을 했다.

　― 나 물, 물 좀 달라. 모, 목이 말라서~

　명호의 혀가 바싹 말라 제대로 말이 되어 나오지 못했다.

　― 거 동무 반동행위를 들춰 봤더니 그저 못 된 강아지 일을 잔뜩 내벌렸더구마는~

　― 태, 태산이 동무 제발 물, 물 좀 달라~

　태산이 명호 앞에서 조롱을 하며 강아지란 말을 입에 담았지만 명호에게 그런 말들이 귀에 들어오지 않았다. 태산이 의자에서 일어나 물

잔에 가득 물을 채웠다. 명호의 팔회목에는 수갑이 채워져 있었다.

－ 어이 강아지 입 벌리라.

태산의 말에 명호가 힘없이 입을 벌렸다. 태산이 물 잔을 기울여 명호 동무의 입에 물을 부어주었다. 명호의 입이 헐레벌떡 소리가 나게 움직거리며 꿀떡꿀떡 물을 삼켰다. 물 잔의 물을 반이나마 남겨두고 태산이 물 잔을 거두었다.

－ 못 된 강아지 엉덩이에 뿔이 난다더니~

－ 뭐, 뭐야? 내 보고 강아지라 했나?

명호는 목이 바싹바싹 타들었을 때는 태산이 동무 입에서 흘러나온 강아지란 말이 귀에 들어오지 않았다. 목을 적시고 나니 그때서야 태산의 입에서 터져 나온 불량한 말이 들리기 시작했던 것이다.

－ 왈 왈 왈~ 명호 동무 한번 짖어 보라. 어서 왈 왈 왈 한번 짖어 보라.

－ ....

－ 명호 동무 왈 왈 왈 어서 이케 한번 짖어 보란 말이야~

－ ....

태산이 치욕스럽게 조롱을 하고 있다는 것을 알았지만 명호는 대꾸하지 않았다. 차라리 이런 치욕스러움을 당할 바에 태산에게 맞아 죽는 것이 낫다는 생각이 들었다. 게슴츠레하게 풀렸던 명호의 눈동자에 힘이 실리면서 힘껏 태산을 노려보았다.

－ 왈 왈 왈~ 동무는 공화국에 강아지란 말이야. 네가 날 노려보면 어쩔 건데~ 아니 그저 세대주 꼴이 우습구나야 동무~

명호는 태산이 이렇게 지껄일 때까지도 강아지란 말의 의미를 몰랐다. 그저 조롱을 하는 거라고 생각했다. 하지만 태산이 동무는 단순히 명호를 조롱하기 위해 강아지를 입에 담은 것이 아닌 모양이었다.

- 내 공화국에서 강아지가 무언지 정중히 말해 줄까?

- 그, 그만 하라. 차라리 날 죽이라 동무~

- 공화국을 배반하고 적의 앞잡이 노릇을 하는 놈들이 공화국에선 강아지란 말이야. 내 말 뜻을 알아듣나 엉?

- …… ……

태산의 말에 명호는 한동안 아무 말도 하지 못했다. 목이 마른 탓에 말을 하지 못한 것이 아니라 감히 무슨 말로 대꾸할지 떠오르지 않았기 때문이었다.

- 그래 꼬나보면 어찌할 건데~ 동문 공화국의 못 된 강아지야 왈 왈 왈~

- 아니야! 아니야! 아니야!~

명호는 아니야, 라는 소리로 태산에게 저항했다. 태산을 눈앞에서 보니 어디서 그런 고함소리가 터져 나오는지 저도 모르게 소리를 질렀다.

- 하하하~ 그래, 그렇게 짖어보란 말이야~ 공화국의 강아지는 짖어야지 그저 강아지 아니냔 말이야~

- 이 독거미 같은 새끼야 난 강아지가 아니란 말이다~

명호에게서 욕설이 튀어나오자 태산은 물 잔에 남은 물을 와락 명호의 낯바닥에 끼얹었다. 명호는 이제야말로 정신이 번쩍 들었다.

- 나를 어찌할 텐가?

- 공화국의 법에 따라 심사를 받아야지~ 조선공화국 헌법에선 말이야 조선민주주의인민공화국의 인민이면 누구나 헌법적 권리를 보장받고 생명과 재산을 보호받을 수 있는 권리가 있다는 걸 명시하고 있단 말이야.

조선공화국에도 민주주의의 탈을 쓴 사회주의 헌법이 제정되어 있었다. 서문에는 위대한 수령 김일성 동지는 조선민주주의인민공화국의 창건자이며 사회주의 조선의 시조라고 명시하고 있었다. 또한 김일성 동지는 〈이민위천〉을 좌우명으로 삼고 인덕정치로 인민들을 보살펴왔으며 사회를 일심단결 된 하나의 대가정으로 전변시켰다는 것을 명시하고 있었다.

– 내 죄가 뭔데 날 이렇게 감방에 잡아들인 거이니? 이거 죄 태산이 동무 짓이지?

– 하하하~ 이거 보라 명호 동무~ 내래 무슨 힘이 있어 동물 내 맘대로 여게 잡아들이니? 동무에 죄가 있는지 없는지는 공화국 재판소에서 알아서 심사할 거 아니니?

– 죄도 없는 무고한 주민을 네 맘대로 이케 잡아들여도 되는 거니? 그저 못된 태산이 동무 보라지~ 날 수용소에 못 잡아들여서 안달이지? 동무에 그 더러운 가슴속에 숨은 것이 뭔지 내 죄 알고 있단 말이다. 동무야말로 공화국에서 사라져야 할 반동분자라는 거는 척하면~

태산은 손바닥을 가로로 펴서 손 날개를 만들어 명호의 목을 밀어쳤다. 명호의 목소리가 날렵한 손날에 꺾여 튀어나오지 못하고 막혀버렸다. 명호는 한참동안 공격받은 숨통을 건사하느라 켁켁대고 있었다. 정신이 멍한 상태에서 순간 놓여나니 온몸에 송알송알 팥죽 같은 땀이 솟아나고 있었다.

– 여태 공화국에서 탈 없이 잘 지내오지 않았니? 동무 성분엔 말이야 공화국에서 열 번도 넘게 꼬리 없는 짐승 취급을 당했어야 하지 않나 말이야. 설마 꼬리 없는 짐승이 뭘 의미하는 지는 동무 거 명석한 머리 있으니까 잘 알겠지?

– 네놈들이 무고하게 잡아들인 수용소의 수감자를 꼬리 없는 짐승

취급하고 있대는 거는 내 모를 리가 없지~

명호는 말씨름에서도 결코 지고 싶지 않았다.

– 하하하~ 거 제대로 알고 있구나야~ 명호 동무야 그저 잘 버텨왔지만 이제 운명적으로 꼬리 없는 짐승으로 살아갈 때가 되지 않았니? 동문 그저 나 때문에 여태 공화국에서 탈 없이 지내온 거란 말이야.

늑대의 탈을 뒤집어쓰고 말하는 태산의 낯바닥을 명호는 뚫어지게 쳐다보았다.

– 흐응~ 아주 그냥 누가 보위부 독거미 놈들 아니랄까 봐 둘러대기는~ 내 공화국에서 교원질 하면서 말이야 믿지 못할 공화국 속담이 딱 하나 있더란 말이야.

– 아니 똑똑한 력사 교원이 믿지 못할 그 공화국 속담이란 게 뭐이니? 아니 이거 괜히 궁거워서 죽겠구나이야~

태산의 입심도 토란잎에 빗물 구르듯 거침이 없었다.

– 처음이 좋으면 끝도 좋다는 말이 그저 내 눈엔 형편없는 청도깨비 같더란 말이야. 동무하고 내가 그저 처음엔 쌍둥이보다 좋았잖니?

– 아 나 자식 쌍둥이라니~ 공화국에서 너같이 한심한 력사 교원하구 내래 어찌 쌍둥이가 된단 말이니? 아 나 썩은 개고기를 먹었나 어찌 기딴 말을 해대면서 양판체면 좋게 날 올려다 보니 으응?

태산이가 이번에는 명호 동무를 뚫어지게 쏘아보았다.

– 체면을 가죽 속에 숨긴 놈이 바로 네 놈 아니더냐? 그래 오늘 여게서 우리 인생 아주 결판을 내자꾸나 그냥~

– 하하하~ 칼자루 쥔 놈이 난데 이거 너무 싱거워서. 거 보라 명호 동무, 내 사범대 동기 동무가 공화국 내각교육성에 간부로 있다는 말이야. 내각교육성이 어드런 데인 줄은 알고 있지? 너들 목숨 쥔 놈

들이란 말이야. 명호 동문 그저 내각교육성에서도 진즉 반동으로 낙인 찍혀 두었더란 말이야. 동문 내각교육성이 통보해서 잡아들인 거야~

명호는 순간 뒤통수를 얻어맞은 기분이었다.

– 머야? 내각교육성? 기어이 너희 놈들의 농간질에~

– 흐응, 내가 기깟 교원으로 가려구 사범대 들어간 줄 아나? 내래 고등중학 교원들 때려잡는 내각교육성에 배치받으려고 사범대 갔다는 말이야. 한데 내 어쩌다 보위부 일꾼이 되었지만 그저 내 사범대 동기들이 내각교육성에 좍좍 깔려 있단 말이야, 동무 알아?

명호는 태산이 동무에게서 내각교육성 얘기가 나올 때 소름이 돋았다. 내각교육성에서 교원 하나 잡는 일은 손가락 하나 까닥거리는 것처럼 쉬운 일이었다. 이제 정말 공화국에서 버티고 살아갈 수가 있을지 명호는 아득할 뿐이었다.

명호는 몸이 바닥에 쓰러질 것만 같은 현기증을 느끼고 있었다. 아아, 공화국에서 살아갈 수 없다면 춘희처럼 국경을 넘어 아버지의 나라로 가야 할지도 모른다. 명호의 뇌리에 남쪽 명진 형님의 사진 속 모습과 국경에서 손전화로 들었던 또렷한 명진 형님의 목소리가 떠올랐다. 명호는 심한 현기증을 느끼면서 이를 악물고 버티고 있었다. 태산이 동무 앞에서 약한 모습을 보이기는 죽기보다 싫었기 때문이었다. 명호는 태산의 입술 끝을 노려보며 꼬꾸라지려는 의식을 확 붙들었다. 명호가 기를 쓰며 입을 떼었다.

– 태산이 동무 자지가 것 밖에 안 되나? 이거 웃자고 하는 소리 아니란 말이야!

– 아니 뭐? 이 새끼가 지금 어데서 뒈지려고 환장을 해대나 그저~

태산은 명호 동무의 말에 약이 바짝 올랐다.

－ 태산이 동무 자지 기럭지가 얼마나 되나? 하하하~ 원주필_{볼펜} 보다 작지 너?

－ 아니 이런 개놈에 새끼, 보자보자 하니까 못할 소리가~ 아 나 이 새끼 거 이상한 새끼 아니니? 아니 이런 호로 상놈 보게, 태산이 자지 기럭지가 머가 어드렇다고? 원주필? 이런 젠장에 아 나 오늘 어찌 열을 받나~

태산은 제풀에 입가에 거품을 머금었다.

－ 자지 기럭지가 작으니 상철이 어머니 하고 의절_{이혼}을 한 거 아니니? 어찌 내 말이 맞나 틀리나?

분한 마음 탓인지 명호의 입술 끝에서 되다만 소리들이 흘러나왔다. 명호는 자신의 입술 끝에서 그런 말들이 흘러나올 때 저도 모르게 깜짝 놀라고 있었다.

－ 아니 이런 개놈에 새끼 그저 애들 배워주는 력사 교원 하랬더니 우다질 욕짓거리만 파댔구나야~ 네놈 자지는 얼마나 크나? 갤찍이 크나 어이? 그저 정숙 동무 거기를 꽉 채우나 말이야? 아 나 오늘 열 받누나~

－ 흐흐흐~ 태산이 동무 쩔쩔매는 꼴을 보다니~ 내 자지야 깜냥이 되니 정숙 동무하구 의절하지 않구 여적 붙어사는 게 아니나? 아니 그저 정숙 동문 내 자지 덕에 이날 껏 호강하구 살았지 않니?

명호는 어둠 속에서도 잠시 눈을 감아 보았다. 정숙 동무와 좋았던 시절이 영화 달력처럼 떠올랐다.

－ 아 나 비싼 밥 퍼먹고 욕설을 매달다니. 이러니 내각교육성에서 널~ 아 나 낯부끄러워서 견딜 수가 있나~ 야 이 반동 새끼 거 보자니까 미치광이 아니니? 아니 이날 껏 정숙이가 머 호강을 하구 살아? 하

하하~ 아주 요 말본새 보라. 주제 파악을 아주 못하는 구나 그래. 아니 나그네 자지 커서 호강을 한 대는 녀자가 옛날 사내 찾아와 달러를 구해달라고 숨이 넘어가나? 어이?

태산의 포를 퍼붓듯 하던 말에 명호는 더 이상 대꾸하지 못했다. 기력이 빠질 대로 빠져 더는 말을 하는 것도 힘에 부쳤다. 태산은 명호 동무로부터 욕설을 제대로 먹었다는 생각에 도무지 화가 풀리지 않았다. 의자에서 일어나 크게 기지개를 켜고 나서 태산은 어떤 각오를 하듯 이를 앙다물었다. 이렇게 앉아 옳거니 부즈거니 책상들이하다 결국 자신의 부아만 뒤집히고 말았다는 생각이 들었다.

태산은 이제 명호 동무의 숨통을 조일 나사를 한 움큼 꺼냈다. 서랍에 두툼하게 철해 놓은 서류들이었다. 명호를 엮기 위해 그동안 태산이 공을 들인 모든 것이 그 서류철에 대기하고 있었다. 태산은 조금 전한 방 제대로 맞아 생긴 분함이 지금까지 명호 동무를 향하여 쌓아놓은 분함보다 크다고 느껴졌는지 서랍에서 꺼낸 서류 뭉치를 뒤적이며 명호 동무의 숨통을 들이 조이기 시작했다.

– 명호 동무, 동무에 죄목이 무언지 제대로 보여줄 테다.

– …… ……

– 거 동무 정신 차리라~ 이봐, 명호 동무 정신 차리란 말이다!

태산은 기력이 쇠잔하여 몸을 제대로 가누지 못하는 명호 동무의 몸을 흔들어댔다. 명호는 정신이 혼미한 가운데 누군가 몸을 흔들어 깨우는 것을 느끼고 겨우 정신을 가다듬었다. 뿌옇고 희미한 불알이 게슴츠레 보이는 가운데 태산이 동무가 뭐라 호통을 치고 있는 모습이 보였다.

– 어 그래 정신 차려야지~ 내 동무하고 실없이 롱담이나 하고 있을

시간이 없다는 말이야~ 이제 좀 서운하기는 하겠지만 명호 동무하구 마주할 시간도 없을 거이야. 내 상부 지시루 말이야 김정은 원수님에 기운을 쨍하게 북돋을 사업을 하나 가동하고 있거든~

명호는 태산이 동무에게서 김정은 원수라는 말이 튀어나올 때 불쑥 놀라 자세를 고쳐 잡았다. 몸의 힘은 달아날 때로 달아난 상태였지만 한 떨기 의식은 아직 살아남아서 억지로 버티고 있는 모양새였다. 자꾸만 달아나려고 하는 의식의 한 올을 움켜잡으려고 명호는 이마에 주름살을 끌어내리며 안간힘을 쓰고 있었다.

– 동무는 죄목이 하나가 아니다~ 아이구 무서라. 허어 나 참 반동새끼~ 연좌제, 너 아버지가 남조선 군인출신이지~

– 태산이 동무 너 자지自持는 것 밖에 안 되나? 너 자지自持도 몰라?

아버지를 조롱하는 태산이 동무의 태도에 명호 역시 거세게 몰아붙였다.

– 흐어 혼 빠져나가는 놈이 자지타령은~ 야 말반동죄, 그저 공화국에 불평불만을 입에 매달고 살았댔지 너~

– 동무, 자지自持는 너 스스로 공화국 긍지를 가지라는 말이야~

명호는 양쪽 귀를 막고 보란 듯이 은밀한 욕설을 퍼부었다.

– 아니 저 반동새키 뭐라나~ 접선죄, 그래 춘희라는 계집하구 접선을 했대지~ 모내기 전투 때에 은밀히 저 농수로 있는 데서, 허 나 요런 반동새키~

– 동무, 자지自持는 너 스스로 공화국 지조를 지키라는 말이야~

– 아니 저 반동새끼가 또 뭐라 잠꼬대를 하나~ 불온서적소지죄~ 너 집 바람벽에 은밀히 학갑을 만들어 놓고 남조선 괴뢰 놈들의 날조된 력사책을 탐독했다~

동실이가 박아 보낸 사진이 명호 동무의 불온서적소지죄를 먹인 결정적인 역할을 했다. 제자의 덫에 걸린 명호 동무를 바라보는 태산의 가슴은 자신감에 벅차올랐다.

－ 태산이 동무, 그저 보위부에 자지自持들을 한껏 키우라. 죄 없는 인민들에 눈에서 피눈물 나게 하지 말란 말이야～ 네놈 입이 반동이지 내래 반동 아니야. 태산이 동무, 내 자지自持는 말이야 너보다 크지～ 그래 정숙 동무가 나한테 떨어지지 못하는 거 아니니? 착각하지 말라. 내 한 몸 사라진다고 정숙이가 넙죽 네놈 밑에 누울 줄 아는? 하하하～ 착각하지 말라야. 동무에 그 자지自持가지곤 정숙이 품을 수가 없다는 이런 말이야～

－ 아 나 요런～ 반동새키가 아직도 내 속을 벅벅 긁나～ 뒈지려면 곱게 뒈져야지～ 야 거 누구 없나?

태산은 제풀에 분을 참지 못해 자리에서 일어나 밖을 향해 소리쳤다. 태산의 외침에 밖에서 군복 차림의 보위부 요원들이 잽싸게 들이닥쳤다. 태산이 카랑카랑한 목소리로 부하들에게 명령을 내리고 있었다.

－ 이거 보라. 이 반동새키 당장 위로 넘기라.

－ 예, 알갔습네다.

두 명의 보위부 요원이 화닥닥 다가와서 명호를 일으켜 세웠다. 명호의 몸은 기운이 완전히 빠져 더이상 버틸 힘도 없었고 정신은 혼미한 상태였다. 누군가 자신의 몸을 껴안으며 일어 세우는데 명호는 어떤 저항도 하지 못하고 그대로 몸을 맡겼다. 그런 몽롱한 상태에서도 명호는 불안한 심리가 가슴속에 조밀하게 깔려 있었다. 당장 위로 넘기라는 태산이 동무의 말이 혼미한 의식 속에서도 날카롭게 남아 뇌리에 꽂혀 있었다.

이튿날, 1호행사령 때 붙들려온 인민들의 가족들 때문에 보위부의 정문은 혼잡한 소동이 일어나고 있었다. 구류장에서 죄를 뒤집어쓴 채 수용소로 끌려가는 가족을 보기 위해 정문에서 대기하던 가족들이 일제히 항의를 하고 있었다. 마른 염소같이 초라한 차림의 가족들은 죄명도 모르면서 수용소로 끌려가는 가족의 얼굴을 볼 수 있을지 걱정이었다. 손에 수갑을 채우고 발에 쇠고랑을 엮은 보위원들은 호송차의 창유리를 검은 커튼으로 덮어버렸다.

한 대의 호송차가 보위부 정문을 완전히 빠져나갔지만 정문의 소란은 멈추지 않았다. 정숙이도 바로 그 사람들의 대열에 섞여 있었다. 명호 동무의 얼굴 한번 보지 못하고 이렇게 허탈하게 헤어지다니 정숙은 생각할수록 태산이 동무를 향한 분노가 치밀었다. 정문에서 소란을 피우던 사람들이 보위부 요원들에 의해 해산을 하자 정숙은 땅바닥에 철퍼덕 주저앉았다. 어릴 적 동무를 사지死地로 보내려는 태산의 마음을 정숙은 대체 이해할 수가 없었던 것이다.

한 시간을 넘도록 정숙은 마치 실성한 사람처럼 보위부 정문 앞에 앉아 있었다. 어떻든 태산이 동무를 만나야 만이 명호 동무를 구할 방책을 마련할 수 있을 거라고 생각했다. 호랑이한테 잡혀가도 정신만 바짝 차리면 살아날 구멍은 있다고 말하지 않았던가. 정숙은 기를 쓰고 일어나 보위부 사무실로 태산이 동무를 찾아갔다. 정숙은 태산의 옷자락을 움켜잡고 명호 동무를 감옥에서 꺼내 달라 통사정을 했다.

나그네를 향한 정숙 동무의 몸부림을 바라보며 태산은 아무도 모르게 마음속에 고통을 느끼고 있었다. 태산은 이제 더는 정숙 동무를 기다리고만 있을 수 없다고 생각했다. 정숙을 가슴에 품고 살아온 세월이 너무 오래되었고 이제 그런 세월의 길목에서 마음 또한 급해지고 있었다.

─ 태산이 동무, 제발 한번 도와주오. 내래 어찌해야 명호 동물 꺼내올 수가 있겠는지 말해주오.

─ 명호 동무는 공화국을 모욕한 철저한 반동분자야~ 정숙 동무도 정신 바짝 차리지 않으면 요덕행이야, 요덕이란 데가 어드런 데인 줄은 알지?

명호 동무의 문제에서만큼 한걸음도 물러서지 않을 작정이었다.

─ 봄이 아버지래 무슨 죄가 있다고 이러는 거예요? 태산이 동무, 그저 뭐든 시키는 대로 할 테니 봄이 아버지 꺼내 달라요.

─ 공화국에 반동 새끼들이 어데 한 둘이니? 거 정숙 동무도 조심하라. 그저 참이 마저 위태로울 수가 있단 말이지~ 대체 명호 동무 사상이 어찌 그 모양이니? 그러니 참이 마저 연좌제에 몰려 간당간당하게 생겼지 않니~ 내래 공화국 상부에서 하는 일을 어찌 맘대로 할 수 있느냐니까~

─ 아니 머라굽셔? 울 참이가 연좌제에 몰려 어쩐다구요?

정숙은 머리에 불이 난 듯 펄쩍 뛰었다. 낯바닥에 시뻘건 불덩이가 달라붙은 듯이 온몸이 뜨거워 몸부림을 쳤다. 이 지경이 되도록 내버려둔 태산이 동무가 한없이 원망스러웠다.

─ 정숙아 생각해 보라. 참이란 녀석도 말이야, 그저 보위부 옷자락에 붙어 있는 단추 신세란 말이야. 단추 그저 잡아당겨 어느 구멍에 끼우느냐는 건데 보위부 입맛 당해낼 재간이 있느냐 말이야.

─ 태산이 동무, 생각해 보오. 그래도 어릴 적부터 친구인 명호 동무가 이 지경이 되도록 어찌 동무는 그리 무사태평했단 말이오? 명호 동무 저 사지死地로 보내고 내 어찌 살 수 있겠느냐 말이오?

정숙의 눈에서 금세 눈물이 흘러내렸다. 정숙이 흐느끼자 태산이 담배를 하나 빼어 물었다.

— 거 정숙 동무, 진정하라. 공화국에 반동분자들이 넘쳐나니 내래 입장도 난처하단 말이야. 남조선 불량 노래 테이플 소지한 놈, 뭐 그저 김일성 배지 팔아먹은 놈, 남조선 드라마 보는 놈, 날라리풍 춤추는 비사회주의 것들, 친구 부르듯 김일성 김정일 호칭 무시해대는 놈들, 남조선 불량 서적 은닉한 놈, 남조선 물품을 들여다 써먹는 놈~ 아니 그저 공화국이 어찌 이 모양이 되었나 그래~

— 태산이 동무, 아니 참이 아버지 내 말 좀 들어주오. 명호 동무 그저 얼굴이라도 한번 볼 수 있게 해주오. 살아 돌아오지 못한다면 얼굴이라도 한번 마주 보게 해주오, 참이 아버지~

정숙은 이제 자신의 가정에 닥칠 마지막 위기가 눈앞에 온 것이라고 생각했다. 명호 동무를 만나 살면서 언젠가는 이런 날이 닥칠지도 모른다는 불안감에 떨어온 날들이었다. 나이가 좀 더 들어서 닥칠 일이 생각보다 빨리 닥친 것인지도 모른다는 생각이 들었다. 어느 날, 난데없이 자식을 품에서 잃어버린 듯 허둥대는 어머니의 모습, 아버지를 빼앗긴 지도 모르며 투정을 부리는 딸애의 철부지 짓들이 떠오르며 정숙은 태산이 동무 앞에서 아고 데고 울기 시작했다.

— 정숙 동무, 울지 말라.

— 아고 데고~ 내 나그네 잃고 어찌 멀쩡할 수 있나 말이오. 아고 데고~

정숙은 일부러 감정을 실어 큰소리로 울음을 토해냈다.

— 아니, 누이 좋고 매부 좋은 방법이란 것이 있을 수야 있지 않나? 아니 명호 동무 상세가 난 것도 아닌데 정숙 동무 그저 아고 데고 아고 데고 울어 재끼면 이 태산이 체면이 뭐가 되겠느냐 말이야~

정숙은 아고 데고 울면서도 태산이 동무의 말에 귀가 번쩍 뜨였다. 누이 좋고 매부 좋은 방법이라는 말을 들었을 때 정숙은 심장이 멎는 듯했다.

－ 태산이 동무, 그 방법이 뭐예요? 어서 말해주오. 내 뭐든 태산이 동무시키는 대로 할 테니 어서 그 방법을 일러주오.

태산은 나그네를 구하겠다고 처절하게 매달리는 정숙 동무의 행동을 보면서 '아 나 명호 이놈, 그저 정숙이 사랑을 듬뿍 받고 있는 게 아나 그저 죽을 맛이구나' 하며 속말을 했다.

－ 정숙 동무 잘 들으라. 이거는 우리 모두의 운명이 걸린 일이란 말이야. 공화국에서 명호 동무를 살릴 수 있는 방법을 내 은밀히 말해주지～

－ 무어든 말해주오. 내 뭐든 할 테니～

－ 정숙 동무 잘 들으라. 내각교육성에서 진즉에 명호 동물 반동으로 낙인찍었단 말이야. 1호행사령 때 잡아들인 거는 명호 동물 그저 공화국에서 명줄을 자르겠단 말이 아니겠니? 내각교육성 간부로 있는 동무들한테 사정 봐 달라 해보았지만 공화국 상부에서 하는 일을 내 무슨 수로 막아 내겠나 말이야 엉?

태산은 목소리를 아주 낮추어 정숙의 귓전에 대고 속삭이듯 말했다. 태산이가 정숙의 귓전에 입김을 불어넣자 울음의 여운을 남긴 채로 그에게 귀를 기울이던 정숙은 그만 입이 쩍 벌어지고 말았다. 내각교육성에서 낙인을 찍었다니, 아아 이제 우리는 죽은 목숨이구나, 하염없는 눈물이 흘러내릴 뿐이었다.

－ 이 거 명호 동무가 내게 남긴 손편지야.

정숙은 태산으로부터 손편지를 받아 빠르게 읽었다.

－ 정숙 동무하고 참일 내게 간절히 부탁 한다는구나～

정숙의 머리 속이 새하얘졌다. 태산이가 목소리를 낮춰 정숙에게 말했다.

– 내가 수용소에서 명호 동물 꺼내 여 보위부 감옥에 잡아둘 테니 명호 동물 조용히 남조선 아랫동네로 보내자~

– 아이 에구나 아랫동네라니~

순간 태산의 투박한 손바닥이 정숙 동무의 입술을 덮었다. 입술이 눌린 채 정숙의 눈동자는 태산의 눈빛을 향하고 있었다.

제35장 서울의 봄

한 사람의 인생은 자신의 의지와 관계없이 흘러가기도 한다. 인생이란 것이 아무리 고달픈 것이라 해도 자기의 의지대로 살아갈 수만 있다면 한 번 살아볼 만은 하지 않겠는가. 그러나 길고 긴 인생의 여정에는 순탄한 길만 놓여 있지 않고 감당하기 힘든 장애물이 막아서서 삶을 지치게 하는 경우가 많다.

어떤 장애물은 팔자려니 하며 하릴없이 받아들이기도 하고 어떤 걸림돌은 딛고 넘어서려고 바둥거려 보지만 생래적으로 삶을 옭아매고 있는 차꼬를 벗어낼 수 없는 경우도 있다. 세상에서 자기 의지로는 맞설 수 없는 힘이 존재한다는 것을 받아들이지 못하고 살아가는 것은 시련의 연속이지 않겠는가?

이명진은 서울의 소시민으로 한 세상을 살아왔다. 누구나처럼 자신의 의지와 관계없이 세상에 떨어진 그는 질풍노도와 같은 역사의 소용돌이를 온몸으로 마주하고 살았다. 그 역사의 소용돌이는 명진의 삶을 송두리째 흔들어 놓았다. 세상에 나와 보니 그를 맞이한 세상은 아늑한 요람은 아니었다. 그에게 세상이란 그저 중심을 잡고 버티기 힘든 회오리바람 속 같은 것이었다. 그 회오리바람이 태풍이 되어 인생의 경로를 막는 데야 아무리 강한 의지가 있다 해도 거역할 수 없는 운명을 안은 삶이었다.

명진은 세상에는 본래 아버지라는 존재가 없는 줄로 알았다. 사람은 오롯이 어머니의 몸에서 나와 어머니와 함께 살아가는 것이라고 생각했다. 어머니 몸속에서 나와 배냇머리가 빠질 때까지 귀에 들리는 것은 따쿵 따쿵 땅 뿌리를 흔들어대는 총포 소리뿐이었을 것이다. 그의 내면에 쌓여 오래도록 잠재되어 있는 이런 총포 소리는 이따금씩 천둥소리가 되어 그의 청각을 마비시켜 놓았다.

그런 천둥소리에 대한 기억이 명진의 생애에서 가장 오래된 기억이었다. 그런데 이상한 것은 하늘에서 번개와 함께 내려치는 천둥소리는 조금도 무섭지 않았다. 하늘에서 내려오는 천둥 번개를 마을 조무래기들이 무서워하는 것과는 달리 명진에게 있어 그런 천둥소리는 그저 하늘이 번쩍 번쩍 눈을 뜨는 것처럼 여겨졌고 귀가 조금 어지러울 뿐이었다. 그의 네 살은 콧속을 마비시키는 화약냄새와 함께 들려오는 천둥소리에 대한 기억뿐이었다.

사변둥이 꼬리표를 달고 세상에 나온 사람들의 기억은 아마 그의 기억과 크게 다르지 않을 것이다. 비극의 시대에 세상에 나온 아이들은 생존율이 매우 낮았다. 끝없는 굶주림과 수많은 질병의 고통을 운명처럼 짊어지고 태어난 것이었다. 그 아이들은 태어나자마자 죽어 이별을 하든지 아니면 운 좋게 살아났어도 부모형제와 생이별을 하든지 간에 그 앞에 놓인 처지는 모든 것이 운명적으로 갈릴 수밖에 없었던 것이다.

세상물계를 모르고 어머니의 등에 업혀 눈물을 흘렸을 것이다. 눈물이 마를 날 없이 이별이 끊이지 않았던 돈암 되너미 고개미아리 고개! 아주 깊은 옛날, 병자호란 시절에 되놈(胡人)들이 쳐들어왔다 넘어갔다던 그 고개에서는 창자를 끊어내는 듯한 아픔이 담긴 울음소리가 한동안 이어졌다.

인민군에 끌려가는 남편의 뒷모습을 어린아이를 들쳐업고 피울음을 쏟아내며 따라나섰던 그날의 단장斷腸:창자가 끊어지는 슬픔을 어느 문사가 어린 딸을 잃은 슬픔의 감정을 담아 살점을 찢어내는 듯한 언어로

써 초연히 빚어냈다. 훗날 사람들이 부르게 되는 그 되너미 눈물고개
에 얽힌 사연들은 명진과 그 어머니의 이야기가 되었던 것이다.

미아리 눈물고개 님이 넘던 이별고개

화약연기 앞을 가려 눈 못 뜨고 헤매일 때

당신은 철사 줄로 두 손 꼭꼭 묶인 채로

뒤돌아보고 또 돌아보고 맨발로 절며 절며

끌려가신 이 고개여 한 많은 미아리고개~

― 반야월, 1957년.

어머니의 여윈 등에 업힌 아이들은 매캐한 화약연기에 익숙해졌다.
목 놓아 부르짖던 아낙네들의 한 맺힌 피울음은 사변둥이들의 앙가슴
에 큰 멍으로 자리 잡게 되었다. 그러나 이렇게 자리 잡은 멍 덩어리는
오히려 세상을 살다 지칠 때 시련의 골짜기를 넘나들 수 있는 힘의 원
천 같은 것이 되었다. 그러나 장차 목숨 줄을 조여 오는 더 무서운 고
난이 그들에게 천형天刑처럼 기다리고 있었던 것이다.

수십 개월 동안 지축을 흔들어대던 총성과 포성은 멈추었다. 1950
년 6월 25일 새벽, 그 동족상잔의 비극이 시작되어 밀고 밀리는 공방
끝에 1953년 7월 27일 판문점에서 맺은 휴전협정으로 전쟁이 멈추었
다. 문산, 평양, 개성 등에서 협정문서에 서명하던 그날 밤 10시, 전선
에서의 총포소리는 일제히 멈추게 되었던 것이다.

한 핏줄끼리 총과 칼을 겨눈 역사적 비극은 도시를 폐허로 만들었고
헤아릴 수 없이 많은 목숨을 앗아가면서 씻지 못할 깊은 상처만 남겼
을 뿐이다. 승자도 패자도 없이 막을 내린 전쟁은 휴전의 순간부터 살

아남은 수많은 이들에게 또 다른 고통의 시작이었다. 그 무자비한 전쟁터에서는 죽어서 산과 들에 버려졌거나 천신만고 끝에 살아남았어도 팔과 다리를 잃은 채로 절망을 안고 세상으로 돌아온 젊은이들이 부지기수였다. 그렇게 남과 북, 북과 남의 생때같은 청춘들은 굴곡진 인생의 노정을 운명처럼 마주하게 되었던 것이다.

나라와 부모 형제를 지키려다 싸우던 그 자리가 무덤 자리가 된 청춘들도 헤아릴 수 없을 정도로 많았고, 살아남은 자들 중에 포로가 된 젊은이들은 각자의 진영으로 교환이 되어 돌아갔다. 하지만 어떤 포로들은 돌아가기를 주저하다 적의 진영에 남기를 희망했고, 북쪽에 잡힌 남쪽 포로들의 상당수는 북의 꼬임에 말려들어 송환되지 못했다. 명진의 아버지 역시 해방전사가 되라는 북쪽의 감언이설에 속아 결국 저쪽 공화국의 인민이 되어야 했던 것이다.

명진은 전쟁이 끝난 후 어머니의 손을 잡고 하루는 서대문의 애오개 고개를 넘고 하루는 돈암의 되너미 고개를 넘었다. 만신창이가 된 몸을 끌고 고향으로 돌아오는 군인들의 행렬에서 아버지의 모습은 찾을 수 없었다. 어머니의 흔들리던 어깨, 날이 가고 달이 갈수록 아버지를 만나지 못한 한이 서려 어머니의 어깨는 점점 야위어갔다. 전쟁의 상흔은 이렇게 크나큰 생채기가 되어가고 있었다.

2

– 아버지는 언제 돌아오신 답니까?
명진이 국민현 초등학교 5학년이던 어느 날 어머니한테 물었다.

− 네 아버지 생사도 모르는 판에 걸 어찌 알겠니?

− 돌아가시진 않았겠지요, 엄마?

− 아니 어째 입방정을 떠니? 네 아버지 그리 쉽게 돌아가실 양반 아니다.

− 아버지 사진이라도 있음 한번 보고 싶어요, 엄마.

− 살다보니 경황이 없어 어찌 사진 챙길 생각을 했겠나. 명진아, 엄만 믿는다. 네 아버진 돌아가실 양반 아니다. 아니 전쟁 끝난 지가 언제인데 아직 돌아가셨다는 전사통지도 받지 못했고 그저 저 북쪽에서라도 악착같이 살아 있을 거라~

− 하느님이 보호해 주시겠지요.

− 하느님도 네 아버지를 보호해 주시겠지만 전쟁통에 네 아버지한테 엄마가 시집올 때 가져온 호리병 도자기를 허리춤에 매달아 주었다. 저 두레박으로 정화수를 길러 호리병에 담아 주면서 아껴서 마시라 일렀지. 저 우물이 아직도 이렇게 마르지 않고 있으니 네 아버지 살아 있을 거란 믿음을 거둘 수가 없지 않겠느냐?

우물이 마르지 않은 것은 그 마르지 않은 물을 새벽마다 두레박으로 길어 올려 정화수로 모셔놓고 지극정성 비손을 한다는 말이나 같았다. 끊임없이 솟아나는 우물과 호리병에 대한 기대심은 아버지의 생존에 대한 어머니의 확고한 믿음으로 이어졌다. 명진은 나이가 한 살 더 늘어갈수록 아버지의 생존에 대한 어머니의 집착이 더해지는 것을 느끼고 있었다. 그러던 어느 날, 정체모를 사내들이 난데없이 집으로 들이닥쳤다. 나중에 알고 보니 그들은 중앙정보부 요원들이었다. 어머니는 그 중정 요원들에게 끌려가서 조사를 받았다.

− 지난 야밤에 집으로 수상한 사내가 찾아오지 않았소?

- 수상한 사내라니요. 우리 애 아버지 병대 나간 지 10년도 넘었다오. 어데 살았는지 죽었는지 깜깜무소식인데 누가 온단 말입니까?

- 그럼, 식량은 누가 대주오?

- 내 신역 쏟아 호구(糊口)를 하지 누가 먹을거리 준답니까?

- 어디서 무슨 일을 해서 호구를 한다 말이오?

중앙정보부 조사실에서 어머니는 혹독한 심문을 받았다. 조사원들은 어머니에게 고문과 구타를 서슴지 않았다. 희미한 전구가 흔들리는 낮은 천정의 조사실에서 어머니는 조사원들에게 한 마리의 짐승 취급을 당했다.

- 내 저 사대문 안에 발이 닳도록 행상을 합니다. 아니 세상천지 이렇게 힘든 시절에 누가 식량을 대준단 말을 합니까?

- 낯선 놈들 드나드는 걸 다 알고 있는데 어찌 고분고분 실토하지 않는가?

- 허 참, 어쩨 사람 말을 못 믿습니까? 내 왕십리 미나리꽝 가서 물건 떼다가 저 청계천 경마장까지 다리품을 판다오. 저 용산 큰길은 물론이고 논밭을 따라서 걸어 노량진, 영등포 뭐 발씨 안 익은 데가 없단 말이오.

- 며칠 전날 밤에도 낯선 사낼 만나지 않았소? 당신 자꾸 딴말하면 그저 간첩이라는 걸 숨기는 꼴밖에 되지 않는다 말이야. 어서 여기 지장이나 찍으오.

- 허, 터진 입이라고 어찌 입을 함부로 놀리느냐 말이오. 내 난리통에 서방 잃고 저 어린 아들 의지하며 시난고난 살아가고 있는데 뭐 날더러 간첩이라고요? 어허 참 기막힌 세상이로구나야~

어머니는 중정 요원들 앞에서 강력히 저항했다. 그러나 어머니에게 돌아온 것은 가혹한 고문과 구타뿐이었다. 어머니는 저들의 가혹한 고문과 구타에 몇 번이나 자살까지 생각했지만 어린 아들을 혼자 두고 죽을 수가 없었던 것이다. 중정에서 이런 일을 겪으면서 어머니는 아버지가 생존해 있다는 것을 짐작할 수 있게 되었다.

　─ 당신 남편은 용공분자란 말이오.

　─ 예에? 사람이 죽었는지 살았는지도 모르는 판국에 용공분자라니 대체 무슨~

　─ 당신 남편은 우리 남쪽의 자본주의 사상을 거역하고 지금 북쪽 앞잡이 노릇을 하고 있다 말이오.

　─ 아 아 마 말도 안 되는 소리~

　어머니는 만무방처럼 버릇이라곤 하나도 없어 보이는 저들의 말에 대항을 하면서도 내심 놀라움을 금치 못하고 있었다. 오오, 남편이 살아 있다니. 하늘이 무심하지 않았구나, 생각하며 속으로 눈물을 넘기고 있었다.

　─ 당신 남편은 뼛속까지 새빨간 빨갱이가 되었단 말이오.

　어머니는 조사원으로부터 이런 소리를 듣고 입을 다물지 못하고 정신을 가다듬었다. 정말 정신 바짝 차리지 않으면 영락없이 간첩으로 내몰릴 수도 있겠다는 생각에 그녀는 각오를 다지지 않을 수가 없었다.

　─ 그럴 리가~ 아니 근데 정말 우리 애 아버지가 북쪽에 살아 있단 말입니까?

　북쪽이든 어디든 살아 있다는 말이 어찌 이렇게 반갑게 느껴질 수가 있다는 말인가. 그래, 이놈들이 무슨 모함을 해도 지어미로서 견뎌낼테다. 그저 살아 있다니, 어머니는 마음속으로 덩실덩실 춤을 추고 있었다.

　─ 아니 이거 왜 이러시나? 이북에서 은밀히 넘어온 사람들 접선 했

잖소?

　- 난 모르는 일입니다. 애먼 사람 모함하지 마시오. 울 남편이 북쪽에 살아 있다면 필시 납치된 포로일 거요. 납치된 포로라는 사실을 나라에서 어찌 확인해 주지 않는 거요, 예?

　- 포로 교환 끝난 지가 언제인데 그딴 말이 나오는가! 당신 남편은 사상이 바뀌었단 말이오. 아주 그냥 북쪽에서 어찌나 열성분자로 찬양을 해대는지 그저 김일성이 메달까지 받았다니 원~

　- 아, 아니오. 그, 그럴 리가 없소. 내 남편은 강제 납북된 사람입니다. 목에 칼이 들어와도 김일성이 찬양할 그런 몽매한 사람이 아니란 말입니다. 예에~

　어머니는 온갖 수모를 당하고 멸시를 받았다. 차라리 고문과 구타는 견딜 수가 있었다. 하지만 빨갱이 마누라 어쩌고 하는 멸시와 수모에는 견딜 수가 없었다. 혀를 깨물고 죽더라도 저들의 고문에 굴복할 수가 없었다. 망가진 몸으로 겨우 비틀비틀 걸어 집에 돌아와서 며칠씩 쓰러져 누워있어야 했다. 겨우 깨어나 희미한 정신을 가다듬어보면 어린 명진이가 옆에서 울고 있었다. 아들은 어머니 곁을 한순간도 떠나지 않으며 온몸을 주무르고 우물에서 물을 길어다가 입에 넣어주었다.

　정부는 대한민국 정부수립1948. 8. 15 이후 국가의 존립을 위해 가장 중요한 영역이 정보라고 생각했다. 이승만 정부 때부터 여러 정부기관은 정보활동을 매우 중요시 여겨왔다. 그러나 군 조직까지 정보활동에 뛰어들어 활동을 하다 보니 일이 분산되기도 하고 중첩되기도 하여 한마디로 오합지졸이라 할 수 있었다. 그래서 정부는 국민의 생명을 지키고 안전을 유지하며 국가 존립을 보장하고 국익증진을 위해서 필수적인 것은 정보의 통합 및 관리에 있다고 판단하여 중앙정보부1961. 6.

10를 새롭게 창설했던 것이다.

중앙정보부의 등장은 전쟁이 끝나고 8년 만의 일이었다. 훗날 국가안전기획부, 국가정보원으로 이름을 달리하며 국민의 뇌리에 무서운 존재로 각인 되는 이곳은 국민의 생명과 안전을 지킨다는 거창한 슬로건과는 달리 정권수호의 역할을 하기 위해 인권을 유린하고 국민을 탄압하는 곳으로 전락하기도 했다. 이른바 독재정권을 유지하기 위한 도구로 전락하고 말았던 것이다. 이를 입증이라도 하듯 국민들의 뇌리에 중앙정보부는 온갖 악행을 저지르는 무법자 집단으로 자리 잡기 시작했고 독재의 폭압이 강해질수록 중정은 점점 무소불위의 힘을 휘두르는 괴물이 되어가고 있었다. 중앙정보부는 그래서 한동안 국민들에게는 고문, 구타, 감금, 범죄조작 등 패악의 상징처럼 인식되고 있었다.

명진에게 학창시절은 배움에 대한 갈증을 풀고자 하는 꿈의 자리가 아니었다. 이상의 날개를 호기심과 더불어 펼칠 그런 낭만의 자리가 아니었다. 새로운 동무들을 만나 훗날의 추억을 만들어갈 그런 자리도 아니었다. 학교라는 데는 명진에게 늘 이상한 그림자를 데리고 다니는 그런 자리였다. 사복을 입은 정보원들이 거리낌 없이 등굣길이나 하굣길을 막아서는 경우도 한두 번이 아니었다. 과자를 주기도 하고 엄포를 놓기도 하면서 무언가를 찾아내려는 듯 캐물었다.

– 야 네 엄마 어제밤에 몇 시에 들어왔냐?

– 모르는데요.

명진을 감시하는 사복 입은 사내들은 하나같이 날카로운 눈빛과 묵직한 턱이 달린 무서운 인상을 가졌었다.

– 임마, 네 엄마 들어오는 것도 몰라?

– 잠을 일찍 잤어요.

사복을 입은 날카로운 인상의 사내들을 만나면 명진은 몸에서 소름이 돋는 듯했다. 사복들이 들이닥치면 어머니 역시 안절부절못했다. 어머니는 본능적으로 명진을 등 뒤로 숨기려 했다. 사복들의 발길이 빈번하자 어머니는 우물에 작은 나무 사다리를 놓아 사내들의 낌새를 알아차릴 때면 명진을 우물 안에 숨어 있도록 했다. 어머니는 사복들에게 아들의 존재를 드러내지 않으려고 무진 애를 쓰는 모양이었다.

하지만 사복들의 코는 개 코보다 냄새를 더 잘 맡는 모양이었다. 명진이 다니는 학교로 사복들이 찾아왔더라는 얘기를 듣고 어머니의 얼굴이 새하얗게 변했다. 아들의 학교까지 사복들이 찾아온 것을 알고 어머니는 우물 속보다 깊은 한숨을 내쉬며 우물 안의 사다리를 걷어냈다. 애초에 아무 죄가 없는 아들에게 사다리가 줄 수 있는 도움이란 없는 것이었다.

명진의 동문서답에 사복은 사탕을 내밀었다. 사복은 알록달록 색깔을 입은 눈깔사탕을 명진의 입에 쏘옥 밀어 넣었다.

– 야 사탕은 얼마든지 있어. 말만 잘하면 이거 다 줄 수도 있어야~

– 정말이예요?

명진이 사탕을 우물거리며 물었고 사복이 걸걸한 목소리로 대답했다.

– 짜식 속고만 살았나? 봐, 봐 이 건 건빵이야. 너 건빵을 사카린 물에 불려 먹는 맛이 무슨 맛인지 모르지?

– 무슨 맛인데요?

사복에게 대꾸를 한다 해서 사탕이나 건빵 따위를 바라고 할 명진이 아니었다. 명진은 학교로 찾아온 사복들의 속내를 일찍 파악하고 있었다.

– 흐어 이놈 보게, 어른한테 시건방지게 따박 따박 대꾸를 하네~ 임마, 거야 둘이 먹다 하나 죽어도 모르는 맛이지~

– 헤헤헤~ 아저씨 그런 개똥같은 맛이 세상에 어데 있어요?

혀끝에 감겨드는 새콤달콤한 사탕 맛의 향기를 명진은 손톱만큼도 상상하지 않았다. 사복 역시 바보는 아니라는 듯 명진에게서 무엇인가 원하는 정보를 얻어갈 찬스를 생각하고 있는 모양이었다. 이런 피도 안 마른 까까머리 학생 놈한테 수 싸움에서 뒤지지 않으려는 듯 명진을 노려보는 사복의 시선은 예리한 칼날처럼 날카로웠다.

– 야 야 너 만나는 친척들 있지?

– 에이 아저씬, 애비도 없는 자식이 친척들이 어데 있어요?

– 네 애비 살아 있다 안 하드나? 네 엄마가~

– 예~ 울 엄만 왕십리 미나리꽝 다니느라 눈코 뜰 새 없이 바빠요. 엄마 얼굴 못 본지도 꽤 됐다니까요.

– 아 나 요런~ 임마, 아가리 벌려 어서~

명진은 눈깔사탕 우물거리던 입을 벌려주었다. 사탕은 벌써 혀끝에서 녹아 반으로 축나 있었다.

– 아 나 요놈이 날 가지고 놀아? 더 벌려 임마 확 벌리라고~

명진은 입을 있는 힘껏 크게 벌렸다. 그래 너희들 맘대로 해보라는 듯이.

– 그래 그렇지~ 뱉어, 어서 사탕 뱉어 내라고오~

사복의 손바닥이 명진의 따귀에 찰싹 달라붙었다. 사복은 치사하게 반쯤 축이 난 눈깔사탕을 억지로 입에서 튀어 나가도록 빰까지 때렸다. 하지만 명진은 찰싹 소리와 함께 입 밖으로 튀어 나간 눈깔사탕이 조금도 아깝지 않았다. 단물도 먹을 만큼 빨아먹은 데다가 사복이 더는 자신을 괴롭히지 않을 것이라고 생각했기 때문이었다. 사복이 밤낮 학교로 그를 찾아 다녀봐야 자신의 입에서 획득할 정보가 하나도 없다는 사실을 충분히 터득했을 것이라고 그는 생각했던 것이다.

명진은 일찍부터 이미 철이 들었지만 동무들과 어울려 놀 때는 여전히 천진스러웠다. 그래서 청계천변에 나가 멱을 감기도 하고 여기저기 쏘다니며 동무들과 가깝게 어울렸다. 전쟁이 끝난 뒤에 폐허의 도시로 변했던 서울도 점점 변해가기 시작했다. 전쟁이 일어나기 전에 20여만 호에 달했던 서울의 집들은 전쟁통에 삼분의 일이 파괴되었는데 전쟁이 끝난 얼마 뒤에 폐허의 그림자 위에 하나둘씩 건물이 올라왔다.

명진은 동무들과 한강 백사장에서 씨름도 하고 남대문 시장에서 야바위가 땀을 뻘뻘 흘리며 사기 치는 모습도 구경했다. 미나리꽝에 일을 나간 어머니를 찾으러 왕십리 큰길을 따라 하루 종일 걸었던 적도 있었다. 어떤 때는 동무들과 무작정 쏘다니다가 마포의 전차종점 너머 벌거숭이산에 갔던 적도 있었다.

그런데 중앙정보부의 정보원이 명진의 뒤를 밟아대기 시작하면서 동무들과의 관계는 점점 멀어졌다. 왜냐하면 이런 일이 있고서부터 동무들의 태도가 달라져갔기 때문이다. 명진은 난데없이 달라진 동무들의 태도를 처음에는 이해하지 못했다. 하지만 같은 동네 사는 동무들과 말싸움을 하다가 그 까닭을 알아차리게 되었다.

- 명진이 너 빨갱이 자식이라며?

- 뭐라고? 내가 빨갱이 자식이라고?

동무 하나가 입술을 실룩거리며 고개를 뻣뻣이 세웠다. 명진은 크게 당황하여 성난 황소처럼 눈을 부릅뜨고 치받을 듯 그 동무를 쏘아보았다.

- 누가 그딴 말을 하드나? 나 빨갱이 자식 아니다 이 자식들아.

- 다 안다. 너네 집에 사복들 들락거리는 게 다 왜 그러겠나? 빨갱

이 조사하러 들락거리는 거 아니니?

- 지랄한다. 사복 놈들이 근처 지나가다 목이 말라서 두레박질하러 들어오는 건데~ 네들 집에 사복 들어오면 죄 빨갱이 된다드냐?

- 사복 들어온다고 빨갱이는 아니지~ 한데 울 아버지는 왜 너네 아버지가 난리통에 총 내다버리고 인민군 선동질하러 갔다 하지?

- 에이 씨방새야~ 거는 너네 아버지 잠꼬대하는 소리겠지. 나라 지킨다고 병대에 나간 사람들이 어찌 삘도 없이 총을 버리고 인민군을 돕냐? 안 그러냐?

명진과 가장 우호적인 관계에 있는 동무 하나가 편을 드는 분위기였지만 다른 동무들의 고개는 끄덕여지지 않았다. 시간이 흐르면서 명진에게 편역을 들던 동무마저 그에게서 멀어져버렸다. 나중에 들어보니 동무들의 집에서 어른들이 빨갱이집안 자식과는 상종도 하지 말고 어울려 다니지도 말라고 지청구를 놓았다는 것이었다.

고등학교 다닐 때는 반공 웅변대회에 나가려고 준비했지만 담임선생으로부터 거절까지 당했다. 명진은 웅변대회가 열릴 때면 마치 죄인이라도 된 듯이 대열에서 물러나 멀리서 바라만 보고 있어야 했다. 우리에게 반공은 나라의 존립을 위해 생명 같은 것이었다. 공산주의를 쳐부수자, 라는 말이 전후 30여 년 우리들의 의식 밑바닥에서 확고히 자리 잡고 있었다. 우리는 옆집 이웃집 주변 사람들이 혹시 간첩이 아닌지 서로를 의심하며 경계를 늦추지 않았었다.

전국 어디든지 반공 강연을 하러 다니는 연사들이 많이 나타났다. 학교 운동장이나 마을 회관 앞 등에서는 반공영화를 무료로 상영했다. 반공 웅변은 물론 반공에 대한 글짓기, 반공 포스터 그리기 등 국민들에게 반공정신으로 사상무장을 시키기 위한 활동이 전국적으로 실시

되었다. 무찌르자 공산당, 때려잡자 공산당, 박살내자 공산당, 승리하자 공산당! 이러한 반공, 멸공, 승공 같은 구호들이 날마다 거리에 넘쳐 울렸다. 일찍부터 사람들의 귀에 북한은 괴뢰집단이 되어 타도의 대상이 되었고 무찔러야 할 대상이 되었다. 피 묻은 크레파스, 태극기 펄럭이며, 반공만이 살 길, 같은 웅장하거나 자극적인 제목을 달고 나온 웅변 연사는 마지막 절규를 했다. "이 연사 목메이게 목메이게 외쳐 봅니다!" 하며 연사는 손짓, 몸짓으로 장중한 제스처까지 취했다. "저 김일성 괴뢰집단"이라고 부르짖으며 어린 연사까지 두 팔을 휘둘러대며 사자처럼 포효했다. 이럴 때 명진은 턱없이 기울어 보이는 운동장 한쪽 끝에서 화끈화끈 달아오르는 얼굴을 손바닥으로 쓰다듬으며 하염없는 눈물을 흘려야 했던 것이다.

명진은 세상의 모든 사람들이 자신을 빨갱이로 몰아가는 것만 같아 서글픔 속에서 한숨만 푸~ 푸~ 뿜어냈다. 그의 세상에 대한 삐딱한 시선은 아마 이때부터 형성되었는지 모른다. 거울 앞에서 보면 분명히 그의 코는 비뚤어지지 않았었다. 그런데 뒤돌아 한쪽 눈으로 코를 바라보면 이상하게 코는 항상 바라보는 쪽의 반대편에 놓여 있었다. 명진은 주위의 따가운 시선을 감당하기 어려운 나이에 이런 사실을 깨닫고는 자신을 향한 사람들의 시선이 마치 자기 코를 바라보는 삐딱한 시선과 같다는 생각을 했다. 거짓 없는 거울에 비친 자신의 모습을 똑바로 응시하지 않고 오직 빗나간 자신의 시선으로 밑에 붙은 코의 모습을 바라보려는 편견과 오해가 불러온 과오라는 생각이 들었다.

그는 이런 가운데도 공부만은 게을리하지 않았다. 머리가 뛰어난 것은 아니었지만 잠을 이룰 수가 없으니 잠 대신 책을 보지 않으면 안 되었다. 그러나 학교에서 항상 우등생이었던 명진은 정작 대학은 자기가 원하는 학과를 선택하지 못했다. 담임선생은 법대에 가려는 명진의 희망을 단칼에 잘라버렸다. 사법고시에 절대 합격하지 못한다고 했다. 필기시험 1차 2차에 모두 합격한다 해도 월북한 아버지 때문에 면접에서 반드시 탈락하게 된다는 것이었다.

명진은 법대를 포기하고 상대를 지망했다. 하지만 담임선생은 상대역시 허락해 주지 않았다. 상대를 나와서도 결코 기업에 취직할 수 없다는 것이었다. 철저한 연좌제의 차꼬가 명진의 앞날을 넘지 못할 장벽으로 가로막았던 것이었다. 두 해 정도 자포자기를 하다가 결국 명진은 문학을 선택했고 서울의 한 중위권 대학 국문학과에 진학하게 되었다.

그의 대학생활의 대부분은 차갑게 얼어붙은 겨울이었다. 그의 겨울은 명진에게뿐만 아니라 모두에게 혹독한 시기였던 것이다. 이름하여유신維新시대, 국가는 동서 냉전의 해빙기임에도 불구하고 '분단이란조국의 상황에 철통같이 대처하고 국제사회의 변화에 능동적으로 대처한다'는 명분을 내세워 유신개헌을 단행했다. 그 후 당시 박정희 대통령은 비상계엄을 선포하고 국회를 해산시켜버렸으며 모든 국민의 정치활동을 금지시킨 헌정 중단 조치를 내렸던 것이다.

박정희는 1972년에 개정된 이른바 유신헌법에서 통일주체국민회의라는 제도를 만들어 체육관 선거를 통하여 다시 대통령이 되었다. 말로는 평화통일이요 민주주의를 부르짖었지만 이것은 철저한 정치적 계산이 깔린 장기집권을 위한 거짓 구호에 지나지 않았다는 비판을 받았다. 유신개헌은 박정희가 장기집권을 하기 위한 계획된 수순으로 대통령 중임제한을 없애고 임기도 6년으로 늘렸으며 장기적인 독재와 강력한 권위주의 정권의 발판을 다지려는 의도라는 비판이 많았다.

대학 캠퍼스에서는 이러한 유신정권에 맞서 연일 데모를 했다. 가방에는 전공서 대신 이념, 이데올로기, 철학서 등이 들어 있었고, 한쪽에는 돌멩이를 담았다. 젊은 청년들은 박정희의 유신체제를 그대로 받아들이지 못했다. 독재에 대한 수긍은 소중한 민주주의에 대한 체념이며 국가의 구성원으로서의 자유와 행복을 추구하는 국민의 권리를 맥없이 포기하는 일이라고 했다. 지혜와 지식의 전당인 대학 캠퍼스는 분노와 민주주의를 이루려는 열망으로 들끓었다. 학생들은 유신 정부에 맞서 거세게 저항했다. 급기야 박정희 유신 정부는 군인들을 학내에 투입시켰다. 중간고사가 끝나면서 유신독재에 대한 분노가 치밀어 오른 학생들은 본격적으로 데모에 합류했다. 정부는 각 대학에 휴교령을 내렸고, 휴교 상태가 끝나고 다시 개학이 되었을 때에는 데모에 참여했던 동무들이 하나둘씩 경찰서로 끌려 들어가 있었다. 이런 소문이 전국의 대학에 급속도로 퍼지게 되면서 뜻 있는 학생들이 모여 시국선언까지 하게 되었다. 전국의 대학 캠퍼스에서 시작된 시위는 물밀듯이 거리를 점령했다. 500MD 장갑차를 동원하여 경찰은 최루탄을 터뜨려 시위대의 해산을 시도해 보았지만 시위대는 눈물 콧물을 흘리면서도 굴복하지 않았다. 시위 인파는 물결을 이루어 광화문, 시청, 신촌, 종로 등의 대로를 메웠다. 서울뿐만 아니라 전국적인 현상이었다.

시위가 끝났어도 시위에 참가했던 많은 학생들이 학교에 돌아오지 못했다. 며칠씩 경찰서 유치장에 감금되어 시위에 참가하게 된 경위를 추궁받았다. 조사를 맡은 형사들은 한사코 주모자를 찾아내려 애를 썼다. 그러나 독재에 맞서 시위에 참가한 데는 특별히 어떤 우두머리란 존재하지 않았다. 모두 비민주적인 독재에 맞서 스스로 선택한 길이었다. 뒷날, 동료들 중에는 훈방을 받고 풀려나온 동료가 대부분이었지만 명진을 비롯해 감옥생활을 시작한 젊은이들도 있었다.

민주주의가 흔들리던 시절에 목숨을 내걸고 민주화의 투쟁에 앞장
서다 감옥생활을 한 학생들은 자신들의 투쟁 활동에 대해 전혀 후회하
지 않았다. 피 끓는 청년, 민주주의를 쟁취하려는 한 국민으로서의 자
부심이라고 생각했다. 명진 역시 그때, 감옥생활을 하다 풀려났다. 시
위를 하다 경찰들에 붙잡힌 동료들 중 상당수는 강제로 군대에 보내
졌다. 명진 역시 동료들과 같이 군대에 보내지겠거니 생각했는데 그는
군대 입대에도 제외되었다. 아버지가 전쟁 중에 인민군 선동원이 되었
다는 적색분자로 분류되어 있었던 것이다.

— 이명진, 넌 임마 이쪽이야. 아주 이거 불량 족속이군 그래.

— 나도 동료들과 함께 군대로 보내 주십쇼.

— 임마 대한민국 군대는 너 같은 불량 족속이 갈 수 있는 데가 아니야.

— 어째 제가 불량 족속입니까?

— 너 아버지가 지금 어데 있노 임마. 뭐 인민군 앞잡이? 아 요로 빨
갱이 같은~ 그카고 임마 너 보니 이거 3대 독자네. 3대 독자는 군에서
받지 않는단 말이야 임마, 얼마나 대한민국 군대가 좋나, 어이 좋지?

명진은 그렇게 혹처럼 긴급조치위반이라는 죄를 뒤집어쓰고 감옥에
보내지고 말았다. 긴급조치는 박정희 정권을 유지하기 위한 무소불위
의 조치에 다름 아니었다. 박의 독재정부는 유신헌법의 부정, 반대, 개
정, 폐지에 대해 주장하는 것을 원천 봉쇄했다. 이를 위반시 영장 없이
체포, 구속, 압수, 수색이 가능한 엄청난 조치였다. 특히 대학생들에
대한 통제는 극에 달했는데 어떠한 조직을 구성하거나 가입하지 못하
게 했고 활동 자체를 금지시켰다. 따라서 학교 내외에서 어떤 집회, 시
위, 농성 등을 할 수 없었고 위반 시 최고 사형까지 처해질 수 있도록

했다. 또한 해가 거듭할수록 긴급조치 조항이 늘어났고 저항하는 학생들을 마구 탄압하였다. 이러한 긴급조치는 마침내 10, 26 사건으로 박정희가 부하 김재규에게 살해되면서 해제되었다. 하지만 더욱 혹독한 시련이 국민들 앞에 도사리고 있었다.

3

우여곡절 끝에 겨우 대학을 마친 명진은 우려대로 기업에 취직을 하지 못했다. 몇군데 지원을 해서 서류합격은 하였지만 면접에서 선택받지 못했다. 항상 아버지의 존재가 명진의 발목을 잡은 셈이었다.

– 아들아, 미안해서 어쩐다니~

– 어머니가 무얼 잘못해서 미안하단 말입니까? 저 이제 어린애가 아니란 말입니다. 정말 국가를 배반해서 아버지 죄가 있다면 피를 물려받은 자식이 죄값을 받을 수 있음 받아야지요.

– 행여 다른 데서 그런 말 꺼내지 말라. 대체 저놈들은 무슨 근거로 네 아버지 굴레를 너한테 덮어씌우는지 모르겠구나. 내 아무래도 저 안기분지 뭔지 들어가서 따지고 와야 되겠구나~

– 어머니, 거 긁어 부스럼 내지 마세요. 저놈들이 얼마나 악명 높은 놈들이란 거 아시잖아요? 그저 아버지 살아 계시는 셈이라 생각하고 참자 말입니다. 살다보면 혹시 압니까? 세상이 바뀔지도~

– 턱없는 소리~ 어느 세월에 세상이 바뀌겠니? 세상이 바뀐들 우리 같이 힘없는 종자들은 땅속에 들어갈 때까지 그저 당하고 살아야 하는 운명 아니니?

― 아아 어머니, 이제 그만 하세요.

명진은 어머니의 말이 결코 틀리지 않다는 것을 모르지 않았다. 어머니에 대한 역정은 그 자신에 대한 역정이었다. 하루하루 살아가는 일이 생지옥처럼 여겨졌다. 대체 무엇을 꿈꾸고 무엇을 할 수 있단 말인가. 그는 한동안 집에서 밖으로 나가지 못했다. 집 밖에 나가면 무서운 그림자가 자신을 따라다니는 것만 같았다.

세상을 등지고 삶의 의지를 땅속에 처박고 살았다. 하루 한 번 우물의 두레박으로 물을 길어 올려 온몸에 끼얹었다. 추운 겨울에도 폭발하는 분노를 잠재울 수 있는 방도가 없어서 거리낌 없이 우물물로 온몸을 얼어붙게 만들었다. 마당에서 얼어붙은 채로 사람 고드름이 되어 죽는다고 한들 누가 슬퍼나 해주겠나. 악착같이 겨울을 나자. 어머니는 아들의 얼어붙은 몸에 이불을 덮었다. 살아야지, 세상이 죄를 만들었지 우리가 무슨 죄가 있단 말이냐. 그러나 어머니의 울음소리는 담을 넘지 않았다. 울음조차 조심스러웠던 그런 살벌한 시절이었다.

1979년의 한 해가 저물어가던 12월, 전두환, 노태우 등이 12. 12 군사반란을 일으켰다. 전두환을 중심으로 하는 신군부세력은 군권을 장악하고 방송국, 신문사 등 언론까지 통제했다. 이처럼 군사반란을 일으켜 시국이 어수선하던 어느 봄날 오후, 출판사를 하는 대학 선배가 집으로 명진을 찾아왔다. 명진의 몰골을 보며 선배는 한숨부터 쉬었다. 데모를 같이 하다 함께 감옥에 다녀온 선배였는데 선배는 아리따운 아가씨와 함께였다. 선배는 명진의 초췌한 모습에 당황하는 것 같았지만 곧 정신을 수습하면서 그에게 동행해 온 아가씨를 소개해주었다.

― 명진아, 우리 출판사에서 잠시 교정을 돕고 있는 분이야. 국어 교

사시험 합격하고 발령 대기 중이거든~

– 안녕하세요. 정애라고 합니다.

– 아 예~

명진은 초면의 여자와 마주치는 게 쑥스러울 뿐이었다. 더군다나 선배가 난데없이 일면식도 없는 여자를 데리고 불쑥 방문한 탓에 당황스러워 몸 둘 바를 몰랐다. 하지만 명진이 정말 당황한 것은 자신의 초췌한 모습 때문이 아니었다. 그는 선배가 이미 결혼을 했다는 사실을 알고 있었기 때문이었다. 그렇다면 이 여자는 대체 누구란 말인가? 혹시 엉뚱한 생각을? 명진은 여자를 슬쩍 쳐다보며 목례를 했다. 여자는 조용하고 단아해 보였다. 갸름한 얼굴에 이목구비는 선명했으며 머리는 단발이었다. 명진이 엉뚱한 생각이라고 생각한 것은 자신에게 여자라는 존재는 사치일 뿐이라고 생각해왔기 때문이었다.

그는 감히 여자를 곁에 두려고 생각해 보지 않았었다. 사복이 따라다니기 시작할 때부터 내린 결론이었다. 그에게 결혼이라 함은 자기와 같은 적색분자의 자식이란 무거운 멍에를 태어날 자식의 몸에 통째로 메우는 목줄작업이나 다름없다고 믿었기 때문이었다. 결혼을 하여 자식이 하나 태어나면 호리라는 굽은 멍에를 메우는 짓이며 자식이 둘이 태어나면 겨리라는 곧은 멍에를 얹어 평생 적색분자의 자식이란 무거운 쟁기와 싸워야 하는 운명을 지우는 것이라고 생각했다.

– 선배, 불쑥 어떤 일이십니까?

명진은 여자가 무안할 정도로 고개만 까딱하고 선배에게 물었다.

– 자네 도움이 필요해서 말이야. 내가 사상서 시리즈를 몇 종 기획하고 있거든.

– 사상서 시리즈요? 에이 제가 무슨 능력이 있어 선밸 돕는다 말입

니까?

여자는 마루에 올라서지 않은 채로 곧장 우물 쪽으로 가더니 마치 오래된 우물의 주인처럼 두레박으로 물을 길어 올렸다.

― 아냐, 사상서 교정 교열은 자네가 아니면 안 돼. 자네 손문 읽었지?

― 중국 혁명 지도자 손문 말입니까?

― 그래, 우리 사회도 손문을 읽을 때가 되었지~ 민족, 민권, 민생, 이 삼민주의만큼 훌륭한 사상이 어딨냐?

― 선배님, 하지만 체제비판서 아닙니까? 아무리 외세에 대한 우리의 독립을 주장하고 독재의 지배를 타파하고 국민 생활의 안정을 주장한다 해도 지금 시국이 워낙~

― 시국이 뭐가 어때서~ 이럴 때일수록 가열차게 뭔가 해야 하지 않냐? 프라하의 봄 생각 않나? 우린 지금 서울의 봄을 시작하고 있단 말이야. 과도기인 지금 우리가 일어서지 않으면 언제 바꿀거냐? 호재야, 이럴 때 투쟁의 전열을 가다듬어 우리의 목소리를 국민들한테 내세워야 할 거 아니냐고~

― 선배님, 신군부세력이 군 요직은 물론 국가 권력의 요직을 모조리 독차지하고 있습니다. 쿠데타 세력들이 권력을 좌지우지하고 있단 말입니다. 나는 싫습니다.

명진은 구타와 고문을 생각하면 끔찍이 싫었다. 아버지 때문에 어머니가 겪은 고통을 자식인 자신이 다시 이어받고 싶지 않았다.

― 독재자 박정희가 죽어 없어졌으니 우린 지금 자유를 누리고 있는 거란 말이야. 세상이 뭔가 달라질 기세야~

세상이 달라질 기세라는 선배의 말이 듣기에 좋았다. 서울의 봄이 정말 이 봄날에 제대로 올 것인지 사람들은 봄날의 기운을 자유롭게 누릴 수 있을 것인지 한편 설레기도 했다. 끝내 명진은 선배의 간절한 요청에 굴복당하고 말았다. 선배의 말처럼 세상이 달라질 수 있다면 어느 정도 희생은 감수할 수 있다고 생각했다.

광화문에 있는 선배의 출판사에 검정 가죽가방을 들고 열심히 출퇴근을 했다. 사상서 원본의 번역본을 들고 집에까지 와서 밤을 새워 교정과 교열을 보았다. 번역 교수님과 여러 차례 만나 문구 수정도 하고 교열본에 대한 정오표도 만들었다. 명진은 선배와 함께 의기투합하여 곧 세상에 나올 사상서를 떠올리며 활기찬 생활을 하고 있었다.

더군다나 회사에 나오면 그의 곁에 항상 정애가 있었다. 그보다 세 살 아래인 정애는 보기보다 강한 정신력의 소유자였다. 그녀는 처음 선배와 함께 집에 와서 우물에서 두레박으로 물을 길어 올린 것처럼 번역본의 편집을 하는데 시원한 물과 같은 신선한 의견을 제시했다. 사상서 출간에 있어서 그녀는 주저함이 없고 진취적이었다. 그런 성격 탓인지 그녀는 명진에게 더 적극적이었다. 출판사에 출퇴근을 하며 열심히 사상서를 만들면서 명진과 정애는 서로 관심을 갖게 되었다. 처음 정애가 집을 방문한 지 채 두 달도 되지 않아 몸소 명진의 집에 찾아올 정도로 둘은 가까운 사이가 되었다.

― 자네 요즘 정애 하고 좋아 보여~

― 선배님, 죄송하게 되었습니다.

― 허 이 사람 입에 침이나 바르고 죄송하다 해야지~ 자네 이번 급료 받으면 나한테 탁주나 한잔 사게. 내가 괜히 정앨 자네 집에 데리고 갔겠어? 자네한테 딱 정애 같은 여자가 있어야 할 거 같더란 말이야.

― 아하 선배님이 그렇게 날 배려해주신 걸 이제 알았습니다. 예, 깟거 당장 한잔 하러 가시죠. 저 피마골 욕쟁이 할먼네 가서 동동주나 한

되 마시죠, 뭐.

광화문 주변 뒷골목의 술집들은 취객들의 떠드는 소리로 요란스러웠다. 대폿집에 모인 사람들은 술잔을 부딪치고 젓가락 장단을 잡으며 노래를 부르며 시름을 씻는 듯했다. 서울의 봄이 왔다고 이구동성 목소리를 높였다. 광화문 네거리에서 청계로, 시청 앞에서 서울역 광장까지 데모대들이 연일 홍수를 이루었다. 학생과 시민들이 거리에 나와 목청껏 소리를 높였다. 서울의 봄은 이렇듯 민중의 소리를 큰소리로 외칠 수 있다는 데서 비롯한 말이었다.

명진은 선배와 편집부 직원 정애와 함께 동그란 양은 테이블에 앉아 술을 마시는 사람들의 말을 귀여겨듣고 있었다. 테이블마다 왁자지껄한 소리로 시국 얘기에 열을 올리고 있었다.

– 대통령 선거 이제 민주적으로 치러볼 수 있겠지?

– 어떻게 잡은 기회인데~

– 근데 저 학생들이 저렇게 날마다 데모를 하는 거 보면 뭔가 잘못되어가는 것도 같단 말이여~

– 재수 없는 소리 하지마~ 신군부 놈들 엉뚱한 생각하면 데모대들 방방곡곡에서 일어날 것이란 엄포 놓는 거니께~

테이블마다 사람은 다르지만 들어보면 대개 시국에 관한 얘기들이었다. 아무리 독재자가 죽어 사라졌다 해도 시국이 험한 탓에 명진 일행은 섣불리 말을 꺼내지 않았다. 명진이나 선배나 사상불량이란 죄목으로 감옥살이까지 했기 때문이었다.

– 김재규 그 자는 영웅이여 역적이여?

– 영웅이지~

– 아니 난 역적이라 생각하네. 아무리 자기 맘에 안 든다고 상관에

게 총질까지 하는 거는 아니지 않는가. 박정희가 독재는 했어도 아 이렇게 배고프지 않게 먹고 살게는 안 했더라고~

그 때, 구석진 테이블에 혼자 술을 마시던 턱석부리 사내가 명진의 테이블을 향해 불쑥 말을 걸어왔다.

– 거 형씨들, 벙어리 냉가슴 앓듯 눈치만 보지 말고 이번 기회에 전라도 김대중 씨와 경상도 김영삼 씨 중에 누굴 대통령으로 뽑으면 좋을지 말이나 한번 해보쇼.

명진의 일행이 서로 바라보며 웃음만을 짓자 옆자리에서 대신 대답했다.

– 세상 앞일을 어찌 알겠습니까? 독재만 하지 않으면 난 누가 되든 상관 않을 것 같습니다.

– 아휴~ 거 딱 보니 거긴 하이칼라 같은데 어째 충청도 김종필이는 빼남유? 거 듣자니 섭섭허네유이~

다른 테이블의 사내가 끼어들었다.

– 거기 비싼 술 먹고 앞뒤 맞지 않는 소리 하지 마쇼. 김종필이 그놈도 박정희 밑에서 죄 없는 국민들 많이 괴롭힌 작자란 걸 잊었소? 1대 중앙정보부장을 한 작자란 말이오. 그딴 소리 하려거든 썩 저리 꺼지쇼.

마치 싸움을 하듯 테이블을 사이에 두고 언성이 높아지고 있었다.

– 싸우지들 마십쇼. 지금 사람들이 봄이 올 거라고 착각들 하고 있는데 계절이야 봄이 왔지만 우리 가슴 속에 봄이 왔는지는 아직 이르다는 생각이오. 즉 춘래불사춘이라 이 말이오.

하면서 듣다못해 명진이 사람들 대화에 끼어들었다. 그의 말에 정애는 놀란 듯 검지손가락을 세워 명진의 입술을 틀어막았다. 정애의 행동에 명진은 그날 더는 입을 열지 않았다. 정애는 명진의 상처를 들어서 알고 있기에 함부로 말을 하지 못하게 제지를 하고 있었던 것이다.

― 거 저기 형씨 말에 나도 동감허요. 근디 난 전라도 광주가 고향인 디라우 좀 안 존 소문이 들려가꼬 걱정이 쪼께 된다 말이오.

― 어디서 무슨 소문을 들었습니까?

하고 명진이를 대신하듯 선배가 그 전라도 사람한테 물었다. 와자지 껄하던 술집이 순간 목젖을 간질이며 침이 넘어가는 소리가 들릴 정도 로 조용했다. 전라도 사람이 대답했다.

― 내가 머 알겠소마는 전두환이가 대통령 해묵을라꼬 먼 모사를 꾸 미고 있다는 소문이 들리더란 말이요~

― 아니 먼 개뼈다귀 같은 소린교. 난 경상도 창녕 사람이제만 이번 12. 12 사건은 전두환 노태우 이놈들이 일으킨 하극상이 맞다 생각되 는 거라. 이 보, 거 내 말이 틀렸다 생각하는교? 야아?

경상도 사람의 말에 조용했던 실내가 다시 시끄럽게 달아올랐다. 제 각각 자신의 생각들을 허공에 대고 쏟아 내었다. 명진은 품속에서 담 배 하나를 꺼내 입에 물고 불을 붙였다. 실내에 담배 연기가 자욱하게 피어오르고 있었다. 그의 가슴 깊은 곳에서도 어딘지 모를 불안함이 연기처럼 떠다니고 있었다. 중정에 끌려다니며 국가 권력의 쓴맛을 제 대로 맛본 명진에게 이런 소문은 까마귀 소리를 듣는 듯 불길한 느낌 에 다름 아니었다.

이튿날, 전날 술집에서 들은 그 소문이 사실일지 모른다는 생각이 들었다. 제10대 최규하 대통령이 하야하게 될 거라는 소문이 파문이 번지듯이 곳곳에서 들려오기 시작했던 것이다. 들불 퍼지듯이 사람들 사이에 번지는 그 불길한 소문은 정말 사실이 되어 가는 모양이었다. 신군부세력이 최규하를 잡아놓고 움직이지 못하게 억압하고 있다는 소문이 돌았다. 그런 소문과 함께 합동수사본부장을 하던 전두환이가 중앙정보부장을 겸임하게 되었다는 절망적인 소문도 같이 떠돌았던 것이다.

이런 소문이 무성할수록 국민들은 더욱 민주주의를 갈망하기 시작했다. 최규하 대통령을 향해 강력히 민주헌법으로 개정을 요구했다. 전국의 대학생들이 다시 일제히 거리로 뛰쳐나왔다. 학생들은 신군부의 정권장악은 절대 안 된다고 결사반대를 외치며 밀물처럼 거리를 가득 메웠다. 하지만 최규하는 이런 국민들의 염원에 뚜렷한 해결책을 내지 못하고 장막 뒤에 잡혀 있을 따름이었다. 이런 일이 있고서 한 달 뒤 신군부는 국회를 해산하고 계엄령을 전국으로 확대하며 그 검은 속셈을 적나라하게 드러내기 시작했다.

김대중을 비롯한 재야인사들이 신군부세력에 체포되고 김영삼은 가택 연금되었다. 대학에는 다시 온통 휴교령이 내려졌고 공수특전단 등 군부대가 투입되었다. 대학은 상아탑이 아니라 진압부대 훈련장 같았다. 군용트럭과 장갑차가 캠퍼스를 점령해버렸던 것이다. 신군부의 횡포를 용납하지 않은 학생, 주부, 회사원, 노동자, 노인, 어린이 할 것 없이 분노에 차서 길거리로 뛰쳐나왔다. 전국이 다시 데모대의 열기로 들썩이고 있었다.

신군부는 계엄 포고령 10호를 선포, 계엄을 전국적으로 확대함과 동시에 모든 정치활동을 금지시켰다. 각 대학에 휴교령이 떨어졌다. 언론에는 보도 이전 사전검열을 강화하여 언론의 입까지 틀어막았다. 수천 명의 재야인사들을 감금하면서 국회까지 철저히 봉쇄해버렸다. 전국적으로 대학생과 청년, 시민들이 들불처럼 봉기하여 일어섰다.

광주지역의 대학생들을 중심으로 김대중 석방, 전두환 퇴진, 비상계엄 해제 등의 구호를 외치며 시위가 강력히 일어났다. 신군부는 광주지역에서의 민중의 민주화 요구를 강경한 자세로 진압했다. 마침내 5월 18일, 광주에서는 계엄군의 이름으로 투입된 공수부대에 의해 무차별 탄압이 가해지기 시작했다. 명진 일행은 더는 두고 볼 수 없어 서울지역 청년 및 학생들을 중심으로 폭군으로 변한 신군부에 의해 자행되고 있는 무차별 탄압에 대항하기 위해 광주지역으로 향했지만 모든 도로가 차단되어 있었다.

　－ 세상에 정체를 알 수 없는 어떤 놈들이 도청 앞에서 집단 발포를 했다네요.

　－ 무고한 시민들까지 닥치는 대로 살상을 자행하고 있답니다.

　시민들이 모여서 갖가지 떠도는 소문들을 입에 올렸다.

　－ 화순 너릿재 어디서는 농부가 삽자루 들고 일 나가다 총에 맞았다는 소문도 있어요.

　－ 이러다가 정말 난리 일어나는 거 아녀? 듣자니 북쪽 공비들이 광주 시내에 은밀히 잠입했단 말도 있어요.

　시민들은 이렇게 떠도는 말들의 진위眞僞를 가릴 수가 없었다.

　－ 에이 개좆같은 소리 마시오. 전두환 저놈들이 벌이는 짓들이지 무슨 북쪽 공비들이 침투했네 어쨌네 유언비어를 퍼뜨리고 그런다요. 우리 귀한 형제자매들이 목숨 내놓고 싸우는 데 어디 민주화 투쟁현장에 북쪽 공비를 가져다 대나 쌍~

　－ 아 어째 나한테 역정을 내고 그요. 두 귀가 뚫렸쓰께 들은 말 아니더라고~

　광주에서 일어난 민주화 운동은 시민들이 목숨을 걸고 자신과 가족, 시민들의 목숨을 지켜내고자 광주도청을 방어막으로 최후 저항을 했다. 하지만 열악한 시민군의 힘으로 엄청난 세력의 계엄군을 당해낼 재간이 없었다. 시민군들은 열흘을 넘게 치열하게 버티면서 저항해 보았지만 끝내 계엄군에 점령당하고 말았다. 사망자, 행방불명자, 부상자 등 엄청난 인명피해가 발생했던 것이다. 당시의 사건은 훗날 늦게나마 광주에 대한 진상조사가 일부에 불과하지만 이루어졌고, 20년이 다 지나서야 5.18 광주민주화운동으로 재평가되었다.

명진은 광주의 민주화 운동이 끝난 바로 뒤에 새롭게 마음을 가다듬었다. 이럴 때일수록 심지를 곧게 세워 마음 흩트리지 않고 사상서 제작에 혼신을 다했다. 민주화를 이루기 위해 엄청난 시민들의 목숨이 희생되었지만 민주화는 실현되지 못했다. 우려했던 대로 광주의 민주화 운동을 총칼로 진압하고 정권을 탈취한 신군부는 더욱 무서운 총구를 민주주의를 열망하는 국민의 심장에 겨누기 시작했다.

10월유신의 수행 도구로 탄생한 통일주체국민회의라는 기관의 대의원 선거를 통해 전두환이 대한민국 제11대 대통령에 당선된 것이었다. 군사쿠데타의 주범이며 광주항쟁의 핵심 책임자가 국민의 권리를 침탈하여 '통일주체국민회의'라는 독재집권 연장을 위하여 만들어진 기구를 이용하여 국민의 머리 위에 서게 된 것이었다. 국민이 대의원을 뽑고 그 뽑힌 대의원이 대통령을 뽑는 이상야릇한 간접선거의 방식이었다. 득표율 99.9퍼센트라는 웃지 못할 역사의 기록을 남기게 되었다.

또다시 명진에게 펼쳐진 어둠의 장막은 중앙정보부로부터 시작되었다. 국가안전기획부로 이름을 바꾼 중앙정보부는 더욱 혹독한 칼날을 명진뿐만 아니라 무고한 사람들에게 들이밀었다. 국가안전기획부는 겉으로는 오직 국가와 국민의 안위와 국익을 위해 묵묵히 헌신하는 공무원상을 목표로 '우리는 음지陰地에서 일하고 양지陽地를 지향한다.'라는 부훈部訓을 내세우고 있었다.

안기부의 목표 가운데 눈여겨 들여다보아야 하는 것은 활동을 드러내지 않는다는 대목이었다. 이른바 무명無名의 헌신, 안기부는 시대가 바뀌고 정부가 바뀌어도 무명의 헌신이란 목표를 줄기차게 내세우고 있었다. 겉은 헌신이요 정보는 오직 국력이며 자유와 진리를 표방하고 있지만 그 표방은 그저 명진의 생각으로는 포장에 불과한 것이었다.

안기부는 소리 없는 헌신이라는 원훈을 표방하고 있었다. 하지만 명진은 그런 소리 없음을 표방하는 원훈이야말로 죄 없는 사람을 괴롭히며 나쁜 짓을 하기 위해 소리를 내면 안 되듯이 예고 없이 벼락 치듯 들이닥치는 집단이라는 생각에는 여전히 변함이 없었다. 명진은 자신을 괴롭히는 그 사람들을 생각하면 한숨부터 흘러나왔다.

이러한 무소불위의 권력으로 만들어 낸 세상에 떠도는 몇 가지 사례를 들여다보면 다음과 같다. 어떤 기업체 간부는 해외 시찰을 다녀와서 안기부에 체포되었다. 혐의는 무시무시한 간첩혐의, 재일교포 친척 집을 방문한 것이 빌미가 되었는데 바로 그 친척 집 벽에 김일성 초상화가 걸려 있었다. 초상화를 보고 겁을 먹은 그 기업체의 간부는 도망치듯 친척 집을 빠져나왔다. 이런 사실 만을 가지고 안기부 수사관들은 금품을 받고 국가의 기밀을 탐지해 넘겨주었다는 혐의를 끈질기게 덮어씌웠다. 구속영장도 없이 몇 달을 구금시켰고, 물고문을 비롯한 온갖 고문을 가하며 자백을 강요했다. 간첩행위를 했다는 뚜렷한 물증이 없음에도 죄를 덮어씌우려고 수사관을 시켜 물증까지 위조했던 것이다.

한국에 유학 왔던 한 유학생도 저들의 그물망에 걸려들었다. 수사관들에게 영문도 모른 채 끌려가 간첩혐의로 조사를 받았다. 한 달이 넘게 남영동 지하실 방에 감금된 채 고문을 당해야 했다. 조총련계의 지령을 받고 한국에 유학 와서 국가기밀을 탐지했다는 허위자백까지 해야 했다. 구타와 고문에 견디지 못해 스스로 자신에게 올가미를 씌워야 했던 것이다.

안기부의 횡포는 힘없는 시민, 선량한 국민들 중 만만한 대상을 물색하여 간첩공작을 자행했다. 어떤 어부는 세 들어 살던 셋방에서, 어떤 농부는 방앗간 창고 모퉁이에서, 어떤 광부는 숨이 턱 턱 막히는 깜깜한 막장에서 저승사자보다 무서운 놈들에게 뒷덜미를 잡혀야만 했다. 그 가족들까지 영문 모르고 끌려가서 처음에는 아니요, 아니요, 저항을 하다 어느 순간에 저절로 네, 네, 대답을 하며 스스로 죄를 뒤집어쓰고 말았다. 구타와 고문 앞에서 생을 포기하듯 없는 죄를 뒤집어쓴 사람들은 정신을 차리고서야 절망에 빠져들고 말았던 것이었다.

체육관 선거로 정권을 잡은 전두환은 처음 얼마 동안은 국민들을 달래려고 유화정책을 펼치는 듯했다. 명진이 몸담아 일하고 있는 출판계에도 이런 정책의 영향이 미치게 되었다. 사회주의 이념도서 혹은 비판도서 등에 대해 검색완화조치가 취해진 것이었다. 따라서 선배의 광화문 출판사에서 출판한 손문의 삼민주의, 맬서스의 인구론 같은 사상서 등이 날개를 달고 팔려나갔다.

이러한 사회적 분위기는 이념도서에 대한 출판이 날개를 다는 듯했고 이념도서를 출판하는 출판사도 우후죽순 늘어났다. 하지만 얼마 가지 않아 정국불안이 심해지기 시작하면서 전두환 정부는 다시 이념도서에 대한 대대적인 단속을 강화하기 시작했다. 서점에 진열된 이념서들이 느닷없이 금서禁書가 되고 판금販禁 도서가 되었다. 당시 문화공보부는 문제성 도서단속이라는 허울 좋은 미명 아래 닥치는 대로 책을 압수해 갔다.

이데올로기 도서를 출간했던 출판사는 된서리를 맞고 허덕이며 출판의 자유를 달라고 목소리를 높였다. 선배는 여러 차례 붙잡혀 들어가 조사를 받아야 했고 다시는 이런 문제성 도서를 출간하지 않겠다는 각서를 쓰고서야 풀려나올 수가 있었다. 선배는 여러 차례 수사관들에게 끌려가 엄청난 구타와 고문을 당한 탓인지 건강까지 악화 됐다. 그런 연유로 명진이 정애와 가정을 꾸리는 것을 보지 못하고 끝내 선배는 눈을 감았다. 눈 감기 전 선배의 마지막 말은 출판에 대한 당부나 전두환 독재에 대한 어떤 비난 보다 그저 정애와 꼭 결혼하라는 당부 말이었다. 선배가 죽고 어려운 출판사를 명진이 이어받게 되었다.

정애는 중학 국어 교사로 발령을 받고도 틈만 나면 출판사에 나와 출판 일을 도왔다. 주말이면 명진의 집에 들러 밥도 하고 빨래도 했다. 어머니는 첫눈에 며느릿감으로 낙점을 했던 탓에 빨리 혼인하기를 바랐지만 명진은 서두르지 않고 있었다. 선배가 죽은 다음에야 선배의 유언처럼 정애와 결혼을 했다.

결혼을 했지만 아이를 낳고 싶은 마음은 생기지 않았다. 어머니는 제발 손자를 보고 싶다 재촉을 했지만 명진은 아이는 사치라고 생각했다. 솔직히 말하면 이 나라에서 적색분자의 핏줄이라는 탯줄을 물려받을 아이가 겪을 일들을 생각하면 소름이 돋았기 때문이었다. 정애는 아내가 되어서도 결혼 전의 품성 그대로 조용했고 늘 조신하게 행동했다. 이게 아이를 늦게 가진 이유라면 이유일 수도 있었다.

출판에 관한 세미나가 있어 일본 출장에서 귀국한 다음 날 아침에 명진은 골목 입구에서 낯선 사내들에게 납치당했다. 체격이 당당한 낯선 사내들은 명진을 승용차에 강제로 밀어 넣었고 승용차에 들어서자마자 검은 천으로 눈을 가렸다. 승용차는 구불구불 돌아 그가 사는 종로에서 그리 멀지 않은 곳으로 데려가 곧 승용차에서 내리게 했다. 철컥 문이 열리는 소리가 들렸고 사내들은 눈가리개를 벗겨냈다.

희미한 불빛 아래 보이는 것은 사방이 온통 노란색의 벽으로 둘러싸인 방이었다. 명진은 고개를 돌려 휘둘러 보다 순간 몸이 굳어졌다. 물탱크가 보이고 모서리와 맞닿은 데에 낮은 철봉이 보였다. 물탱크 앞에는 낮은 의자가 뒹굴고 있었다. 대체 여기는 어디란 말인가? 하지만 생각할 겨를도 없이 다짜고짜 두 명의 사내가 들어오더니 명진의 머리칼을 움켜잡더니 그의 머리를 물탱크 속에 쑤욱 집어넣었다. 숨이 막혀 몸부림치자 물속에서 꺼내어 이번에는 구둣발과 주먹을 마구 휘두르기 시작했다.

대체 이번에는 무슨 일일까. 문제성 도서에 관한 것이라면 이미 선배가 죄 값을 치르고도 남지 않았는가. 코에서는 비릿한 핏물이 흐르고 입천장이 매섭게 쓰라렸다. 머리에 무거운 쇳덩이가 얹힌 듯 둔중한 느낌이었고 양쪽 뺨이 마비된 듯 얼얼했다. 하지만 이런 가운데도 명진은 의식의 한 올 만큼은 끈질기게 움켜잡고 있었다. 호랑이 굴에 물려가도 정신을 바짝 차려야 한다.

─ 당신, 김일성이 몇 번 만났어?

도끼로 머리를 내려치듯 골수에 꽂히는 말의 폭탄을 맞는 느낌은 이런 것인가. 명진의 입은 딱 벌어져 다물어지지 않았다.

─ 이 새끼, 안 들려! 너 김일성이 몇 번이나 만났느냐고?

─ 무, 무슨 소리요?

명진은 덜덜 떨리는 소리로 물었다. 그런 중에도 대체 이놈들은 누구이며 여기는 대체 어디인가, 가타부타 말도 없이 음침한 방에 밀어

넣고 구타와 고문을 자행하다니.

　― 아니 내가 무슨 불란서 말이라도 지껄였나? 말귀를 못 알아듣게
~ 옳지, 일본 말로 지껄이면 딱 알아듣겠군.

　사내는 조롱 섞인 소리로 말했다. 명진이 물끄러미 바라보자 사내는
바짝 다가와서 송곳 같은 날카로운 눈초리로 그를 쏘아보았다. 사내
의 눈총이 어찌나 매섭던지 명진은 시선을 바닥으로 깔아버렸다. 사내
가 알아듣지 못할 일본말로 뭐라 시부렁거렸다.

　― 이제 알아듣겠나? 김일성일 몇 번 만났어?

　― 무슨 얘길 하는지 대관절, 모, 모르겠습니다.

　― 하, 아직도 모르겠다고? 그럼, 내 더 착실히 알려 주지~

　사내는 뚫어져라 쏘아보던 시선을 거두고 허리를 일으켜 세운 다음
뒷짐을 지더니 주위를 몇 바퀴 맴돌았다. 명진은 순간 머리가 혼란스
러워지기 시작했다. 대체 무슨 구실을 잡아 이토록 엄청난 얘기를 서
슴없이 쏘아대고 있다는 말인가. 명진의 시선은 사내의 그림자를 따라
흔들리고 있었다.

　사내의 그림자는 그의 앞쪽에서 멈추었다. 전등이 그의 머리 위쪽에
매달려 있었던 탓인지 사내의 그림자가 바닥에 깔려졌다. 명진은 사내
를 빤히 올려다보았다. 그가 사내를 올려다보는 순간 사내의 구두굽이
그의 무릎을 찍었다. 그는 아이쿠, 순간적인 신음소리를 토해내며 사
내의 발 앞에 나동그라졌다. 사내는 넘어진 명진을 매우 숙련된 동작
으로 잡아 일으켜 세워 의자에 다시 앉혔다.

　― 너 히다시이찌조 다방은 알겠지?

　― 예에?

　명진은 난데없는 물음에 깜짝 놀랐다.

- 이 새끼 설마 이것까지 시치미 뗄 생각 하고 있냐? 히다시이찌조 다방 알지?

- 알고 있습니다만, 그게 무슨 문제라도~

자꾸 불길한 생각이 들었다.

- 너 거기서 누굴 만났어, 새끼야!

사내의 목소리가 고막을 찢었다. 새끼야! 라는 소리는 좁은 벽에 부 딪쳐 마치 메아리처럼 그의 귓전에서 맴돌았다. 가만 있자. 히다시이찌 조 다방이라면 일본 교토에 있는 다방이 아닌가. 그 다방이라면 출판 관련 일로 장지하 선생을 만나기 위해 딱 한 번 갔던 것밖에 없는데~ 것도 단둘이 만난 게 아니라 다른 일행과 함께였지 않은가 말이다.

- 장지하 선생을 만났습니다.

- 하, 이런 첩자 놈들~

평생 듣기 싫어했던 말이 튀어나왔다.

- 아니, 처, 첩자라니요?

- 임마, 너 장지하란 놈이 누군지 몰랐어?

명진은 마치 미쳐서 정신이 달아난 사람처럼 고개를 내저었다. 대체 장지하란 사람이 누구란 말인가. 그저 재일교포 2세로 일본 내에서 잊 혀진 조선의 역사를 탐구하는 재일사학자란 사실밖에 더는 모르는 일 이었다.

- 그놈은 북한 고정간첩이란 말이야~

- 예에?

고정간첩이란 말에 다시 한번 놀랐다.

- 이 새끼, 능청 떨고 있어.

- 난 모르는 일이요. 일본에 묻힌 조선의 역사에 대해 몇 마디 나눴

을 뿐이란 말입니다.

사내가 그의 뒷덜미를 내려치며 머리를 붙잡아 다시 물탱크로 끌고 가서 머리를 물속에 처박았다. 단숨에 숨이 막히자 그는 물탱크에서 빠져나오려고 덫에 걸린 산짐승처럼 발버둥 쳤다. 그의 코와 입으로 숨이 멎을 정도로 물이 들어가고 나서야 사내는 물탱크 밖으로 그의 머리를 꺼내놓았다.

명진은 의식을 잃은 상태에서 물이 흥건한 시멘트 바닥에 내팽개쳐져 쓰러져 있었다. 어찌 사람의 탈을 쓰고 같은 사람에게 이토록 무자비한 고문을 할 수 있다는 말인가. 아무리 생각해도 장지하란 사람이 북한 고정간첩이라는 말은 이해되지 않았다.

― 장지하를 만나 무슨 밀담을 나누었나?

― 제발 사람 잡지 마시오.

목에 칼이 들어와도 권력 앞에 무너지지 말자고 다짐했다.

― 너 언제 장지하란 놈을 알게 되었지, 어잉?

― 서울 세미나에서 장지하 선생을 처음 만났습니다.

그가 기억하고 있는한 어떤 것도 속일 생각은 없었다.

― 너 장지하한테 활동비 받은 적이 있지?

― 아니 처, 천만에~

활동비라니 정말 가당찮은 말이었다.

― 허어 이 새끼 아직도 정신을 못 차렸어~ 너 같은 운동권 출신들은 이 맛을 봐야 정신을 차린다는데 어디 한번 실험이나 해 볼까~ 하요고 니 아버지란 작자가 난리통에 뭐? 북쪽 인민군 앞잡이가 되었어? 아 나 이거 원초적인 빨갱일세 그려~

사내는 제풀에 화를 잠재우지 못하고 버럭 소리를 질렀다. 다시 사내는 명진에게 무릎을 꿇은 상태에서 다리를 곧추 펴도록 했다. 이번에는 대체 어떤 고문을 하려는 것인가. 그의 바닥에 깔려 있는 다리를 사내는 무지막지하게 짓밟아버렸다. 그는 비명소리와 함께 까무러치며 정신을 잃고 말았다. 구타와 고문으로 목숨이 달아난다고 하더라도 간첩이란 말은 입술 끝에 매달지 않았다. 의식을 굳건히 세우자. 정신을 똑바로 차리자. 죽을지언정 나약한 의식의 굴절을 겪지 말자.

명진은 감옥에서 끝내 저항하다 숨을 거둔 독립투사들의 강한 의지가 존경스럽다는 생각이 들었다. 정신이 깨어나서야 사내로부터 '쪽지펴기'라는 고문을 당했다는 것을 알았다. 저들은 마치 고문의 기술자들처럼 온갖 고문을 실험하듯이 가해왔다. 하지만 명진은 어떤 고문에도 죽음을 불사하며 굴복하지 않았다. 명진이 집에 돌아온 것은 보름만이었다.

보름 동안의 구타와 고문을 견디어냈던 자신이 자랑스럽다는 생각도 들었다. 부숴진 장난감처럼 만신창이가 되어 집에 돌아왔을 때 아내와 어머니는 우물에서 물을 길어 올려 정화수를 떠놓고 비손을 하고 있었다. 명진은 죽지 않고 돌아온 것은 자신의 의지가 아니라 아내와 어머니의 치성 때문이라고 생각했다.

4

지긋지긋한 군사정권이 막을 내리고 있었다. 박정희 시대를 출발점으로 시작된 군사정권은 전두환, 노태우 정부를 거치면서 기나긴 질곡의 역사를 이어갔다. 역사의 수레를 되돌린 군사정권은 국민의 머리

위에서 그 국민의 인권을 조이는 독재정부에 다름 아니었다.

박정희의 군사정변에 이은 장기집권, 유신 선포, 전두환의 12.12 군사쿠데타, 계엄령 선포, 언론통폐합, 삼청교육대 창설, 민주화 운동 탄압, 노태우의 6.29선언 음모, 선거 전 KAL폭파사건, 군 출신 대거 등용, 국가보안법 확대, 3당 합당, 민간인 불법사찰……등 이러한 군사정권의 반역사적 발자취는 대다수 국민들의 민주주의에 대한 열망을 송두리째 짓밟았다. 이승만의 장기집권, 독재, 부정부패, 부정선거 등을 더하면 무려 반세기를 넘게 국민들의 자유와 권리를 억압하고 짓밟았던 반역사적 정권이었다.

김영삼 대통령이 당선되면서 국민들이 바라던 '문민정부'가 들어섰다. 김영삼은 자신의 정부를 아예 '문민정부'라고 명명했다. 취임과 동시에 청와대 앞길을 개방했다. 청와대로 통하는 인왕산도 개방했다. 공직자의 부정부패를 바로 잡고자 공직자 재산공개를 하도록 하고 금융실명제를 도입했다. 문민정부는 이렇게 국민의 숨통을 조금씩 트이게 해주었다. 무엇보다 12.12사태와 5.18을 주도한 세력을 단죄했다. 전두환, 노태우 등 육사출신들 중심으로 은밀히 구성되어 신군부세력의 중심이던 사조직 하나회를 척결했다. 이러한 결과 김영삼 정부 이후 군부의 정치 간섭은 사실상 엄격히 금지되었던 것이다.

문민정부가 들어서면서 명진은 정애와의 사이에 사내아이를 낳게 되었다. 군사정부 때는 망설여지던 아이를 편안한 마음으로 품에 안게 되었다. 이제 더는 국민의 머리 위에서 호령하는 정부가 아니라고 생각했다. 어머니는 손자를 품에 안고 감격의 눈물을 흘렸다.

– 이제 죽어 혼백이라도 네 아버지를 떳떳이 볼 수 있겠구나.

– 어머니, 아버지를 한번 수소문 해 볼까요?

― 세상이 바뀌었다고 해도 네 아버지 문제는 조심스러운 문제 아니냐?

― 손자도 태어났는데 뭐가 두렵습니까? 정말 아버지가 북쪽에 살아 계신다면 한번 찾아볼 만은 하지 않습니까?

― 아니다. 어미 맘이사 네 아버지가 백 번 천 번 그립고 보고 싶다만 저놈들 일을 생각하면 끔찍해서 말이야. 죄 없는 우리들만 또 다치지 않겠느냐?

아버지에 대한 그리움은 날이 갈수록 가슴 깊은 곳에 침잠해 있었다. 아이가 커갈수록 아버지에 대한 그리움이 커가는 것은 어인 일이란 말인가. 어머니 역시 담벽 너머 뒷산을 바라보시는 모습이 더욱 잦아졌다. 문민정부 이후 명진은 사상서보다 문학 등의 단행본 출판에 집중했다. 출판시장이 호황은 아니었지만 그럭저럭 사무실의 유지는 할만했고 때에 따라서 아내에게 생활비도 쥐어줄 수가 있었다. 한편으로 정애가 중학의 국어 선생으로 재직하고 있어서 생활 형편은 무난한 편에 속했다.

김대중 정부가 들어서고 얼마 지나지 않아, 명진은 아버지가 북쪽에 확실히 살아계실 거라는 믿음을 갖게 되었다. 국군포로로 반평생을 북쪽에 갇혀 살다 두만강을 건넜다는 김철수란 노인은 남쪽 사회에 국군포로들의 실상을 생생히 전해주었다. 김철수 노인은 강원도 금화지구 전투에 참여하던 중, 중공군의 공격으로 포로가 되어 북쪽의 시설로 옮겨졌다고 했다. 그 시설은 중공군이 운영하던 곳이었고, 국군과 미군 부상병들이 수용되어 있었다. 부상당한 몸을 치료받고 북한군 통제 하에 있는 평남 강동군의 한 포로수용소로 이동되었다. 포로가 된 군인들이 장차 어떻게 되느냐는 물음에 중공군 장교는 국제법대로 쌍방의 포로가 교환될 거라는 대답을 해주었다는 것이었다.

하지만 시간이 많이 흘렀는데도 도무지 포로들은 남쪽으로 보내지지 않았다. 이에 저항하는 군인들이 자고 나면 보이지 않는 일까지 일어나고 있었다. 김철수 노인을 비롯하여 수 백 명의 국군포로들은 어느 광산에서 추운 겨울을 보냈다. 물론 광산에서 노예처럼 일을 했고, 이때는 이미 쌍방 포로 교환이 끝난 상태였던 것이다. 까닭모를 일은 어디서 몰려오는지 국군 포로들이 그곳 광산으로 수도 없이 끌려왔다. 이렇게 끌려온 국군 포로들은 뿔뿔이 나뉘어 다시 다른 광산으로 배치되었다. 김 노인은 들어오는 길은 있어도 나가는 길은 없다는 함경도 단천의 금덕광산으로 보내졌다고 했다.

포로들은 낮엔 죽도록 일을 했고 밤엔 정치학습을 받아야 했다. 인민군들은 김일성이 인민해방을 주도했고 북쪽에 공산정권을 수립했으니 이제 희망찬 나라가 될 것이라고 세뇌를 시켰다고 했다. 인민군들은 국군포로들을 해방전사라 명명하여 인민군복까지 입혔다. 왜 돌려보내주지 않느냐는 포로들의 물음에는 상부의 지시라는 변명을 늘어놓을 뿐이었다. 반발하는 포로들은 공개비판을 받고 처형되는 경우도 비일비재했다는 것이었다.

명진은 신문을 통해 김철수 노인의 소식을 접하고 은밀히 만나볼 생각을 하고 있었다.

– 여보, 아직은 시기상조 아니에요?

– 무슨 소리, 세상이 바뀌었는데 뭐가 두려워~

– 아무리 문민정부라지만 안기부는 시퍼렇게 눈을 뜨고 있잖아요.

아내의 이런 태도와는 달리 어머니의 태도는 완전히 달라졌다. 문민정부 들어 손자도 얻었으니 아버지 생사를 한번 수소문해보자는 명진의 말에 여전히 도리질을 해대던 어머니가 아니었던가. 하지만 포로군인이던 김철수란 노인이 남쪽으로 탈북해 입국했다는 소식을 접하고 당장 그를 만나러 가자며 성화를 댔던 것이다.

－ 당장 돌아온 국군포로를 만나러 가자. 깟 거 세상이 바뀌었어도 나라에서 가타부타 말이 없으니 목마른 놈이 우물을 파더라고~

－ 어머니, 듣자니 전쟁통에 붙잡혀 북쪽으로 끌려간 포로군인들이 엄청나게 많답니다. 그러니 아버지 소식 너무 기대는 하지 마세요.

－ 네 아버지 때문에 모진 수모를 당하고도 반평생을 꼿꼿이 버텨왔다. 그저 난리통에 네 아버지 흔적이라도 기억하는 사람 만나면 내 더는 뭐를 바라겠느냐. 난리통에 총 맞아 죽지 않구 살아서 북쪽에서 인민군 앞잡이가 됐더라도 그저 살아만 남았다면 여한이 없지~

어머니는 끝내 말을 맺지 못했다. 명진은 아내의 만류가 있었음에도 어머니의 한을 조금이라도 풀어주는 것이 자식의 도리라고 생각했다. 김철수 포로군인의 소식을 처음 공개한 한 신문사의 기자가 마침 대학 후배여서 탈북한 포로군인을 어머니와 함께 만날 수가 있었다.

－ 어르신, 시간을 내주셔서 감사합니다.

명진이 고개를 숙여 정중히 인사를 했다. 어머니는 마치 무슨 잔칫집에 가기라도 하는듯 분홍색 한복을 곱게 차려입고 몸단장을 했는데 탈북군인이라는 수척한 노인을 만나자 눈물부터 흘리고 있었다.

－ 나는 국군포로가 맞수다. 북쪽에도 가족이 있어 이 사람 저 사람 만나 얘기하는 거를 끔찍이 싫어하오. 그래도 나마저 입을 다물어버리면 국군포로들의 억울한 사연을 누가 증언해 주겠나 싶어 큰맘 먹은 거야요.

세월이 많이 흐른 탓에 북쪽 말투를 버리지 못한 노인의 눈가에도 아침 이슬처럼 촉촉한 물기가 번져 있었다. 명진이 어머니의 흔들리는 어깨를 진정시키며 노인에게 물었는데 순간 노인의 당황해하는 모습에서 물었던 것을 후회했다.

- 아 북쪽에 가족을 두고 오셨습니까?

- 거야 뭐~

하며 잠시 말을 잇지 못하던 노인의 모습에서 두고 온 북쪽 가족에 대한 미안스러움과 북쪽에서 가족을 이루어 죄인이 되고 말았다는 복잡한 감정을 느낄 수가 있었다.

- 고향에 돌아가고 싶지 않은 사람 어디 있겠소. 하지만 이 핑계 저 핑계 대더니 강제로다 북쪽 공민증도 내어주더란 말이오. 그러더니 거 기업소 사람들이 처자들을 알선해서 강제로 혼인까지 시켰잖소. 당시 남쪽으로 돌아오지 못한 포로군인들은 대개 북쪽 공산당 놈들한테 그런 식으로 억류당한 겁네다.

명진은 묵묵히 고개를 끄덕거렸다. 어머니는 탈북군인 김철수 노인의 말에 하염없이 눈물을 흘리고 있을 뿐이었다. 노인의 말을 듣는 내내 미리 준비한 손수건으로 연신 눈가를 훔치면서 한 마디도 놓치지 않으려는 듯이 시선을 떼지 못했다. 기업소 사람들이 북쪽 여자들과 강제로 혼인까지 시켰다는 노인의 말을 들을 때는 실망스런 기색이 역력해 보였다.

- 북쪽에 남고 싶었던 군인들이 있었습니까?

- 아니 무슨 말을 하고 싶어 그러는 게요? 남쪽에 가족이 있고 처자식이 있는데 누가 북쪽에 남고 싶겠는가 말이우다.

노인은 말도 안 된다는 듯 도리질을 했다.

- 예에~

- 포로 심사나 한번 제대로 받아 보았다문 내 그런 말을 들어도 억

울하지 않겠수다.

얼마나 한이 맺혔는지 노인의 눈가에 눈물이 맺혀 있었다.

— 어르신, 공연히 마음 상하게 해드려 죄송합니다.

— 북쪽에 처자식 두고 몇십 년을 넘게 살아오면서도 내래 기회만 나면 남쪽 고향에 돌아가고 싶었단 말이오.

김철수 노인의 목소리는 형언할 수 없는 아픔을 가슴에 품고 있는 듯이 들렸다. 어머니 역시 그런 아픔을 느꼈을 것이다. 어머니는 가슴을 움켜잡은 채로 마치 반세기 전에 헤어진 남편을 만난 듯 흑 흑 흐느끼고 있었다.

— 난리 끝난 지 20여 년이 되었을 때 나뿐만 아니라 포로군인 출신 동지들의 가슴이 한껏 부풀었던 적이 있었소. 아아, 이제 남쪽 고향에 돌아갈 수 있으려나 보다 했는데 그저 봄날 개꿈이 되고 말았어. 남쪽에서 이후락이란 사람이 그저 북쪽 공화국에 밀사로 파견되어 와서 북남 비밀회담을 했던 모양이더만~

하지만 남북 비밀회담은 무용지물이 되고 말았다는 것이었다. 상상조차 하지 못할 비밀회담까지 이끌어내고 공동성명을 발표했지만 국군포로들의 간절한 꿈은 이루어지지 않았다고 했다.

— 그 후로도 내래 근 30여 년을 기다렸단 말이오. 그저 조국을 지키다 붙들려 노예처럼 살고 있는 포로군인들을 조국에서 내몰라 하진 않을 거라고 생각했단 말입네다. 하지만 믿었던 김대중이조차 북쪽에 와서리 국군포로에 대해서는 한마디도 언급하지 않았단 말이오.

김철수 노인은 국가에 대해 배신감을 느꼈다고 했다. 남쪽의 대통령이 북쪽에 왔는데도 납북자 문제는 물론 포로군인에 관한 한마디의 언급을 하지 않았다는 것이었다. 김철수 노인은 설상가상 굶주림과 질병으로 아내마저 잃자 자식들에게 미리 미안함을 알리고 목숨을 걸고 탈북을 감행했다고 했다. 김철수 노인의 얘기에 귀를 기울이던 어머니가 혀를 쯧쯧 차며 조심스럽게 입을 열었다. 아마 노인을 단걸음에 찾아온 어머니가 가장 묻고 싶었던 말일 것이었다.

   – 포로군인 중에 혹시 이병기라는 군인을 보지 못했소?

   – 국군 포로가 한둘이 아닌데 내 그 이름들을 어떻게 다 기억하겠습네까?

노인은 마치 전란의 현장 속으로 빨려들기라도 하듯 지그시 눈을 감고 있었다. 노인의 눈가에도 물기가 얼룩지고 있었다. 어머니가 아득한 옛날의 기억을 마치 활동사진처럼 되돌려보듯 조심스럽게 말을 꺼냈다.

   – 내 시집올 때 가져온 백색 호리병에 정화수를 가득 담아 주었는데~

어머니의 말꼬리를 흘리던 끝에 감았던 김철수 노인의 눈이 천천히 떠졌다. 그러더니 혀끝으로 입술에 연신 침을 바르고 있었다.

   – 병대 나간 남편이 서울수복 때에 잠깐 집에 들렀어요. 뭐 어찌나 급박하던지 얼굴만 보고 헤어지는데 그저 앞마당 우물에서 두레박에 물을 길어 호리병에 가득 담아줬지요. 목이 마를 때 아껴 마시라고 버선발로 걸어 나와 당부를 했어요. 아 머 와르르 쾅 와르르 쾅 포탄 터지는 소리가 땅을 흔들어대는데~

어머니는 더는 말을 잇지 못하고 손수건을 든 두 손으로 얼굴을 가렸다. 매캐한 화약 냄새가 마치 코에 스치는 느낌이었다. 어머니는 마치 그날의 순간처럼 이마에 굵은 땀이 흘러 번졌고 코를 실룩거리면서 호흡은 급해지고 있었다. 순간 김철수 노인의 시선이 강렬한 번갯불의 줄기처럼 번쩍였다. 명진은 지금껏 살아오면서 그때의 김 노인의 시선처럼 강렬한 눈빛을 느껴보지 못했던 것 같다는 생각을 했다. 지하실에서 구타와 고문을 하던 수사관들에게서도 그런 강렬한 눈빛은 느껴보지 못했던 것 같았다.

— 백색 호리병이라 하였소?

— 어르신, 뭐 떠오르는 거라도~

명진 역시 긴장이 된 나머지 말을 끝까지 잇지 못했다. 노인을 향한 그의 물음에 어머니는 손수건으로 이마의 땀을 훔치는 것도 잊은 채 손수건을 손에 돌돌 말아 쥐고 가슴을 졸였다. 그는 지금까지 어머니의 모습에서 이토록 간절한 표정을 본 적이 없었다. 어머니는 숨 쉬는 것도 잊은 채 목을 쑤욱 빼내어 노인의 얼굴을 뚫어지게 응시하고 있었던 것이다.

— 철원 어디 최전방 전투였지 아마~ 치열하게 밀고 쫓기고 그저 골짜기 하날 넘을 때마다 인민군들이 득시글거렸지~ 며칠 치열하게 싸우다 보니 수통에 다들 물이 떨어졌는데 웬 병사 하나가 각시가 담아준 거라면서 백색 호리병을 허리춤에서 꺼내 거기에 담긴 물로 동료들의 입술을 적셔주니 와아! 함성을 내지르고 그저 병사들이 생기가 돌아~

— 아이구나 맞네, 맞아. 우리 집 양반이 맞는 모양이네. 그래 함께 살아서 북쪽으로 올라간 거 맞지요?

노인의 대답을 기다리는 어머니는 잔뜩 긴장한 얼굴로 안절부절못하고 있었다.

— 거 본진이 압록강 부근까지 일사천리로 진군을 하였지~ 우린 그저 함흥 언저리에서 승승장구를 하며 북진을 하지 않았겠소. 한데 김일성이란 놈이 중국에 지원요청을 한 거이야. 개미 떼 같은 중공군이 밀고 내려오는데 어찌 견디나, 함흥철수 명령이 떨어지더구마는~

노인의 머릿속에 50여 년 전의 기억이 펼쳐지는 모양이었다. 한동안 까마득한 기억을 더듬는 듯 말을 잇지 못했다. 명진은 그 노인과 함께 사라진 아버지의 흔적을 찾아 세월을 거슬러 올라가는 느낌이 들었다.

― 내 운명은 바로 거기에서 결단이 났어～ 우린 함흥철수 때 합류하지 못해 중공군 포로가 되어버린 거야요.

― 아이구나～ 우리 집 양반도 그쪽하고 함께 포로가 되었겠구료.

어머니의 눈가에도 다시 눈물이 맺혀 있었다.

― 백색 호리병을 허리춤에 매달고 다닌 그 병사가 그 집 양반인지는 모르오만, 포로수용소에서 나하고 한동안 같이 지낸 거는 맞아요. 내 이름도 생각 안 나고 얼굴도 잘 떠오르지 않지만～

노인은 잠시 눈을 감고 회상에 젖어드는 듯했다.

― 이름은 이 짜 병 짜 기 짜 이 병기, 한번 잘 생각해 보세요, 어르신～

― 네 아버지가 맞는데 이름이 뭔 대수냐, 어여 뭘 좀 더 얘기해 주오～

어머니는 지난 세월의 간극을 좁혀들어 아버지를 요술이라도 부려 당장 데리고 나올 기세로 재촉하고 있었다. 김철수 노인의 얘기를 듣고 명진 역시 그 병사가 아버지임을 충분히 짐작하고도 남았다. 전쟁통에 잠깐 만나 헤어지는 순간 아버지를 향해 애절했던 어머니의 심정을 뼈저리게 느낄 수 있을 것만 같았다.

― 우린 원해서 북쪽으로 간 게 아니오. 인민군 정치장교라는 놈이 상황이 역전되어 다시 서울을 탈환했다는 거야. 남쪽 가족을 살려줄 테니 인민군에 입댈 하라고 겁박을 하더라구～ 처음에는 그저 오기로 다들 버텨보았지만 먹을 것을 주질 않아～ 죽느냐 사느냐 기로에서 하나둘 그저 인민군에 입댈 한 거이야～

노인은 인민군에 자원해서 입대한 것이 아니라고 극구 힘을 주어 말했다. 남쪽에 남은 가족을 살리기 위해 선택한 길이며 굶어 죽지 않기 위해 불가항력적으로 선택한 길이었다. 포로군인들은 여기저기 광산으로 흩어졌다는 것이었다. 낮엔 한 치 앞도 보이지 않는 지하 막장에서 일을 하고 저녁엔 정치학습을 받았다고 했다. 국군포로의 희생자들임에도 불구하고 남쪽 정부로부터는 어떤 도움도 받지 못했다는 것이었다. 한 달 두 달 하던 것이 일 년 이 년 길어지더니 반평생을 넘겼다고 했다.

죽더라도 고향에 가서 죽자는 생각에 중국을 왕래하던 보따리장수를 따라나선 것이었다. 두만강을 어렵게 건너서 중국 공안들을 피해 연길지역으로 이동했고, 그곳에서 조선족 브로커들을 만나게 되어서 만난 지 일주일 만에 그 브로커들을 통해 남쪽의 부모형제 소식을 들었다는 것이었다.

김철수 노인으로부터 얻은 아버지에 대한 소식은 적어도 전쟁 중에는 아버지가 전사하지 않았다는 사실이었다. 포로수용소에서 아버지가 한동안 노인과 함께 지냈다는 사실은 명진은 물론 어머니를 흥분시키기에 충분했다. 그동안 중앙정보부나 안기부의 태도를 봐도 북쪽에 아버지가 생존해 있을 것이라는 믿음은 있었지만 그들로부터 확인한 아버지란 존재는 변절자로 둔갑한 부끄러운 아버지였다. 하지만 노인으로부터 확인한 아버지는 변절자가 아니라 인민군에 의해 희생된 아버지요 정부가 버리고 포기한 불쌍한 아버지였다.

노인을 만나고 집으로 돌아오는 내내 어머니는 눈물을 흘리셨다. 명진은 이제 본격적으로 아버지의 행방을 수소문해보자고 마음먹었다. 노인으로부터 전해들은 조선족브로커들에 대한 소식은 남편을 만나고 싶고 아버지를 만나고 싶은 가족들에게는 놓칠 수 없는 단단한 밧줄 하나를 잡은 셈이었다. 북쪽에서 국경을 넘어 남쪽으로 내려온 탈북자들이 많이 있다는 사실을 알고 있었지만 이제까지는 명진이 맘대로 만날 수가 없는 입장이었다. 아버지가 변절자가 아니라는 노인으로부터 알게 된 사실은 이제 남쪽에 정착한 탈북자들을 자유롭게 만나도 거리낄 게 없다는 믿음을 주었던 것이다.

5

명진은 아버지가 살아있다는 확신으로 백방으로 힘을 써서 브로커들을 만나게 되었다. 탈북해서 남쪽에 10여 년을 살고 있다는 동씨라는 사람은 중국 교포 브로커들과 은밀히 내통해서 북쪽 아버지의 흔적을 찾기 시작했다. 성명, 생일, 주소, 가족 등에 대한 정보를 빠짐없이 적어 동씨에게 건넸다. 동씨의 행동은 매우 민첩했다. 동씨와 은밀히 만나 몇 번 얘길 나누고 아버지에 대한 정보를 건넨 지 두 달이 채 되지 않아 동씨는 놀라운 소식을 전해주었다. 아버지가 북쪽에 살아계신다는 것이었다. 평안북도 지방에서 가정을 꾸리고 살고 있으며 아내와 아들, 며느리까지 있다고 했다.

명진은 마음이 조급한 나머지 한 시도 지체할 수가 없었다. 하루빨리 아버지에게 소식을 전하고 싶었다. 당장 동씨를 불러 여비를 건네고 손자 찬열이까지 박힌 가족사진도 건넸다. 어머니는 어머니대로 남편에 대한 사무친 그리움이 담긴 장문의 글을 편지지에다 적었다. 명진은 아들의 이름으로 얼굴도 모르는 아버지에 대한 송구스러움을 또박또박 눌러 편지에 적었다. 이산가족 상봉행사를 통해 하루빨리 상봉을 하자. 이산가족 상봉이 힘들면 중국 땅에서라도 은밀히 한번 만나자는 간절한 소망을 적었다. 동씨에게 건넨 여비에다 아버지에게 드릴 봉투에 상당한 액수의 달러까지 챙겨 넣었다.

이렇게 해서 동씨가 명진의 편지를 들고 북쪽을 향한 지 얼마 안 돼 답장을 받았다. 너무 뜻밖에 벌어진 일에 대한 놀라운 감회와 아내와 아들에 대한 미안함에 대해 개발새발 눌러쓴 편지와 가족사진이었다. 아버지가 북쪽에서 낳았을 이복 아우 명호의 모습이 담긴 빛이 바랜 사진이었다. 사진 속에는 아버지가 북쪽에서 만난 아내의 모습은 담기지 않았다. 명진은 남쪽 어머니에 대한 아버지의 미안한 심정이 보내온 사진 속에 담겨 있다는 것을 느낄 수 있었다.

명진의 끈질긴 노력에도 불구하고 이산가족 상봉은 쉽게 성사되지 않았다. 하지만 뜻밖에도 북쪽 가족이 상봉을 신청하게 되어 극적으로 제18차에 이산가족 상봉을 하게 되었다. 상봉장에서 명진은 아버지를 끌어안고 하염없이 울었다. 전쟁통에 헤어진 뒤 50여 년 만에 아버지를 만난 어머니는 처음에는 정신을 놓고 말았다. 아버지의 야윈 몸의 움직임은 북쪽의 감시 탓인지 부자연스럽게 보였다. 기억에도 없을 아들의 존재를 바로 곁에 두고 울음조차 제대로 울지 못한 아버지를 생각하면 가슴이 먹먹할 뿐이었다.

첫째 날 단체상봉을 할 때는 주위의 눈치들을 살피느라 맘껏 마음을 털어놓지 못했다. 둘째 날 개별상봉 시에 아버지는 명진의 뺨을 어루만지며 끅 끅 울었다. 어머니는 한복을 곱게 차려입고 젊은 그 날의 설렘으로 아버지를 맞았지만 지난 세월이 한스러운지 내내 울음을 멈추지 못했다. 어머니는 한사코 아버지의 가슴만을 쥐어뜯을 뿐이었다. 아버지는 민망함 탓인지 죄책감 탓인지 아무 소리도 하지 못하고 그저 어머니의 어깨를 다독여주었을 뿐이었다.

공동중식 때는 먹음직한 음식을 두고 아버지는 주위의 눈치를 봤다. 음식 하나하나에 다가가던 굵은 매듭의 손가락이 떨렸고 젓가락질 자체도 망설임이 묻어 있었다. 주위를 쭈뼛쭈뼛 살피던 아버지의 행동은 분명 누군가의 감시를 받고 있는 듯했다. 개별상봉 시에 명진이 손으로 입을 가리며 아버지에게 귓속말을 했다. 북한 사람들이 이쪽 남한에 2만여 명이 넘게 국경을 넘어와서 자리 잡고 살고 있다고. 명진의 이 같은 말에 아버지는 손사래를 치고 머리를 좌우로 세게 흔들었다. 동남아 몇 나라를 거쳐 북한 사람들이 넘어와서 돈을 벌어 북한 가족들에게 돈을 대준다는 말을 할 때 아버지는 화들짝 놀라면서 주변의 눈치를 살피는 모양이었다.

명진은 어색한 분위기를 환기시키려고 재빨리 가족사진을 꺼내 아버지한테 보여주었다. 손자 찬열이가 아이돌 가수의 춤을 흉내 내는 사진도 아버지한테 보여주었다. 가족사진을 하염없이 살펴보던 아버지의 눈에서 뜨거운 눈물이 흘러내렸다. 손자의 사진을 보면서 아버지의 몸은 격정적으로 흔들렸다. 겉으로 드러낼 수 없는 오열이 어떤 것인지 명진은 그때 알 수 있었다. 어머니나 아버지나 반세기란 세월이 야속하게 흘러 이제 몸도 마음도 세상의 끝에 닿아있는 가혹한 운명 앞에서 한 마디 저항도 하지 못하고 숙연하게 울음으로 받아들이고 있을 뿐이었다.

마지막 작별상봉의 날에 아버지는 작정한 말이라도 되는 냥 울먹이며 어서 통일을 해서 북쪽의 이복아우와 만나기를 소망했다. 장대히 통일을 해서 형제들이 하나가 되어 광화문에서 핏줄 상봉하는 날이 와야 할 텐데 하며 눈시울을 붉혔다. 어머니와 아버지 두 분이 공교롭게 그런 생각을 했던 것일까. 살아서는 이제 다시 만날 수 없다는 것을 아는 터에 주름지고 핏기없는 손을 서로 부여잡은 채로 죽어 혼백이라도 만나자며 손을 놓지 못했다.

명진은 아버지의 모습을 더는 볼 수 없을 거라 생각하고 마지막 헤어지는 순간까지 아버지의 모습을 하나라도 놓치지 않고 눈에 담으려는 듯이 바라보았다. 태어나 처음이요 마지막이 될 아버지의 모습을 눈이 시리도록 가슴에 새기는데 야속하게도 작별의 순간이 다가오고 있었다. 흐느낌 속에 흘러나오는 아버지의 마지막 음성은 광화문이었다. 광화문에서 만나자라는 말이었는데 어머니는 이미 혼절한 상태였다. 전쟁통에 헤어지던 마음보다 어쩌면 작별상봉 하고 나서 헤어지는 아픔의 무게가 더 컸을지도 모른다. 살아서는 영영 마지막이 될 수밖에 없는 순간의 아픔은 그 어떤 말로 표현하기 어려울 것이었다.

아버지와 이산상봉을 하고 나서 몇 년이 지나 어머니는 돌아가셨다. 얼마나 한이 맺혔으면 헤어지던 그때처럼 6월 25일 새벽에 조용히 운명했다. 명진은 북쪽의 가족에게 재게 편지를 썼다. 약간의 달러와 함께 남쪽의 역사책도 몇 권 넣어 동씨한테 전했다. 그리고 얼마 지나지 않아 극적으로 북쪽의 아우와 통화를 하게 되었다. 무엇보다 놀란 것은 아버지의 부음에 관한 소식이었다. 그저 나이 드신 아버지의 평범한 부음이었다면 세월이 흘러 수명이 다한 흔한 부음처럼 그렇게 놀라지 않았을 수도 있었다. 하지만 무슨 약속이나 한 것처럼 어머니와 같은 날 같은 시각에 운명을 하였다는 소식에 한꺼번에 물밀 듯이 밀려오는 시린 감정에 북받쳤다. 이산상봉 때에 광화문에서 만나자라는 약속을 전쟁 중에 헤어지던 날처럼 했던 것처럼 아버지는 죽어서야 광화문에서 만나자는 약속을 지켰던 것인지도 모른다. 명진은 어머니와 아버지의 혼백이 자유로운 나비의 영혼이 되어 광화문 위로 훨훨 날아오르는 모습이 보이는 듯했다.

그날, 아버지의 부음을 전하는 북쪽 아우의 목소리도 사뭇 떨렸다. 아우의 목소리와 마찬가지로 태어나서 한번 만나보지 못한 아우의 목소리를 듣는 명진의 목소리도 공연히 북받쳐 올랐다.

― 아우야, 아버지는 어떻게 운명을 하셨느냐?

― 예, 그저 며칠간에 기력이 빠지더니 편안히 눈을 감았지요.

북쪽 아우의 목소리가 무덤덤하게 들렸다.

― 그래 특별히 남기고 가신 말씀은 없었느냐?

― 그저 남쪽 성님을 한번 만나보라 하시더만요.

아우는 이제야 약간 울먹이는 듯했다.

― 어 그래~ 아우야, 이제 그럴 날이 오겠지~

― 광화문에서 만나자던 략속 이제 북남의 피를 나눈 형제들이 꼭 지켜 달라면서 숨을 몰아 쉬드만요. 그러고서니 주무시듯 편안히 눈 감았시오.

― 어 그래, 아우가 고생이 많았겠구나. 명호야, 형이 하나 꼭 묻고 싶은 게 있는데~

명진의 눈가에 이미 눈물이 그렁하게 맺혀 있었다. 말꼬리를 흐릴 때 그의 목소리는 이미 흐느낌이 되어 있었다.

― 아니 지금 우십네까? 흐음~ 뭐가 그저 궁금하십네까?

아우 역시 말소리에 물기가 묻어 들렸다. 명진이 북받치는 감정을 곧추 추스르며 물었다.

― 혹시 아버지 유품 중에 백색 호리병을 보았느냐?

― 백색 호리병이요? 아 술병처럼 생긴 목이 가느다란 항아릴 말씀

하시나 보누만요. 거 백색 항아린 그저 오랫동안 장독대에서 눈비를 맞고 있었지요. 아버지 돌아가신 뒤에 내래 유골 담은 항아리하고 아버지가 애지중지 매만지던 백색 항아리를 바람벽 학갑 속에 건사해 두고 있지요.

아우가 역시 아버지의 핏줄임을 새삼 깨닫는 순간이었다.

— 아니 소중한 백색 호리병을 장독대에 두다니~

— 거 남쪽 성님은 모르는 말씀 마시라요. 우덜이 조선공화국에서 어찌 제대로 살아 왔겠는지 말이요. 아버진 남쪽에 탯줄을 묻은 반쪽 신분이란 말이오. 공화국 보위부 감시요원들이 호시탐탐 고리눈을 하고 있는데 그저 작은 도자기 하나 곱게 간수하자치면 영락없이 압술 당한다 말입네다.

아우의 목소리가 마치 형인 자신에게 하소연을 하는 듯이 들렸다.

— 그래, 알았다 아우야. 아니 난생 처음 피를 나눈 형제끼리 소식을 나누면서 어찌 역정을 내니~ 건 그렇고 언제 중국 쪽에서라도 한번 만나볼 수가 있겠느냐?

— 아니 거 성님이래 어찌 겁대가리가 없시오? 우덜 신분에 중국 땅에 들어가서리 남쪽 성님 만났다치면 이거 영락 반동지꺼리란 말입네다.

아우의 말을 듣고 북쪽에서도 아버지의 핏줄은 고통을 당하고 있다는 생각이 들었다.

— 아니 아우야, 역정을 내지 말래두~ 아니 아버지 성질 닮았대두 어찌 이렇게 역정을 내니? 거 북한 사람들 중에 여기 남한에 내려와서 잘 먹고 잘사는 사람들이 2만여 명이 넘는다는구나. 우리 핏줄이 조선 천지에 또 어디 있니? 아우가 남쪽으로 내려올 수는 없겠느냐?

말이 안 되는 줄 알면서 명진은 이런 말을 꺼내고 말았다. 핏줄에 대한 감정이 가슴속에서 끓어올라 성급해진 마음 탓이었다.

― 성님, 고저 그딴 소리 하지 말라우요. 우덜이래 김정은 위원장 밑에서 잘 먹고 잘 살고 있다 말입네다. 남조선이래 어데 핵덩이 하나라도 있습네까?

명진이 흥분된 나머지 얘기를 하다 보니 이야기의 내용이 엉뚱한 데로 흘러가고 있었다. 하지만 아우의 당돌한 대꾸에 명진은 형으로서 반드시 알려주고 싶은 말이 있었다.

― 아우야, 너가 모르는 소릴 하는구나. 우리마저 핵덩일 가지게 되면 우리 땅 천지가 어떻게 되겠니? 우리가 핵덩일 만들지 못해 보유하지 못한 게 아니라 평화를 위해 갖지 않는 거야~

명진은 우리가 핵을 갖지 않은 이유를 국제사회의 평화를 빌려와서 알아듣게 설명했다. 하지만 아우의 응대는 매우 과격한 상태로 접어드는 모양이었다. 통일이 되면 남한 사람들이 북한 사람들을 먹여 살려야 해서 남한 청년들이 잔뜩 겁을 먹고 있다는 얘기에서부터 접경지역에서 대북비방 방송을 하며 삐라를 살포하는 문제까지 언급했다.

말을 하는 내내 아우의 감정이 격앙된 상태여서 명진은 응대하면서도 일부러 핏대를 세우지 않았다. 아우는 미제니 자본주의 반동이니 사상에 관해 핏대를 세우면서도 한사코 자존심을 세우려고 애를 쓰는 모양이었다. 그런 와중에도 아우는 끝내 남쪽 형님의 원조를 요청했다. 명진은 피를 나눈 형으로서 힘이 닿는 데까지 도움을 주겠다는 말과 함께 북쪽 작은 어머니의 건강을 묻고 제수씨와 조카들에 대한 안부를 물었던 것이다.

그런데 당혹스러웠던 것은 이후 얼마 되지 않아 북쪽의 아우로부터 뜻밖의 전화를 받았기 때문이었다. 아우와 은밀히 통화를 하면서 아버지의 부음을 들었던 날로부터 아마 1년 여쯤 지났을 때의 일이다. 아우는 갑자기 전화를 하여 형수의 안부를 묻고 조카의 안부를 물었다. 그리고 곧장 달러가 급히 필요하다며 도움을 요청한 것이었다. 통일이 되면 무슨 수를 써서라도 갚겠다고 몇 번 다짐을 했다. 그런 다짐을 했던 것을 보면 어지간히 상황이 급했던 모양이었다. 하지만 명진은 아우의 부탁을 정중히 거절했다. 아니 어쩌면 거절하기 위한 비겁한 변명이었는지도 몰랐다. 북쪽에 달러를 부치는 자체가 위법임을 강조했다. 그 자신 또한 남쪽에서 반쪽 신분임을 또박또박 밝혔다. 또한 남쪽 속담에 돈거래는 부모자식간에도 하지 않는다는 궁색한 변명도 늘어놓았었다. 아내의 말처럼 북쪽에 사는 이복 아우를 위해 매번 도움을 줄 수도 없는 일이었기 때문이었다.

　명진은 북쪽의 아우를 생각하면 공연히 얼굴이 화끈거렸다. 아우 역시 남쪽의 형을 생각하면 자신처럼 얼굴이 화끈거릴까? 이복형제로 만나 공연히 자존심을 내세우고 꿈처럼 아득히 여겨지던 통일에 대한 감상에 젖어들었던 자신이 유치하게 느껴질 뿐이었다. 차라리 아우의 몸이 아파죽게 되었다거나 조카들의 학비나 건강을 운운했다면 덜컥 달러를 보내주었을지도 모를 일이었다.

　하지만 아우는 어떤 이유였는지 몰라도 자세한 설명도 하지 않고 그저 딱 한 번만 더 도와주기를 요청했다. 북쪽의 주민들 생활이 어느 정도일 줄은 모르는 바가 아니었지만 아우는 그런 중에도 남쪽 형에게 자존심을 지키려고 무던히 애를 쓰는 모양이었다. 달러에 대한 난처한 순간을 통일이란 밑도 끝도 없는 얘기로 명진이 난처한 순간을 모면하려 할 때 아우의 입에서 터져 나온 말은 명진의 머리통을 한 방 제대로 먹이는 꼴이 되어버렸다. 명진의 진지한 통일론과도 같은 얘기에 아우는 달나라 올라가서 방아나 찧는다는 얘기로 치부하고 나섰던 것이다. 남북이 합치면 세계 최고가 될 것이며 통일은 대박이 된다고 명진이 열변을 토할 때 아우의 입에서 그가 생전 살아오면서 상상해보지도 못했던 말이 터져 나왔다. 남쪽에서 먹여 살려줄 테니 살림을 합치자고 해도 북쪽 주민들이 반드시 남쪽과 살림을 합치지는 않는다는 말이었다. 중국도 손을 벌리고 러시아도 손을 벌리고 일본도 손을 벌리고 있는 판국이니 왜 북쪽의 주민들이 남쪽으로만 내려가겠느냐 반문했다. 명진에게 아우의 이런 말은 핵폭탄보다 놀라운 말처럼 들렸다.

이런저런 생각에 밤이 꽤 깊어 있었다. 그나저나 아우는 지금 어디에서 무슨 생각을 하고 있을까. 남쪽 형에 대해 원망의 마음을 지니고 있는 것은 아닐까. 연로한 작은 어머니의 건강은 괜찮은가. 제수씨와 조카들은 지금 편안한 잠을 자고 있을까. 별의별 생각들이 가지를 치고 올라왔다.

— 여보, 아무래도 아우한테 무슨 일이 있는 모양이야.

— 아니 또 북쪽 사람들 얘기에요?

아내는 이복 아우의 얘기를 아주 듣기 싫어했다.

— 지난밤 꿈에 아우가 제수씨하고 조카들을 들쳐 메고 허겁지겁 뛰는 게 영~

— 영국 대사관 외교관으로 근무했다는 그 탈북한 태 아무개 공사 얘기 듣고 너무 예민해서 그러는 거 아녜요?

명진을 바라보는 아내의 시선이 차갑게 느껴졌다.

— 아냐, 내 요즘 이상하게 비슷한 꿈들을 꾸는데~ 아니 어떨 때는 거 김정남이 있잖어? 김정은이 배다른 형, 자꾸 그 김정남이가 쫓기는 꿈도 꾼다니까~

– 아니 이 양반이~ 북쪽 아우야 내 핏줄이니 그렇다 쳐도 거 김정은 이 배다른 형에 꿈을 어째 당신이 꿔요? 너무 예민하게 굴지 마세요. 어머니 돌아가셨고 북쪽 아버님 돌아가셨으면 이제 다 끝난 일이에요.

아내는 이복 아우와 얽히는 것을 끔찍이 싫어했다.

– 쯧, 쯧, 어찌 당신이 그런 말을 하나? 난 이제부터 시작인데 다 끝난 일이라니 나 원 참~

– 여보, 제발 당신 대에서 끝내요. 찬열이한테까지 악연의 끈을 물려주지 말란 얘기에요. 당신, 아무리 세상이 변했다 해도 사복들 보면 오금이 저린다 했잖아요. 또 언제 당신 발목을 붙잡을지 저놈들 속내를 어찌 알아요? 그러니 이제 제발 그 악연 끊어내자는 말에요.

– 아니 듣자듣자 하니까~ 내 소중한 핏줄이 어찌 악연이란 말이야! 어?

명진은 아내의 성화에 못 이겨 어렵사리 끊은 담배를 서랍의 안쪽에서 은밀히 꺼내 마당의 우물가로 나왔다. 하늘에는 달도 보이지 않고 아득한 어둠뿐이었다. 명진은 담배에 불을 붙여 길게 한 모금 흐읍, 하고 빨아들였다. 안개의 입자들이 소용돌이치고 있었다. 명진은 담배를 비벼 끄고 우물에서 두레박으로 물을 길어 올려 머리끝에 들이부었다.

제36장 철철 동지의 모험

1

압록강 려관은 자정이 지나서야 분주한 움직임에서 정돈이 되고 있었다. 객실의 불빛들도 하나둘씩 꺼지기 시작했고 복도 천정에 매달린 희미한 불빛들만 깜빡깜빡 졸고 있었다. 안내원들도 업무를 마감하고 필수 인원만 남은 채 다들 돌아갔다. 강철은 유니폼을 입은 채로 4층으로 올라갔다. 4층 3등실 구역 청결 담당인 동실 동무의 상황을 살펴보기 위함이었다.

동실은 하루종일 청결 담당하느라 지쳤는지 복도 끝에 마련된 쪽방에서 코를 골며 잠들어 있었다. 강철은 동실의 벌렁거리는 코를 잠시 지켜보다가 묵묵히 고개를 끄덕이며 1층으로 내려와 휴게실에서 빠른 동작으로 유니폼을 벗었다. 강철은 사복으로 갈아입고 굳은 결심을 한듯 화장실 거울 앞에서 상대를 노려보는 자신의 모습을 한참동안 바라보았다.

강철은 자세를 낮춰 재게 압록강 려관을 빠져나왔다. 려관을 나온 강철은 상철이 동무 집을 향해 밤새도록 걸었다. 동실이나 만룡이 동무한테는 미안한 마음이었지만 강철로선 어쩔 수 없는 선택이었다. 아버지의 일만 봐도 지금 그들의 짓은 바위에 달걀 치기였다. 보위부 독거미들을 상대로 승산이 없는 싸움을 벌이려고 했던 짓이 곰곰이 생각할수록 어리석었다. 가랑잎을 이불로 삼고 바위로 베개를 삼아 잠을 잤던 고생이야 둘째 치더라도 전혀 승산이 없는 싸움이었다. 더군다나 상철이 아버지는커녕 보위부 독거미들의 모습조차 찾아보기 힘든 정도였으니 공연히 일만 하고 시간만 낭비하는 꼴이었다.

먼동이 트기 시작하자 고층살림집들의 차마당이 분주했다. 강철은 상철네 집에 들어가 반드시 상철 아버지를 만나야 된다고 생각했다. 승강기 운전공 녀성의 깜직한 유니폼이 상큼하게 보였다. 강철은 잠을 못자 파리한 얼굴로 운전공 녀성을 바라보았다.

– 몇 층 가오, 학생 동무?

강철은 얼른 상철 동무가 몇 층에 사는지 떠오르지 않았다.

– 못 보던 학생인데 어데 가려는 건가요?

– 저 박상철 동무네 가려고 합니다.

호수戸數를 대지 못하고 겨우 이름을 말했다.

– 아 상철 학생동무네~ 근데 거기는 어떤 일로 이래 일찍 가려 하는 가요?

– 급한 용무가 있습니다.

강철의 입술이 타들었다.

– 급한 용무라면 내 먼저 구내교환련락선으로 련락을 취할 테니 잠시 기다리오.

승강기 운전공이란 직업은 조선공화국에서 간부의 딸자식들이나 맡을 수 있는 인기 높은 직업이었다. 승강기 운전공은 무엇보다 몸이 편안한 직업이었고 배경이 좋은 여성이란 뜻이 담겨 있었다. 승강기 운전공의 일이란 사실 아무짝에도 쓸모없는 일이었다. 하지만 공화국에서는 모든 주민들에게 일자리를 하나씩 맡겨야 하니 이런 운전공이라는 직업까지 생겨난 터이었다.

– 학생동무, 이름이 뭐인가요?

– 아~ 김, 김강철이에요.

운전공의 물음에 강철은 말까지 더듬어대고 있었다. 그의 이름을 확인하더니 승강기 운전공은 구내교환련락선에 대고 뭐라 말을 하더니 강철을 승강기에 태우고 7층 버튼을 눌렀다. 승강기운전공의 주된 임무는 손님이 층수를 얘기하면 버튼을 눌러주는 일이었다. 승강기 한 대에 두 명의 운전공이 교대로 일을 하고 있었다.

　- 학생 동무, 혹시 급한 용무가 무언지 내게 말해 줄 수 있어요?

　운전공은 자신의 책임을 다하려는 듯 꼬치꼬치 물었다.

　- 운전공 동무한테 설명하기 복잡합니다. 어째 그걸 묻습니까?

　- 아, 아니에요. 그저 급한 용무라기에~ 호호~

　7층 복도에 내리니 상철이가 문을 열고 현관문 앞에 나와 기다리고 있었다. 상철은 너무 이른 시간에 뜬금없이 찾아온 강철의 모습에 상당히 당황한 눈치였다.

　- 첫새벽에 어인 일이냐, 강철 동무~

　- 상철 동무 아버지 집에 있나?

　강철은 잠시라도 뜸을 들일 생각이 없어 바로 물었다.

　- 내 아버질 동무가 어이 찾나?

　상철은 보지 못한 사이 키대가 몰라보게 커졌는데 열심히 공부를 했는지 얼굴은 파리했다. 상철의 손에는 두툼한 책이 들려져 있었다. 김종대에 가려고 과외선생까지 집에 들였다는 소문이 사실인 모양이었다.

　- 동무 아버지한테 불피코 드릴 말이 있어~

　- 아니 너 따위가 내 아버지한테 무슨 드릴 말이 있다는 거야?

　- 상철이 동무? 나더러 너 따위라니~

　강철은 몰라보게 달라진 상철의 태도에 당황했다. 상철의 시선이 강철에게 송곳보다 날카롭게 꽂히고 있었다.

　- 참이 동실이 동무들하고 함께 어울려 다닌다면서?

– 그야 한때 얘기지 지금은 아니란 말이야. 상철 동무 내래 시간이 없어, 동무 아버질 당장 만나게 해 달라. 아주 중대한 문제가 있어서 그런다 말이야~

이때, 현관 앞의 소란스러움에 안쪽에서 군복을 갈아입고 옷매무시를 정리하던 상철의 아버지가 방안신실내화을 신은 채로 현관 앞으로 나왔다.

– 안녕 하세요, 상철이 아버지~

강철은 상철의 아버지를 보자 몹시 당황한 나머지 몸을 크게 숙여 겁신 인사를 했다. 상철 아버지는 강철의 존재가 별로 달갑잖다는 듯이 입을 열어 말을 하지 않고 무슨 일이냐는 듯이 턱을 치켜들었다.

– 상철이 아버지 내래 중요한 정보를 드리려고 이렇게 일찍 찾아 왔습니다.

– 뭐이 중요한 정보?

상철 아버지의 표정이 뜨악했다.

– 예, 상철 아버지. 내 정말 중요한 정보를 드릴 테니 장마당 우리 매댈 찾아 주시라요.

– 네가 지금 정보를 가지고 보위부 간부한테 거래를 하러 왔다 이런 말이냐?

상철 아버지는 분명 가소롭다는 듯이 말을 하며 입술을 실긋거렸지만 강철은 주저하지 않고 응대를 하고 있었다.

– 예, 상철 아버지가 불피코 알아야 할 정보란 말입니다.

– 상철아, 넌 어이 들어가 공부하라. 한 짬도 아쉬운 시간 아니나?

– 예, 아버지.

상철이 강철을 향해 날카로운 시선을 쏘아준 다음 안으로 들어가자 상철이 아버지가 다시 말을 하기 시작했다.

－ 아 나, 그래 내래 알아야 할 정보라는 게 뭐이야? 어디 날래 말해 보라우~

－ 장마당 우리 매델 찾아 주겠다고 략속을 먼저 해주십시오.

강철이 진지한 목소리로 말했다.

－ 아 나 임마, 밑도 끝도 없이 어떻게 략속을 하니? 내 공화국 보위부의 최고 정보를 취급한대는 반탐과란 말이야. 아니 너 같은 학생 따위가 관절 무슨 정보를 가지고 아침 까치도 아니고 이래 지저대고 있나? 어잉?

－ 상철이 아버지, 내 정보 무시하지 마시라요. 내 정볼 무시하다가는 상철이 아버지 그저 뿔 빠진 황소 꼴이 될 거라 말입니다.

강철이 담담하게 말했다.

－ 아 나 이런, 아침부터 뿔 없는 소꼴이란 말을 듣다니~ 임마, 글쎄 그 정보라는 게 뭐냐니까~ 뭐 장사를 하더래두 상품을 보여주고 나선 거래를 트는 게 이치 아니더나? 어서 말해 보라우~

－ 상철이 아버지 잡겠다고 압록강 려관에 첩자가 숨어들었습니다.

첩자라는 말을 하면서 강철의 가슴이 떨렸다.

－ 아니 압록강 려관에서 나를 잡아? 누가 나를 잡는다 말이니?

－ 지금 동실 동무가 첩자로 잠입했다 말입니다.

상철이 아버지는 여전히 가소롭다는 표정이었다.

－ 하하하~ 너들이 어른 가지고 소꿉장난하니? 아니 얼굴 동그란 동실이 놈이 첩자로 압록강 려관에 잠입을 했다 이 말이나? 하아 요놈들 보라~ 뭐 첩자? 동실이 놈이 누구에 첩자란 말이니? 아 나 요런~

상철이 아버지가 입술을 말아올려 비웃음을 쳤다.

— 압록강 려관에 드나드는 독거미 놈들 잡겠다고 벼르고 있단 말입니다. 그러니 상철 아버지도 조심하시라는 말씀입니다.

— 야 새끼 너 썩 꺼지라. 아니 상철이 동무라고 내 봐주니깐 두루 어린 넘들이 보위부 간불 아주 우습게 보누나. 에이~

상철 아버지가 승강기에 올라타자 강철 역시 대뜸 승강기에 올라탔다. 상철 아버지가 승강기 운전공 녀성에게 호통을 쳤다.

— 거 아칙부터 어찌 애들을 함부로 승강기에 태워 올리고 그러나?

— 상철이 동무가 올려보내도 된다기에 그만~

승강기 운전공 동무의 목소리가 심히 떨렸다.

— 이보, 승강기 운전공 녀성 동무, 상철이 오마니한테 뭐 정보 보태 준 거 있나?

— 아, 아니랍니다. 오해하지 마시라요.

운전공 동무가 펄쩍 뛰고 있었다.

— 거 누구가 여게 왕래하는지 일절 함구하란 말이야. 내 저번 날에 당부를 하지 않았나~

— 예~ 명심하겠습네다.

강철은 차마당을 돌아나가는 상철이 아버지의 자동차를 물끄러미 바라만 볼뿐이었다. 동무들을 배반하고 여기까지 온데는 상철이 아버지에게 몹시 기대를 했었기 때문이다. 그런데 뜻밖에 아무런 소득도 없이 쪽바가지신세가 되어 문전박대를 당한 것이었다. 강철은 압록강 려관으로 다시 돌아갈 면목이 서지 않았다. 동실 동무를 무슨 렴치로 쳐다볼 것인가. 강철은 뻔뻔한 사람이 된 기분 탓에 얼굴이 화끈 달아올랐다.

강철은 분한 마음이 가슴속에 가득찬 채로 한없이 걸었다. 강철은 공화국에서 무슨 희망을 꿈꾸며 살아갈 수 있을지 아득할 뿐이었다. 보위부 독거미들을 만나면 한바탕 대거리라도 해야 억한 마음이 풀릴 것만 같았다. 강철은 하루종일 정처 없이 이리저리 쏘다녔다. 걷지 않으면 공연히 심장이 벌렁거려 오히려 쓰러질 것만 같았기 때문이었다. 압록강 려관으로 다시 돌아갈 생각은 아예 하지 않았다. 곰의 발바닥처럼 철면피가 되기는 싫었기 때문이었다.

강철이 사라진 것을 알면 동실 동무는 얼마나 놀랄까? 경험도 없는 강철을 안내원으로 뽑아준 지배인의 실망감은 생각의 대상이 아니었다. 온종일 탈탈 굶은 채로 거리를 헤매고 다녔지만 강철의 발걸음은 압록강 려관으로 향하지 않았다. 가을 햇살에 투명한 날개를 하늘거리며 무리지어 허공을 날고 있는 가을 고추잠자리보다 자신의 처지가 더 처량하다는 것을 새삼 느끼고 있는 터였다.

어느 동네의 길모퉁이에서 강철은 멀리 우뚝 솟은 회색빛 영생탑을 바라보았다. '위대한 김일성 동지와 김정일 동지는 영원히 우리와 함께 계신다'는 빨간 문구가 인민들의 머리 위에서 찬란히 빛나고 있었다. 조선공화국의 곳곳에 세워진 영생탑은 인민들의 의식을 세뇌화하는 우상화의 상징물이었다. 김일성, 김정일이 죽지 않고 공화국 인민들과 영원히 함께 계신다는 말로 신격화하고 있는 것이었다. 공화국에 종교가 있다면 바로 김일성, 김정일을 우상화하는 것이 유일한 종교라고 할 수 있었다.

공화국에서 김일성, 김정일의 신격화는 영생탑으로 끝나는 것이 아니었다. 영생탑은 물론 모자이크 벽화, 김일성, 김정일 동상 등도 공화국 인민들의 의식을 틀어잡는 강력한 상징물이 되고 있었다. 특히 우뚝 솟은 영생탑은 멀리에서도 바라볼 수 있어 주민들의 의식을 존재

자체만으로 틀어잡았다. 영생탑은 머리 꼭대기에서 공화국 인민들을 감시하고 있었다. 전기 사정이 열악한 공화국의 깜깜한 밤에도 김일성, 김정일 부자父子의 동상만은 호화롭게 빛났다. 전기 사정이 열악해 칠흑 같은 밤에도 김 부자의 동상은 반짝반짝 눈을 부라린 채로 인민들을 감시하고 있었다.

하루하루 살아가는데 고달픈 주민들은 눈을 부릅뜨고 있는 김일성, 김정일 부자의 동상을 바라보면서 누구나 한 번쯤 한숨을 짓곤 했을 것이다. 깜박깜박 흔들리다 전기가 끊어지는 현상은 공화국 주민들이 겪는 일상이 되어 있었다. 하지만 김일성, 김정일 부자의 동상에는 결코 불이 꺼지는 일이 없었다. 만약 김 부자의 동상에 불이 꺼졌다면 그건 김 부자 동상 관리원의 처형을 의미하는 것이었다.

공화국에 저항하는 인민들이 없는 것은 아니었다. 공화국의 횡포에 숨통이 막혔던 인민들 가운데는 영생탑을 폭파시키려는 시도를 했던 사람도 있었다. 공화국 인민의 주권조차 누리지 못하고 억압받고 살아온 사람들 중에 대담한 용기를 냈던 사람들이었다. 그들은 질소비료를 채운 휘발유통을 자동차에 싣고 와서 폭파를 시도했다.

김 부자의 동상에는 경비를 세워두었지만 영생탑에는 경비가 없기 때문에 그들은 영생탑을 노렸을 것이다. 영생탑 주변이 정전으로 어두워진 것도 범행의 좋은 기회가 되었을 것이다. 공화국은 이후 영생탑과 김 부자의 동상 주변에 경비를 강화하는 모양이었지만 범행을 노리는 이들에게 언제나 허술한 순간은 오게 마련이었다.

김정은의 초상화도 새로운 모습으로 변화하고 있었다. 무엇보다 초상화가 대형화되고 있었다. 지금까지 보지 못할 정도로 대형화된 초상화가 주석단이나 행사장의 벽면에 내걸리고 있었다. 인민들은 이렇게 대형으로 걸린 김정은의 초상화를 일컬어 태양상이라 불렀다. 지금까지의 초상화가 근엄한 모습의 초상화였다면 태양상은 태양의 모습처럼 활짝 웃는 모습을 하고 있었다. 이렇듯 태양상 초상화는 조선공화국에서 김일성 영결식 때를 시작으로 등장하게 되었다고 한다. 이것은 김일성을 태양처럼 신격화한다는 조선공화국의 의도였던 것이다. 이후 김정일 태양상 초상화가 등장했고 급기야 김정은 태양상 초상화도 등장하게 되었던 것이다.

김일성과 김정일을 완전히 태양과 동격화 하는 상징적인 의식이었다. 김일성은 주체의 태양이요 김정일은 선군의 태양으로 신격화하는 것이었다. 김일성과 김정일의 태양상이 이들이 죽은 다음 등장했던 것과 달리 김정은의 태양상은 젊은 나이로 생존하고 있는 현재 시점에 등장했다는 점에서 주목할 필요가 있을 것이다. 여기에는 조선공화국 인민들에게 일찌감치 김정은을 신격화하고 세뇌화하려는 계획이 도사리고 있음이었다.

이렇듯 조선공화국 김정은 정권의 행태는 공화국 인민들에게 지도자의 이미지 그것도 세계적 지도자의 이미지로 부각시키기 위한 전략이며 전술이었다. 문제는 세계의 지도자 이미지를 지향하면서 한쪽에서는 핵으로 무장하는 것이 진정으로 전쟁을 억제하는 힘이 된다는 논리로 포장하고 있다는 점이었다. 그러면서 조선공화국의 인민들에게 태양복을 누리는 세계 최강의 인민이란 감언리설甘言利說을 늘어놓고 있는 것이었다. 조선공화국의 인민들이 김정은 태양상 아래에서 마치 십자가 아래에 무릎 꿇은 교인들처럼 진정으로 받들고 존경하고 있을지는 아무도 모르는 일이었다.

영생탑 부근의 사위가 많이 어두워졌을 때 강철은 마음속에서 일어나는 분노를 다스리지 못해 돌멩이를 집어 들었다. 이따금씩 지나가는 주민들의 시선을 의식하면서도 강철의 대담한 용기는 어디에서 비롯되었는지 몰랐다. 강철이 영생탑을 향해 집어든 돌멩이를 던지려고 힘껏 오른손을 치켜들었을 때였다.

　－ 이보 학생 동무~

　하고 저쪽 어둠 속에서 어떤 청년의 거친 목소리가 들렸다. 강철은 파들짝 놀라 당황하면서도 태연한 척 돌멩이를 주머니 속에 집어넣었다. 강철이 진정으로 놀란 것은 지금부터였다. 어둠 속에서 강철을 향해 모습을 드러낸 거친 목소리의 주인은 바로 다리를 심하게 절뚝거리는 장애인이었다. 스무 살쯤 되어 보이는 그 청년은 목발을 짚고 있었다. 강철이 자세히 보니 다리 하나가 많이 불편한 모양이었다.

　－ 영생탑에 돌멩이를 던지려 했나?

　－ 아, 아닙니다.

　강철은 아무 일도 없었다는 표정으로 고개를 저었다.

　－ 방금 학생 동무가 팔을 힘껏 쳐드는 걸 보았는데~

　－ 거 생사람 잡지 마십쇼. 왜 사람을 의심하고 그럽니까?

　영생탑에 돌멩이를 투척하는 죄가 어떤 죄인지 모르는 사람은 없을 것이다.

　－ 하하하~ 내 목에서 겨불내가 나는 듯 달아오르는데 어찌 학생 동무가 목대를 세우고 그러나? 거 돌멩이 이리 내라.

　하면서 장애인 청년이 집어 뜯듯 강철의 주머니에서 돌멩이를 낚아챘다. 강철은 난데없는 장애인 청년의 행동에 당황한 나머지 어~ 어~ 소리만을 연발하고 있었다. 장애인 청년의 이어지는 말에 강철은 더욱 놀라고 있었다.

─ 소아척수마비 않은 나보다 동무의 신세가 못할까~ 기껏 한 대는 행사 좀 보라.

─ 어찌 남의 일에 간섭을 합니까?

강철이 괜히 화가 나서 청년에게 덤빌 듯 말했다.

─ 아니 앞길 활달하게 트인 학생이 어찌 무모한 짓을 하려 하나? 그저 나 같은 병신이야 죽어 자빠져도 여한이 없을 테인데~

─ 왜 그런 말을 하세요?

강철은 청년의 태도에 친근감이 느껴져서 살짝 마음을 열었다. 그러나 청년에게 이런 위로를 하는 강철의 마음은 쓰라릴 뿐이었다. 공화국에서 장애인의 생활이 어떻다는 것을 모르지 않기 때문이었다. 공화국의 참담한 의료 현실 때문에 태어난 아이의 열에 여섯 명은 사망할 정도였다.

만약 태어난 아이가 몹쓸 장애를 가졌다면 어떤 부모라도 가슴을 쥐어뜯으면서 태어난 아이를 엎어버리거나 나무 밑에 묻으려고 했다. 공화국에서 장애인은 손가락질을 받으며 사람대접을 결코 받을 수가 없기 때문이었다. 평양 같은 핵심 거리에는 장애인이 어떤 이유로도 돌아다닐 수가 없는 실정이었다.

─ 나 같은 병신이야 태어날 때 바닥에 엎어질 생명이었는데~ 오마니가 그저 몰래 숨어 날 이렇게 키워댔지 않음~

청년 역시 처음의 거친 태도와는 달리 울먹이는 소리를 흘렸다.

─ 한데 왜 죄인이 되려 합니까?

─ 이렇게 태어난 몸이 그저 죄인이 되었지 않나~ 내래 부끄럽기도 하구 화도 나는데~ 견딜 수가 있어야지~ 그저 김일성 민족이야 다른 민족보다 우월해야 하는 거인데~

― 키워준 오마니 생각해서 열심히 살아야지요.

강철은 마치 어른처럼 장애인 청년을 향해 의젓한 말을 했지만 이런 말이 공화국 현실에 맞지 않음을 누구보다 잘 알고 있었다. 장애를 가진 아이가 태어나면 쥐도 새도 모르게 없어지는 것이 공화국의 현실이고 보면 강철의 위로는 뻔한 말장난에 다름이 아니었다. 위로가 되지 못한다는 것을 알기 때문인지 장애인 청년의 불만 섞인 넋두리질이 튀어나왔다. 청년은 그저 땅바닥에 철퍼덕 앉은 채로 넋두리질을 하고 있었다.

조선공화국에서는 장애인을 발견하면 주민들이 먼저 보기 흉하다며 욕을 하고 손가락질을 하곤 했다. 장애인들은 몰래 숨어 살거나 공화국 당국에 의해 강제로 이주 되어 수용소 같은 곳에 수용되어 살면서 사람대접을 받지 못하고 있었다. 공화국은 장애인을 체포해 평양지역 이외의 특별지역에 보내 장애의 유형별로 구분하여 짐승처럼 살게 하고 있는 것이었다.

만약 장애인끼리 결혼을 하더라도 아이는 낳을 수가 없도록 통제의 대상이 된다고 했다. 강철은 자신의 성격과 어울리지 않게 그 장애인 청년의 등을 두들겨 주었다. 그런데 이상하게도 장애인 청년의 처지와 비록 장애인은 아니지만 강철 자신의 처지가 비슷하다는 생각이 들었던 것이다. 공화국의 엄청난 힘이 그의 목을 짓누르고 있다는 생각이 들면서 강철의 목은 괜히 메어오고 있었다.

소아척수마비를 앓은 장애인 청년이 땅바닥에서 몸을 비틀비틀 일으켜 세우더니 강철의 주머니에서 빼앗은 돌멩이를 영생탑을 향해 던졌다. 그러나 청년의 몸이 중심을 잡지 못한 탓인지 돌멩이는 영생탑에서 한참 빗나가고 말았다. 강철은 본능적으로 땅바닥에 굴러다니는 돌멩이를 집어 들었다.

－ 어이 학생 동무, 진정하라～

－ 말리지 마십쇼. 나도 견딜 수가 없단 말입니다.

강철의 머릿속이 잠깐 혼란스러웠다.

－ 화가 치오르나?

－ 예에～ 아주 미칠 것 같단 말입니다.

강철이 머리를 쥐어뜯었다.

－ 미칠 것 같다고 성질을 부리면 아니 되지, 어여 돌멩이 거두라.

－ 아, 아닙니다. 깟거 한 번 죽지 두 번 죽습니까?

강철은 집어든 돌멩이를 영생탑을 향해 힘껏 던졌다. 강철의 돌멩이는 영생탑의 심장을 향해 날아가서는 퍽, 하고 둔탁한 소리를 내며 아래로 떨어졌다. 퍽, 하는 둔탁한 소음에 장애인 청년은 이마를 찌푸리더니 잠시 후 짝, 짝, 짝 박수를 쳤다. 강철과 장애인 청년은 동시에 칼, 칼, 칼 웃었다.

강철은 돌멩이가 영생탑의 심장을 맞추며 퍽, 둔탁한 소리를 낼 때 두려움보다 짜릿한 쾌감을 느꼈다. 장애인 청년이 찌푸린 이마를 펴고 짝, 짝, 짝 박수를 보낸 것도 강철과 같은 쾌감을 느꼈기 때문인지도 몰랐다. 청년이 비틀비틀 돌멩이를 집어 영생탑을 향해 다시 던졌고 이번에도 청년의 돌멩이는 영생탑의 턱밑에서 조롱을 당하듯 바닥으로 떨어졌다. 영생탑의 옆구리도 간질이질 못했다.

그러나 청년의 가상한 용기에 강철은 저도 모르게 흥분되어 박수를 쳐주었다. 강철과 청년은 이제 마치 거사를 치르는 동지라도 되는 냥 말투부터 달라져 있었다.

－ 아니 거 학생 동무, 우리 통성명이나 하자. 내래 혜산 사는 조만철

이라 하는데~

　- 혜산에서 여길 무슨 일로 왔습니까?

　장애인 청년은 겉으로 보이는 모습에 비해 말투는 아주 당당하게 들렸다.

　- 여 신의주에 동상 까부수는 인민들 모임이 있다 해서, 동까모라고~

　- 동까모, 듣도 보도 못한 얘깁니다. 나는 김강철이라고 합니다.

　강철의 마음이 이제야 조금 누그러지는 느낌이었다.

　- 허허 우리 그저 철 철 동지로구만. 이제부터 날 성님이라 부르라. 어이 철철 동지 싫은 기색이로구만~

　- 아, 아닙니다. 성님~

　강철은 난데없이 동까모니 동지니 성님이니 하는 분위기가 되어 입장이 난처했지만 장애인 청년을 실망시키고 싶지는 않았다.

　- 고맙네, 철철 동지. 난 말이야, 공화국에서 사람대접 한번 받고 살지 못한 게 한이 맺혀 있는 사람이야. 내 존재를 어느 누구도 알아주지 않아~ 깟거 그럴 바엔 차라리 죽어 자빠지는 게 낫겠다는 생각이 들더란 말이야.

　장애인 청년의 말은 사뭇 진지해 보였다. 강철은 만철이란 청년의 말에 묵묵히 고개를 끄덕여주었다. 공화국에서 장애인들이 어떤 수모를 당하며 살아가는지 알기 때문이었다. 조선공화국의 장애인들은 다른 민족보다 우월한 김일성의 나라라는 허상에 갇혀 온갖 수모를 당하고 있는 것이었다. 강철이도 장애인이 눈에 띌 때 저도 모르게 침을 뱉고 욕설을 입에 올린 적이 있었다. 공화국 인민들은 너나없이 장애인을 멸시했다. 인민들에게도 장애인들은 눈에 띄어서는 안 될 존재들이었다.

- 그래서 영생탑을 폭파하러 나온 겁니까, 성님?

- 왜 두렵나 동생?

강철은 청년의 물음에 고개를 끄덕이지도 않고 도리질도 하지 않았다. 그저 물끄러미 청년을 쳐다보고 있을 뿐이었다. 저 대담한 용기는 어디서 나오는 것인가. 장애인 청년이 설마 목숨을 내놓겠다는 각오를 했다는 말인가.

- 내 죽어서라도 영웅이 될 수 있다면 마땅히 저 영생탑을 폭파하고 말고~

- 풉 풉 풉~

장애인 주제에 죽어서라도 영웅이 될 수 있다는 희망을 꿈꾸다니 강철은 갑자기 웃음이 삐져나왔다.

- 학생 동무, 아니 동생, 어째 내 말이 우습나 말이야~

- 아 아니오. 영웅이란 말이 말공부^{공념불}만 같아서~

강철은 여전히 웃음기를 머금고 있었다.

- 허어~ 철철 동지가 그저 내 말을 가을 뻐꾸기 소리로 듣고 있대는 말이구만. 철철 동지, 내 비록 공화국에서 병신으로 태어났지만 내 짬수^{형편}를 알면 이 조만철이를 불피코 무시하지 못할 거야~

장애인 청년은 다부진 표정으로 퉤! 하고 침을 뱉었다. 불어오는 저녁 바람에 침이 강철이 얼굴 쪽으로 튀었고 강철은 옷소매로 쓱! 침이 튄 그 얼굴을 닦았다. 강철은 장애인 청년의 되알진 말에 더욱 관심을 갖기 시작했다.

- 성님 짬수가 어떻다는 말인데요?

- 들어보라, 동생. 오늘 내 귀 빠진 날이 아니겠나?

해골처럼 마른 청년이 활짝 웃었다.

- 오늘이 성님 생일 이예요?

- 어 동생 동무 척하니 알아 듣구 그저 귀문이 넓구나~

생일이란 말에 강철 역시 기분이 좋아졌다.

- 그래 락제국미역국은 먹었습니까?

- 흐응, 내래 소젖우유 맛이라도 보았다믄 이래 화가 나지 않겠지비~

청년은 뭐에 단단히 화가 나 있는 모양이었다. 남조선의 인민들은 먹을 것 천지에서 살고 있다고들 하는데 조선공화국 인민들의 입에는 먹을 것 대신 푸념만 늘었다.

- 에이 더럽다 증말~ 성님, 우리 영생탑 밑에 불장식조명도 꺼졌는데 저게 가서 똥이나 갈깁시다.

하는 강철의 말에 장애인 청년은 손을 쳐들어 순간적으로 강철의 뺨을 찰싹 소리가 나게 때리는 것이었다.

- 아악! 아이 왜 때려요?

- 아니 거 동생 동무래 머리가 좌뜬영리한 학생인 줄 알았는데~ 그저 맘이 급해서 손찌검을 하니 미안하게 되었다.

장애인 청년은 정말 미안하다는 듯 손을 비비고 있었다.

- 에이 씨~ 병신 주제에 뺨을 때리고 있어~

- 이런 간나 새끼, 학생 동무도 나 같은 병신은 사람 같아 보이지 않지? 내래 동생 뺨을 때린 거는 미안하게 됐어. 락제국 먹었냐는 데까진 견딜 만은 했지. 한데 난데없이 똥을 싸대자는 데는 이게 머리가 그냥 돌아버리는 거야. 뭐 먹는 게 부실해서 똥쑤칸변소 구경한 지가 며칠 되었거든~ 그래서 그냥 화가 올라온 거이야.

장애인 청년이 울먹이면서 말을 했다. 강철은 공연히 청년에게 죄를 지은 느낌에 어떻게 위로를 해줘야 할지 몰랐다.

- 성님, 오히려 내가 미안하게 됐습니다. 정말 잘못 했어요.

- 아냐 동생, 욕을 들어도 당 감투 쓴 놈한테 들으라고 했는데 나 같은 병신한테 욕을 들어 정말 미안해~

청년의 말은 정말 진지하게 들렸다. 강철에게 욕설을 한 것에 대해 장애인 청년은 정말 미안하다는 표정을 짓고 있었다.

- 에이 성님, 사내가 어째 눈물을 짜고 그럽니까? 공화국 영웅이 되고 싶다면서~ 나한테 욕한 거 일 없단 말입니다. 욕을 먹어야 오래 산대잖아요. 울 오마니 밥 먹듯 지껄인 말이에요.

- 에이 동생 동무 그저 효자 되기 글렀구마는~ 오마니더러 지껄인 대니 나 참 할 할 할~

- 캬 캬 캬~

그들은 누구랄 것도 없이 목젖이 보일 정도로 허심탄회하게 웃었다. 공화국의 밤하늘은 별들이 총총 드러날 정도로 맑아 보였다. 강철과 장애인 청년은 다시 돌멩이 하나씩을 집어 들어 영생탑을 향해 있는 힘 껏 돌팔매를 날렸다. 청년이 날린 돌팔매는 힘에 부쳐 영생탑 문턱에 떨어졌고 강철이 날린 돌팔매는 또 제대로 영생탑의 심장 부위로 날아 갔다. 강철의 돌팔매가 툭, 둔탁한 소음을 만들 때 그들은 덩달아 와 아~ 함성을 질렀다. 그런데 이 때 영생탑 부근 어디에선가 호륵 호륵 호루라기 소리가 들렸다. 강철은 장애인 청년을 놔두고 본능적으로 뛰기 시작했다.

2

동실은 하루종일 강철의 모습이 보이지 않아 적잖게 걱정이 되었다. 압록강 려관 지배인 역시 강철이 보이지 않는다며 동실에게 사정을 물었다. 지배인보다 강철의 행방에 대해 궁금한 사람은 동실이었을 것이다. 하지만 지배인에게 동실은 어떤 대답을 해주지 못했다.

― 너들이 여기 정말 일하러 들어온 놈들 맞나?

― 예, 맞습니다.

동실은 허리를 깊게 숙였다. 강철 동무를 생각하면 이제 화부터 치솟았다.

― 1층 휴게실에 유니폼까지 벗어 던졌던데~ 귀신 제 밥 먹듯 밥을 퍼먹은 걸 보니 구걸하러 들어온 것도 같은데~

― 지배인 선생님 믿어 주십쇼. 우리 열심히 일하려고 들어 왔습니다.

거짓말을 하는 동실의 낯바닥이 벌겋게 달아올랐다.

― 거 난쟁이 화상 같은 네들 동무 들락거리는 것도 수상쩍고~ 거 꼬마둥이 놈도 책가방 내팽개친 거 맞지?

지배인이 쯧, 쯧 혀를 찼다.

― 예, 지배인 선생님~

― 너들 다 한속통한통속이로구나. 허 요런 부랑자 놈들 보게.

― 부랑자는 아닙니다, 지배인 선생님.

지배인의 욕지거리가 귀에 거슬려 동실이 퉁명스럽게 대꾸했다. 동실의 대꾸에 화가 났는지 지배인이 동실의 뺨을 한 대 찰싹 소리가 나게 올려쳤다. 동실은 당장 대거리를 하려는 듯이 지배인을 노려봤다.

- 네들이 여 압록강 려관에 뭘 점탐정탐하러 왔을 리도 없구~

- 건짐작지레짐작 하지 마시라요. 점탐이라뇨? 아 아니 가당찮습니다.

동실은 화끈 달아오르는 뺨을 손바닥으로 부비면서 마구 도리질을 했다. 마음속에서는 지배인의 머리통을 한 대 쥐어박으라고 재촉을 하고 있었다. 동실은 동무들과 여기에서 일을 시작하면서 주도세밀주도면밀하게 일하러 들어온 목적을 속였다고 생각했다.

- 강철이란 너 동무는 도망을 친 게 맞아. 일은 하지 않고 밥도적盜賊이 되었으니 네가 동무 놈 몫까지 일을 해야지 않겠나?

- 예~

하고 동실이 대답을 했지만 마음속에서는 이미 여기에서 일할 마음이 떠나버렸다. 동실은 문득 어머니 걱정이 되었다. 보지 못한 며칠 새에 무슨 일은 없었는지 아들애로서 여간 염려된 게 아니었다.

동실은 4층 3등실 구역청소를 하는데 자꾸 속에서 구역질이 올라왔다. 멀짝한 밥을 랭수말이 하여 땅집의 똥쑤칸변소에서 허겁지겁 먹은 적이 있었다. 그럴 때에도 구역질 따위는 없었는데 갑자기 창자 속에서 마른 바람이 일어나 간질이는 듯이 자꾸 구역질이 올라오는 것이었다. 이날따라 만룡이 동무도 모습을 보이지 않는 데다 동무들 사이에 배반자로 인식된 참이 동무는 어디에서 무얼 하고 있는지 콧김조차도 감이 잡히지 않았다. 동실은 이미 독거미들의 모습조차 볼 수 없는 상황에서 자칫 목표에 접근하기도 전에 물이 가슴도리가슴둘레에 차고 넘쳐 코를 막을 것만 같았다.

까리기회를 보아 도망을 쳐야지, 하며 동실은 줄창 도망칠 생각을 다지고 있었다. 기회주의자라는 동무들의 손가락질을 받아도 소북간신小北奸臣이라 비양대는비아냥대는 소리를 들어도 당장 줄행랑이 가장 현명한 선택이란 생각이 들었다. 동실은 배에서 꼬르륵 소리가 나는 굶주림을 참아내면서 호시탐탐 도망칠 순간을 노리고 있었다. 낮전의 해가 하늘을 향해 활짝 포물선을 그리며 떠오를 때 동실은 4층 3등실 구역청결을 착실히 마치고 압록강 려관의 분위기를 마치 정보원처럼 염탐하기 시작했다.

어제의 손님이 나가고 새로운 손님을 맞이하기 위해 종업원들이 부산나게 움직이기 시작했다. 동실은 기회를 잡기 위해 유니폼을 벗어 복도 끝의 쪽방 한쪽에 처박아둔 채로 밖으로 나왔다. 이제 이대로 대문만 빠져나가면 그저 탈출에 성공하는 셈이었다. 초가을의 구름이 태양을 가려 압록강 려관 건물의 한쪽 모서리를 가릴 때 동실은 있는 힘껏 달려 정문을 빠져나왔다. 뒤도 돌아보지 않고 이마에 땀이 맺힐 때까지 앞만 보고 달리기 시작했다. 무슨 크나큰 죄를 지은 것도 아닌데 달려야만 하는 동실의 내속속내을 알아줄 사람은 공화국의 하늘 아래 아무도 없을 터이었다.

동실이 압록강 려관의 정문을 빠져나와 곧장 앞만 보고 달리는데 공화국 보위부 요원의 승합차가 동실의 앞에서 멈추었다.

— 야 조동실~

누구인지 날카로운 목소리가 동실의 이름을 외쳤다. 동실은 앞만 보고 달리면서 소리가 나는 쪽을 바라보았다. 대체 누가 동실이란 이름을 부른다는 말인가?

'아니 저 사람은 누구더라? 어데서 많이 봤던 얼굴인데~'

뜻밖에 노동교도대에서 만났던 보위부의 독거미 요원이었다. 그 독거미 요원이 잽싸게 조수석 문을 열고 뛰어나왔다. 동실은 반가운 마음이 아니라 공연히 불쾌한 생각이 들었다. 보위부에서 노동교도대의

5조 조장으로 위장시켜 은밀히 심어놓은 독거미를 이 횅한 거리에서 다시 보게 되다니 기분 좋은 일은 아니었던 것이다.

─ 어디로 뛰는 중이었나?

─ 아, 아닙니다.

동실은 갑작스런 복병에 사뭇 떨리는 목소리로 말까지 더듬었다. 보위부 요원들을 여기에서 만나게 되다니 아무리 발버둥 쳐도 심장을 내주는 꼴이었다.

─ 조동실, 거기 서지 못하나?

─ 왜 그럽니까?

동실은 날쌘 공화국 보위부 요원들을 무슨 수로든 당해낼 재간이 없었다. 순식간에 노동교도대 5조 조장이란 보위부의 독거미는 동실을 제압해버렸다.

─ 얌마, 줄행랑 쳐봐야 소용없는 일이라니까~

─ 왜 그럽니까? 혼자 뛰는 것도 죄입니까?

─ 얌마, 거는 예심取調을 해보면 알겠지. 어서 손 내밀어 새끼야~

동실의 손목에 차가운 금속성의 수갑이 채워졌다. 촉감 사나운 수갑이 동실의 손목을 조여 왔다. 보위부 독거미는 수갑과 연결된 쇠줄의 한쪽 끝을 승합차의 뒤쪽 손잡이에 결박시키고 있었다. 동실은 영문을 모른 채로 발버둥을 쳐보았지만 소용없는 일이었다. 동실을 태운 보위부의 승합차는 다시 압록강 려관을 향해 달리기 시작했다. 압록강 려관에 당도하자 동실을 승합차에서 내리게 했다. 관절 무슨 일로 독거미들이 들이닥쳐 동실을 체포한단 말인가? 그들의 계획이 혹시 노출된 것은 아닌가? 노출되었다면 관절 동무들 가운데 누구? 만룡의 말처럼 참이 동무가 정말 배반자가 되었다는 말인가?

– 어이 지배인 선생, 여게 김강철이란 학생 동무 있을 텐데~

– 그 학생 동무는 진즉에 도망치고 없습네다. 한데 어찌 그러십니까? 아니 우리 압록강 려관에서 청결 일을 하던 학생 동무를 어찌 이렇게 체포를 했단 말입니까?

지배인은 자신이 정말 뭐에 홀린 듯한 느낌이 들었다.

– 이놈들을 누가 여게서 일하도록 했습네까?

– 제들 발로 들어와서 막무가내 일을 시켜달라기에~

상황이 이렇게 되다보니 학생 동무들의 행동이 정말 수상쩍었던 것 같았다.

– 그래 이 나 어린 학생 놈들이 여게서 무슨 일을 했던 겁네까?

5조 조장이던 독거미가 지배인에게 꼬치꼬치 캐어물었다.

– 김강철 학생 동무는 안내원을 맡았고 조동실 학생 동무는 4층 3등실 구역청결 담당을 하였지요.

– 김강철 이놈은 지금 여게 없단 이런 말입니까?

독거미의 표정이 서늘했다.

– 예, 어제 아칙에 보니 유니폼까지 집어 던지고 종적을 감추었더란 말입니다. 한데 보위부에서 어찌~

– 이 반동 같은 동무들이 보위부 비리를 들춰내려고 여기에 가짜 취직을 했단 말입네다.

– 아니 언, 나 어린놈들이~ 우덜을 그저 낚시터 홀림 미끼처럼 감쪽같이 속여댔구나~

이제야말로 지배인은 허탈한 느낌이 들었다.

– 더 웃기는 거는 거 김강철이란 놈이 제 발이 저려 보위부 간부의 집에 찾아와 이실직고를 했다 이런 말이지요.

– 아니 내 참 별스런 일이~ 이거 그저 따분한 일도 아니구~

지배인은 생각할수록 학생 동무들이 괘씸하게 여겨졌다.

– 이게 왜 따분한 일이겠소. 참 살다 살다 낮전_{오전}부터 웃지 못할 희극을 놀다니 언~

동실은 5조 조장 독거미의 말에 깜짝 놀랐다. 강철이 동무가 압록강 려관에서 도망친 다음 상철네에 직접 찾아들었다는 말이었다. 참이 동무가 배반을 했더라면 만룡의 동무의 예언처럼 차라리 이렇게 당혹스럽지는 않을 터였다. 하지만 강철이 동무의 배신이란 사실에 동실은 창자가 속에서 뒤집히는 느낌이었다. 대체 강철은 왜 난데없이 도망을 쳐서 상철 동무네 집에 찾아가 이실직고를 했단 말인가.

동실을 태운 보위부의 승합차는 압록강 려관에서 차머리를 돌려 보위부를 향해 쏜살같이 달렸다. 승합차에서 끌려 내린 동실은 예전보다 더욱 무거운 압박감을 느끼고 있었다. 왜냐하면 참이 동무와 같이 보위부에 포획되어 왔던 간번과는 상황이 다르다는 것을 알고 있기 때문이었다. 발가벗은 몸으로 항문까지 까젖히며 마친 몸수색은 치욕스러울 정도였다. 몸수색을 마치고 보위부 지하 감방에 배정된 동실은 다시 한번 놀라지 않을 수가 없었다.

– 동실이 동무!

동실은 깜짝 놀랐다. 강철이 동무가 먼저 보위부 감방에 들어와 있었기 때문이었다. 동실은 놀라는 기색을 감춘 채 모진 마음으로 강철 동무의 **뺨따구니**를 척, 소리가 나도록 사정없이 후려갈겼다.

– 강철이 동무가 배반할 줄은 꿈에도 몰랐어~

– 동실 동무, 철부지한 짓을 해서 렴치없게 되었다이~

강철의 목소리는 힘이 없었다.

– 한데 우덜이 압록강 려관에서 몹쓸 짓을 하지 않았는데 왜 체포된 거니? 강철이 동무는 어데서 붙들려 온 거이야?

– 동실이 동무, 난 백암아오지 가게 생겼는데~

강철은 잔뜩 겁에 질려 있었다.

– 무슨 죄를 졌다고 백암을 간다 하니? 우덜이 계획은 세웠지만 개탕을 치고 말았는데 왜 백암을 가나? 난 죄가 없단 말이야~

– 죄가 없는데 독거미들이 어찌 동무를 잡아들이겠나? 이게 죄 상철이 아버지 짓이야~

상철이 아버지를 생각하면 이제 증오심이 타올랐다.

– 강철이 동무가 상철이 아버지 찾아가서 실토를 했다면서?

– 동실이 동무, 렴치없다 정말~ 압록강 려관에 있어봤지만 독거미 놈들 한 마리 얼씬하지 않았잖나~ 내 그래 일시적으로 딴 맘을 먹은 거이야. 그저 너들 배반해서라두 울 부모 장마당 매댈 찾아 드리고 싶었단 말이라. 공화국에서 아들애로 살아오면서 이젠 도리깨아들 소리 듣고 싶지 않았거든~ 동실 동무 정말 렴치 없게 됐어. 그저 동무가 맘껏 내 볼따귀뺨를 쳐대면 아니 되겠나?

강철은 미안한 나머지 동실 동무에게 뺨이라도 얻어맞고 싶었다.

– 일 없어~ 우덜 죄가 없잖나?

동실은 불순한 마음은 먹었지만 여전히 죄를 범하지는 않았다는 생각을 하고 있었다. 한때 상철 아버지의 지시를 받으며 소조원 노릇까지 했는데 피똥까지 싸댄다는 예심취조을 받기까지야 하겠나 생각하고 있었다. 하지만 이어지는 강철의 말에 동실의 표정이 완전히 달라졌다.

– 동실이 동무, 내 영생탑에 돌팔매질을 하다 붙들렸다~

– 아니 뭐이? 영생탑에 돌팔매질을 하다니 동무 제정신이나?

동실은 자칫 잘못했다가는 한데 엮일 수도 있을 것이라고 생각했다. 강철이 덜덜 떨리는 목소리로 말을 이어나갔다.

– 내 고, 공연히 화, 화가 치밀어서 돌멩이를 집어 들었는데 초면인 소, 소아척수마비 앓은 성님을 우연히 만나 하, 한데 휩쓸려 버린 거이야~

– 강철이 동무 이케 떠는 모습 처음 보는데~ 아니 뭐 소아척수마비 성님? 생판 모르는 병신을 만나 어쩌다가 휩쓸렸다는 말이나? 영생탑에 돌팔매질을 했다면 이거 죄가 무겁지 않나?

아무리 세상물계를 모른다고 해도 영생탑을 공격하는 것이 조선공화국 체제에서 얼마나 무서운 범법행위인지 모르지 않았다.

– 그러니까는 그저 도망쳐서 집에 들어와 숨어 있는데 독거미 놈들이 곧장 뒤쫓아와서 덮쳐버린 거 아니나?

– 그 소아척수마비 병신 성님은 지금 어데 있나?

병신과 합심해서 그런 짓을 저질렀다는 게 동실은 리해가 되지 않았다.

– 난 혼자 줄행랑을 했으니 그 성님 행방이래 당연히 모르는 거지~

동실은 사건의 흐름이 어떻게 여기까지 오게 되었는지 이제 매듭을 풀 듯 하나씩 풀 수 있게 되었다. 강철이 동무의 죄는 무겁지만 동실의 죄는 아니라고 생각했다. 동실은 작의형제까지 맺은 동무가 배반을 했다는 생각을 하니 강철이 동무가 용서되지 않았다. 그러나 강철이에게 닥칠 상황이 워낙 위태롭게 느껴지는 바람에 동실에게 없던 동정심이 일었다.

이거 자칫 한데 엮여 없던 죄를 뒤집어쓰지 않으려나? 영생탑을 공격하려는 반동사상의 동무와 독거미들의 비리를 파헤치려고 모략을 했다는 사실은 동실 자신에게도 무서운 그림자가 내려앉을 수 있다는 걱정으로 이어졌다. 강철 동무의 영생탑 공격에 대한 무거운 죄는 면

탈하기에는 너무 치명적일지도 모른다고 생각했다.

'아 어머니, 동실이 이제 어찌하면 좋습네까? 어머니 제발 도와주시라요' 동실은 난데없이 당치도 않는 어머니를 부르고 있었다. 어머니를 마음속으로 불러대니 그리운 마음이 사무치도록 가슴을 울리고 있었다. 강철의 념려처럼 어머니를 영영 보지 못하고 백암에 노예가 되는 것은 아닌지 은근히 두려움이 몰려왔다. 마음은 들쑹하고 간이 달고 있는데 난데없이 동실과 강철 등이 감금되어 있는 감방으로 소아척수마비 청년이 짐짝처럼 부려졌다. 장애인 청년의 등장에 놀란 사람은 강철이었다.

– 어~어~ 성님~

강철의 말투에서 대번 놀라고 있다는 느낌이 들었다.

– 철철 동지~

동실은 장애인 청년의 몰골을 삐딱하게 쳐다보았다. 흐어 뭐, 철철 동지란 또 무슨 말이란 말인가. 몸도 제대로 가누지 못하고 열흘을 넘게 굶은 듯해 보이는 초라한 병신과 엮여 한데 감방에 있다는 생각에 동실은 장애인 청년과 말도 섞지 말아야 한다고 생각하고 등을 지고 돌아앉았다.

– 성님, 어떻게 붙들려 왔습니까?

– 철철 동지, 거 학생 동무가 의리도 없이 병신을 두고 혼자 내 뛰면 머가 되나~

– 미안합니다, 내 황당한 일에 바람질 한 꼴이 되어서 그만~

– 퉤~

하고 장애인 청년이 시늉으로 침을 뱉는 소리를 냈다. 강철은 장애인 청년을 똑바로 쳐다볼 수가 없었다.

－ 변명무지하게 되었소.

강철이 동무의 낯바닥이 아마 화통처럼 달아오르는 것 같았다. 강철은 장애인 청년에 대한 무안함을 갑자기 동실에게 돌리려 하고 있었다. 강철이 동무가 동실을 향해 말했다.

－ 동실 동무, 이쪽으로 등 좀 돌려 보라.

－ 강철이 동무, 내게 말 시키지 말라. 난 그 병신하고 말을 섞고 싶지 않다니까는~

동실은 넓은 등짝을 여전히 병신의 등짝과 등지고 있었다.

－ 아니 이 동글동글한 동무래 뭐라 지껄이는 거이가? 철철 동지, 이 동무 아는 동무인가?

－ 예, 성님. 같은 학급반 동무란 말입니다.

－ 에이 쌍, 강철이 동무 보라. 나 그 병신하구 말 섞기 싫다니깐~ 에이, 네들하고 엮이기 싫단 말이야~

동실은 병신의 존재가 무섭거나 더러워서가 아니었다. 철철 동지, 어쩌고 하는 저들의 수작에 자칫 엮일 수도 있다는 불안감 때문이었다.

－ 아니 저 곰 같은 놈 보라. 뭐이 병신? 보위부 감방에 갇힌 죄수 놈마저 날 병신이라 무시하는구나 그저~

－ 맞다 이 병신아, 그러니 지금부터 날 아는 체하지 말란 말이다. 생판 모르는 병신하고 여게서 눈도 마주치기 싫단 말이다. 다리는 병신이라도 귀는 뚫렸으니 알아들었겠지?

동실은 이렇게 입을 더럽게 놀리지 않으면 보위부 독거미의 눈에 한 속통한통속으로 비칠지도 모른다는 생각에 모질게 마음을 먹고 있었다. 동실의 퉁명스러운 태도에 장애인 청년보다 강철이 동무가 더욱 놀라는 눈치였다. 동실이 동무의 입에서 이토록 모질고 인정미 없는 욕설이 쏟아져 나오는 것을 강철은 처음 보았기 때문이었다.

－ 철철 동지, 저런 되먹지 못한 동무하고 가까이 지내지 말라. 아이 더러워라, 그저 세이웃가까운 이웃 될까 두렵구마는~

－ 에이 저 병신새끼가 지금 뭐라 지저거리나?

병신과 말을 섞다니 동실은 일이 자꾸 꼬여가는 느낌이었다.

－ 철철 동지, 요 못된 동무 말하는 본새 봤지? 아 나 저런~

－ 성님, 이제 그만 하시라요. 동실 동무도 이제 입 닥치고 그만 하라.

강철은 병신과 엮여 이렇게 일이 번진 사실을 생각하니 앞으로는 재수놀음을 따져보고 행동하리라 마음을 먹었다.

－ 내가 조선공화국에 병신으로 태어나 여태 겉 바르고 괄시받고 살았지만 너같이 몹쓸 동무 처음이란 말이지 임마! 이런 오마니 아바지도 없고 위아래도 없는 불쌍 놈 아나나 저거~

장애인 청년의 말에 동실은 공연히 화가 치솟았다. 어머니 아버지를 들먹이는 그 청년의 말을 듣자 한쪽에서 이상하게 먹구름을 보는 느낌이었다. 먹구름이 앞을 잔뜩 가린 듯 눈앞이 흐릿해지더니 울음이 터져 나왔다.

동실은 터져 나오는 울음소리를 욱여 담으려고 잔뜩 애를 쓰고 있었다. 강철 동무나 장애인 청년 앞에서 이런 꼴을 보여주고 싶지 않았다. 강철이 동무가 동실의 등을 손바닥으로 다독여주었지만 동실은 부러 상체를 흔들어 등을 털어냈다. 보란 듯한 고층살림집도 아니고 비록 똥쑤칸 냄새를 풍기는 땅집이지만 집이라는 공간이 얼마나 소중한지 동실은 새삼 깨닫고 있었다. 집, 뭐 가진 것이 없어도 동실에게 집이란 공간에는 어머니란 존재가 있기 때문일 것이다. 어머니가 미치도록 보고 싶고 옆집 봄이 얼굴마저 동실의 머릿속에 맴돌고 있었다. 장애인 청년이 따리를 붙었다.

– 헤헤~ 시건방지게 꺽둑꺽둑 하더니 학생 동무, 어찌 우는 거야? 뭐 괜히 밑이 저리나 그래? 아니 자꾸 울어대지 말라~

– 에이 성님, 그만하라니까는~ 동실 동무 맘이 편치 않아 그러는 거를 괜히 따리를 붙고 지랄을 하오?

– 뭐 지랄? 에이 참 내 되는 호박에 손가락질할 생각은 없지만 거 동무 우는 거 보니 갑자기 내 오마니 생각이 나서 그러는 거 아니나~

동실이 어깨까지 들썩이며 울자 장애인 청년이 청승맞게 따라 울기 시작했고 장애인 청년이 몸을 이상하게 떨며 우는 것을 보고 강철 동무 역시 덩달아 울기 시작했다. 감방 구석구석에 감금되어 있던 다른 동무들도 흐느껴 울기 시작했다. 동실이 갇혀 있는 감방 안이 갑자기 상세난 집이 되어버리는 듯했다.

감방 바깥에서 보면 마치 상세가 난 꼴이었다. 보위부 감시원 하나가 빠르게 복도를 지나 동실이 감금되어 있는 감방 앞에 나타났다. 감방 안이 마치 상세가 난 듯 울음소리로 랑자狼藉했다.

– 아니 이런 반동 새끼들이, 감방 동료 오마니 상세 난 줄을 어찌 알고 울어대나~

보위부 감시원은 쇠창살 문을 덜컥 열어젖혔다. 와글대던 개구리울음이 갑자기 천둥소리에 멎듯 감시원의 외침 소리에 일제히 울음소리가 멈추었다.

3

명호는 철커덕 문이 열리는 소리에 가물거리는 의식을 가다듬었다. 무슨 까닭에선지 수용소에서 반나절도 되지 않아 다시 호송차에 태워 졌고 시 보위부 감방으로 돌아와서는 의식을 잃은 모양이었다. 명호 는 기력이 떨어진 탓인지 자꾸 죽은 아버지의 꿈을 꾸었다. 꿈에 부쩍 자주 나타나는 아버지의 모습은 결코 편안해 보이지 않았다. 아들애에 대한 지난 시절의 미안함 탓인지 꿈속에서조차 아버지는 말씀을 쭈뼛 거릴 뿐이었다. 무슨 말을 분명 하려는 것인데도 도무지 아버지의 입에 서 말이 떨어지지 않았다. 명호는 마음이 급한 탓에 발을 동동 구르는 데 깨어보니 철커덕 문이 열리는 소리가 들렸던 것이다.

– 공화국의 호의를 어찌 무례하게 무시하는가?

– 나는 먹을 생각이 없소.

지나가던 개도 눈을 흘리지 않을 것 같은 식판을 밀어 넣으며 감시 원이 말했다. 퉁퉁 불은 옥수수 알맹이가 소금국에 절여 있었다.

– 흐응, 죄인 꼴에 무슨 구도자인 줄 아나?

– 내어 가오. 밥그릇 높다고 제일인 줄 아오?

명호는 몸과는 다르게 정신이 번쩍였다.

– 아 나 요런 반동 새끼 말하는 본새하구니~그저 밥그릇 앞에 두고 굶어 죽을 게으름뱅이 같은 놈이로구마는 쯧 쯧~

그래도 불쌍하다고 느끼는지 감시원은 혀를 찼다.

– 굶어 죽어두 내가 굶어 죽을 테니 어서 내어가란 말이오.

– 아 나 요런~ 그저 불량 핏줄 받아 태어난 꼴에 력사 교원이라구

아주 지적 허영이 넘친다믄서니~ 동무가 그저 보위부 자지타령을 늘어놓았다는 그 놈이렸지 할 할 할 자지타령이라 거 듣기만 해도 웃기는 구마는 할 할 할~

누구의 명령인지 몰라도 명호는 다시 캄캄하고 퀴퀴한 독방에 갇혀 있었다. 명호는 독방에 갇힌 것이 태산이 동무의 의도라고 생각했다. 제자 춘희의 편지를 선교사로부터 건네받아 읽지 않았더라면 독방 신세까지 가지는 않았을 것이었다. 그 편지를 몰래 없애버렸거나 질겅질겅 씹어 삼켜버렸다면 이런 일은 더욱 일어나지 않았을 터였다.

하지만 이미 엎질러진 물이었다. 그럼에도 명호는 태산의 추악한 비행非行이 적힌 춘희의 편지를 읽게 되어 다행이란 생각이 들었다. 명호는 이런 상황인지라 이제 죽음까지 각오하고 있었다. 태산은 인간 이하의 추악한 비행을 저지른 자신의 죄가 이 캄캄한 독방에서 사라지기를 바라고 있을지도 모르는 일이었다.

이런 생각에 이르자 명호의 어깨가 부들부들 떨렸다. 그런데 이때 어디서일까. 분명 감방 쪽에서 들려오는 소리였다. 명호는 소리가 나는 쪽으로 귀를 기울여 보았다. 마치 사람이 죽어 나간 것처럼 울음소리는 점점 떨림의 폭을 높여가고 있었는데 이상하게도 한 사람의 울음이 아니라 여럿의 울음소리였다. 더욱 놀랄 일은 울음소리의 마디마다 분노와 슬픔의 감정이 섞여 있었던 것이다.

비몽사몽非夢似夢, 자다가 깨다가를 반복했던 모양이었다. 잠결인 듯 꿈결인 듯 누구인가 전지電池불을 비치는 바람에 명호는 눈을 떴다. 머리가 어질어질했다. 손전등을 이리저리 비쳐 보이며 흔드는 바람에 명호는 눈을 제대로 뜰 수가 없었다.

─ 공화국 잠군잠꾸러기이 죄 어디로 갔나 했더니 여게 있구마는~

– 누, 누구요? 거 전짓불 좀 치우시오.

명호는 손으로 눈을 마구 비볐다.

– 아니 이제 죽마고구 목소리도 못 알아듣나? 명호 동무 내야~

명호는 그적에서야 목소리의 주인이 태산이 동무라는 것을 알았다. 은근한 목소리로 능긋하게 능능청을 떠는 태산의 목소리에 명호는 순간 진저리를 쳤다. 자신에게 일어난 모든 일의 발단은 태산으로부터 비롯된 것임을 상기함에 분노와 두려움에 더욱 목이 타들었다. 명호는 안간힘을 모아 눕혔던 몸을 일으켜 세웠다.

– 날 언제까지 이렇게 독방에 가두고 달초를 할 텐가?

– 학춤을 추이는고문을 하는 것은 내 소관이지 동무 소관이 아니란 걸 모르나?

명호를 향해 태산은 증오의 눈빛으로 쏘아보았다.

– 이만하면 되지 않았나? 태산이 동무, 이제 그만 끝내자~ 울 애들이나 정숙 동무 그저 혼이 빠지지 않았겠니? 제발~

– 난 이제부터 시작인데 어찌 서운감 있는 말을 지껄이고 그러나 동무~

태산의 목소리에는 오랜 원망같은 기운이 묻어 있는 듯했다.

– 태산이 동무 들어보라. 울 참이가 말이야 수세미 방죽에서 그러는데 동무더러 인골인두집 뒤집어쓴 털붙이라 하더라니~ 어찌 동문 피붙이 눈에도 사람이 아니라 털붙이짐승로 보~

명호의 말이 끝나기도 전에 그의 목소리가 순간 턱하고 막혀버렸다. 태산이 덤벼들어 명호를 쓰러뜨린 다음 구둣발로 그의 목을 짓눌렀기 때문이었다. 명호는 숨이 막혀 발끝을 바들바들 떨었다. 태산은 그때까지도 명호의 목을 밟고 있었다. 피를 토할 정도의 고통이 머리끝으로 치고 올라왔을 때 태산의 구둣발이 명호의 목을 풀었다.

– 푸흡~ 푸흡~

명호는 숨이 넘어가는 순간에 호흡이 돌아와 본능적으로 헐떡거리고 있었다. 태산이가 담배에 불을 붙여 명호의 입에 찔러주었다. 명호는 미친 듯한 몸짓으로 담배 연기를 창자 끝까지 내려보내려는 듯이 빨아들였다. 태산이 손전등을 명호의 얼굴을 향해 빙빙 돌리자 명호는 어지러움에 눈을 감았다. 명호는 전짓불 불빛 때문에 눈을 감은 채로 담배를 깊게 빨아들여 후우~ 하며 길게 뱉어냈다.

– 이제 살만 하지, 명호 동무?

– 우덜 가족 잘 살고 있는데 어찌 자꾸 갈비를 틀려고방해 하니?

명호는 태산의 속내를 뻔히 알면서도 이렇게 묻지 않을 수가 없었다. 태산이 손전등을 껐다. 전짓불이 사라지자 독방은 다시 어둠에 갇혔다.

– 동무에 사상이 어디부터 잘 못 되었는지 아는가?

– 어찌 그런 발칙한 말을~

새카만 어둠 속에 말들이 둥 둥 떠다니는 느낌이 들었다.

– 내 아직도 명호 동무에 그 사나운 매의 눈초리를 잊지 못하고 있지~

태산이 비좁은 독방에 구두를 신은 채로 앉았다. 태산은 다시 손전등을 켜서 명호의 눈을 강렬하게 비췄다. 명호는 불빛을 견디지 못하고 눈을 감고 몸을 모로 눕혔다. 태산이 계속 말을 이었다.

– 동무는 그저 사상에 알맹이부터 삐딱하지 않나~ 고등중학 시절 만수대 방문에서 먼빛으로 날 노려보던 동무에 그 눈빛을 여태도 잊지 못하고 있지~ 아니 내래 잊을 수가 없는 일이야~

– 내가 정숙 동물 안해아내로 취하지 않았어도 우리가 이 캄캄한 밤에 이렇게 마주 보고 섰을까? 못난 놈~

- 너야말로 못난 놈이지~ 어찌 죄 없는 안까이 탓을 하니? 흐어~ 동무 몸속에 흐르는 피가 반쪽이란 거를 설마하니 잊어먹은 거는 아니겠지? 이 뼛속까지 반동인 자식 그저 퉤~

태산이 명호의 얼굴을 향해 침을 퉤, 하고 내뱉었다. 침이 명호의 낯바닥에 흩어져 튀었고 명호는 손바닥으로 천천히 얼굴을 쓰다듬었다. 태산이 파놓은 구덩이에 빠진 것조차 억울한데 반쪽이란 말은 정말 견딜 수가 없었다. 반쪽이란 말은 조선공화국에서 태어나 살아오면서 어렸을 적부터 수없이 자신을 괴롭히던 말이었기 때문이었다. 명호뿐만 아니라 명호의 부모님 역시 반쪽이란 말에 수없이 시달림을 받았다. 이제 아이들에게만큼은 반쪽이란 말을 물려주어서는 아니 되는 일이라고 생각했다. 명호는 자꾸 가물거리는 의식을 붙잡고 어금니에 힘을 주어 태산에게 대꾸했다.

- 동무야말로 공화국에서 사라져야 할 족속 아니니? 나야 공화국에서 겉도 붉지 않고 속도 붉지 않은 신 포도 같은 족속이지만 흐응, 태산이 동무야 착각하지 말라. 너란 놈도 애당초 토마토족은 될 수 없는 놈이란 거 동무 스스로 잘 알 테지?

비록 감옥에 박혀 있어도 태산이 동무에게는 말싸움도 지기가 싫었다.

- 아니 이 자식이 그저 함부로 주둥일 놀리나 그래~ 내래 어찌 토마토족이 아니나 새끼야~ 난 그저 피부 껍질에 뼛속까지 온통 붉은 놈이란 말이야 어잉?

태산이 스스로 만든 분노를 가라앉히지 못하고 소리쳤다.

- 아, 아니지~ 동무야 조선공화국에 태어날 가치가 없는 놈이었지. 이거 왜 이러나? 조선공화국 독거미 놈들은 죄 그 모양이니? 이거 교원 입술 더러워서 어찌 입술 끝에 말을 올리나 그래~ 태산이 동무, 너

사람 맞니? 으응?

명호는 믿는 구석이 있기 때문에 앙칼지게 태산이 동무의 말을 받아쳤다.

─ 아 나~ 명호 동무 하소연 들으러 여기 오지 않았으니 내래 용건만 날래 말하고 가야겠구만~ 그저 반동 새끼 입술 끝에서 무슨 말이 튀어나올지 알 수가 없으니 흐어~

─ 인골 뒤집어쓴 털붙이가 바로 네 놈이지? 내 제자 춘휠 그저 그 순진한 처녀 동무를 짐승처럼 겁탈을 했대지 네 놈이? 동무가 이러고도 사람이니?

명호는 이런 말이 자신의 처지에 전혀 도움이 되지 못한다는 사실을 알고 있었지만 태산을 마주하게 되니 견딜 수가 없었다. 목숨까지 위태로워질 수도 있다는 생각이 들었지만 태산의 못된 행태를 누가 응징할 수 있단 말인가.

─ 내 부하들한테 개간開簡:편지 뜯음을 하지 않고 봉인한 채 편질 전해 받았는데 동무가 속종이속지를 무슨 수로 읽었다는 말이니? 없는 얘기 만들어내지 말라~

─ 흐응 동무 부하들이 인골을 뒤집어쓴 것도 아닌데 어떻게 더러운 짓거리를 눈에 담아 두겠나? 내래 덧쓴추신 내용까지 꼼꼼히 보았단 말이지~ 동부인同夫人하고 적어 두었으니 우리 정숙 동무한테 전할 내용이 내 머릿속에 상세히 들어 있다는 거를 동무 잊지 말라. 동문 내가 저세상으로 사라진대두 정숙 동무 취할 수가 없단 말이지~ 동무에 자지自持를 늘인다 해도 정숙 동무가 그런 더러운 자지 지닌 놈을 어찌 세대주로 받아들이겠느냔 말이야~

명호는 이제 다시 정숙 동무를 만나지 못하리라 생각했다. 명호의 입에서 태산이 동무가 제자 춘희의 정조를 짓밟은 얘기가 나오는 순간 태산이 크게 당황하는 것을 떨리는 목소리를 통해 여실히 느끼고 있었다.

― 에이 거 아무리 지하 독방이라고 입방정을 떨고 아주 지랄을 떠는구나~ 내 정숙 동무하구 참이 기른 정리情理로 봐서 마지막으로 바깥바람 쏘여주려고 수용소에서 꺼내왔는데 말하는 본새 보니 동문 그저 더럽게 재수놀음도 하지 못할 팔자로구나~

― 흐응, 바깥바람을 쏘여준다고? 내게 베푸는 마지막 보답이니? 바깥바람을 어떻게 쏘여줄 건데? 동무가 여태 바랐던 대로 예심을 한다면서 여기저기 무서운 감방을 전전할 거란 이런 말이냐? 그저 이만 여게서 죽여 달라~

― 짜식 자꾸 죽여 달라 죽여 달라, 아주 노래를 부르는 구나~ 동문 말이야 공화국에서 살재두 이제 살 수가 없는 죄인이란 말이야. 내래 진정코 동무 말처럼 옛 정리로 봐서 바깥바람 한번 쏘여주려 하는 거란 말이야~

― 다 소용없는 일이야, 제발 정숙 동무나 한번 만나게 해주라, 태산이 동무~

명호는 눈을 지그시 감은 채로 마치 묵언 수양을 하고 있기라도 하듯 고요히 앉아 있었다. 태산이 동무와 언쟁을 하다가는 입이 너무 지저분해질 것만 같아 더는 입을 열지 않으리라 작정하는 순간 태산의 입에서 느닷없는 말이 튀어나왔다.

― 기백이 동무나 덕순이 동무야 그저 내 호의가 아니래도 혼백이나마 만나게 될 거이야. 하지만 정숙 동물 명호 동무하고 만나게 해줄 수는 없잖나~ 명호 동무 입이 워낙 방정 맞아대니 어떻게 정숙 동물 만나도록 모험을 한다는 말이니? 그저 정숙 동물 만나면 이 태산이에

치부를 죄 읊어 대려는 음모나 꾸미고 있을 텐데~

– 흐응, 도둑 제 발 저린다더니 음흉한 동무 령혼이 발가벗겨지는 게 두렵다 말이렸다~ 한데 내가 여게서 죽으면 내 죽은 혼백이 기백이 동무야 만날 수 있다 치는데 덕순이 동무 혼백을 만날 수 있다는 거는 무슨 말이나?

명호는 태산이 동무의 입에서 빠져나오는 말의 토씨까지 기억했다가 이렇게 물었다.

– 그러니 거 뿔 빠진 황소처럼 날뛰지 말고 잠자코 들으란 말이야. 거 덕순이 동무 간밤에 눈이 꺼졌다_{죽다} 말이야 아 나 젠장에~

– 아니 머야? 덕순이 동무 상세_{죽음}가 났다 이런 말이니?

명호는 가슴 깊은 데서 한 움큼의 슬픔 덩어리가 목을 밀고 올라오는 것을 가까스로 참았다. 언젠가는 기백이 동무처럼 닥칠 일이라고 생각했지만 지하 감방에서 듣는 덕순이 동무에 대한 부음은 명호를 더욱 절망하게 만들었다. 명호는 애써 턱을 찌르고 올라오는 울음 덩어리를 꾸역꾸역 욱여넣었다.

– 우덜이 명색 남편의 어릴 적 벗인데 장사_{장례}는 치러줘야 도리 아니겠니?

– 흑~ 흑~

명호의 입에서 흐느끼는 소리가 새어나왔다. 기백이 동무 죽고 덕순 동무와 세이웃으로 살면서도 그저 명색만 이웃이지 도움을 주지 못한 아쉬움이 울컥 목을 메이게 했다.

– 춘희 그 간나 편지만 아니었다면 내 명호 동무와 함께 하룻밤 빠져나가 장살 치러줄 생각이었는데 아 나 어찌해야 좋을지 영 께름칙하단 말이지~

- 흑~ 흑~ 불쌍한 동실이 이제 외토리외톨이가 되었구나~ 우리 정숙 동무 이제 누굴 의지하구 살아가나 흑~ 흑~

티격태격 했던 적이 있었어도 보이지 않으면 궁겁다궁금할 사람이 있다면 명호에게 단연 덕순이 동무일 것이었다. 기백이 동무 눈감을 때 가족을 부탁한다는 유언이 아니었어도 기백의 가족과는 제집처럼 들락거릴 정도로 남다른 관계였던 것이다. 덕순의 부음을 듣자 가장 먼저 혼자 남을 동실이 떠올랐고, 짝동무를 잃고 힘들어할 안해 정숙이 떠올랐다.

- 덕순이 동무 상세가 났지 정숙이 동무 상세가 났나? 명호 동무가 어찌 정숙이 동무 걱정을 하니? 혼자 남게 될 신세야 정숙이 동무도 마찬가지지만 죄수 동실이 놈하고는 만판 다르단 말이야~

태산의 말에 명호는 또 한 번 깜짝 놀랐다.

- 아니 동실이가 뭐라구? 지금 죄수 동실이라 하지 않았니?

태산이 동무가 갑자기 기분이 나쁘다는 태도로 손전등을 툭 소리가 나게 껐다. 좁은 독방 안이 일시에 새카맣게 꺼져드는 듯했다. 새카만 동굴을 향해 속사포를 날리듯 태산이 동무가 말대포를 날렸다.

- 기백이 아들애나 명호 동무 네놈이나 공화국에서 사라져야 할 반동분자들이야. 여태 무사했던 거는 이 태산이가 베푼 호의 때문이었지 ~ 동실이 이놈, 그저 꿈도 여무지더구나. 아니 제 놈들이 무슨 수로 압록강 려관에서 독거미를 때려잡는다나? 아 나 참~

- 오죽하면 학생 동무들이 태산이 동물 해제끼자 했겠나?

- 아주 그냥 터진 주둥이라구~ 공화국 력사 선생이 그저 학생 넘들 제대루 배워줬구나야, 동실이나 강철이나 그저 제 명에 못살게 생겼으니 언~

― 관절 세상이 어찌 되어가고 있는 거니 응? 우리 애들이 무슨 잘못을 저질렀다고 제 명에 못살게 생겼다니~ 아 나 답답해 미치갔구나야 정말~

명호는 아무것도 보이지 않은 어둠 속에서 머리를 박박 긁었다. 태산이 동무가 손전등을 다시 활짝 켜더니 명호의 코앞에 들이밀었다. 눈이 아플 정도로 부셨지만 이번에는 명호의 시선이 전짓불을 피하지 않았다. 몸에서 힘이 빠진 것과 다르게 눈빛은 역으로 강렬했다. 태산이 비춰대는 전짓불 빛보다 더 강렬하게 타들어가는 듯한 명호의 시선을 뚫어지게 쏘아보며 대꾸했다.

― 영생탑에 돌팔매질을 했대는데 내 무슨 수로~

― 아니 뭐야? 아무리 철딱서니 없기로 어찌 그런 짓을~

명호는 바짝 정신을 차렸다.

― 소아척수마비 병신 청년을 만나 한물에 섞인 모양인데 동실인 그저 영생탑 돌팔매질 하곤 아무런 관계가 없다 주장하고 있단 말이야~

― 태산이 동무, 내 부탁하자.

명호는 본능처럼 태산을 향해 손을 비비면서 말을 이었다.

― 강철이나 동실이나 내 아끼는 제자들이야. 갸들이 욱김에 뭘 잘못했는지는 모르겠지만서두 사상이 비뚤어진 애들은 아니란 말이야. 태산이 동무, 나야 그저 여게서 죽어도 여한은 없다마는 거 내 제자들만은 동무가 좀 살펴 달라. 강철이 그 아이도 모습은 강단져 보여도 실은 마음이 약한 놈이야. 동실이 그놈은 천하에 외토리 고아 되지 않겠니? 날래 힘 좀 써 달라. 우덜이 기백이 동무 처자식들 지켜주지 않음 공화국에서 누구이가 지켜주겠나? 당장 동실이 부터 방면하라. 즈이 오마니 장사는 치러야 할 거 아니겠냐 말이야 어이 동무?

명호의 숨이 달라붙듯 간절한 말이 태산의 가슴을 움직였는지는 모른다. 뜻밖에 부들한 태도가 되어 태산이 응대했다.

- 내래 하냥 밴댕이 속인 줄 아니? 동실인 하는 짓이야 밉지만 어쩌겠니? 압록강 려관에서 독거미 잡겠다는 것이야 괜한 허세뿐일 테고~ 영생탑 돌팔매질 사건이야 예심 받아보면 잔즛이조용히 있어도 드러나겠지만 장사도 치르지 못하고 떠나는 덕순 동무 생각하면 그저 서거운쓸쓸한 마음에 허기부터 지는데~

- 태산이 동무, 그러니 동실이라도 어떻게 손을 써서 방도를 찾아야지 않나 말이야, 제 아들애 감방에 넣어두고 덕순이 동무 어떻게 맘 편히 눈을 감기나 했겠냐 말이야. 동무, 힘 좀 써 달라. 내 동무에 힘이라면 공화국에서 뭐든 할 수 있대는 거 모르는 바가 아니니~

- 아 나 이거야 원~ 내래 강철인 죄가 무거워 어찌할 수 없는 일이고~ 그저 덕순이 동무 하필 아들애 감방 든 날 상세가 났으니 죽어 자빠지면서 조차 아들애 꺼내려고 아주 제대로 날을 받았단 말이지~ 병로생사생로병사야 피해갈 인민 없다만서두 딱하고 딱하니 내 동실이 놈만은 당장 방면할 테야.

태산이 손전등을 켠 채로 독방에서 나가려고 뒷걸음질을 쳤다. 명호는 지금 태산과 헤어지면 언제 어떻게 태산을 만나 얘기를 나누게 될지 모르는 터라 간절한 심정을 담아 물어보았다.

- 태산이 동무, 날 어떻게 할 셈인가? 장차 내 앞날이 어떻게 되어갈지 가늠은 하고 있어야 하지 않겠냐 말이야 어이? 날 언제까지 이 캄캄한 독방에 가두어 둘 텐가? 안해도 한 번은 봐야 하고 가족들 얼굴도 한번은 봐야 하지 않겠는가 말이야~

- 내 증오심이 괴여 올라 동물 독방에 가둔 거이 아니야. 머리꼬리

없이 여게 가둬둔 게 아니니 힘들어도 째만 참으라. 내 말만 잘 듣는다면 늙은 오마나나 정숙 동무까지 여게서 은밀히 만나게 해줄 테니 점잖게 기다리란 말이야.

명호는 손전등을 켠 채로 쇠철문을 철커덕 닫고 멀어지는 태산이 동무의 뒷모습을 잠깐 바라보았다. 짧은 복도를 몇 발짝 걸어 나가자 태산의 자취도 이내 사라졌다. 세멘트시멘트 바닥을 울리며 멀어지는 태산의 발자국 소리만 명호의 심장에 송곳처럼 꽂혀드는 느낌이었다. 태산이 동무의 말을 잘 듣는다는 것은 무엇을 의미하는지 명호는 어둠 속에서 그 생각의 끈을 놓치지 않으려고 무던히 애를 썼다.

4

저녁 무렵에 동실의 집 앞에는 황색 조등弔燈이 걸려 있었다. 아들애 동실은 보위부 감방에 갇혀 있던 탓에 덕순 동무의 림종臨終을 하지 못했다. 정숙 동무와 정숙의 딸애 봄이 둘이서 황겁스레 덕순의 림종을 마주했다. 덕순은 황천지객이 되는 순간에 아들애를 사무치게 보고 싶어 했다. 하지만 덕순의 몸은 숨을 들이마실 수 없을 정도로 기력이 고갈 되어 있었다. 덕순의 지꼿은 시절도 저승걸음 뒤로 서럽게 막을 내렸다.

동실은 보위부 감방에서 어머니의 부음을 들었다. 영생탑 돌팔매질 문제로 강철이 동무와 철철 동지라는 장애인 청년 사이에 한바탕 싸움이 붙던 순간 동실은 상철의 아버지 태산의 부름을 받았다. 마침 도와달라며 당치 않는 어머니를 몇 번이고 부르짖던 뒤끝인지라 순간 동실은 자신의 간절한 마음이 어머니의 마음에 닿았다는 생각을 했다.

– 동실아, 너 오마니가 널 살렸구나.

– 상철이 아바지 감사합네다.

동실은 정중히 허리를 숙여 태산에게 예의를 표했다.

– 동실아, 공화국에서 제대로 한번 살려거든 나막신 신고 얼음은 지치지 말라. 꼴에~

상철 아버지의 비웃는 듯한 말에 동실은 그저 허리를 넙죽거릴 뿐이었다. 압록강 려관에서 독거미들의 비리를 캐내려고 했던 일을 두고 하는 말이란 걸 알았지만 토를 달지 않았다. 그런데 상철 아버지의 행동이 뭔가 다른 때와 조금 다르다는 느낌이었다.

– 아 나 동실아, 이 거 뭐라 말을 해야 하나?

평소 거침없던 모습과는 달리 상철이 아버지답지 않게 주저하는 모습으로 말자루를 천천히 빼돌리고 있는 태산의 모습에 동실은 공연히 주춤거렸다.

– 상철이 아바지 무, 무슨 일이라두~

– 아 나 참 그래~ 동실아, 너 어머니 그저 상세가 났다는 구나~

– 예에? 아이구 오, 오마니! 오마니! 오마니~

동실은 슬퍼할 겨를도 없이 보위부에서 마련해준 자동차에 올라탔다. 백암에 노예처럼 죄수가 되어 호송되는 것보다 마음이 더욱 아팠다. 아아, 이제 어머니를 볼 수 없단 말이구나. 공연히 어머니를 부르짖으며 도와 달라 했던 철없는 자신의 행동이 한없이 괴회愧悔할 뿐이었다. 아아, 부끄럽고도 후회스럽구나. 차라리 당당히 견뎌냈더라면?

공연히 도와 달라 간절히 부르짖은 터에 어머니의 영혼이 죽음으로 응답을 했다는 생각이 불현듯 들었다. 어머니에게 효도 한번 베풀어보지 못한 회한悔恨이 통절한 아픔이 되어 간장을 찢어놓는 느낌이었다. 동실은 자동차의 뒷좌석에 앉아 하염없이 스쳐가는 차창 너머 살풍경한 모습들을 바라보며 꺼이꺼이 울고 있었다. 세상천지에 홀로 오롯이 남았구나. 아아, 이제 누구를 의지하며 살아간단 말인가.

집 앞 공터에서 내려 집으로 들어오자 참이와 봄이가 먼저 동실을 붙들었다.

― 동실 동무, 어데서 이제 오는 거야. 어서 어머니부터 뵈어야지~

― 동실 오라반 어서 오마니한테 절부터 올리라.

아버지 상세가 났을 때는 철없을 때라 큰 슬픔 못느끼고 지나갔지만 어머니의 죽음 앞에 동실은 견딜 수가 없었다. 폭풍처럼 밀려오는 슬픔에 동실은 몸을 제대로 가눌 수가 없었다. 참이와 봄이가 동실을 부축해서 죽은 덕순이 누워있는 방으로 들어갔다. 흰 천에 덮여 고요히 잠들어 있는 어머니의 몸을 끌어안으며 동실은 소리쳐 울기 시작했다.

― 아이구 오마니~ 아이구 오마니~ 그저 못난 아들앨 용서 하십쇼. 아이구 오마니~

몇 끼를 못 먹어 기운을 잃었지만 마음이 아프고 닳아서 어디서 그런 울음이 터져 나오는지 아이구 오마니 아이구 오마니~ 울어대는 동실의 곡哭 소리는 뼈를 뚫고도 남을 듯했다. 어머니의 창백한 얼굴을 쓰다듬고 볼에 입을 가져다 대며 마치 살아있는 사람과 얘기를 하듯 주절거렸다. 정숙이 방으로 들어와 가라앉은 목소리로 동실에게 말했다.

― 동실아, 이제 그만 울고 네 어머니 보내드릴 준비를 해야 한다.

― 예 아주미~

동실은 입술을 깨물어 울음을 멈췄다.

― 봄이 아버지 감방에 갇혔으니 우덜 힘으로 장사를 치러야 한다.

니 어머니 몸이 파괴되어 일은 한참 못했지만 적籍을 두었기에 내 직포 공장 기업소엔 알렸더니라.

— 어머니, 봄인 뭐를 도와야 하나요?

— 봄이 넌 날래 자전거 타고 동실 아버지 몸담았던 학교에 가서 조 기백 수학 선생 안해 상세 났다는 부고訃告를 하고 오라.

— 예, 어머니.

— 동실인 후딱 어머니 치료받던 진료소에 가서 사망진단서를 떼 오라. 우는 거는 나중에 실컷 울고 어서 서둘러야 한다. 사망진단설 떼야 리 사무소에 신고할 게 아니냐~

— 예, 아주미.

— 참이 너는 날래 저 인민반에 알리라. 그래야 이웃들이 동실 어머니 상세난 걸 알게 아니겠니~

— 예, 어머니.

하고 대답하며 참이 등은 밖으로 내달렸다. 정숙의 지시에 동실은 우는 것도 미루고 일을 서둘렀다. 어머니의 죽음은 동실에게 가슴 아픈 상처이지만 아들애로서 헤쳐가야 할 현실이었다. 아버지 죽고 어머니마저 상세가 난 탓에 세대주란 무거운 짐이 동실의 어깨에 얹히게 되었던 것이다. 이제 아무리 소리쳐서 불러본들 대답도 없고 돌아보지도 않을 어머니란 사실이 동실의 뼛속까지 들어차는 느낌이었다.

정숙이 시 상업관리과에 부탁한 탓에 저렴한 값으로 장의비품들을 구입할 수가 있었다. 정숙은 사망진단서를 차후 제출하기로 약속을 하고 공화국에서 정한 눅은쌀 가격으로 장례 비품과 식량, 식료품 등을 구입했다. 기백이 동무 상세 났을 때만 해도 공화국 사정이 아주 형편 없던 터에 초라하게 장례를 치를 수밖에 없었다. 하지만 그때보다 공화국 사정이 조금은 나아진 탓에 부끄러울 정도지만 형식을 갖출 수가 있었다.

— 어 동실아, 사망진단서 받아 왔음 어서 리 사무소에 신고하라. 그래야 장례 보조금도 받고 식량에 술도 얼마간 받을 게 아니나?

— 예, 아주미~

동실은 정신이 없을 지경이었다.

— 참아, 아까 옆집 동무가 가져온 명석장 몇 장을 요 앞 공터에 펼치라. 회장군조문객들이 몇이나 올는지 모르겠지만 도리는 마저 해야지~

정숙은 아까부터 속에서 나오려는 울음 덩어리를 꾹 눌러담고 있었다.

— 예, 어머니.

— 아이구 덕순 동무 얄미워라~ 어찌 그리 황천객이 되겠다고 야속하게 훌쩍 떠난다 말이니 그저 이~

정숙의 혼잣말 비슷한 목소리가 끝까지 나오지 못했다. 정숙은 마음속으로 흐느끼고 있었다. 덕순 동무의 죽음은 예견을 했지만 정숙에게 충격을 주고 있었다. 정숙은 자신이 아니라면 장례를 치를 수가 없음을 알기에 꾹, 꾹 올라오는 울음덩어리를 눌러 삼키며 침착하게 일을 처리하고 있었다. 나그네인 명호 동무가 곁에 있었더라면 덕순 동무의 죽음을 한결 편안하게 받아들였을지도 모른다.

— 동실아, 너 외가 쪽에 어떤 친척이 있는지 모르나?

— 외할머니 상세 이후 연락 끊겼다 들었습네다.

외가와는 일절 연락이 없었던 동실이네였다.

— 고모사촌고종사촌 얘길 동실이 네 오마니한테 들었던 거 같은데~

— 래왕 없으니 나는 모르지요.

동실은 따로 상복을 입지 않고 왼쪽 팔에 검은 상장을 끼도록 했다.

상주가 너무 초라해 참이의 팔에도 검은 상장을 둘러주었다. 봄이의 머리에도 흰나비댕기를 달아주니 아쉬운 대로 회장군들을 받을 수는 있을 것이었다.

덕순 동무의 시신은 동네 어른의 도움으로 염습을 마쳤다. 수의壽衣도 두르지 못하고 깨끗한 속옷으로 갈아입은 덕순 동무의 차가운 시신을 정숙은 망연히 바라보았다. 정숙은 들가방에서 향기 나는 분을 꺼내 덕순 동무의 뺨에 하얗게 발라주었다. 이윽고 덕순 동무의 시신이 나무 냄새가 짙게 밴 목관木棺의 뚜껑을 열고 반듯이 눕혀졌다. 질경이보다 모질게 살아온 덕순의 악착같은 세상살이가 바람벽 아래에 가만히 머물고 있었다.

리 사무소에서 가져온 남루한 병풍을 바람벽 아래에 가로로 놓인 목관을 따라 펼쳤다. 꽃으로 수를 놓고 나비가 훨훨 날고 있는 병풍 너머에서 덕순은 편안한 휴식을 취하고 있었다. 정숙은 부엌방에서 작은 상을 꺼내와 상 위에 덕순 동무의 생전 활짝 웃는 사진을 펼쳐 놓았다. 사진 속의 덕순 동무는 뭐가 그리 즐거운지 흰 이가 활짝 드러나도록 웃고 있었다.

― 동실아, 네 어머니 받은 훈장 있지?

― 예~

정숙은 떠나는 동무를 어떻게든 덜 외롭게 해주고 싶었다.

― 훈장이나 메달도 가져오고 표창장 받은 것도 죄 내어 오라.

― 예~

이것저것 펼쳐 놓으니 덕순 동무의 짧았던 생애가 상 위에 보란 듯이 펼쳐지는 모양새였다. 제법 공화국을 위해 충성분자로 살았다는 증좌證左들이었다.

- 흐응, 덕순 동무 아주 그냥 찬란하구려~

- 오마니~ 오마니~

동실이 여태 꾹 참아왔던 울음덩어리를 쏟아놓기 시작했다. 동실이 꺽 꺽 목을 놓아 울자 참이와 봄이가 곁에서 함께 눈물을 훔치고 있었다. 핏줄이 다르고 신분이 달라도 살아온 내력이야 어떤 친척보다 가까운 사이가 아니었던가.

- 어이 덕순이 동무~ 이 꼬락서니 미운 황천의 나그네야. 황천걸음 서두르지 말구 널널이천천히 가오. 가물치에 동약한약 달여 먹고 구사십생구사일생 할 줄 알았더니 이렇게 덕순 동무 누운 꼴을 보게 되니 그저 락담落膽 뿐이구려. 에구~ 불쌍한 덕순이 동무 동실이 아버지 만나거든 명호 동무 그저 편안하게 잘 지내고 있다 전해주오. 저 불쌍하고 가엾은 동실이 내 밥을 빌어먹어도 무의무탁생無依無托生은 만들지 않을 테니 그저 밤새 저 달이 지도록 천천히 놀다 가오. 어이 흐윽~

정숙은 덕순 동무를 잃은 안타까움에 푸념을 하듯 곡소리를 늘어놓았다. 정숙은 저도 모르게 목이 메어 말을 잇지 못했다. 정숙은 자신 앞에 놓인 시련이 너무나도 크다는 사실에 앞이 캄캄함을 느꼈지만 덕순 동무와의 마지막 밤을 온전히 지켜줄 생각이었다. 활짝 웃는 덕순의 모습을 보니 덕순 동무의 죽음이 더욱 믿어지지 않았다. 결국 이렇게 훌쩍 떠나려면서 아들애를 위해 그렇게 악착같던 덕순 동무의 모습을 생각하면 더욱 간장이 마를 뿐이었다.

덕순 동무를 알고 지냈던 기업소 동무들이 조문을 와서 슬픈 표정으로 울음을 대신했다. 세이웃들도 저녁이 깊어지면서 달려와 악착같던 덕순 동무의 마지막을 지켜주었다. 공터에 도란도란 둘러앉은 회장군들 중에는 기백의 동무들이 많았다. 기백이와 생전 친하게 지냈던 고등중학 동료들의 얼굴도 드문드문 보였다.

밤이 이슥해졌을 때 태산이 동무 역시 평상복으로 바꿔 입고 조문을 왔다. 태산은 투박한 걸음으로 걸어와서 고인의 밥상에 술 한 잔을 부어놓고 묵념을 했다. 태산이 묵념을 할 때 다른 조문객들이 뒤에서 기다리고 있었다. 태산이 동실의 어깨를 다독이며 시선을 돌려 정숙과 참을 바라보았다. 정숙은 태산의 시선을 피해 몸을 모로 틀었다. 명호 동무를 생각하면 태산의 존재를 바라보기조차 싫었기 때문이었다.

공터 멍석장에 앉은 회장군들 중에 기백이 동무와 죽마고구이던 동무들은 탁배기를 마시며 그간의 안부를 물었다. 공화국의 어려운 사정을 과감히 입에 올린 동무도 있었지만 호상 동무들 간에도 사상의 감시를 하는 터에 김정은 체제에 대한 불만을 발설하지 않았다. 술잔이 몇 순배 돌면서 회장군들은 취흥이 올라오는 모양이었다. 다른 동무들과는 달리 작은 탁배기 술잔을 밀어내고 아까부터 유독 고뿌놀음컵을 하던 장한이란 동무가 예민한 말을 꺼내놓았다.

– 정은이 아, 아니 그 정석이 동무 죽인 범인은 종내 밝혀지지 않았대지 아마?

– 언 동무 게 언제 적 일이나?

동무들의 말에 탁배기를 훌 털어 마시던 태산의 눈동자가 흔들렸다. 장한이란 동무가 계속 말을 이었다.

– 그때 명호 동무래 범인으로 의심을 받고 꾀나 고생께나 했대지~ 아니 근데 오늘 명호 동무 얼굴이 보이지 않네. 젤 가까운 세이웃인데 어찌 여적 이 동무 오질 않는 거이니?

– 명호 동무 안해아내는 저 안쪽에 있는 거 같던데~ 거 동무가 가서 여쭙고 오게. 아니 응당 가장 먼저 와서 조문객 맞아들일 동무 아니니?

명호와 기백이 동무의 죽마고구 하나가 약간 취한 몸짓으로 일어나 터벅터벅 정숙 동무를 향해 집안으로 걸어 들어갔다. 공터에 둘러앉은 회장군들은 비틀비틀 걸어 들어가는 동무를 고개를 들어 바라보았다. 대문 담벼락 아래 마치 덕순 동무의 혼백이 잠들어 있는 듯 다소곳이 빛나고 있는 조등弔燈조차 비틀비틀 걸어 들어가는 그 동무를 향해 숨을 고르는 느낌이었다.

정숙 동무를 만나러 들어갔던 동무가 비틀비틀 걸어 나왔다. 멍석장에 둘러앉은 회장군들의 시선이 일제히 그 동무를 향하고 있었다.

– 어이 호철이, 명호 동무 무슨 사정이 있대나?

– 거 이상야릇한 말을 하는데~

호철이란 동무가 고개를 갸웃거리면서 말꼬리를 흘렸다.

– 뭐라 하던데 이 답답한 동무야~

– 아니 명호 동무 사정을 어찌 요 태산이 동무한테 물으라 하지?

멍석장에 둘러앉은 회장군들의 시선이 일제히 약속이라도 하듯 태산에게 쏠렸다. 태산은 입을 전혀 달싹거리지 않을 작정인지 좋아하지도 않은 술을 연거푸 부어 넣었다. 공터의 어둠을 반쯤 물리치고 있는 남포등 불빛이 살랑살랑 흔들리고 있었다.

– 뭔가는 까닭이 있으니 하는 말이 아니겠나?

회장군 중 누군가 주위를 살피며 곰의 불알을 조심스레 건드리듯 말했다. 이어 재촉하듯 장한이 동무가,

– 거기 태산이 동무, 명호 동무의 처처지를 동무가 알고 있나? 이웃 중에도 세이웃인데 명호 동무가 어찌 모습을 보이지 않나 그래 어이?

하며 탁배기잔을 상 위에 탁, 소리가 나게 내려놓으면서 태산을 향해 물었다. 태산이 이윽고 성미를 담아 꽥 소리를 질렀다.

- 명호 동무 보이지 않는 사정을 내 무슨 수로 아니? 그저 버릇없는 회장군 되기 싫으믄 곱드리 술이나 퍼마시라.

　- 아니 이 동무 말하는 본새 보라. 그저 보위부 독거미 아니랄까봐서니~ 흐응 거 팔뚝에 번쩍거리는 금시곈 말야 인민들의 피땀이란 말이야, 거 어데서 눈이 봉우리야잘난 체 하고 있나?

　장한이 태산이 동무에게 지지 않으려는 듯이 되받아쳤다. 호철이란 동무가 장한이 동무의 옆구리를 살짝 건드리며 말했다.

　- 장한이 동무, 그만하라. 괜히 정석이 동무 얘길 꺼내가지구 말이야. 저 태산이 동무 품속에 아마 권총이 있을 거이야. 정신 바짝 차리라 동무~

　- 흐응 깟 거~

　장한이란 동무의 목소리는 딱 거기에서 멈추었다. 권총이란 말이 튀어나오자 술을 마시던 동무들의 손길이 난데없이 바빠졌다. 동무들의 기억에 기백이 동무의 장례 때 일어났던 정석 동무의 살인사건이 떠올랐을 것이다. 하나둘씩 자리에서 일어나 공터 가에 쭈그리고 앉아 담배를 태우다가 슬그머니 빠져나갔다. 기백의 벗들이 빠져나간 공터의 멍석장이 덩그러니 비어버렸다.

　- 아주 그냥 허허 넓어서 좋다.

　- 태산이 동무, 아니 좋아하지 않는 술을 어찌 그리 마셔대나?

　죽마고구 가운데 태산이 동무와 사이가 나쁘지 않은 동무 하나가 곁을 떠나지 않고 있다가 은근히 염려하는 말을 흘렸다.

　- 꺼내 먹은 김칫독인줄 알았더니 달식이 동무 너는 어찌 안 일어서나?

　- 내 겁 많은 오리가슴인 줄 아나?

　- 동문 이 태산이 권총이 무섭지 않다는 말이나?

- 막우막희라 하지 않나 음? 권총 따위 관심 없다. 기백이 마누라 혼백 달래주러 왔는데 무서울 게 뭐 있나? 동무 허리에 권총집이 열 개라도 나는 동무가 하나도 무섭지 않으니 여게 있는 거지~

권총 어쩌고 하는 얘기가 나온 탓인지 공터에 남은 몇 회장군들이 마당 안으로 들어갔다. 평소 기백이나 덕순 동무와 알고 지내던 이웃들이었다. 그들은 덕순 동무의 생전 모습을 마지막으로 눈에 담아두려는 듯 병풍 앞에 놓여있는 덕순의 사진을 향해 나란히 서서 고개를 숙였다. 정숙은 여기 고개 숙인 이웃들의 마음을 헤아리니 다시 가슴 깊은 데서 도달_{切怛 : 슬픔, 근심}한 마음의 보풀이 풀리기 시작했다.

회장군들의 도달한 마음을 위로하며 정숙은 동실 등을 앞세우고 마당 밖으로 나와 회장군들이 돌아가는 길에 머리 숙여 고마움을 전했다. 술에 취한 태산이 동무의 목소리가 멍석장 쪽에서 크게 들렸다. 정숙은 내딛던 걸음을 멍석장 쪽으로 향했다.

- 태산이 동무, 그만 마시오.

- 정숙아, 오늘 내 맘이 어찌 이리 들쑹_{들뚱}하니?

정숙은 말을 함부로 까는 태산이 동무를 쏘아보았다.

- 태산이 동무 취했구나요. 나 명호 동무 안해_{아내}야요.

- 어 그러지~ 태산이 동무가 명호 동무의 안해한테 말을 대패밥처럼 까면 아니 되지?

달식이란 동무가 옆에서 조심스럽게 거들었다.

- 달식이 임마 너 노죽_{알랑방구} 떨지 말고 꺼지라. 이 짜식 그저 권총 맛을 보겠다는 말이나?

- 아니 그저 함께 술잔 잡다 난데없이 내게 투정이니 동무? 흐어 욕을 들어도 당 감투 쓴 놈한테 들으라더니 떡판을 탐낸 것도 아닌데 내 참~

달식이란 동무마저 공터 멍석장에서 일어나 돌아갔다. 띄엄띄엄 오던 조문객의 발길도 이제 끊기고 공터 멍석장에는 어디서 왔는지 모를 회장군들 서넛이 앉아 도란거리고 있었다. 희미한 조등마저 졸리는 시간인지 이따금씩 깜빡거렸다.

– 태산이 동무 보오. 명호 동무 제발 한번 살려주오.

– 내 기백이 동무 안해 조문을 왔지 공화국 보위부 일터에 오지 않았다.

태산이 동무의 말속에 여전히 찬바람이 불었다.

– 명호 동무한테 고깔모자를 씌운 사람이 태산이 동무 아니오?

– 누가 누구한테 고깔모자를 씌웠다고 하니? 아니 일제 순사 놈들이 조선 죄수들한테 씌우던 고깔모잘 어찌 내게 뒤집어씌웠다고 하니?

정숙은 태산이 동무의 말에 더는 말을 하지 못했다. 락담을 하고 덕순에게 돌아가려는데 공터 입구에 강렬한 불빛이 비춰졌다. 자동차가 조용히 미끄러져 들어왔고, 공터에 남은 회장군들의 시선이 일제히 자동차를 향했다. 정숙은 떼던 걸음을 우뚝 멈출 수밖에 없었다. 캄캄한 밤에 부러 색안경을 끼고 자동차 앞문을 열고 걸어 나온 사람이 모든 사람들의 시선을 붙들었기 때문이었다. 태산이 동무 역시 그쪽으로 시선을 돌리면서 놀란 듯 입을 벌려 다물지 못하고 있었다.

제37장
인간락(樂), 김정남 암살조

1

보위부의 캄캄한 지하 독방에 갇혀있는 명호는 의식이 또렷이 깨어나 있었다. 명호는 거의 뜬눈으로 밤을 새웠다. 아들애 동실의 생각에 눈을 못 감고 절명絕命했을 덕순이 동무의 부음을 듣고 명호는 밤새 애달픈 생각에 눈을 붙이지 못했다. 덕순 동무의 죽음은 공화국 의료제도의 실상을 명확히 보여준 셈이었다.

공화국이 자랑으로 내세우는 무상無償의료제도는 결국 병원과 의사, 약이 구비되지 않은 무삼無三의료제도임이 드러난 것이었다. 공화국의 허세를 탓해 무엇 하랴. 공화국의 허울을 생각할 마음의 여유가 명호에게 없었던 것이다. 동실이가 이제 세상에 혼자가 되었다는 생각에 명호의 마음은 밤새 들쑹해져서 니연니연 물결치는 복잡한 심사에 또한 잠을 이룰 수가 없었다.

자신보다 남을 걱정하는 마음이야 공화국 교원의 품성이라지만 동실에게서 남다른 감회가 올라오는 것은 어쩌면 기백이 동무 때부터 이어져온 깊은 연인인연 때문일 것이다. 어둠 속에서 지나온 시절을 더듬어 보고 있으니 명호의 눈물선눈물샘이 하염없이 열렸다. 눈물선이 마르지 않은 탓인지 자신의 처지에 동실의 안타까운 처지마저 더해져서 더욱 뜨거운 눈물이 용솟음쳐 흘렀다.

장차 어떤 운명이 기다리고 있을 것인가. 아아, 정숙 동무는 덕순이 동무의 시신을 끌어안고 얼마나 가슴을 저미고 있을까. 덕순 동무의 장례는 어떻게 치르고 있는 것인가. 곡기穀氣를 잃어 허기진 마음인데도 명호는 정신을 번쩍 차리지 않을 수가 없었다. 공화국에서 과연 어떻게 살아갈 수 있을 것인가? 감옥에서 나간다 하더라도 그가 바라던 내일날에 대한 기대를 가질 수가 있을까?

비록 반쪽짜리 신분이란 족쇄를 차고도 충성분자로 살아온 세월이었다. 공화국에서 교원으로서의 책무를 다하며 허겁지겁 달려온 날들, 공화국에서의 교원이란 두 가지 양심을 한꺼번에 지니고 살아갈 수밖에 없는 모순의 길을 걷지 않으면 생존하기 어려운 것이 사실이었다. 교육의 최대 목표가 김씨 가문의 우상화에 맞춰진 이상 인민 본연의 가치와 인민 개인의 개발이라는 숭고한 이상에는 결코 닿을 수가 없는 일이었다.

오직 공화국 수령에 충성하며 수령을 위해 목숨을 바칠 수 있는 혁명가로 키우는 일, 이것이야말로 모든 공화국 교원의 궁극적인 목표였다. 곰곰이 생각해 보니, 한 인민의 본분으로 보면 부끄럽기 짝이 없는 일이었다. 교원이라는 직업에 대해 처음에는 무한한 광영으로 삼았었다. 교원이란 인민을 당과 수령에 충성하고 복종하도록 이끄는 매개체로서 숭고한 사명을 지니고 있음이었다. 교원이란 공화국 정권을 위해 총포탄이 되도록 인민을 지도하는 세뇌 교육의 실천자로서의 사명감을 안고 살아가야 하는 것이 본분이었다.

명호는 공화국에서 교원이 되면서 교원으로서 자부심이 대단했다. 악착같이 받은 메달과 훈장은 공화국 충성분자로 살아가는 이런 명호의 열정을 충분히 증명해 주었을 것이다. 하지만 교원으로서의 자책이나 회의감 같은 데서 양심까지 떳떳한 것은 아니었다. 교원이란 직업은 오직 공화국이라는 거대한 권력이 만들어 준 지식을 전수해 주는 전달자밖에 되지 못하는 것이었다. 공화국 주도의 교육에 감히 반기를 들 수도 없으니 비록 교원이라도 교육의 객체밖에 되지 못하는 것이었다.

그래 그러는지 제자들에게 공화국 교원은 존경받지 못했다. 남쪽에서는 제자들이 스스로 스승을 섬기는 날을 만들어 감사를 표하고 예를 갖추며 선물까지 안긴다고 했다. 허나 명호는 자신이 오랜 세월 교원의 직분을 가지고 살아왔지만 9.5월5일 교육절날에서 조차 교원으로서 대접을 받아보지 못했다.

9.5 교육절은 김일성 주석이 발표한 사회주의 교육에 관한 강령을 기리기 위해 만들어진 일종의 교육헌장일 같은 것이었다. 조선공화국 당국이 서둘러 '조선대백과사전'에 기록하였으니, '그이의 혁명업적을 길이 전하기 위하여 사회주의 교육발전의 획기적인 전환을 이룬 역사적인 날'이라는 것이었다. 이러한 '역사적인 날'이기에 해마다 시월 첫 일료일에 기념하던 학생절마저 폐지되고 말았다.

명호 역시 고등중학 교원으로 일하면서 9.5 교육절이 되면 오히려 마음에 부담만 늘었던 기억들이 많았다. 김일성의 교육체제를 철저히 고착화시키기 위해 다양한 결의모임이 열리곤 했다. 학생들은 스승이 아닌 김일성의 동상에 꽃을 바치고 교원들은 충성맹세를 더욱 다그치면서 무수한 보고서 뒤치다꺼리에 눈코 뜰 새 없을 지경이었다. 공화국에서 모든 교육의 목표는 김씨 3대 우상화를 위해 사회를 개조하고 변혁하며 인민들의 정신상태를 개조하는 데로 흘러가야만 하는 것이었다.

명호 역시 오직 인민들의 모범이 되도록 애를 썼다. 개인의 교양과 지식은 생각할 겨를도 없이 오로지 정치에 휘둘리며 정치 이론적 자질을 우수하게 연마하였고 문화적인 현상을 주민들 틈새에서 파악하도록 애를 썼다. 력사 교원의 자질을 갖추는 것은 다른 영역의 교원의 자질과는 다른 면모가 필요했다. 하지만 력사 교원의 자부심은 이내 교과내용 앞에서 무릎을 꿇을 수밖에 없는 실정이었다.

명호는 공화국에서 력사학도로서 력사를 배워주는 가르치는 교원으로
살아오면서 수많은 회의감 속에 절망했던 적이 많았다. 력사의 주체가
공화국 당국이고 보니 력사 교원으로서 누구나 한번쯤은 양심의 발현
을 가로막고 있는 높은 벽 앞에서 호흡을 가다듬어야 했다. 교원의 창
의적인 교수법이 학생들에게 녹아들어갈 여지도 없이 틀에 갇힌 왜곡
된 역사를 주입해야만 하는 것이 력사 교원으로서 가장 회의감이 드는
부분이었다.

력사라는 것은 언제나 패자의 허리를 꺾고 승자의 손을 들어주는 게
임 같은 것임을 모르지 않았다. 력사는 그 시대를 살아온 인민들의 눈
이 되고 귀가 되고 기억이 되어야 한다는 것도 잘 알고 있었다. 하지만
조선공화국에서 력사는 세계적 력사 학자인 카E.H.Carr의 '력사란 현재
와 과거 사이의 끊임없는 대화이다'라는 명언과는 거리가 멀었다.

명호는 력사 학도로서 카E.H.Carr의 '력사란 무엇인가'를 탐닉했던 적
이 있었다. 명호뿐만 아니라 공화국에서 력사 학도라면 한 번쯤 팔 걷
어붙이고 통독하고 싶은 책이 카의 책이었다. 하지만 공화국에서 언제
부터인가 카의 책을 읽는 것에 대한 불편한 분위기가 엿보였다. 명호
는 공화국의 이런 태도를 카가 주장하는 책의 내용에서 가늠할 수 있
었다. 사회가 먼저냐 개인이 먼저냐? 카의 이러한 문제 제기는 역시 그
책에서 기술한 바와 같이 암탉과 달걀의 논쟁이나 마찬가지였다.

역시 당시 카의 책을 함께 탐독했던 력사 학도 동무 하나가 명호에
게 불쑥 질문을 던져왔다.

－ 동무, 혹시 인간은 어느 누구도 섬이 아니라는 대목을 기억하오?

－ 영국의 어떤 시인이 했던 말 같은데 섬 자체로는 완벽할 수 없다는~
하며 기억을 더듬어 명호가 대꾸했다.

- 그저 섬이란 대륙의 한 조각과 같은 것이오.

- 마치 인민을 함께 모아놓는다면 다른 실체라도 되는 듯이 말하오.

명호는 동무의 의견에 반기를 들고 싶은 생각은 아니었지만 마치 개인주의자인 어느 철학자의 글을 읽었기에 불쑥 반문反問하였다. 명호의 반문에 그 동무가 이마 위의 주름을 끌어내리면서 물었다.

- 흐응 동무, 그럼 우리 인민들이 써대는 언어는 개인의 상속물인 게요?

- 그야 사회적 획득물이 아니겠소?

하며 명호는 궁색한 변명조의 대꾸를 했다.

- 것 보오. 로빈슨 크루소가 정말 고립된 사회에서 영원히 살아갈 수 있었겠소? 그도 신에게 기도를 하고 하인을 부리기까지 하였단 말이오.

명호는 동무의 정곡을 찌르고 들어오는 질문에 얼른 대응하지 못했다. 이마를 찡그리고 있다가 한참만에야 불쑥 동무를 향해 물었다.

- 그럼 개인이 완전한 자유를 누릴 수 있는 방법이란 무엇이오?

- 허어 이 동무 보게. 개인이 어찌 완전한 자유를 누릴 수 있다는 말이오? 개인이 누릴 수 있는 완전한 자유란 자살밖에 없는 것이오.

명호의 가슴에 더는 흔들리지 못하도록 대못을 박는 말을 하고 동무는 사라져버렸다. 력사가란 하나의 개인이다. 다른 개인과 마찬가지로 력사가 역시 하나의 사회적 부속물이다. 력사가는 자신이 속한 사회의 산물이며 그 사회의 대변자이다. 그러므로 력사가는 이러한 자격과 사명을 가지고 과거의 사실에 접근한다.

명호는 카의 이론에 탐닉하면서 끊임없이 자신을 향해 질문을 던졌다. 력사가는 암벽 위에서 산 아래의 세상을 관찰하는 독수리인가? 공화국의 력사를 생각하면서 명호는 터무니 없는 질문을 자신을 향해 끊임없이 던져왔다. 그리고 수없이 고뇌하고 갈등을 하다 결국 카의 책을 통해 결론에 이르게 되었다. 력사가 역시 력사의 터널을 향해 걷고 있는 작은 하나의 소속에 지나지 않는다는 결론이었다.

력사에 대해 생각과 지식의 깊이를 늘릴수록 희망적인 대답을 얻지 못했다. 력사의 실재를 숭고한 존재로 항상 생각해 왔던 명호로서 공화국에서 일어나고 있는 력사란 맹목적인 것에 지나지 않았고 독재자의 냉혹한 욕망에 이용당하는 것으로 여겨질 뿐이었다. 독일의 파국을 역설했던 지성인이었던 어느 학자의 책에서 명호는 맹목적이며 냉혹함에 이용당한 공화국 력사의 실체를 훤히 들여다 볼 수 있었다.

명호는 력사를 공부하면서 맑스를 존경하게 되었다. 그렇다고 그가 맑스에 대해 방대한 지식을 쌓은 것도 아니었다. 다만 맑스의 이론 하나가 명호의 생각을 송두리째 사로잡은 것이었다. 력사는 아무런 일도 하지 않는다. 막대한 재산을 소유하지도 않는다. 전투도 당연히 하지 않는다. 다만 모든 것을 행하고 소유하고 투쟁하는 것은 인간, 현실에 살아 있는 인간일 뿐이다.

명호가 공화국에서 힘없는 력사 학도로서 부끄럽지 않게 살아갈 명분을 맑스에게서 찾은 셈이었다. 력사는 위인들의 전기라고 주장한 그릇된 력사관에 대해 마땅히 반기를 들어야 한다는 생각을 하고 있었다. 명호의 가슴속에는 인민들의 힘으로 력사의 물줄기를 돌려놓을 수도 있다는 생각이 일찍부터 자리 잡고 있었다. 하지만 공화국에서 력사 교원으로서의 이러한 의식은 그저 생각에 머물 뿐이었다.

노래라고 모두 륙자배기는 아니다. 명호가 력사 혹은 사상에 대해 깨달았던 것이 어쩌면 옅은 지식에 지나지 않을 수도 있다. 사물에 대한 그릇된 판단에 지나지 않을 수도 있었다. 설령 아니라 하더라도 그의 피가 반쪽의 불순분자라는 사실은 공화국 감시의 눈을 피해 조신하게 고개를 숙이지 않으면 아니 되는 일이었다.

생각해보니, 력사 공부의 원동력은 력사적 실체에 접근하는 것이 반드시 필요하다는 점이었다. 력사의 실체는 드러난 현실을 분석하고 그 원인에 접근해야만 하는 것이다. 그 원인을 찾았을 때 공화국의 가치나 인민 개인의 가치를 판단하게 되는 것이다. 이러한 태도야말로 력사가 스스로 생명을 지니면서 발전할 수 있는 길이 되는 것이다. 이른바 현대에 필요한 진보의 력사, 명호는 이것이 공화국에서 추구해야할 진정한 력사라고 생각하고 있었다.

조선공화국 력사의 이면에는 항상 지배자의 무서운 감시의 눈이 도사리고 있었다. 그 눈은 붉은 눈이며 상대를 집요하게 감시하고 통제하려는 눈이었다. 공화국의 최종 목표는 언제나 온 사회를 김일성, 김정일 주의화 하는 것임을 모르는 인민은 없을 것이었다.

그리하여 조선노동당의 목적은 남조선에서 미제의 침략무력을 완전히 몰아내는 것이며, 인민대중의 조선노동당적 자주성을 완전히 실현하는 것이다. 모든 반동적 기회주의 사상 즉 자본주의 사상이나 봉건 유교 사상이나 수정주의, 사대주의 등을 배격하는 것이다. 그리하여 궁극적으로 대남 무력 적화통일로 나아가는 것이었다.

조선공화국의 실체는 항상 비정한 틀에 갇혀 있는 모습일 뿐이었다. 오직 유물론의 핵심이던 맑스-레닌주의를 추구해 오던 조선공화국은 점차 맑스-레닌에서 탈피하지 않으면 안 되었다. 맑스- 레닌주의에서 끈질기게 배격하는 세습과 계층적 신분제는 공화국에게 불편한 대목이 아닐 수가 없었다. 그래서 이러한 인민의 감정을 자기들의 입맛에 맞게 전환시키려는 방안으로 등장한 것이 황장엽에 의해 일어난 '주체사상'이었다.

주체사상은 조선공화국 사회주의 헌법 개정 때 처음 등장했다. 이후 여태까지 공화국의 사상적 근간이 되었던 맑스-레닌주의를 삭제하였다. 주체사상이야말로 맑스-레닌주의를 대체하여 조선공화국 사회주의 체계의 독자적 노선이 되었던 것이다. 주체사상을 뒤집어 들여다보면 오직 개인 우상화 놀음이며 김일성 유일사상을 위한 지도이념의 도구에 지나지 않았다.

공화국은 황장엽의 인간주의로 대변하는 주체사상을 통해 일인독재체제를 정당화 하고 일당독재체제를 공고히 하도록 하였다. 하지만 이런 주체사상도 맑스-레닌주의의 그늘에서 완전히 탈피한 것은 아니었다. 많은 부분에서 맑스-레닌주의를 계승하고 있는 것으로 드러났던 것이다. 따라서 조선공화국에서 추구하는 주체사상은 맑스-레닌주의의 속편과도 같은 아류에 지나지 않음이었다.

― 공화국에서 인민 개인의 능력은 관절 어디에 필요한 거요? 노동을 통해서 우덜이 자신의 기술과 재능을 발전시켜야 하는데 인민의 본성이 통제되고 왜곡되고 있으니 원~

― 아니 이 동무 그저 보아하니 반동사상으로 잔뜩 오염이 되었어.

― 흐응 동무나 제대로 정신 줄 놓지 말라. 공화국 모든 인민들이 제 주머닐 채우는데 혈안이 되어 있지 않나 말이야. 내래 아무리 세상이 바뀌어도 인민의 공동 노력의 결실이 그저 공동체에 의해 소유되어야 하지 않나 믿는 사람인데~ 그저 교원질 하는 놈은 언 세월에 고층살림집에 들어가 살아 보겠나 말야 엉? 능력 있는 사내 소린 못 듣는다고 쳐도 모자란 세대주라 손가락질 받진 말아야 하지 않나 말이야~

- 거 명호 동무 보아하니 아주 제대로 빨갱이 아니니? 내 동무에 말을 듣지 않은 걸로 하겠소.

- 이런 소갈딱지 엷은 동무야, 빨갱이 뜻이나 제대루 알고 지저귀려무나~ 빨갱이는 아랫동네 사람들이 북조선 인민들 보고 손가락질 할 때 쓰는 말이란 말이야 어 나 참~

명호는 조선공화국이란 체제가 달갑지 않았다. 명호에게 펼쳐졌던 날들은 지금처럼 캄캄한 어둠의 날들의 연속이었다. 명호는 자신의 삶이 대체 어디에서 흘러와서 어디로 흘러가는지 갈피끈을 제대로 잡지 못했다. 공화국이라는 나라야말로 명호에게 뚜렷한 세계관을 찾을 수 없는 나라였던 것이다. 일찍부터 태산이 동무와 얽혀진 악연은 명호의 인생길을 노루가 아이 업고 가듯 말이 안 되는 길로 이끌고 있는 것이었다.

아아, 지금 명호의 처지 역시 캄캄한 어둠밖에 펼쳐져 있지 않았다. 지하실의 독방이란 감옥은 시간을 가늠하기 어려웠다. 지금은 대체 낮이란 말인가 밤이란 말인가. 죄를 지은 것도 아닌데 구메밥_{감옥밥}을 먹고 있으니 그의 처지 또한 측측_{불쌍}하기 짝이 없는 일이었다. 눈물을 흘리는 것도 아닌 듯한데 눈꺼풀이 따갑게 느껴졌다.

바늘 끝처럼 날카로운 의식의 촉수는 아무리 캄캄한 어둠 속에서도 생명의 눈을 뜨고 있었다. 시선이 분산될 수 없는 암흑의 조건은 의식을 한데 집중할 수 있는 최상의 공간이었다. 눈을 뜨는 생각의 분자들이 씨줄과 날줄처럼 한데 엉겨 하나의 의식을 직조해내고 있었다.

그나저나 덕순 동무의 장례는 어떻게 되어가고 있는지 명호의 처지가 궁색할수록 더욱 걱정스럽기 짝이 없었다. 반갑지도 않은 태산이 동무의 모습이 기다려지는 것은 덕순의 장례에 대한 궁금증 때문일 것이었다. 명호는 정숙 동무가 침착하게 장례를 주도했을 것이라 믿고 있었지만 그런 생각을 하면 안타까움에 가슴을 긁어댈 뿐이었다. 덕순 동무의 장례에 태산이 동무 역시 참석했을 것이다. 문득 기백이 동무 장례 때 죽은 정석 동무의 얼굴이 태산의 얼굴과 한데 겹쳐서 떠올랐다. 명호는 저도 모르게 몸을 파르르 떨었다.

명호는 정말 공화국에서 후회하지 않고 살아갈 자신이 있을까 진지하게 생각했다. 공화국에서 반쪽 신분으로 살아가기에는 너무나 벅찬 처지가 아닌가. 태산이 동무의 반칙이 아니라면 공화국에서 정말 후회 없이 살아낼 수 있을까. 태산의 반칙이 아니라도 반쪽의 신분으로 조선공화국에서 살아내기란 쉬운 일은 아닐 것이라고 생각했다. 공화국에서 살아낼 자신이 없다면 자신은 무엇을 해야 옳은가, 하고 명호는 거듭 반복해서 생각해 보았다.

피 한 방울 섞이지 않은 참이의 존재에 대해서도 명호는 깊은 생각에 젖어 있었다. 딸애 봄이의 문제와는 전적으로 다른 처지에서 냉정하게 생각해야 하는 일이었다. 이붓 아버지를 만나 발목에 족쇄가 채워지는 운명은 겨자가루 퍼먹으며 눈물 흘리듯이 어리석은 일을 스스로 맞아들이는 꼴이었다. 어리석은 장님이 지팡이도 한번 두드려보지 못하고 심장을 내어주는 꼴이나 마찬가지였다.

아아, 명호는 어둠 속에서 고개를 좌우로 흔들었다. 모든 것들이 엉망이 되어 그의 마음을 복잡하게 옭아매는 느낌이었다. 복잡한 심사 속에서 헤매고 있을 때 다가오는 희미한 발자국 소리가 명호를 긴장하게 만들었다. 듣자하니 태산의 발자국 소리는 아닌 모양이었다. 척, 척 자신만만하게 내딛는 구두 밑창의 둔탁한 울림이 아니라 날렵하게 톡, 톡 찍어 누르는 소리에 명호는 정신을 가다듬었다. 날렵한 발자국 소리는 녀성 보위부 요원의 발자국 소리가 분명했다.

- 리명호 동무 내 속이 타서 하는 말인데 떼식끼니은 거르지 마오. 눈이 움푹 들어가 그저 하가마기생 머리에 눌러쓴 쓰개가 되었소.

녀성 보위원이 식구통으로 식판을 밀어 넣으며 평소와는 달리 숙부드러운 목소리로 말했다. 명호가 보위부 녀성 동무에게 물었다.

- 지금은 낮이요 밤이오?

- 낮이지요.

명호에게 보위부 녀성 동무의 목소리가 부드럽게 들렸다.

- 예~ 당최 시간이 흐르는지 마는지~

- 남의 밥도 끄당겨 내 입구멍에 넣을 판에 굶지 마오. 그저 입맛 없어도 오순도순 밥상두리에 앉았던 가족 생각하며 먹으오.

녀성 보위부 요원의 목소리에 여전히 정감이 묻어 있었다.

- 고맙소. 저 말이 나온 김에 선생님 하나 부탁이나 합시다.

- 뭘 말이오?

녀성 보위부 요원이 돌아서려던 발걸음을 되돌리며 놀라듯이 물어왔다.

- 반탐과 박태산 동물 만나게 해주오.

- 높으신 선생 이름을 어찌 막 대하는가?

상관을 함부로 대한다고 생각했던지 녀성 동무의 목소리가 좀 전과는 달리 앙칼지게 귀에 꽂혔다.

- 내 죽마고구이니 그러는 게오. 꼭 한번 만나게 해주오.

- 죽마고구인 것은 아오. 하지만 이제 감옥에 갇힌 동무가 함부로 입에 올릴만한 그런 이름이 아니란 말이오.

- 아니 게 무슨 말이오?

명호는 순간 머리가 혼란스러웠다.

- 박태산 선생은 공화국에 찬란한 업적을 인정받아 여 도 보위부 부

부장으로 승진되어 가셨다 말입네다.

　- 아~ 세상이 천지개벽을 해도 분수가 있어야지~

　명호는 추락하는 자신의 모습을 마주보는 느낌이었다.

　- 두 사람이 어떻게 얽혔는지는 모르겠지만 옆에서 지켜보니 동무도
참 딱하오. 내 박태산 부부장이 없어 사정 좀 보아주려는 것이오. 뭐
불편한 것은 없소?

　- 날 그럼 여 도 보위부 감옥으로 옮겨줄 수는 없소?

　태산이 동무가 이곳에 없다하니 갑자기 상실감 같은 것이 느껴졌다.

　- 아니 동무 게 무슨 망발이오? 도 보위부 감방이 얼마나 살벌한 데
란 것을 모르오? 여긴 거게 비하면 천국이니 그저 꾹 참고 예서 예심취
조을 받으오.

　- 수세식 변기의 물을 받아두지 못했소.

　- 동무가 게으르니 그런 게 아니오? 언 쯧, 쯧~

　아침과 저녁 두 차례 걸쳐 감방 수세식 변기에 15분 정도 물이 공급
되었다. 그도 저도 어떨 때는 공급되지 않는 날도 있었다. 식기나 플라
스틱 용기 등에 물을 받아놔야 목을 축이고 씻을 수가 있었다.

　- 비닐 주머니를 하나 넣어 주시라요.

　- 알았으니 불편하더라도 째만 참으오. 언 쯧, 쯧~

　명호는 녀성 보위부 요원의 발자국 소리가 희미하게 멀어질 때까지
명한 모습으로 바라보았다. 태산이 동무의 진급 소식은 명호를 더욱
절망하게 만들고 있었다. 이제 정말 명호의 목숨은 태산의 손짓 하나
에 좌지우지되는 판국이었다. 태산이 동무의 앞길을 이끌어주는 별이
라도 있는 모양이었다. 한 치 앞도 무지러져서 내다볼 수 없는 자신의
처지를 생각하면서 명호는 깊은 한숨만 흘러나왔다.

2

조선공화국 인민들은 배를 곯아도 자부심 하나는 하늘을 찌르고 있었다. 인민들은 비록 배를 곯아도 미제와 남쪽 괴뢰들을 때려잡을 수 있는 핵과 미사일만 있다면 두려울 것이 없다고 생각했다. 공화국은 이런 인민들의 간지러운 겨드랑이를 긁어주기 위해 국가적 기념일에 때맞춰 미사일을 높이높이 쏘아 올렸다. 노동당 창건 71돌에도 공화국 인민들은 당국이 대형 미사일을 쏘아 올려주기를 간절히 기대하고 있었다.

김정은 생일에 즈음하여 핵실험을 실시했고 공화국 정권 수립 기념일에도 핵실험을 실시했다. 김정일의 생일을 즈음해선 장거리 미사일을 날려 보냈다. 김일성 생일을 기념해서는 중거리 탄도 미사일까지 쏘아 올렸다. 급기야는 김정일의 '선군정치' 실행 기념으로 미국이 떨고 있다는 잠수함 탄도미사일까지 쏘아 올렸다. 공화국 인민들의 관심은 이제 노동당 창건일에 미국 본토 땅덩어리를 날려버릴 대륙간탄도미사일을 쏘아 올려 통쾌하게 성공하는 모습을 보게 되는 일이었다.

가뜩이나 불과 20여일 전에 조선중앙뗴레비에서는 공화국 역사상 처음으로 정지위성을 지상으로 분출시켜 성공을 거두었다고 대대적으로 선전하고 있었다. 김정은은 미사일 시험발사 현지지도를 통해 남다른 자신감을 드러냈다.

– 언제 어디서라도 적들을 향해 핵 공격을 할 수 있도록 하라.

– 빠른 시일 안에 여러 형태의 탄도미사일 시험 발사를 단행하라우.

김정은의 지시에 화답하듯 공화국은 탄도미사일, 지대공 미사일, 방사포 등 수십여 발을 쏘아대며 공화국 인민들을 충동했다. 탄도미사일은 로켓 엔진을 이용해 대기권 밖에서도 작동하기 때문에 대륙간 목표물을 공격할 수 있는 미사일이었다. 지대공 미사일은 지상에서 공중을 향해 발사하여 전투기 등을 격파하는 것이며, 방사포는 다연장로켓이라 하는데 여러 개의 로켓 탄두를 한꺼번에 발사할 수 있는 장치로 알려져 있다.

조선공화국이 서울을 순식간에 불바다로 만든다며 떠들어대는 것이 바로 방사포의 위력을 염두에 두고 했던 말이었다. 공화국은 남조선 인민들의 숨통을 단숨에 끊어놓을 핵실험까지 단행했던 터였다. 하지만 인민들의 기대와는 달리 공화국은 노동당 71돌에는 이상할 정도로 조용했던 것이었다.

– 아니 동무, 지난해에는 그저 대규모 열병식을 하지 않았소?

– 열병식이 다 무어요. 촛불 행진까지 아주 그저 대단하였지 않나~

주민들은 삼삼오오 장마당 등에서 만나면 아쉬운 심기를 드러냈다. 그럼에도 주민들은 김일성, 김정일 동상에 꽃다발을 정성스레 바쳤다. 최룡해, 황병서 등 책임일꾼들은 김일성, 김정일 시신이 안치되어 있는 금수산 태양궁전에 참배했다. 지난해만 해도 김정은이 '조선노동당 당기가 창공 높이 휘날리고 장장 70년 세월 그 어떤 광풍에도 끄떡없이 승리와 영광을 아로새기자'고 목소리를 높였었다.

그러나 이번에는 중앙떼레비에 김정은의 모습조차 나타나지 않았다. 김정은이 이렇게 모습조차 드러낼 수 없게 된 것은 얼마 전 발생한 함북 지역 큰물홍수사건 때문이었다. 야심차게 허리띠를 졸라매고 발걸음을 다그쳤던 200일 전투마저 사실상 중단된 상태였다. 심각한 홍수 피해 상황에서 창건일이라고 떠들어대기에는 인민들의 잠재된 불만이

재방처럼 터질지도 모른다는 위기감이 너무 컸던 때문이었다.

김정은은 수해복구 작업을 독려하면서 노동당 일꾼들과 당원들에게 지시했다. 인민을 받들라는 평소 신봉대로 인민 앞에 당원들은 무한히 겸손해야 한다고 강조했다. 또한 당원과 일꾼들은 인민의 참된 충복이 되어야 한다며 인민대중의 제일주의를 거듭 강조하고 나섰다. 김정은의 이러한 지도에 맞장구를 치며 공화국의 나팔수들은 인민중시, 군대중시, 청년중시야말로 혁명무력의 생명선이라며 연신 광포를 쏟아부었다.

조선공화국은 노동당 창건일을 준비하며 인민들에게 엄청난 지시를 하달했다. 공화국 내의 인민들과 당원은 물론 해외에 나가 있는 인민들에게도 충성자금을 바치도록 지시했다. 중국이나 해외에 외화벌이 나간 일꾼들이나 해외에 나가 있는 외교직급 외교관들 역시 예외가 아니었다. 지상의 어디에 있든 공화국 인민들이라면 모두에게 불똥이 떨어졌던 것이다. 사정이 낫다는 무역일꾼들마저 자금 확보에 비상이 걸려있었다. 대북제재로 인한 수출 품목의 축소 때문에 할당액을 마련하지 못해 그들도 곤난困難을 겪고 있었다.

그러던 중에 조선공화국에 와자자 이상한 소문이 나돌기 시작했다.

- 동무요, 아랫동네 소문 들어 보았댔소?

- 남쪽 동네 소문을 무슨 수로 듣는다 말이오?

- 공화국 난다 긴다 하던 인민들이 아랫동네 내려가 떵떵거리고들 살고 있다는데~

마을 공터나 장마당 혹은 후미진 뒷골목 같은 데서 주민들은 목소리를 낮추어 은밀한 얘기들을 꺼내놓았다. 공화국에서 국경을 넘어 중국이나 동남아로 잠입하여 은밀히 아랫동네로 내려간 탈북자들이 많다는 소문은 낯선 소문이 아니었다. 하지만 난다 긴다 하던 간부들이 남쪽에서 떵떵거리고 산다는 것은 낯이 설은 해괴한 소식이었다.

— 김종대김일성종합대학 다니던 동무들도 서울에서 보란 듯이 살고 있고 평양 출신 동무들도 서울에 터를 잡고 산다고 하오.

삼삼오오 모인 사람들은 주위의 눈치를 살피며 공화국 전역에 퍼지고 있는 이런 드소문에 귀를 기울이고 있었다.

— 김종대 다닌 동무들이 뭐가 아쉬워 도강渡江을 한다는 말인가? 아니 평양 출신이라면 낳을 때부터 그냥 깔고 앉은 운세인데~

주민들은 이런 소문들을 쉬이 믿으려고 하지 않았다.

— 그저 아랫동네 떼레비에 조선공화국 동무들이 한물커리한 무리로 나와 공화국에 슝을 보고 주둥이를 짓까불고들 있다 하더라 말입네다.

— 에이 거 동무 보자니 밤새 개탈병이 들었던 모냥이오. 어찌 헛물을 켜고 그러나~ 내 김종대 총장했던 황장엽이 남조선에 내려가 반동짓 했다는 소식은 들어서 알고 있지만~

떠도는 소문을 믿으려고 하지 않으면서도 주민들이 모이는 곳이면 이런 무시무시한 말들이 끝없이 흘러나왔다.

— 것 보오. 얼마 전에도 영국 대사관 공사 하나가 아랫동네로 내려가 그저 조선공화국에 침을 뱉고 목에 핏대를 세워 공화국을 비방해대고 난리를 쳐댄다는 말을 들었소.

— 거 보위부 간부 놈도 인민군 대좌 놈도 녀맹 위원장 했다는 년도 아주 그냥 살판 나는 까리때를 만난 듯 입을 까더라는 데 에이~

주민들이 둥글게 모여 무슨 얘기들을 하려들면 이런 얘기들을 엿들으려는 내탐군이 은밀히 끼어드는 경우도 종종 있었다. 그래서 주민들은 낌새가 이상하다 여겨지면 눈치를 보내 입을 가무렸고다물고, 그저 흩어지면 그뿐 마음에 새겨둘 수가 없는 입장이었다. 감시의 눈이 언제 어디서나 주민들을 향해 매의 눈처럼 동작作動하고 있었기 때문이었다.

뒷골목이나 장마당 으슥한 곳이 주민들의 닫힌 마음의 방출장이었다. 그런데도 내탐군이 있는 듯해 보이면 말 같지 않은 말은 귀가 없다는 말이 있듯 이치에 맞지 않는 말처럼 못 들은 척하고 자리를 피했다. 그러나 내탐군의 눈은 매의 눈빛이었고, 말로는 별의별 것을 다 속일 수 있어도 내탐군의 눈길은 속이기 어려웠다.

말만 듣고는 정말 사람의 속을 모른다는 말은 틀린 말이 아닌 모양이었다. 우산발이 펼쳐지듯 사방으로 흩어지는 주민들의 표정을 읽고 내탐군은 촉각모觸覺毛 : 촉수를 곤두세우기 마련이었다. 내탐군에 붙잡힌 주민 중에 고추拷推 : 추궁를 당하면 실속 없는 정보라도 뱉어낼 수밖에 없었다.

조선공화국 상황이 이런 까닭에 당국에서는 은밀한 루트를 통해 남쪽으로 간첩을 내려보내고 있었다. 공화국은 다양한 조직체계를 통해 숙련된 간첩을 양성하기 위해 온갖 노력을 기울이고 있었다. 그렇게 양성된 공작원들에게는 공화국에서 탈북하여 남조선에 달라붙어 반동을 일삼는 동지들을 제거하고 지하당을 구축하여 사회단체에 은밀히 침투하는 임무를 지령했다.

또한 남조선의 주요 인물을 암살하고 주요 시설을 파괴하며 군사 및 첩보를 수집해 올릴 임무가 주어졌다. 주요 시설을 파괴하거나 지뢰 도발을 비롯한 온갖 도발을 계획하고 때에 따라서는 중요한 인물을 은밀히 납치하여 호송하라는 특수 임무가 주어지기도 했던 것이다. 또한 남쪽의 중요한 시기에 사회 혼란을 조성하는가 하면 온갖 책동을 일으키는 임무를 띠고 남파되는 간첩도 있었다. 북쪽에서나 남쪽에서나 전혀 상상하지도 못할 일들을 공화국 당국은 은밀히 계획하여 실행하여 왔었다.

도 보위부 부부장에 오른 태산의 어깨는 이제 더욱 무거워지고 있었다. 공화국의 자금줄이 막힌 옹색한 처지에 태산이 물꼬를 터서 나름 두드러진 실적을 올렸다. 공화국 인민들이나 간부들이나 가릴 것 없이 어디에서나 경제제재 이후 자금 마련을 하느라 발부리에 호끈 불이 날 지경이었다. 그런 처지에도 태산은 다른 간부들보다 빨리 속결을 지어 실적을 올렸다. 실속도 없이 겉치레만 요란한 간부들 마냥 그저 간판 놀음에 휘말리지 않았던 것이었다. 태산은 착실히 자금을 만들어 상납을 하면서 능력을 보여주었고 이러한 그의 능력은 공화국 당국의 눈에 다시없는 충성분자로 비치게 마련이었다.

– 박 부부장 동지와 머리 맞대고 일을 하게 되니 기쁘오.

– 부장 동지께서 환대해 주시고 이렇게 따뜻하게 휘돌아보아 주시니 그저 황송할 따름이지요.

태산은 사다리를 한 계단 올라간 사실을 상기하며 허리를 굽혔다.

– 부부장 직책이야 거의 내부사업이 중요할진대 내래 도 보위부장으로서 박 부부장 동지한테 부탁이나 하나 할까 하오.

– 아이쿠 그저 미흡한 사람인데 이케 전시(轉恃 : 믿음)를 주시니 예 예~

태산의 허리가 습관에 박힌 듯 말끝마다 굽혀졌다.

– 내 명색 부장으로서 내외 전반 사업을 아우르고 있지만 박 동지가 그저 내부사업뿐만 아니라 반탐 쪽 경험을 살려 외적으로도 기발한 아이디아를 한번 내어주시기 바라오.

– 아이쿠 이거 경황이 없어서리 뭐라 말씀을 여쭤야 할지~ 내야 그저 부장 동지 뜻이라면 하늘처럼 받들어야지요.

태산은 이렇게 말을 하면서 속으로는 언젠가 보위부 최고의 자리에 오르는 상상을 하고 있었다.

- 그래서 하는 말인데 이봐 정치부장~

- 예, 부장 동지~

정치부장이 허리를 숙였다.

- 거 박 부부장 동지하고 긴밀히 협조해서 당 사업과 행정사업을 아주 자근자근 론의하기 바라오.

- 그러믄입쇼. 그저 부부장 동지가 의견을 내어주기만 하믄 책상들 이할 거 없이 박 동지의 의견에 따라야지요. 거 최룡해 부위원장 동지에 일을 도맡아 했으니 이거야 우덜로서는 그저 눈에 화등잔을 켜고 덤벼들어봐야 하지 않겠습니까?

- 어이쿠 그저 감사할 따름입니다.

태산은 도 보위부 부부장의 자리에서 밤을 패면서까지 자신이 맡은 책임을 다하려고 애를 썼다. 노력의 값어치에 대한 공수工數:숫자를 드러내려는 의도에서가 아니라 진정코 공화국에 대한 열혈충성의 발로였던 것이다. 최 부위원장으로부터 은밀히 지시받은 김정은 지존을 위한 기쁨조 문제 역시 짧은 시간 안에 틀을 갖추었다.

지도자의 세대가 바뀌었으니 상품 역시 새로운 지도자의 취향에 맞도록 옷을 갈아입히는 게 이치일 터이었다. 철 지난 상품을 탈이 없도록 처리하는 방법까지 틀을 갖추어 시행하고 있으니 자신의 내일날은 거칠 것이 없다고 태산은 생각하고 있었다. 당 창건일에 맞춰 보위부 부부장으로의 승진은 의심할 것도 없이 최 부위원장의 뜻이 담겨있었을 것이었다. 그 깊은 뜻이라 함은 김정은의 가려운 자대기를 적재적소 긁어줄 수 있는 맞춤한 기쁨조를 속전속결 은밀히 만들어 바치라는 무언의 재촉일 것이었다.

태산은 특유의 발달한 촉의 더듬이를 펴서 일사천리로 진행했다. 김정일처럼 김정은 역시 어린 녀자애들에게 관심을 갖는다는 취향도 알게 되었다. 그래 공화국 전역의 고등중학에 은밀히 보위부 요원들을 투입시켰다. 중앙당 조직지도부 간부 5과에서 하던 일을 태산이 자금을 동원하여 은밀히 선발기준까지 만들어 합숙을 하면서 공화국 새싹 미녀들을 뽑았던 것이었다.

나이가 비록 어리더라도 미모가 빼어나면 뽑아서 특별관리를 받도록 조치했다. 이 새싹 미녀들이 이태만 더 자라면 아낌없이 주석궁에 들어가 미모를 뽐낼 수가 있을 것이었다. 일찍이 딸애를 빼앗긴 부모들에게는 생활에 도움이 되도록 배려를 해주고 특별히 미모가 빼어난 애들의 부모에게는 장차 고층살림집까지 하사하면서 진행할 생각이었다.

처녀성을 검사하고 처녀성을 잘 보호하도록 지도하였고 위생을 철저히 관리하게 하고 전문 기관에 의뢰하여 춤과 노래를 익히도록 지시했다. 얼굴이 아주 빼어난 녀자애들은 오직 김정은과 그 집단의 성적인 유희를 담당하도록 하는 조원으로서 일종의 만족조, 미모는 조금 떨어지지만 춤과 노래에 소질이 있는 녀자애들은 가무조, 미모는 만족조에 비해 떨어지지만 손맛이 감칠맛 나게 부드러운 녀자애들은 행복조라고 세밀하게 분류까지 해두었다.

김정일 시대 중앙당 5과에서 조직한 기쁨조와는 뭔가 차별화를 두어야 한다고 생각했기 때문에 인맥을 통해 별천別薦 : 특별추천되는 방식은 아예 차단해버렸다. 주목을 끌만한 재원才媛은 직접 나가 살필 정도로 치밀하게 준비했다. 선발된 기쁨조 녀성들에 대해 분기별 테스트를 실시하도록 지침을 마련했고 12세부터 23세로 연령을 낮춰 일찌감치 선발하여 교육을 받도록 하였으며, 단계별 교육을 통해 완벽한 기쁨조

요원으로 무르익도록 체계화시켰다.

　무엇보다 김정은 기쁨조는 김정일 기쁨조와 달리 기쁨조 내에서 치열한 경쟁을 치르도록 만들었다. 만족조, 가무조, 행복조 등의 선택은 본인 의지대로 할 수 없었고, 치열한 경쟁 구도를 거쳐 최고의 전문성을 습득하도록 하였다. 태산의 아이디어를 통해 구체화되기 시작한 김정은 기쁨조에 대한 은밀한 보고 자리에서 최룡해 부위원장은 매우 만족한 표정을 지어보였다.

　― 박 동지의 계획이 만가동滿稼動만 보장 된다면 최고의 선물이 되겠소.

　― 어이쿠 그저 송구할 따름입니다. 가장 먼저 사상 검사에 인간 됨됨이를 꼼꼼히 살펴 보도록 하여야지요.

　― 리성교제가 한 번이라도 있는 녀성은~

　듣던 중 무시무시한 소리가 흘러나왔다.

　― 어이쿠 살 떨리는 뎁쇼. 그야 무조건 탈락이지요.

　― 거 뭣보다 처녀성 검사가 중요하지 않겠나?

　최 부위원장이 스스로 낯바닥을 붉히며 은밀히 물었다.

　― 그야 물론이지요. 그저 처녀성 검사야 전문의사에게 지시하여 정확히 해야지요. 처녀성 검살 마치면 머리끝에서 발끝까지 신체검사를 실시하도록 지시했습니다. 여기에서 비뇨기 검사까지 아주 조밀하게 이루어질 겁네다.

　― 하하하~ 아주 그냥 박 동진 하날 말하면 열을 하는 동지이니 내래 아주 기대가 크지 않게 생겼나~ 근데 합숙소 사용은?

　― 평양 근교에 은밀히 마련해 두었습지요.

　이런 일일수록 부위원장처럼 높은 사람이 직접 발을 담그기는 어려운 일이었다. 태산은 이런 일이야말로 자신한테 딱 어울린다고 생각했다.

– 그래 아주 잘했구나~ 내 이번에 박 동지한테 선물 하나 내릴 테니 김정은 위원장 동지께서 지치시지 않도록 만전을 기하도록 하시오.

– 합숙 훈련 중에 영어는 물론 중국어에 일본어, 러시아어, 아랫동네 서울 말투까지 배우도록 지실 마쳤지요.

– 서울 말투까지야 굳이~

말은 그렇게 해도 부위원장의 표정은 싫지 않아 보였다.

– 남조선 관리들이 회담한답시고 언제 올라올지 아무도 모르는 일이잖습니까. 공화국 기쁨조부터 집어넣어 우선 발목을 붙잡아야지요.

– 하하하~ 아주 그냥 이러니 내가 박 동질 곁에 두지 않을 수가 없단 말이야. 우덜 목숨 다하는 날까지 박 동지 내하고 그저 함께 가자우.

– 여부 있겠습니까? 그저 당과 공화국을 위하고 최 부위원장 동질 위해 이 한 목숨 기꺼이 바치겠습니다. 그리고 잠시 귀 좀~

하면서 태산이 은밀히 부위원장의 귀에 대고 속삭였다. 부위원장의 눈동자가 휘둥그레지면서 입이 절로 벌어지고 있었다.

– ~ 만족조 여자애들한텐 서양 섹스 록화띠비디오테이프까지 보고 익히도록 했습니다.

– 응 그래~ 한데 놈들의 태胎를 배는 게 영~

– 처녀성을 중시여기는 일이니 임신은 불가하지요.

– 뭐 들을 수록에 재미난 얘기로구나야. 하하하~

부위원장 동지가 호탕하게 웃었다. 태산은 이런 모습을 보고 가슴이 터질 듯 설레었다.

– 더 재미난 것도 있지만 차마 내 입으로 부위원장 동지 앞에서 일일이 나열하기에는 난처해서리 그냥 나중에 직접 확인하는 걸루 미루

어 둘까 합니다.

　— 그러지~ 재미난 것일수록 아껴둘 필요도 있으니까니~ 내래 궁금
하기는 하구마는~

　태산은 자신의 입으로 최룡해 부위원장 면전에 차마 그 이야기를 꺼
내지는 못했다. 만족조 녀자애 둘이 남성 하나에 합류하는 방법으로
녀자들에게 집중훈련까지 이루어지게 되리라는 내용이었다. 다른 조직
이 아닌 보위부 조직망을 은밀히 활용했기 때문에 짧은 기간에도 불구
하고 일사천리로 진행할 수가 있었다. 공화국 1인자와 2인자를 기쁘게
해주는 일은 곧 공화국 자체를 위하는 일이기에 자부심도 생겼다.

　도 보위부 부장조차 태산이 최룡해 부위원장의 지시를 받고 은밀히
조직한 기쁨조의 존재를 알지 못했다. 이것은 보위부 요원들이 은밀히
수행하는 일에 대해 관계되지 않은 다른 요원들에게 말하지도 묻지도
말라는 보위부 업무수칙 때문이었다. 공화국 제2인자와 제1인자를 위
한 프로그람을 은밀히 조직하고 있는 태산은 부위원장의 약속처럼 도
부부장에 오르는 선물을 받게 되었기에 도 보위부장 앞에서도 주눅이
들지 않았다. 이렇게 당당한 부부장의 태도를 알면서도 보위부장의 표
정 또한 씨무룩하지 않았다. 부부장 뒤에 공화국 제2인자가 버티고 있
다는 사실 역시 보위부장이 모를 리가 없기 때문이었다.

　도 보위부장이 은밀히 태산을 불러 입을 열었다.

　— 박 부부장 동지, 우리 보위부에서 남조선에 은밀히 직파한 간첩들
이 최근 적발되는 횟수가 늘어나고 있다는데 어찌하면 좋겠소?

　— 그야 남조선 안기부_{국정원} 전신 놈들에 정보력이 워낙 뛰어난 것도
있지만 근본적으로다 대책을 다시 수립해야 하지 않을지 말입니다.

　— 정찰총국에서 황장엽이 목을 따러 내려간 놈들마저 안기부 놈들

의 먹잇감이 되었다는 게 자존심 상하지 않소? 정찰총국이 다 뭐인가, 대남공작의 우두머리 아니냔 말이야. 게다가 김영철 인민군 상장이 황장엽이 자연사하기 전에 목을 따버리라 특별지시를 했던 사항 아니오?

― 그렇지요. 주거지 파악하고 병원 왕래하는 동선 파악하고 활동사항을 소상히 파악하라 지령을 내렸다지 않습니까?

― 한데 어떻게 되었는가 말이오. 목을 따기는커녕 적발이 되어 감옥에 갇히지 않았나 에이 이런 그저 생각만 하면 속이 뒤집힌다 말이오.

― 황장엽 선생의 목은 떨어졌으니 되었지요. 거 우연치곤 아주 우연이었지요. 그저 소문즉슨 심장병으로 죽었대는데 하필 공화국 노동당 창건일에 목이 떨어졌다 말이지요.

― 그거이 죄 공화국을 배신하는 반동분자들의 운명 아니겠소? 한데 박 부부장 동지, 우덜이 이번에 한번 제대루 해제낄 반동 새끼가 남조선에 활개치고 있지 않소? 영국에서 일가족을 데리고 남조선에 망명한 그 태 아무개 공사라는 작자 말이오. 아주 은밀히 퍼진 소문치곤 간담이 서늘한 반동짓거리라서 말이오.

― 내래 리막裡幕 : 내막을 파악하고 있기는 합니다만 웃령令 : 명령이 아직 없어서~ 하지만 령이 떨어지기만 하면 그깟 표적 하나쯤 거뜬히 해제낄 재간은 있지요. 내게 그저 꼭지자리책임 맡는 지위만 얹어준다면 야~

태산의 입 언저리가 파르르 떨렸다. 보위부에 적을 두고 반탐反探 : 對 간첩을 맡으면서 가장 치욕적인 것이 공화국을 배반하는 탈북이었다. 특히 믿었던 고위 관계자가 공화국을 배신하고 망명하여 대놓고 공화국에 무지막지한 욕설로 말대포를 늘어놓고 있다는 것이 그에게는 더욱 큰 치욕적인 수치를 느끼게 만들었던 것이다.

－ 부부장 동지, 우리 공화국 수호를 위해 함께 머릴 맞대봅시다.

－ 무, 무슨 말씀이신지~

은밀한 분위기에 태산은 잔뜩 긴장이 되었다.

－ 내 중앙 보위부현 국가보위성 4국 국장을 만나기로 했으니 만난 연후에 다시 론의 합시다.

－ 그러지요. 나도 2국 4과야 밥 먹듯 드나들었지요.

태산이 지난날을 떠올리며 응대했다.

－ 박 부부장의 면면이야 아다마다요. 4과야 그저 동아시아 관할 아닌가~

－ 예, 그렇지요. 한데 해외반탐 2국도 아니고 4국이라면 해외 공작 담당 부서 아닙니까?

－ 맞소. 그러니 은밀히 머릴 맞대고 론의해 보자는 거 아니오?

태산은 동료들도 모르는 비밀 프로젝트를 만나게 되다니 은근히 기대가 되었다.

－ 예, 은근지게 기대 되누만이요. 내에 일을 만나면 밤잠을 설치는 타입이라서~

－ 공연히 쏘싹하게 하진 않을 게요. 내래 밤잠 설쳐대는 일감 가져올 테니 기다리오. 아마 일이 잘되면 과망대열過望大悅 : 크게 기뻐함을 하게 될게요.

－ 하하하하~

태산은 전에 없이 박장대소를 했다.

지위가 올라가니 마음이 급해진 탓도 있었지만 생각할수록 입맛이 당기는 일이었다. 지위가 높을수록 마음을 낮추라는 말은 아무리 생각해 보아도 태산의 자신에겐 어울리지 않는 말이었다. 공화국 살림살이 늘리는데 공을 세우고 공화국 제1인자를 위해 기쁨조를 직조하고 이제 한 번만 건덕지게 공화국이 쏘아 올리는 로케트로켓처럼 큰 대포를 날려주는 공적을 쌓을 수만 있다면~

태산은 가슴이 벌렁거려 밤에도 잠을 제대로 이룰 수가 없었다. 그리고 며칠 뒤에 태산은 은밀히 보자는 도 보위부장으로부터 정말 엄청난 얘기를 들었다.

— 이거 살 떨리는 일인데 정찰총국에선 이미 일을 크게 벌려 놓았다 하오. 혹여 부부장 동지도 소문 들었는지?

— 인민군 정찰국에 당 작전부, 대외정보조사부 35호실 등을 한데 삼킨 정찰총국인데 큰일 벌이는 것은 당연지사지요. 한데 큰일이란 게~

태산은 목에서 꼴딱 숨넘어가는 소리를 느끼며 부장을 향해 되물었다. 정찰총국이야 아무리 몸집을 불렸다고 해도 본래 주어진 임무를 뒤로하지는 못했다. 남조선을 주 목표물로 하여 공작원을 양성하고 은밀한 정보를 수집하는 것에 더해 침투와 파괴, 요인암살, 납치, 테러 등 굵직한 일을 수행하는 것이 주된 임무였다. 파행적으로 흩어져서 시행되던 것들을 정찰총국에 한데 모아놓았다 해도 하는 일인즉 그 틀을 벗어날 수가 없는 것이었다.

— 이거 살 떨려서 원~ 거 김정남이 있잖소?

— 예에? 누~ 구~ 요?

태산은 자신의 귀를 의심하고 있었다. 부장의 입에서 김정남의 이름이 튀어나왔을 때 마치 그의 머릿속엔 오래전부터 갈무리 되어 오던 생각들이 마치 얼레낚시주낙처럼 연달아 떠오르는 느낌이었다.

— 거 옛적 해외반탐국 총책했던 김정남이 말이요.

— 김정일 원수님의 장남 말이지요? 김정남 위원장~

태산의 가슴이 콩닥거리기 시작했다. 태산의 입에서 김정남 위원장이라는 말이 튀어나오자 부장의 입술 끝이 놀라듯 벌어지며 스스로 자기 입에 손을 틀어막았다. 이런 모습에 태산이 역시 공연히 미안해져서 덩달아 손바닥으로 입을 틀어막았다.

– 부부장 동지, 우리 둘이 있을 때는 몰라도 아래 애들 있는 데선 그저 호칭을 삼가서 해야겠소. 세상영문世上형편이란 게 워낙 들쭉날쭉 해서리~

– 예 부장 동지~ 만사만물萬事萬物에 대응 발전하는 것이 우리 보위부의 규칙인지라 그저~

태산은 말꼬리를 흐렸다. 김정남을 생각하면 가슴 한쪽에서 와락 공허함이 밀려들었다. 권력의 시소게임에서 밀려나 정처 없이 이 나라 저 나라 떠돌아다니는 처지를 생각하면 쓸쓸함이 몰려왔다.

– 인간머리라곤 없는 사람이요. 나는 그래도 그가 공화국을 위해선 명인明仁한 사람인줄 알았더니 그저 쏘다니며 인간락人間樂을 누리고 하는 짓들이란 게 영 자본주의 반동분자들 짓거리를 하고 다니더란 말이지~

– 예~

태산은 짧게 응대할 뿐 끼어들지 않았다. 이제 명색이 어디라도 내놓을만한 간부가 되고 보니 말투 하나 몸짓 하나에도 신경이 곤두섰다. 그런데도 마음속에서는 김정남을 생각하면 하나의 인간, 하나의 세대주로서 측측惻惻 : 불쌍하단 생각이 들었다.

– 공화국 체제 비판을 해대지 않나~ 평양에 귀국하라는 명령을 씹어대지 않나~ 항간에는 뭐 미제 CIA미국중앙정보국 정보원이 되었다는 소문까지 돌고 있더란 말이요.

- 예, 그렇지요.

태산은 예민한 문제에 자신의 이런저런 생각을 섞고 싶지 않았다. 부장의 말처럼 김정남에 대한 소문이야 파다하게 퍼져있다는 것을 모르는 것이 아니었다. 하지만 김정남이 정말 소문처럼 미국 스파이를 하면서 공화국의 중대 정보를 제공해 왔는지는 알 턱이 없었다. 김정은 지존의 자리를 위협하는 존재라는 것을 모르지 않기에 태산은 촉각을 곤두세우고 있었던 것이다.

- 그래 정찰총국에서 칼을 뽑아든 모냥인데 에이 그저 우리네가 선수를 쳤더라믄 하는 아쉬움이 남는다 말이오.

- 아니 게 무슨 말입니까?

선수를 **빼앗겼다**는 아쉬움이 잔뜩 담긴 물음이었다.

- 아 정찰총국에서 김정남이 암살조를 직파했다 하지 않소.

- 그래요?

태산은 예상은 하고 있었지만 부장의 말에 놀라는 것은 당연한 일이었다.

- 거 우덜이 손을 놓고 있는 사이에 정찰총국 재바른 동지들이 그저 김정남 제거 시나리오까지 완벽하게 짰다는 거요.

- 아니 저런~

안타까운 듯한 탄식이 흘렀다.

- 은밀하게 들려오는 소문엔 그저 김정남 제거 모의 훈련까지 엄청나게 했대는데 우리가 손을 놓고 있을 때가 아니다 이런 말이지요.

- 그럼 당장 우리가 어찌해야 할지~

모두들 무엇이라도 해보자는 분위기였다.

- 망설일 거 뭐 있시오? 공화국 배반하구 아랫동네 가서 영웅 행세

하는 거 태 아무개 공사부터 제거해야 하지 않는가 말이오. 공화국 배반하구 남조선 내려가 떵떵거리는 넘들 한둘 아니란 거는 알지요?

− 예 부장 동지, 한데 거는 저 중앙4국에서 관할하는 일인지라~

태산이 아무리 의욕을 앞세워 당장 일을 벌이고 싶다 해도 설불리 치고 나설 수가 없는 까닭은 공화국의 지휘체계를 너무 잘 파악하고 있기 때문이었다. 더군다나 엄청나게 중요한 문제이며 파괴력이 또한 가늠할 수가 없기 때문에 자칫 자신을 향해 화살이 되어 날아오는 수도 있음이었다.

− 내 4국에 이미 제안을 했어요. 부부장 아이디아면 그저 눈엣가시 같은 몇 놈들은 쥐도 새도 모르게 해제낄 수 있다고~

− 예~ 날 믿어줘서 고맙습네다.

− 그랬더니 한번 우덜한테 아이디알 내서 4국에 들어와 머릴 맞대보자 하더란 말이오. 에이 반동분자들 보면 그저 몸이 간지러워서리 견딜 수가 있어야지~

태산이보다 더욱 성질이 불같은 사람이 부장 동지 같았다. 이런 일이라면 태산이 먼저 계획을 하고 제안했을 일이었다. 공화국의 정체성을 어지럽히고 다니는 반동분자들을 생각하면 몸에 소름부터 돋는 사람이 태산이었다. 태산은 스스로도 이런 자신의 마음을 잘 알고 있었다.

태산은 부장 동지와 론의를 마친 끝에 장달음_{줄달음질}에 계획을 세우고 아이디아를 짜기 시작했다. 평소 반탐의 일을 하면서 태산의 머릿속을 어지럽히는 것이 바로 납치와 테러, 침투와 요인암살 등이었다. 밤마다 잠을 이루지 못할 때는 이런 생각들을 머릿속에서 꺼내어 밤을 패웠다. 어떻게 하면 공화국의 반동분자들을 통쾌하게 틀어쥐고 헤제낄 수 있을지 경영_{공리}에 빠져들었다.

며칠 지나 태산은 부장 동지와 함께 중앙 4국에서 관계자들과 머리를 맞대어 론의를 하려고 평양으로 향했다. 4국에서 함께 론의하기 전에 부장 그리고 다른 동지들과 함께 평양 보통강 구역 보통교 부근에 있는 빨간 숫자 5중앙당 5국의 건물에서 달갑지 않은 장면을 바라보고 있었다. 공화국 지도부의 소식통인 숫자 5라고 써진 이 공간은 남쪽의 모든 방송을 한눈에 들여다볼 수 있는 텔레비죤방송망이 있는 곳이었다. 어느 정도 시간이 소요되는 통보와 달리 직보直報로 보고되는 소식통이었다. 공화국 지도부의 소식통이 여기에서 일제히 이합집산 되는 것이었다.

그곳에서 태산을 비롯한 모든 동지들은 남조선에서 송출되는 방송을 보고 있었다. 모든 동지들의 주먹이 불끈 쥐어졌고 혀를 끌, 끌 차대는 동지도 있었다. 5국에서 은밀히 들여다보고 있는 남쪽의 모든 떼레비전에서 탈북한 영국주재 북한 태 아무개 공사의 인터뷰가 동시에 진행되고 있었던 것이다.

『김정은은 악마입니다. 공화국 정치 지도자들만이 그를 천사로 우상화 하고 있다 말입니다. 공화국 인민들은 굶주림에 시달리고 있어요. 농산물 생산이 위축되어 배급이 중단되었고 식량 사정이 나아질 것이라는 공화국 당국의 말을 믿은 인민들은 죄 굶어죽었지요.』

— 아니 저 저런 반동 같은 새끼~

『공화국 인민들은 직업선택의 자유도 없고 배움의 권리라는 것도 없습니다. 내가 아무리 똑똑해도 대학에 가질 못한단 말입니다. 이 동네에서 저 동네로 마음대로 다닐 수가 없는 지옥 같은 데가 조선공화국이라 말입니다.』

— 아 나 저런~

– 하 저런 천하에 인간쓰레기 같은 놈~

『외교관 활동을 하다 보니 조선공화국의 세뇌교육이 얼마나 거짓인지 알게 되었어요. 동구권 사회주의가 무너지면서 고난의 행군이 시작되었는데 공화국 경제가 극도로 고립되었고 모든 배급이 하루아침에 끊겼지요. 공화국 인민들은 이런 사실조차 까마득히 모르고 있었어요.』

태산은 묵묵히 듣고 있다가 두 손을 불끈 말아 쥐었다. 세상에 대놓고 반동 짓거리를 하는 반동분자를 하루빨리 처단하라는 명령이 가슴속에서 마구 주먹질을 해대고 있었다. 부장의 제안이 공연한 말공부가 아니었음을 태산은 이제야 확실히 느끼고 있었다.

『조선공화국에는 협동농장이 있고 그 아래 작업반이 있고 또 그 아래 분조반이 있단 말입니다. 관리위원장 승인 아래 여 농장에서 생산한 농산물을 팔 수 있다고 하지만 현실이야 어림없는 일이지요. 벼가 익어갈 무렵에는 그저 당국한테 빼앗기지 않으려고 죄 벼를 챈다_{훔치는} 말이에요. 주민들은 이 쌀을 몰래 채서 장마당에 내다 팔지요. 하니 수시로 검열대가 농가를 뒤진단 말입니다.』

– 야 저딴 반동새끼 지저거리는 거를 어이 보고 있나? 당장 떼레비 끄라우.

– 아니 좀 더 지켜봅시다. 어떻게 반동 짓거리를 해대는지 알아야 혀를 뽑아도 뽑을 게 아닙네까?

『공화국 당국에서 해외공관으로 쌀을 얻어내라 지실 하더만요. 한데 세상에 세계에서 최고 가난한 방글라데시한테도 손을 내밀어 보라 하더라 말이에요. 거 방글라데시 담당자가 폭소를 터뜨리면서 웃더니만 그저 공화국 인민들이 불쌍하다 여겼는지 쌀 몇 천 톤을 보내주었어요. 조선공화국이 이제 세계에서 가장 가난한 나라가 되었다 이런 말이지요.』

– 아니 저 저~

– 글쎄 거 좀 잠자코 지켜보자구요. 아 나~

『조선공화국은 내년 말까지 핵무력을 완성하려고 발버둥치고 있습니다. 김정은이가 핵을 포기한다고요? 남조선 국민들은 절대 속아서는 아니 된다 이런 말입니다. 조선민주주의인민공화국이 핵을 가진다면 여 대한민국은 영원한 핵의 인질이 되는 것이지요.』

– 아니 말인즉슨 맞는 말인데~

– 아 거 혼들혼들 까불어대지 말고 가만 있어라 좀 에이~

『김정은은 성질이 급하고 거칠어요. 아주 즉흥적인 인물이다 보니 언제 어드런 일을 벌일지 예측하기 어렵지 말입니다. 한 번 보시라요. 김정은 얼굴에는 살기가 돋아 있어요. 그저 저 맘에 들지 않음 어데서나 누구한테나 총질을 할 수 있는 괴물이라 말입니다. 아마 김정은은 머잖아 피를 나눈 형제까지 처단하려 들겁니다. 자기 앞길에 조금이라도 방해가 된다면 누구나 총알마개총알받이가 되어야 속이 시원할 테니까는 말입니다.』

탈북한 태 아무개 공사의 반동 짓거리를 두 눈으로 끝까지 지켜볼 수가 없어 5국에 실시간으로 돌아가고 있는 남쪽의 텔레비죤방송망을 차단했다. 부장의 상기된 표정을 넌지시 살피며 태산은 5국에서 밖으로 나왔다. 지체할 것도 없이 이동하는 자동차 안에서도 부장의 입은 굳게 다물어져 있었다. 망나니 하나가 남쪽으로 내려가 경거망동을 하는 모습을 보고 부장 역시 그처럼 적잖은 충격을 받은 모양이었다.

두 사람은 패낭에서 담배를 꺼내 나누어 피우는 것으로 복잡한 심사를 함께 위로하고 있었다. 5국에서 나와서 자동차가 평양 시내를 한참이나 달릴 때까지 그들은 담배연기를 열어놓은 창문 밖으로 흘려보낼 뿐 아무도 입을 열지 않았다. 그들을 태운 자동차가 평양 시내를 한참이나 달려 가로지르더니 어느 지점에서 부장 동지가 말했다.

— 박 동지, 시간이 많이 남아 있으니 따로 긴한 일을 좀 보면 어떻겠소?

— 아 그렇잖아도 나도 하늘이 파래서 그저 어디든 걷고 싶은 심정이었는데~

태산이 부장 동지의 말을 받았다. 태산은 평양에 오니 어제날의 감상에 빠져들었다.

— 나는 평양에 온 김에 병원에 좀 들러야겠어요. 마침 평양 제1인민병원이 여 어데 근처인 거 같아서 말이요. 요새 혀가 바싹바싹 타드는게 여엉 신통치가 않아요.

— 예, 나도 마침 잘 되었습니다. 평양에 오면 들르고 싶던 곳이 몇군데 있어서 말이오. 난 그럼 여게서 내려 평양 거리를 음미하다 택시를 타고 어데 좀 들러볼 생각입니다.

태산은 신의주를 출발할 때 머릿속에 그려본 그림을 떠올렸다.

— 그래요, 부부장 동지. 이따 네 시쯤 보위성 현관문 앞에서 만나 함께 들어갑시다.

— 그러지요, 부장 동지.

태산은 자동차에서 내려 부장을 태운 자동차가 인민병원이 있는 모란봉 구역 쪽으로 방향을 틀어 사라지는 모습을 한동안 지켜보고 있었다. 도 보위부 부장이라면 공화국에서 이름 있는 병원에 얼마든지 갈수가 있을 터이지만 부장은 인민병원을 이용할 모양이었다. 간부후비_{예비일꾼}들이 언제 어떻게 치고 올라올지 모르기 때문이었다. 즉 간부들이 드나드는 이름 있는 병원에 병증_{病症}을 남기려고 하지 않은 계산에서였다. 이런 태도를 보면 부장은 매사에 빈틈이 없는 사람임에 틀림이 없었다.

3

태산은 평양에 오면서 가장 먼저 떠올린 것이 모란봉의 부벽루였다. 금수산 모란봉의 동쪽 깎아지른 청류벽 위에 위용을 뽐내며 서 있는 부벽루, 원래 영명사란 사찰에 안긴 누각이었지만 대동강에 푸르게 떠 있는 정자라는 뜻에서 부벽루가 되었다고 하였다.

태산은 택시를 타고 모란봉의 부벽루로 향했다. 평양 거리에도 예전과 달리 차량이 많이 늘어났고 제법 정체되는 지역도 늘었다. 한껏 푸르고 높아진 하늘을 보니 피가 끓던 청년 시절이 떠올랐다. 정확히 말하면, 푸르고 높아진 하늘을 봐서 청년 시절이 떠오른 것은 아니었다. 평양에 올라오면서부터 이상하리만치 태산의 생각이 젊을 때에 머물렀다. 정숙과 태산 그리고 명호 동무 사이에 정숙을 두고 밀고 당기기를 했던 시절, 태산은 그때 그 시절의 기억으로 빠져들었던 것인지 몰랐다.

부벽루로 향하는데 어디쯤에선가 평양봉화예술극장 푯말이 스쳐 지나갔다. 태산의 버릇 중에 예술이란 말만 들으면 신경이 곤두서는 것이 있었다. 평양음악무용대학에서 성악을 전공한 홍용희 동무가 주로 국립민족예술단에서 활동할 때 섰던 무대가 바로 평양봉화예술극장이었다. 평양봉화예술극장은 공화국에 초청된 남쪽 예술단의 주된 공연 무대였고 북남이 때로 화합의 상징으로 민족통일음악회를 열었던 력사적인 장소였다. 용희 동무는 예술단 동료들과 마찰이 많았고 사치 또한 심해 예술단을 탈퇴하게 되었는데 끝내 만수대예술단의 꿈을 이루지 못한 아픔이 담겨있는 곳이기도 했다.

용희 동무와는 남이 된 지 오래, 아들애 상철을 생각하면 어미가 인민예술가로서 영웅은 되지 못할망정 존경받는 예술가가 되기를 바랐지만 이제 소질을 살려 뜻을 이루기가 어렵게 되었음을 통감해야 했다. 국립민족예술단에서 탈퇴한 것은 김일성 부자의 우상화 작품을 이곳 봉화예술극장 무대에서 공연할 수 있는 인민예술가로서의 영광찬 날들을 배전背轉 : 배반과 변절하고 등진 사건이나 다름이 없었다.

태산은 머리를 흔들어 복잡한 생각을 털어냈다. 봉화예술극장과 부벽루와의 거리는 택시를 타봐야 불과 몇 분 거리밖에 되지 않았다. 예술극장 부근에서 부벽루로 향하는 짧은 시간 동안 많은 생각들이 머릿속을 스쳐 지나갔다. 오랜만에 평양 시내에서 맞이한 초가을의 오후였지만 태산의 머릿속은 이상하게 복잡하게 얽혀있는 것이었다.

평양의 상징인 모란봉의 을밀대와 부벽루, 태산의 청년 시절을 온통 사로잡은 장소였는데 학창시절의 기억은 평양을 떠올릴 때마다 모란봉의 을밀대와 부벽루에 머물렀다. 모란봉 공원의 차마당에서 내려 옛 생각에 빠져들며 돌계단을 올랐다. 높지 않은 산을 잘 다듬어 만들어 놓은 공원, 세상이 살기 좋아졌다는 것인지 나들이객들이 생각보다 많았다. 고구려 때 쌓은 평양성의 북문이던 문루門樓를 지나니 이마에 땀이 맺히기 시작했다.

문루에서 을밀대까지 곧게 뻗은 길을 따라 올라갔다. 망루望樓라고 하지만 정자亭子에 더 가까운 을밀대, 고층살림집 4~5층 높이의 언덕 벼랑에 단단히 축대를 세우고 그 위에서 아래를 굽어볼 수 있도록 만든 누대는 매우 고풍스러운 느낌이었다. 성벽에는 고른 간격으로 네모 모양의 총안銃眼이 뚫려 있었다. 정자에 올라서니 대동강 풍경이 절로 감탄을 자아내게 했다. 날씨까지 청명한 탓인지 대동강 물빛이 너무도 푸르고 푸르렀다. 대동강 건너에 펼쳐진 들판은 출렁이는 대동강 물결에 한없이 밀려가는 듯했다. 그 밀려가는 들판이 뒤쪽에 서 있는 산들을 자꾸 멀어지게 하는 것처럼 보였다.

을밀대에서 내려다보고 있는 부벽루는 대동강을 끌어안고 있었다. 부벽루와 저 멀리 마주하고 있는 능라도는 태평한 세월을 한가로이 유혹하고 있는 듯했다. 태산은 이런 풍광을 바라보고 있으려니 저절로 낯이 간지럽다는 생각이 들었다. 눈에 박힌 부벽루는 태산의 기억을 성큼 청년 시절로 데려가 버렸다. 부벽루에 올라 정숙과 명호, 다른 벗들과 같이 자기소개를 했었다. 동무들 중 누군가 우리 중에 누가 평양성에 가장 먼저 입성을 하지, 하고 탄성을 담아 말했었다. 기백이 동무의 입에서 떡메전사의 아들 태산이지, 하는 반쯤 조롱이 섞인 말이 흘러나왔다. 동무들의 시선이 일제히 자신에게 향하는 듯했고 태산은 그런 동무들의 시선이 싫지 않았었다.

태산은 피가 끓던 청년 시절의 일들을 생각하면 낯바닥이 간지러웠다. 정숙 동무를 연분하면서 목적달성을 위하여서는 물불을 가리지 않는 습성이 생겼기 때문이었다. 그때, 교원대 여대생들과의 은밀한 만남에서 명호와 짝이 되어 보란 듯이 코빵무안을 먹인 정숙 동무를 생각하면 지금도 가슴이 아려왔다. 사진기로 명호 동무와 정숙 동무의 산보데이트 장면을 찰칵찰칵 몰래 담아 명호를 넘어뜨릴 반칙을 만들었던 추억하고 싶지 않은 기억, 명호 동무와 정숙 동무 사이에 한뉘한평생를 두고 열대메기를 약속했다는 소문을 듣고 끝내 사진기를 꺼내 군 보위부에 밀고를 했었다.

사상이 빈약한 남조선 피가 끓고 있는 반동의 자식, 국기문란죄란 죄목 앞에 명호 동무는 무릎을 꿇어야 했다. 한밤중에 사범대 기숙사에 들이닥쳐 검열을 하고 끌려가서 고문을 당하게 하였지만 그런 비겁한 반칙이 태산에게 승리를 안겨다 주지는 못했다. 명호 동무와 정숙 동무 사이에 질긴 연인인연만 만들어준 셈이 되고 말았다. 조선공화국의 그 어떤 억압이나 고문과 채찍이 얹힌다 해도 사람의 마음까지 뺏어 올 수 없다는 것을 태산은 그때 느꼈던 것이다.

하지만 아직도 명호를 향한 반칙을 태산으로서는 멈출 수가 없었다. 태산의 마음을 붙잡고 있는 정숙 동무의 존재가 그에게 너무나도 컸기 때문이었다. 더욱 분명해진 것은 정숙과의 사이에 태어난 참이의 존재, 자신의 핏줄을 받은 참이의 존재야말로 태산이 공화국에서 불피코 정숙 동무를 취해 살아야 할 확고한 리유理由가 되는 것이었다. 반쪽 태생인 명호 동무의 운명이야 누구에게 불평질 할 수도 없는 처지라는 생각이었다.

태산은 어데서 왔는지 요란스럽게 부벽루를 향해 웅성거리며 감탄을 자아내는 청년들의 무리 때문에 자리를 훌훌 털고 일어났다. 모란봉 부벽루에 올라보니 공화국에서 정말 온갖 짓을 하며 열심히 살았다는 생각이 들었다. 후회할 일들도 많고 자랑스러운 일들도 많았지만 그가 하는 그 어떤 짓도 공화국을 위한 충성심의 발로라고 태산은 스스로를 위로하고 있었다. 그래서 이제 명호 동무가 공화국을 떠나거나 설사 죽는 일이 일어난다 해도 죄책감에 시달릴 까닭이 없는 것이었다.

그저 명호 동무나 정숙 동무를 생각하면 죄책감 같은 데서 얽매일 필요가 없이 당당해지고 싶었다. 고려시대 목은 이색이 지었다는 부벽루라는 시의 구절처럼 잠시 부벽루에 오르니 성은 비어 있고 구름은 천년을 떠도는데 아아, 길게 휘파람 불며 가을바람 소소히 불어오는 비탈에 서니 그저 과거를 성큼 좁혀들 듯 시 구절같이 산은 푸르고 대동강 물은 유유히 눈앞에 흐르고 있을 뿐이었다.

마치 힘겨루기를 하듯 지척에 붙어 어깨를 나란히 하며 세상을 호령하고 있는 인민보안성과 국가보위성, 주민 통제의 핵심기관인 인민보안성과 공화국 최대의 정보기관인 국가보위성이 마치 한바탕 전쟁을 치를 것처럼 긴장하고 있었다. 국제사회의 제재가 심해지면서 이러한 통제기관들은 전쟁에 대처할 수 있도록 철저히 준비하라는 상부의 지시를 받아놓고 있었다.

김정은 위원장은 무조건 전쟁을 하겠다는 듯이 전투복을 입고 일찍부터 군을 시찰하고 있었다. 하루하루의 모든 업무보고를 현장에 직접 나가 받아올 정도로 전투적인 상태라고 할 수 있었다. 요새 보위성 내부에서는 국제사회의 제재로 인하여 모든 경제활동이 국제사회의 통제를 받으면서 먹고 사는 일이 매우 어렵게 되자 차라리 전쟁이라도 터지면 좋겠다는 말을 서슴지 않고 내뱉고 있다는 것이었다.

국가보위성 정문에서 정각 네 시에 만난 승 부장 동지는 제법 기분이 좋아 보였다. 부장의 표정으로 보아 인민병원에서 받은 검병진찰의 결과를 걱정할 필요가 없을 듯했다. 다른 날과 달리 얼굴 가득 웃음을 띠고 태산을 반기던 부장 동지의 손에는 선물 꾸러미까지 들려져 있었다. 태산은 이런 내막을 짐작으로 읽어내며 답례를 하듯 경쾌한 표정을 지어보였다.

중앙 보위성 4국에서 부장 동지로부터 몇몇 간부들을 소개받았다. 중앙 보위부는 지방 보위부보다 훨씬 긴박감이 넘치고 있었다. 공화국의 여러 상황이 당원이나 간부들에게 여유를 느끼도록 해줄만한 상황이 아니었다. 승 부장 동지는 보위성 4국 요원들과는 생판 초면은 아닌 모양이었다. 방에 있던 요원들이 웃음 띤 낯바닥으로 어서 오라며 허리를 정중히 숙여 그들을 반겨주었다. 하지만 막상 과업을 앞에 놓고 론의를 하자 아주 강강強剛한 의지를 보여주고 있었다. 도 보위부 승 부장이 먼저 말을 꺼내 장황한 설명을 늘어놓자 4국의 부국장 동지가 말했다.

— 승 부장 동지의 의지는 강한데 성공한단 보장을 무엇으로 증명한단 말이오? 한지에 방아를 거는 꼴이 아니 되겠소?

— 아니 부국장 동지, 한지에 방아라니~ 내 어찌 기약 없이 덤벼들겠소? 그저 노동당 통전부統一戰線部나 군 총참모부 정찰총국, 보사부保衛司令部에 밀리지 말고 선수를 치고 나가자는 얘길 한 거요.

하고 도 보위부 승 부장이 대답하자 부국장 동지가 눈을 지그시 감은 채로 말했다.

— 우덜 보위성에서 내려보낸 원 아무개란 공작원이 있었소. 황장엽이의 목을 따라 했는데 뭐 주변 인물 탐색에 걸린 시간이 3년이었다오. 허 참 언 세월에~

— 그 반동 같은 새끼래 검거만 되지 않았다면 쯧 쯧~ 에이 그저 남조선에 전향까지 했더만요. 그런 반동들 목을 따긴 따야 하는 거는 당연한 일이고~ 다들 정신 바짝 차려야 합니다. 거 정찰총국이 이 거 없애려고 진즉부터 준비했던 거는 알고 있지요?

4국의 중간쯤 지위가 들어 보이는 깡마른 요원이 나이에 비해 진중해 보이는 말을 했다. 그는 두 번째 손가락인 검지를 빳빳하게 세워 보이고 있었다. 김정은의 이복형인 김정남을 말하는 시늉이었다. 태산은 마음이 바쁜 탓인지 몇번이고 심호흡을 하고 있었다. 승 부장 동지가 넌지시 태산에게 기회를 주듯 쳐다보았다. 태산은 반탐에서 일한 특유의 감각을 살려 4국 요원들을 주무르듯 거침없이 준비한 작전을 펼쳐 보이기 시작했다.

― 거 남에 작전 얘기야 뒷북치는 얘기니 예서 멈춥시다. 우덜이 여게 모인 거는 남조선에서 터무니없는 망발을 하며 호의호식 하고 있는 태 아무개 공사하고 몇몇 탈북 반동분자들을 해제끼자는 취지 아니오?

동지들의 시선이 일제히 태산에게 향했다. 태산의 거침없는 말투에 동지들은 일제히 침묵하며 태산을 주시했다. 태산의 태도는 자신감에 넘쳤고 중앙당 최룡해 부위원장의 총애를 받고 있는 인물이란 점에 동지들은 압도되는 모양이었다.

― 지난 5년 동안 우리 공화국에서 은밀히 투입시킨 공작원들 가운데 태반이 남쪽에서 검거되고 말았습니다. 검거된 13명 중 12명이 탈북자를 위장해서 침투한 공작원들이라고 남쪽에서 노골적으로 비난까지 하고 들어온 마당인지라~

― 그러니 박 부부장 동지, 이번에야말로 우리 보위성에서 한번 완벽하게 준비해 보자는 것이 아니겠소?

방 국장 동지가 말했다. 4국의 우두머리에 속하는 방 국장은 머리카락이 몇 가닥 남지 않은 모습을 하고 있었다.

― 예, 방 국장 동지~ 신분세탁으로 침투를 하든 탈북자 위장 잠입을 하든 문제는 검거되지 않는 길이오. 설사 검거되었다 하더라도 위장을 한 이상 신분을 노출시키지 말아야 한다는 말이오. 한데 남조선 정보원 이놈들의 심문이 어찌나 까다로운지 그걸 극복해내는 길이 우덜 공작원 성공의 지름길이라 말이오.

― 박 부부장 동지, 그러니 어서 준비한 그 계책을 한껏 풀어내 보오.

이거 촌각을 다투는 일이란 말이오.

– 거 젓가락을 던져 과녁을 뚫으니 마니 하는 짓거리는 이제 내세울 거 없는 잔재주 밖에 되지 않습니다. 과학적인 암호체계도 철저히 준비해서 훈련에 임해야 하고 지어는심지어는 검거되어 남조선 국정원에서 치러내야 하는 심문을 통과하는 것이 문제이지요. 놈들의 회유에 귀를 빠뜨리지 않는 팽팽한 사상이야 물론이고 거 다들 뚫고 나가기 힘들다는 거짓말탐지길 감쪽같이 속여내야 하는 훈련까지 제대로 쌓아야 한다 말입니다.

– 하 참~ 거 박 동지의 촉감이 소문대로 아주 예리하구만이요. 내 박 부부장 동질 믿고 이번 작전 한번 힘을 실어줄 테니 소뿔 빼듯 립즉立即 : 당장 고삐를 당깁시다.

– 짝~ 짝~ 짝~

태산의 기대보다 빨리 동지들의 호응이 잇달았다. 동지들의 박수 소리가 천정을 흔들 정도로 요란하게 터져 나올 때 태산은 어금니를 지그시 깨물었다. 태산이 보위부에 몸을 담아 일해 오면서 큰일을 시작할 때 매번 해온 버릇 같은 것이었다. 저녁 끼니까지 건너 띄며 그들의 론의는 계속되고 있었다. 중요한 말자루의 포문을 누가 열든 그 말자루의 끝은 태산으로부터 마무리가 되는 것이었다. 중앙의 간부들이 모여 자기의 주장을 내세우며 책상들이 하며 말다툼을 부추기는 자리와는 달리 동지들은 태산의 의견을 비틀지 않았다. 4국 동지들의 이러한 태도는 반탐反探對 간첩에 관한 태산의 깊고 폭넓은 지식에 압도되었기 때문이었다.

그들에게 태산이 꺼내놓은 말은 곧 그의 마음이고 그의 마음은 곧 말이었다. 말과 마음을 4국에 모인 동지들이 자신들의 속마음처럼 하나로 받아들여 주었다. 태산은 자신의 속마음을 동지들이 진심으로 받아들여 주자 더욱 힘이 솟았다. 여태 밤을 패새워가며 아이디아를 만들고 비상한 꾀를 내어 대책을 마련했던 날들이 빛을 발하는 모양이었다. 태산은 말을 하면서 어떤 대목에선 감정이 격해져 파르르 떨기도 했다.

― 남조선 안기부국정원의 책동이 갈수록 악랄해지고 있습니다. 중국 쪽에는 그저 안기부가 쫘악 깔렸을 거라 말이지요.

― 에이 남조선 반동 새끼들을 그냥~

당장 남조선 반동들을 요절을 내고 싶어 모두들 안달이었다.

― 잠자코 박 부부장 동지 애기 들어 보십시다. 박 동지, 어서~

― 안기부 특공대가 말이오. 국경지역에서 그저 우덜 수뇌부 제거 특수훈련을 하지 않나 염려되는 부분이 있습니다. 저놈들이 핵에 놀라더니 그저 우리 공화국 위상이 달라지니깐 두루 겁을 먹어대면서 안간힘을 써댈 거라는 말인데~

― 아 나 요런 반동 새끼들 그저 발악을 해대는구나~

말의 중간에 길게 탄식을 흘리는 동지들도 있었다.

― 국경지대 사는 주민들을 포섭하여 놈들의 책동을 주시하는 것은 물론 놈들의 걸음을 그저 짓부셔버려야 한다 말이지요. 우리가 남조선 반동들의 책동질을 극대화하여 내부 결속도 강화해야 하고 더 긴요한 것은 이제부터입니다.

한데 모인 동지들의 목에서 침이 꼴딱 넘어가는 소리가 들리는 듯 긴장하는 분위기가 연출되고 있었다.

― 우리는 남쪽 반동 놈들보다 더 악랄해져야 살아남을 수가 있어요. 속히 청와대 타격을 시도하는 훈련을 은밀히 실시해야 하고 주민

들의 생활이나 사상을 철저히 통제해야 원수님_{김정은}을 지켜낼 수 있단 말입니다.

태산은 주민들의 사상무장을 먼저 강조하면서 사상무장 연후에 직접 조선공화국을 배신한 반동분자들을 제거할 구체적인 방안까지 제시하고 있었다. 이런 자신의 생각을 동지들 앞에서 겉으로 드러낼 때 태산의 눈빛은 번갯불처럼 번쩍이는 듯했다. 태산이 호흡을 가다듬는 사이 방 국장 동지가 말했다.

― 내 정찰총국의 슝_흉을 보려는 뜻은 아닌데 중국 옌지_{연길}나 다른 루트를 거쳐 탈북자 신분으로 위장한들 국정원 합동신문을 뛰어넘을 만한 지략을 준비하지 못했어요. 그러니 내려보낸 쪽쪽 다 검거되고 전향까지 하는 반동 동지들이 늘어나는 게 아니오?

― 방 국장 동지 말씀이 전적으로 맞습니다. 그러니 우털이 정찰총국의 방식을 훌쩍 뛰어넘을 방안을 만들어야 한단 말이지요. 낮말은 새가 듣는 판국이니 거 내 고안이 어찌한 지 바짝 당겨 앉아 보오.

― 자 자 어서 바짝 당겨 앉으오. 어서 어서~

마치 거대한 음모를 당장 실천에 옮기자는 듯 그들은 머리를 맞대고 있었다.

― 남조선 국정원 놈들을 제대로 속이기 위해선 신분 위장을 철저히 해야 한단 말이오. 정찰총국 공작원들은 이름을 물으면 곧장 자기 본명을 대답해버리는 실수마저 저질렀다 하지요. 속전속결 좋은 말이지요. 하지만 제대로 해낼 수 있는 공작원을 하나 만들자면 시간과 돈이 충분히 필요하단 말이오.

― 응당 반탐행위를 하자면 시간과 돈은 필수지요.

당연한 말이듯 여기저기에서 고개를 끄덕였다.

– 그 뜻이 뭔가 하면 친척으로 위장을 하는 데는 실제 조선공화국에 남아 있는 친척이 사는 데에 가서 그놈들의 생활을 주의 깊게 살펴야 한단 말이지요.

– 아니 친척이라면 거 사돈네 팔촌까지 죄 숙청이 된 마당인데~

방 국장 동지가 목을 길게 빼내며 끼어들었다. 다른 동지들은 방 국장 동지의 말에 고개를 천천히 그리고 깊게 끄덕이고 있었다.

– 거 9촌 친척이라는 것들은 아직 남아있지 않겠습니까? 9촌 이내 친척 놈들을 샅샅이 파헤쳐서 근방에 거처를 만들어 놓고 똑같이 행동하고 일거수일투족 분신처럼 되어야 들키지 않고 반동분자 놈들 곁에 무사히 접근할 수 있다는 말이지요.

– 거 요즘에는 남조선에 정착한 탈북자가 늘어난 통에 안기부 놈들이 이놈들하고 대질신문을 시킨다고 하는데 그걸 뛰어넘기 힘들다 하더란 말이오.

방 국장 동지의 말은 약간 염려가 섞여 있었지만 표정은 여전히 상기되어 있었다. 태산이 역시 방 국장 동지처럼 상기된 표정으로 말을 이어나갔다.

– 에~ 만약 붙들려 심문을 받게 되면 탈북자 놈들을 데려다 대질신문을 하는 것도 괜찮지요. 그 반동 놈들 역시 사람인지라 기억이 온전할 리도 없고 종국에는 그럼 거짓말탐지기를 써서 분별해 보자 하면 승산이 있다고 봅니다.

4국의 반탐요원들은 남조선의 거짓말탐지기를 통과하는 일이 가장 넘기 어려운 장애물과 같은 것으로 생각하고 있었다. 그런데 승산이 있다고 장담하는 태산의 말을 듣고 뜻밖이라는 듯 입을 다물지 못하고 있었다.

- 거짓말탐지기를 속여 거짓이 아닌 진실을 받아내는 문제는 철저히 공작원 본인의 신체와 관계되는 문제입니다. 호흡을 안정시키고 눈동자, 표정, 눈썹 떨림, 호흡, 맥박, 혈압 등을 무수히 단련을 통해 안정시키는 훈련을 해내면 거짓말탐지기와의 싸움에서 이길 수가 있지요. 그야 공작원들에게 철저히 훈련시키면 해결되는 문제이고 에~ 이 보다 붙들리기 전에 남쪽에 거점을 확보하고 와해되어 가고 있는 고첩망고정간첩망을 은밀히 조직하는 일이 급선무지요. 거점을 확보하고 고첩망을 튼튼히 한 연후~ 조선공화국 상부와 접선법도 간날지난날 방식으로는 턱도 없어요. 국경지역에선 중국 손전화를 사용하고 여의치 못하면 제3국 전자우편으로 정보를 날리면 되는 것이지요. 이마저 힘들 때는 여하튼지 남조선에서 빠져나와 우리 대사관을 찾아가서 당 비서관을 통해 연락을 취하면 문제없을 겁니다.

태산은 자신의 집무실에서 평양으로 출발하면서 미리 준비한 서류들을 펼쳐가며 4국에 모인 동지들을 설득하고 자신의 견해를 설명하는데 열을 올렸다. 정찰총국에서 지령으로 내려준 암호 등은 이미 케케묵은 방식이며 기발한 암호를 만들어서 준비해야 남조선 국정원 정보원들을 따돌릴 수 있을 것이라고 거품을 물 듯 토로했다.

- 큰집보위부이니 작은집영사관, 소무본인, 상품황장엽, 병원국정원, 상품퇴송황장엽 살해, 마무리 퇴원탈북자 조사 마무리 등의 암호는 이제 남조선에서도 훤히 꿰뚫고 있는 암호가 되었습니다. 그러니 암호체계를 사그리 바꿔야 한단 말이지요. 신체훈련을 한답시고 근육을 지나치게 튀어나오게 하는 방식도 문젭니다. 이두박근을 보고 공작원인지 아닌지 안기부에서 판단한 적이 있단 말이지요. 에 또 10대 때부터 훈련시켜 인간병기로 키워놓은 놈들을 내려보내 황 아무개라는 지역당 총책

과 이 아무개라는 대남공작 총책을 대동해 월북하도록 하고 와해 되어 가는 고첩망을 새롭게 구축해 혁명 기지를 튼튼하게 구축해 놓아야 한단 말이지요. 오늘 정낮에 다들 지켜보았지요? 조선공화국을 개망나니 취급해대고 있는 태 아무개 공사 이놈 해제끼는 거는 시간 싸움입니다. 자, 자 황장엽 목을 단칼에 따버리라고 지시한 사람은 그저 김영철 정찰총국이었지만 실패를 했지 않소? 태 아무개 공사서껀 남조선에 기생하는 공화국 반동분자들 소탕하란 지시는 1호가 내렸다 말이야요. 기카고 1호의 든든한 울타리가 요즈막에 누구입니까?

태산은 이 대목에서 검지를 펼쳐 보였다. 김정은 1호 다음에 공화국 서열 두 번째라는 뜻이었다. 머리를 맞대고 있던 4국의 동지들이 침이 꼴딱 넘어가면서 하나같이 입을 벌렸고 태산을 데리고 4국에 들른 도 보위부장이 주위 눈치 살피지 않고 거침없이 말을 하고 있었다.

─ 그야 우덜끼리 있으니 하는 말이지만 공화국 2호야 응당 최룡해 부위원장이지요. 거 동지들, 들어 보시라요. 여 박 부부장 동지가 명색 최 부위원장의 오른팔이라 이런 말이지요. 요 박 부부장 동지 오른쪽 팔뚝에 매달린 빛나는 스위스제 시곌 보시라요. 이거 최 부위원장이 직접 매달아 준거라 말입니다. 내 말이 뭘 뜻하는지 알겠지요?

─ 짝~ 짝~ 짝~

일제히 동지들의 박수소리가 터져 나왔다. 중앙 보위부 4국 동지들과 도 보위부장은 태산의 불채찍 같은 열변에 혀를 내둘렀다. 그날, 태산의 사자후(獅子吼)는 밤이 깊을 때까지 계속 되었다. 태산은 끼니때가 지나 동지들 뱃속에서 꼬르륵 소리가 나는 것도 잊은 채 차곡차곡 준비해 두었던 계획을 차고 넘치도록 구체적으로 펼쳐놓았다.

요인암살은 속도가 무엇보다 중요하며, 남성보다 녀성들이 더 민첩

하다. 그러니 이번 남파공작원의 중심은 녀성 공작원에 두어야 한다. 특히 암살 대상이 남성이기 때문에 접근을 용이하게 도모하기 위해서는 녀성 공작원이 더 유리하다. 남쪽에 안착을 하고 의심받지 않도록 현지인들과 친분도 쌓아야 한다. 공작원 수는 아주 소수 정예로 하되 현지에서 협조자를 조달하는 것도 하나의 방편이다.

녀성 공작원들을 위해 특별한 독침을 만들어야 한다. 원주필만년필, 주사기, 립스틱 같은 소품으로 위장하여 공작원에게 철저히 훈련을 시켜야 한다. 녀성 공작원으로 하여금 독침을 직접 맞아 보도록 하여 실전처럼 훈련하고 독침을 맞았을 때 신체가 어떻게 행동하는지 알아보도록 몸소 시험해야 한다.

안기부 요원들에게 검거되었을 때 어떻게 대처해야 하는지 놈들의 고문 시에 어떻게 실토를 하게 되는지 등도 실전처럼 훈련해야 한다. 양주나 50도가 넘는 꼬냑을 먹었을 때 실토를 하게 될 가능성의 여부도 중요하다. 또한 요인암살 시 순식간에 급소를 공격하는 훈련, 누가 총알받이를 하고 누가 배후 실세 역할을 하는지, 처단할 요인의 미행조, 포섭조, 암살조 등등을 마치 발등에 불이라도 떨어진 것처럼 장설을 늘어놓았다.

조선공화국에서부터 신분 위장을 철저히 시작하고 탐색훈련, 권총 쏘기, 자동소총 쏘기, 단도 던지기, 승륙훈련잠수 후 육지 안착, 격술무술 훈련은 물론이고 남쪽의 가요, 드라마 시청 역시 필수라는 것. 비상시에 대처할 수 있도록 컴퓨터나 자동차 수리공, 안마사 등등의 다양한 기술을 익혀야 한다는 것.

그날, 긴장감이 감도는 중앙 보위성 4국에서는 당장 시행해도 부족하지 않을 정도로 남파공작원에 대한 얘기가 급물살을 탔다. 또한 그날, 함께 4국에 모인 동지들의 눈동자는 어느 때보다 자신감으로 빛나고 있었다.

4

명호는 자신의 목숨이 붙어 있다는 게 신기할 정도였다. 식구통으로 넣어주는 음식을 거의 넘기지 못했다. 기력이 떨어지면서 의식마저 가물가물했다. 꿈속에서인지 아버지 손을 잡고 끝없이 오솔길을 걷다가 몸이 휘청하며 허궁으로 곤두박질을 치곤했다. 한 올의 실 가닥 같은 의식을 붙들어 보면 깜깜한 암흑 속에 홀로 누워 있었다. 그는 공화국에서 교원으로 지내오면서 무식은 암흑이며 지식은 광명이란 신념을 지니고 살았다.

하지만 그가 아무리 지식을 쌓아 공화국에서 열혈충성 분자가 되려고 하더라도 신분의 벽을 뛰어넘을 수는 없었다. 더없는 양분이라 여겼던 지식은 그에게 더는 양분이 되지 못했다. 정치나 사상의 다양한 요소들은 그에게 생명을 지켜주고 빛을 밝혀주지 못했다. 암흑 같은 지하 감옥에서 몇 날 며칠을 생사生死의 경계를 넘나들며 아버지에 대한 아련한 기억을 떠올리고 있었다.

아버지는 어째서 조선공화국의 날조된 역사를 가슴속에 품지 말라 당부를 했던 것일까. 동무들의 말밥에 오르지 말라는 간절한 당부에 명호는 자신 있게 고개를 끄덕였다. 숙명적인 연어의 최후를 비통한 표정으로 되뇌던 아버지의 심정이 아마 지금 명호의 심정과 다르지 않았을 터이었다.

조선혁명박물관 벽화에 얽힌 김일성의 날조된 역사에 대해 아버지로부터 들었을 때의 허전함은 명호가 공화국에 살면서 가장 떠올리기 싫은 기억이었다. 김일성의 조상의 묘가 남쪽 모악산에 있다는 아버지의 말씀은 명호의 머릿속에 분명하게 각인되어 있었다. 아버지로부터 들었던 미국 상선 제너럴셔먼호의 화재사건에 관한 날조된 공화국의 역사는 조선혁명박물관의 세멘트 벽 속에 은밀히 숨겨져 있었다.

인민학교 시절이나 고등중학 시절에 명호의 가슴에 똬리를 틀고 있던 거짓과 왜곡이란 공화국의 역사는 간혹 동무들과의 대화 속에서 말밥에 오른 적도 있었다. 아버지로부터 북조선의 날조된 역사를 가슴속에 품지 말라는 당부를 수없이 들었음에도 말이란 때로 진실의 눈을 가리지 못할 때가 있었다. 그런 탓에 소년단 시절 학교 동무들과 평양 만수대 박물관 방문을 했을 때에도 태산이 동무와 보이지 않는 싸움을 하기도 하였다. 그런 거짓과 날조의 공간이라던 만수대 언덕에서 그의 사상의 알맹이를 노려보던 태산의 강렬한 눈빛을 명호는 아직도 잊을 수가 없었다.

동무의 사상이 어디서부터 잘 못 되었는지 성토하는 태산의 눈초리를 명호는 견딜 수가 없어 고개를 돌리고 말았었다. 청년 근위대 이전부터 보이지 않는 싸움을 했던 것은 사상의 알맹이가 희기 때문만은 아니었다. 그것은 정숙 동무를 사이에 두고 밀고 당기기를 했던 자본주의식 사치라는 날라리 짓거리 때문이었다.

― 제발, 날 도 보위부 감옥으로 옮겨줄 수는 없소?

― 내 참 묵은 집터에서 엉뚱하게 고추장 찍어먹는 소리 그만 하라니까~ 아니 거긴 당신 같은 약골들은 하루도 버틸 수가 없단 말이오. 내 몇 번을 얘기했잖소. 비닐 주머니 두 개 넣어주었으니 변기 물 나올 때

놓치지 말고 가득 담아 두오.

- 태산이 동물 제발 한번 만나게 해주오.

명호는 자신에게 싹싹하게 대해준 녀성 보위원을 마주하면 그래도 희망이 보이는 느낌이었다.

- 아니 이 사람이 내 말을 자꾸 헛 씹고 그러나, 높은 선생님을 내래 무슨 수로~

- 그럼, 내 락서낙서나 좀 하려하니 원주필볼펜하고 종이나 한 장 가져다주오.

어느 순간부터 명호의 처지를 측측하게 여긴 탓인지 명호에 대한 녀성 보위원의 태도는 뜻밖에 느슨해져 있었다. 대단한 호의를 베푼 것도 아닐 텐데 명호에 대한 녀성 보위원의 태도는 보위부 지하 감옥의 악랄함에 비한다면 호의라고밖에 생각할 수가 없었다. 녀성 보위원이 원주필과 종이를 살짝 디밀어주었다.

- 옛소. 에이 딱한 동무 같으니~ 거 괜히 없는 죄나 쓰고 나서지 마오. 쯧, 쯧~

- 고맙소. 후우~

녀성 보위원의 혀를 차는 말에 명호는 감사를 표했지만 절로 한숨이 새어나왔다. 종이 위에 감히 무슨 말을 쓸 수 있다는 말인가. 없는 죄를 쓰지 말라는 보위원의 말이 대번에 무엇을 쓰고자 하는 의지를 꺾어버렸다. 그 말에 질려 어둠 속에 날선 그의 의식마저 고꾸라지는 느낌이었다.

하지만 며칠 지나지 않아 뜻밖에 명호의 바람이 이루어졌다.

- 거 참 신기하구만~ 누가 도 보위부에 촉원囑願한 것도 아닐 텐데 이리 정말 일이 되었으니 언 박수를 쳐줄 수도 없고~ 그저 동무 목숨

건사나 잘 하오. 쯧, 쯧~

새벽드리새벽같이 분주한 녀성 보위원의 발자국 소리가 명호를 깨웠고 명호는 자신이 바라던 대로 도 보위부 감옥으로 이송되었다. 명호의 짐작처럼 태산이 동무의 의지가 작용했을 터이었다. 호송차를 타고 이동을 하면서 명호는 태산이 동무의 힘이 정말 무섭다는 것을 다시 한번 느끼고 있었다.

녀성 보위원의 말처럼 도 보위부 지하 감옥은 상상을 초월할 정도였다. 도 보위부 부속 건물의 지하에는 여러 개의 감방이 웅크리고 있었다. 여러 명을 수용할 수 있는 감방도 있고 단 한 명을 수용할 수 있는 독방도 있었다. 명호가 갇힌 독방은 겨우 몸 하나 눕기 힘들 정도로 비좁았다.

눕힌 몸을 일으켜 세우면 철창이 가로막고 있었다. 등 뒤쪽 벽에 머리를 숙여야만 겨우 드나들 수 있는 낮고 좁은 문이 있었다. 감방의 천장은 생각보다 높았는데 처음부터 자살을 방지하기 위해 설계된 모양이었다. 앞쪽 철창 너머로 복도가 보였는데 감방 천장에 매달린 불알백열전등이 흔들릴 때마다 시커먼 그림자로 철창이 움직이는 게 보였다. 며칠 동안 철창으로 햇빛이 비쳐드는 모습을 볼 수가 없었고 철창 밖에 있는 창문으로 넘어온 희미한 빛에 의해 낮과 밤을 겨우 구별할 수 있을 정도였다.

명호는 빛의 느낌을 통해 끼니때를 가늠해 보았다. 고난의 행군 시절에는 공화국 주민들이 줴기밥주먹밥 하나로 사나흘을 버틸 때가 있었다. 그때처럼 먹는 방법을 잊어버린 것도 아닌데 끼니때가 되면 속이 뒤집어졌다. 한바탕 토악질을 하면 울렁거리는 속이 뚫릴지도 몰라 변기 앞에 쪼그리고 앉아 헛구역질을 해댔다.

공화국 보위부 감옥은 모두 비슷한 모양을 하고 모두 비슷한 기능을 하는 모양이었다. 역겨운 냄새가 올라올 때마다 수세식 변기에 쪼그리고 앉아 용변을 보고 헛구역질을 해댔다. 뱃속에서 입으로 올라올 음식물이 남아 있을 리가 없는데도 마음은 급해 꺽, 꺽 헛구역질을 시작했다. 제길, 아무것도 나오지 않는데~ 누구에 대한 저항인가 무엇에 대한 저항인가. 세상을 거부하는 몸짓처럼 도 보위부 감옥 변기에 앉아 홀로 그 누구에게도 보이지 않는 몸부림을 쳐댔다.

깡마른 중년 쯤 되어 보이는 보위원이 쓰러져 뒹구는 명호를 향해 말했다.

− 변기의 물은 곧 생명이야. 사흘에 한 번 변기에 물이 나오니 그 물을 받아 세면, 목욕, 식수, 세척을 하시오.

굶은 것은 아닐 텐데 보위원의 모습이 어둑한 지하실에서도 깡말라 보였다. 명호는 문득 깡마른 보위원이 낯설게 느껴지지 않았다.

− 이보, 깡보 동무~

하고 명호가 깡마른 보위원을 향해 누운 채로 말을 붙였다.

− 뭐 내 보고 깡보라니?

보위원이 어이없다는 듯 바라보았다.

− 깡말라 보이는 보위부 동무란 뜻이오. 살이 많이 까인 게 거 일 하려믄 몸 건사부터 해내야겠소.

− 허어 내 살다 참 별소릴~ 아니 거 동무는 난데없이 뒹굴다가니 소가 풀 뜯어 먹는 소릴 하나 어이?

− 소가 풀 뜯어 먹지 멍멍이가 풀 뜯어 먹는 거 보았소? 내 긴한 요청이 있소.

명호의 시선이 타들었다. 가슴도 애절하게 타드는 느낌이었다.

– 난 열흘 굶은 가이개 새끼래 풀 뜯어 먹는 거 보았어 이 종간나야~ 한데 지금 감옥에 갇힌 죄수 주제에 뭐이가? 소경 개천 나무란다더니~ 동무 걱정이나 하란 말이야. 어서 뒹굴지 말고 벌떡 일어나 앉으라~

보위원이 버럭 소릴 질렀다.

– 어이 깡보 동무 제발~

몸을 억지로 일으켜 세우며 명호가 말했다. 막상 도 보위부 감옥까지 오고 나니 무서울 게 없다는 생각이 들었다. 하지만 시간이 갈수록 정숙 동무와 어머니, 아들애와 딸애의 모습이 눈이 시릴 정도로 밟혀왔다.

– 아니 거 보자 하니 지금 내게 시빌 걸어오는 게야? 어이? 이 새끼가~

– 내 긴히 요청이 있어 그러오. 거 한번 사정 봐주오, 선생님.

헐렁한 보위원을 보자 무섭다는 마음은 달아나고 오히려 편안한 마음이 들었다.

– 흐응 립즉立卽: 당장 그리 나올 일이지 나 보고 깡보라니~ 그래 긴한 요청이란 게 뭐인가 내 바빠 긴말할 시간은 없으니~

– 여게 박 태산 부부장 동무 있질 않소?

– 아니 동무가 높으신 부부장 동질 어이 찾나? 뭐 어데 오다가다 얼어 만난 사이라도 되나?

부부장 위치는 보위원들에게 하늘이나 다름 없었다.

– 내 죽마고구요. 긴히 부탁할 일이 있으니 좀 만나게 해주오. 부탁합네다 선생님~

– 부부장 동지하고 죽마고구라고? 아무리 그렇지만 동무는 중한 죄인인데~

돌아오는 보위원의 대답이 야박하게 들렸다. 하지만 명호는 굽히지 않았다.

- 내 이렇게 부탁하오. 꼭 전할 말이 있어서 그러오. 쨰만 사정 봐주오.

- 아, 알았소. 아이 이 냄새~ 거 아무리 감옥에 있어도 꼴이란 게 참~ 아 안까이가 이 꼴 보면 도망을 가겠소. 거 변기 물 받아 머리도 감고 몸 쫌 닦으라. 쯧, 쯧~

사라지는 깡보 선생의 말에 명호는 파들짝 놀라고 있었다. 사람의 꼴이 아닐 것임을 알기에 문득 떠올린 정숙 동무를 회피하듯 등을 돌리고 앉았다. 아아, 가족이란 게 이렇게 혼자 감옥에 갇혀 보니 얼마나 소중한 존재인지 뼈저리게 느껴졌다.

덕순 동무 장례를 치르고 많이 상심을 하고 있을 정숙 동무를 생각하면 애가 타들었다. 어머니의 몸은 강건하신지 애들은 어찌하고 있는지 동실인 어데서 어떻게 지내고 있는지 모든 게 자신의 무능한 탓만 같아 명호는 끝내 허리를 꺾고 울었다.

지하 감옥의 복도가 유난히 소란스러웠다. 사람들이 뭐라 말을 하는데 알아들을 수는 없었고 발자국 소리를 통해 메뚜기 뜀을 하듯 사람들이 허둥지둥하고 있음을 알아차릴 수가 있었다. 명호에게 깡보로 기억되는 보위부 요원이 다시 독방에 들렀을 때 물었다.

- 무슨 일이 있는 게요?

- 두 사람이 죽어 나갔소.

보위부 감옥에서 사람이 죽어나가는 일이야 대수롭지 않은 일이지만 보위원을 통해 듣게 되니 명호 역시 꺼림칙한 생각이 들었다.

- 저런~ 쯧, 쯧 어쩌다가~

- 동무가 걸 어이 걱정하는가? 저렇게 죽어 나가지 않으려면 악착같이 챙겨 먹어야지~ 거 여기 몇 달 있다 보면 남의 얘기 아니란 걸 명심하오. 쯧 쯧~

깡마른 보위원이 명호를 향해 혀를 찼다.

– 깡보 선생~

– 아니 거 보자 하니~

그들은 이제 제법 가까운 사이처럼 느껴졌다.

– 아 내 참 말이 헛 나왔시오, 선생님. 박태산 부부장 동무한텐 어찌 내 말을 전하였소?

– 죽마고구 하나 독방에 들어 있다고 보고를 했더니 청도깨비_{낮도깨}_비 같은 소리라 비웃더래는데 거 동무 정말 오다가다 얻어 만난 사이 아니나?

– 허 못된 자식, 누가 희지만 곰팡 슨 종자 아니랄까봐~

– 동무 지금 누구더러 곰팡 슨 종자라 지껄이는가?

깡보 선생이 버럭 고함을 치듯 말했다.

– 거기 말고 내 죽마고구한테 하는 말이오.

– 동무 보자 하니 간덩이가 그저 부었댔구나~ 기딴 태도로 어찌 여게서 살아나갈 수가 있겠나 말이야 에이 쯧, 쯧~

보위원의 말이 공연한 염려가 아니라는 것을 명호가 모르는 바가 아니었다. 보위부 지하 감방에서 고문과 영양실조 등으로 죽어 나간 사람들이 셀 수 없을 정도라고 했다. 위생상태가 열악해서 전염병으로 죽어 나간 수용자도 많이 있다는 것이었다. 강건한 사람이나 젊은 청년들은 더 오랜 세월 버틸 수도 있겠지만 대개 두 해를 버텨내기 어렵다고 했다.

도 보위부 지하 감방에 수용된 사람들은 대개 중범죄자들로 형량도 짧아야 5년 정도이며 대개 10여 년을 웃돈다고 했다. 모포에 돌돌 말려 보위원의 손에 끌려나가지 않으려면 몸소 목숨을 부지하는 방법밖에 없는 것이었다. 먼동이 트기 전에 죄수가 입었던 옷가지들을 소각하는 터에 감방에서 사람이 죽어 나간 후에는 창문 틈으로 누릿한 냄새가 진동한다고 했다. 가족들은 죽은 시체조차 만나보지 못하고 영원히 이별을 하는 셈이었다.

명호는 도 보위부 지하 감옥 독방에서 마치 짐승처럼 방치되었다. 청도깨비 같은 소리라고 비웃더라며 태산의 소식을 전해준 깡보 선생만이 가뭄에 콩나듯 한 번씩 들여다보는 게 전부였다.

– 깡보 선생님~

– 아니 저 저런~ 에이 며칠을 굶고 있나 그래 쯧, 쯧 불쌍한 동무같으니. 그래 동무 말처럼 내 깡보 선생이다. 깡보 선생 여게 있는데 내게 무슨 말을 하려 하나?

– 고맙소, 깡보 선생.

중년의 깡마른 보위원은 명호가 붙여준 별칭別稱을 끝내 받아들이는 모양이었다. 명호는 그 보위원과는 이상하게 소통이 되는 느낌이었다.

– 사람을 가둬놓고 어찌 이래 방치하는 거요? 내 갈 길 바쁜 사람이라 말이요.

– 흐어 뭐 새장에 갇힌 몸인데 동무는 서둘러 봐야 나아질 게 없어~

– 갈 길 바쁜데 마음이 급하니 그런 게 아니오.

명호의 가슴은 정말 바짝 타들었다.

– 에이 저승길 바쁜 사람처럼 쯧~ 동무는 보니 여게서 예심豫審 끝난다 해도 바깥바람 쐬지 못할 운명이라니까는~

– ....

명호는 깡보 선생의 말에 정신이 번쩍 들었다. 당장 응대를 하지 못하고 물끄러미 깡보 선생을 쳐다보았다.

- 도 보위부 예심은 6개월을 넘기지 못하는데~

- 것 보오. 반년이면 어이 되든지 간에 보위불 떠날 수 있을 게 아니오? 그러니 하루라도 서둘러 예심을 받아야 한단 말이오.

- 아니 공화국 안전사업이 동무 말처럼 그렇게 허술한지 아나? 발가벗고 환도 차지 말라야~ 대책도 없이 누구한테 덤벼들려 하나 응?

깡마른 보위원은 여전히 어이없다는 표정이었다.

- 내 여죄 탈탈 털린 모양인데 뭐 겁날 게 있겠시오?

- 아이쿠 답답한 사람~ 보위 지도원 방에 불려가 심문받기 전엔 여독방은 천국인 줄 알라 딱한 동무야 쯧 쯧~

자꾸 혀를 차는 보위원이 어느 순간 야속하게 느껴졌다.

- 내래 억울하게 누명 쓴 죄가 어데 한둘인지 아오?

- 기딴 소리 말라우~ 동무는 그저 저 남조선 괴뢰집단과 련관이 되어 있어가지고서니 바깥바람커녕 여 보위부 자체로 속결 재판을 받게 될 거란 말이야~

보위원의 말에 명호의 가슴이 쿵 내려앉는 느낌이었다.

- 아니 뭐요? 보위부 예심 끝나고 여게서 곧장 형기刑期를 받게 될 거란 말이오?

명호의 입술이 부들부들 떨렸다.

- 에이 가련한 동무 같으니~ 재수 없는 숫자나 받지 마오.

- 내가 왜 숫자를 받는다 말이오?

숫자를 생각하면 머리에 쥐가 나는 느낌이었다.

- 아니 력사 교원 했대는 사람이 것도 모르나? 동문 그저 척 보니 12호 아님 15호를 받게 될 거 같은데~

명호는 머리에서 번쩍 번갯불이 올라오는 느낌이었다. 번갯불이 일

시에 뻗치면서 머리 꼭대기로 피가 몰리는 것 같았다. 아아, 명호는 본능적으로 머리털을 잡아 뜯었다. 공화국 인민들에게 이런 숫자란 말만 들어도 악령처럼 두려운 것이었다. 12호라면 악명 높은 회령전거리 수용소요 15호라면 가족들까지 끌려온다는 악명 높은 요덕 관리소가 아닌가. 깡보 선생은 전기에 감전된 듯 파들거리는 명호에게 무서운 한 방의 대포를 날리고 있었다.

− 간첩죄연좌제에 불온서적 은닉죄, 적선죄 뭐 동무는 뼛속까지 반동분자 아니나? 15호에 지푸라기라도 하나 붙잡을 수 있는 혁명화 구역이란 것도 동무에겐 그저 빛갈빛깔 좋은 산살구개살구에 지나지 않게 생겼구마는∼ 에이 쯧, 쯧∼

죽을 때까지 나오지 못하는 완전통제구역과는 달리 혁명화 구역에서는 간혹 운 좋게 풀려나온 사람도 있다고 했다. 15호에 완전통제구역과 혁명화 구역이 동시에 존재한다는 것은 정치범수용자들의 가족이 함께 수용되기 때문이었다. 해마다 엄청난 수용자들이 질병이나 영양실조로 죽어 나간다는 지옥이었다. 부모의 죄 때문에 아이들까지 끌려와서 그 어린애들마저 감옥생활을 견디며 살아야 하는 말 그대로 지옥이었던 것이다.

녀성들은 성폭행을 당하고 임신을 하면 강제로 낙태되는 지옥, 삭풍이 살갗을 후벼 파는 한겨울에도 냉방에서 추위를 견뎌야 하는 생지옥이었다. 굶주림에 참지 못해 먹을 것을 훔치다가 발각되면 공개처형이 심심찮게 자행되는 숨겨진 지구 위의 마지막 지옥 같은 곳이 바로 15호 요덕관리소였던 것이다. 오직 존재하는 것은 죽음의 공포이며 고문이나 폭행 같은 것은 죽음에 비하면 사치라고 하여도 될 저승사자들의 광란이 벌어지는 곳이었다.

조선공화국에는 주민들의 목숨을 당장 틀어잡을 수 있는 시설이 전국에 널려 있었다. 공화국 주민들은 이름만 들어도 혀를 내두르게 된다. 특별통제구역으로 분리되면서 주민들은 그곳을 유배소 혹은 종파굴이라 불렀다. 세계에서 가장 흉포한 독재 공화국의 주민들은 죄 같은 죄를 짓고 여기에 수용되는 것이 아니었다. 태반은 독재체제를 유지하기 위한 수단으로 죄수가 되어야 하는 운명이었다.

그 주민들 중 누구나 자칫 함정에 빠져들 수 있는 말의 죄가 가장 무서웠다. 말의 죄란 입을 잘못 놀려 짓게 되는 죄인 것이었다. 들리는 소문에 의하면, 김일성이 목 뒤에 혹이 있다는 말을 해서 잡혀 들어온 죄수도 있었다. 상점에 물품이 떨어진 것을 보고, '이게 사회주의 나라 맞나?' 하고 지껄이다 오는 사람도 있었다. 공화국 보안원들은 노골적으로 이렇게 죄를 짓고 조사를 받는 주민들에게 꾹돈뇌물을 요구했다.

보안원의 요구에 응하지 못할 때 운명처럼 생애를 저당 잡혀 유배소에 잡혀들어 오는 것이었다. 고문, 폭행, 강간, 공개처형은 공화국의 종파굴에서 일어나는 흔한 활동사진과 같았다. 표창결혼이라는 사탕발림으로 포장하여 자신의 의지와 상관없이 강제로 혼인을 시키고 있다고 했다. 얼굴이 고운 녀성 수용자는 간수들에게 강간을 당하고 임신을 하게 되면 강제 낙태를 시키거나 쥐도 새도 모르게 비밀총살을 당한다고 했다. 14호 관리소에서는 평양에서 내려온 부부장급 간부들을 간부초대소로 모셔 수용소에서 가장 반반한 젊은 처녀를 뇌물로 바친다고 했다.

배급으로 주어지는 식량은 하루에 옥수수 500 그람, 수용자들은 모조리 영양실조로 얼굴이 누렇게 떠 있는 실정이었다. 수용소의 지침은 적게 주는 것이 아니라 죽지 않을 만큼 준다는 것이었다. 그러니 쥐나

뱀을 발견하면 악착같이 싸워 동료보다 먼저 잡아먹어야 살아남을 수 있는 지옥이었다. 도롱뇽은 거기 갇힌 죄수들이 최고로 선호하는 음식이 되었다고 하니 지옥이 아닐 수 없다.

깡보 선생의 말이 괜한 말이 아니었다는 것을 알게 되기까지 며칠이 걸리지 않았다. 지하 독방에서 불려가 보위지도원의 방에 들어서는 순간 깡보 선생의 말이 머릿속에 떠올랐다. 아마 좀 더 딱딱히^{분명히} 말하자면 깡보 선생의 말이 떠오르는 것보다 훨씬 빠른 속도로 명호의 면전^{面前}에 채찍이 날아들어 왔다.

— 야 이런 반동짜식~

— …… ……

— 내래 누구인 줄 아니? 청진 청암구역 도 보위부 국경세관 전담 화재사건 때 수령님에 초상화를 건지려고 뛰어들다 죽을 뻔한 열혈 충성분자란 말이야.

— …… ……

— 내에 동지 하나가 불에 타죽었지만 우린 불속에서 조차 목숨을 아끼지 않았어야~

— …… ……

— 한데 동문 그저 이런 가열찬 충성심을 비웃었다면서? 뭐 깡보 선생 어쩌구 투덜대며 감히 지도원 선생의 말을 비웃고 배꼽이 하품하는 소리 말라 지저거렸다지?

명호는 빤히 보위지도원을 올려다보았다. 머리 위로 희미한 불알^백^{열등}이 지루함을 달래려는 듯 흔들거리고 있었다. 깡보 선생과는 어떤 말을 해도 맺히는 뜻이 없어 설사 다정한 형제가 무료하게 찌룩째룩 말의 실랑이를 하듯 여겨졌다. 한데 이런 깡보 선생의 말이 보위지도원의 귀에 들어가 약점 하나를 추가하게 되었다는 사실이 명호는 순간 더욱 서글퍼졌다.

 — 이거 조선민주주의인민공화국에서 당장 사라져야 할 반동분자로구나 그저~ 허어 내 적선죄에 불온서적은닉죄 간첩죄 게다 호랑이보다 무섭다는 도 보위부 감방에서 범한 수령모독죄까지~

명호는 보위지도원의 말이 오래도록 이어지는 동안 단 한마디의 말도 뱉어내지 못했다. 하루도 버티기 어려울 것이라면서 없는 죄나 쓰고 나서지 말라던 시 보위부 녀성 보위원의 말이 무색할 정도였다. 어떻게 죽음의 감옥에서 살아나갈 수가 있단 말인가? 태산이 동무라도 한번 만나보고 싶은 마음이 가슴속을 엄습했다. 정숙 동무, 노친, 철없는 애들의 모습이 눈에 어른거리며 가슴속에 응어리졌다.

다음권에 계속